LA SIRÈNE

DU MÊME AUTEUR

La Princesse des glaces, Actes Sud, 2008 ; Babel noir n° 61.
Le Prédicateur, Actes Sud, 2009 ; Babel noir n° 85.
Le Tailleur de pierre, Actes Sud, 2009 ; Babel noir n° 92.
L'Oiseau de mauvais augure, Actes Sud, 2010 ; Babel noir n° 111.
L'Enfant allemand, Actes Sud, 2011 ; Babel noir n° 121.
Cyanure, Actes Sud, 2011 ; Babel noir n° 71.
Super-Charlie, Actes Sud Junior, 2012.
À table avec Camilla Läckberg, Actes Sud, 2012.
La Sirène, Actes Sud, 2012.
Le Gardien de phare, Actes Sud, 2013.
Super-Charlie et le voleur de doudou, Actes Sud Junior, 2013.
La Faiseuse d'anges, Actes Sud, 2014.
Les Aventures de Super-Charlie. Mamie Mystère, Actes Sud Junior, 2015.

Titre original :
Sjöjungfrun
Éditeur original :
Bokförlaget Forum, Stockholm
© Camilla Läckberg, 2008
Publié avec l'accord de Nordin Agency, Suède

ISBN 978-2-330-05125-9

CAMILLA LÄCKBERG

LA SIRÈNE

roman traduit du suédois
par Lena Grumbach

BABEL NOIR

A Martin,
"I wanna stand with you on a mountain".

PROLOGUE

Il avait toujours su que tôt ou tard la vérité finirait par éclater. Une telle abomination ne pourrait être étouffée. Chaque mot l'avait replongé dans l'innommable, dans l'ignominie qu'il avait essayé de refouler pendant toutes ces années.

Il ne pouvait plus fuir. Marchant d'un bon pas, il sentit l'air matinal remplir ses poumons. Son cœur battait à tout rompre. Il ne voulait pas y aller, et pourtant il le fallait. Il avait décidé de laisser faire le hasard. S'il y avait quelqu'un, il parlerait. S'il n'y avait personne, il irait au bureau, comme si rien ne s'était passé.

Il frappa et on lui ouvrit la porte. Les yeux plissés dans la faible lumière, il entra. La personne devant lui n'était pas celle qu'il pensait trouver.

Ses longs cheveux dansaient dans son dos lorsqu'il la suivit dans la pièce. Il se mit à parler, à poser des questions. Les pensées tourbillonnaient dans sa tête. Rien ne semblait cadrer. Ça clochait, et pourtant, non.

Subitement, il se tut. Quelque chose venait de l'atteindre au ventre, si brutalement que ses paroles furent coupées net. Il regarda. Vit le sang suinter du couteau qu'on retirait de la plaie. Puis un autre coup, la douleur de nouveau. Et l'instrument tranchant qui vrillait ses entrailles.

Il comprit que tout était fini. Que ça se termine-rait ici, même s'il lui restait tant de choses à faire, à voir, à vivre. Il y avait malgré tout une sorte de justice. Il n'avait pas mérité la vie heureuse qui avait été la sienne, tout l'amour qu'il avait reçu. Pas après ce qu'il avait commis.

Une fois le couteau immobilisé, les sens anesthésiés par la douleur, la mer fit son apparition. Le mouvement d'un bateau qui tangue. Puis l'eau froide l'engloutit, il ne sentit plus rien.

La dernière image qui se présenta à lui fut ses cheveux. Longs et sombres.

— Mais ça va faire trois mois ! Pourquoi vous ne l'avez pas encore retrouvé ?

Patrik Hedström regarda la femme devant lui. Elle paraissait plus fatiguée et plus usée chaque fois. Elle venait au commissariat de Tanumshede toutes les semaines. Le mercredi. Et ce, depuis que son mari avait disparu au début du mois de novembre.

— On fait tout notre possible, Cia. Tu le sais.

Elle hocha la tête sans rien dire. Ses mains posées sur ses genoux tremblaient légèrement. Puis elle leva vers lui ses yeux remplis de larmes. Ce n'était pas la première fois que Patrik vivait cette scène.

— Il ne reviendra pas, c'est ça ?

A présent sa voix aussi tremblait, et Patrik dut combattre l'envie de se lever, de contourner le bureau et de prendre cette femme frêle dans ses bras. Il fallait avoir un comportement professionnel, même si ça allait à l'encontre de ses instincts protecteurs. Il réfléchit à la réponse qu'il devait donner. Finalement il respira profondément et dit :

— Non, je ne pense pas qu'il reviendra.

Elle ne posa pas d'autres questions. Il vit que ses paroles venaient confirmer ce que Cia Kjellner savait déjà. Son mari n'allait pas rentrer à la maison. Le 3 novembre, Magnus s'était levé à sept heures et demie,

11

avait pris une douche, s'était habillé, avait dit au revoir à ses deux enfants puis à sa femme. Peu après huit heures, on l'avait vu quitter son domicile pour se rendre à son travail. Ensuite, personne ne pouvait dire ce qu'il était devenu. Il n'était jamais arrivé chez le collègue avec qui il faisait du covoiturage. Quelque part entre son domicile à deux pas du terrain de sport et la maison du collègue près du minigolf de Fjäll-backa, il avait disparu.

Ils avaient passé sa vie au crible. Ils avaient lancé un avis de recherche, interrogé plus de cinquante personnes, collègues, amis et membres de la famille. Cherché des dettes qu'il aurait voulu fuir, des maî-tresses, des détournements de fonds, n'importe quoi pouvant expliquer pourquoi un quadragénaire marié et père de deux adolescents avait subitement disparu sans laisser de trace. Mais rien. Rien n'indiquant qu'il serait parti à l'étranger, aucune somme d'argent reti-rée du compte commun du couple. Magnus Kjellner s'était évanoui comme un fantôme.

Après avoir raccompagné Cia vers la sortie, Patrik alla frapper au bureau de Paula Morales.

— C'était encore sa femme? demanda celle-ci quand il eut refermé la porte derrière lui.

— Oui, soupira-t-il.

Il s'assit en face de Paula, posa ses pieds sur le bureau, mais les ôta rapidement après un regard acide de sa collègue.

— Tu penses qu'il est mort?

— J'en ai bien peur, dit Patrik en prononçant pour la première fois à voix haute la crainte qu'il nourris-sait depuis la disparition de Magnus. On a tout vérifié, l'homme n'avait aucune raison de se faire la malle. Il est juste parti de chez lui et… s'est volatilisé!

— Et pas de cadavre.

— Non, pas de cadavre. Où veux-tu qu'on cherche? On ne va quand même pas draguer la mer entière, ni lancer une battue dans tous les bois autour de Fjällbacka. On n'a plus qu'à se tourner les pouces et espérer que quelqu'un tombe sur lui. En vie de préférence. Parce que là, je ne sais absolument pas comment poursuivre. Et je ne sais pas quoi dire à Cia qui espère chaque semaine qu'on aura du nouveau.

— C'est sa façon à elle de gérer la situation. Pour avoir l'impression de faire quelque chose plutôt que d'attendre à la maison. Moi, ça m'aurait rendue folle, dit Paula en jetant un coup d'œil sur la photo à côté de son ordinateur.

— Je sais. Mais c'est quand même vachement pénible.

— Evidemment.

Il y eut un moment de silence dans la petite pièce et Patrik finit par se lever.

— Il ne nous reste plus qu'à espérer qu'il va réapparaître. D'une façon ou d'une autre.

— C'est ça, dit Paula, mais le ton de sa voix était aussi résigné que celui de Patrik

— Espèce d'hippopotame !

— Parle pour toi ! dit Anna à sa sœur en pointant un doigt éloquent sur son ventre.

Devant le miroir, Erica Falck se tourna de profil, comme Anna, et fut obligée de lui donner raison. Bon Dieu, elle était vraiment énorme ! On aurait dit qu'elle n'était plus que ce ventre colossal, avec juste une tête d'Erica posée en haut, pour faire bonne mesure. Et ça pesait. En comparaison, elle avait été un véritable miracle de souplesse quand elle était enceinte de Maja. Cette fois-ci, cependant, elle avait deux bébés dans le ventre.

— Franchement, je ne t'envie pas, dit Anna avec la sincérité brutale d'une petite sœur.

— Merci, sympa.

Erica lui donna un petit coup de ventre, qu'Anna lui rendit aussitôt, et toutes les deux vacillèrent. Elles essayèrent de retrouver leur équilibre en agitant les bras, mais furent prises d'un fou rire qui les obligea à s'asseoir par terre.

— J'y crois pas ! dit Erica en s'essuyant une larme au coin de l'œil. Ça devrait être interdit de devenir aussi énorme. On dirait un croisement entre un Barbapapa et le bonhomme dans le sketch des Monty Python, tu sais, celui qui éclate en mangeant un biscuit à la menthe.

— En tout cas, je remercie tes jumeaux. J'ai l'impression d'être une sylphide à côté.

— Je t'en prie, tout le plaisir est pour moi, répondit Erica en tentant de se lever, mais en vain.

— Attends, je vais t'aider, dit Anna, mais elle fut elle aussi vaincue par la gravitation et retomba encore sur les fesses.

Elles échangèrent un regard complice avant de crier à l'unisson :

— Dan !

— Oui, quoi ? fit une voix au rez-de-chaussée.

— On ne peut pas se relever ! répondit Anna.

— J'arrive !

Elles l'entendirent monter l'escalier et se diriger vers la chambre.

— Vous jouez à quoi ? dit-il en apercevant sa compagne et sa belle-sœur par terre devant le miroir.

— Impossible de se relever, dit Erica avec toute la dignité dont elle était capable.

— Attends, je vais chercher le transpalette, dit Dan en faisant mine de repartir en sens inverse.

— Fais gaffe à toi, dit Erica tandis qu'Anna s'écroulait de rire.

— Bon d'accord, je vais voir ce que je peux faire, répondit Dan en tendant la main à Erica. Oh hisse !

— Pas d'effets sonores, tu seras gentil.

— Bon sang, ce que tu peux être grosse, s'écria-t-il, et Erica le frappa sur le bras.

— Ça fait à peu près cent fois que tu me le dis, et tu n'es pas le seul. Tu te répètes ! Et si tu te focalisais plutôt sur ta propre baleine ?

— Avec plaisir.

Dan remit Anna sur pied et profita de l'occasion pour l'embrasser.

— Bon, et si on revenait à l'objet de ma visite? reprit Erica en se dirigeant vers le placard de sa sœur.

— Qu'est-ce qui te fait croire que j'ai quelque chose pour toi?

— Je n'en sais rien, mais il faut que tu m'aides, je ne rentre dans aucune robe, dit Erica en passant en revue les vêtements sur les cintres. La réception pour Christian et son livre, c'est ce soir et il ne me reste qu'une option : la tente indienne de Maja.

— D'accord, on va te trouver un truc. Ton pantalon n'est pas trop mal, il fera l'affaire et j'ai une chemise qui pourrait t'aller. En tout cas, elle est un peu trop grande pour moi.

Anna sortit une tunique violette avec des broderies qu'Erica enfila après avoir enlevé son tee-shirt. Le passage du ventre fut un peu compliqué, mais elle finit par y arriver. Elle se tourna face au miroir et s'examina d'un œil critique.

— Tu es superbe, dit Anna.

Erica grogna quelque chose en guise de réponse. Avec son gabarit actuel, "superbe" relevait du fantasme, mais elle avait l'air à peu près présentable, voire habillée.

— Ça ira, dit-elle et elle essaya d'enlever elle-même la tunique avant d'abandonner et de laisser sa sœur l'aider.

— Elle a lieu où, cette réception? demanda Anna en remettant la tunique sur le cintre.

— Au *Grand Hôtel*.

— C'est sympa qu'un éditeur organise une fête pour un débutant, non? dit-elle en se dirigeant vers l'escalier.

— Ils sont dithyrambiques. Et les commandes des libraires sont incroyables pour un premier roman, alors j'imagine qu'ils sont très contents de le faire. La presse aussi a répondu présent, apparemment.

— Tu en penses quoi, toi, de son bouquin? Je suppose que tu l'aimes bien, sinon tu ne l'aurais pas recommandé à ton éditeur. Mais il est vraiment bon, ou juste pas mal?

— Il est…, commença Erica et elle chercha le mot approprié tout en suivant tant bien que mal sa petite sœur dans l'escalier. Il est magique. Sombre et beau, inquiétant et fort et… magique, je ne vois pas d'autre mot.

— Christian doit être fou de joie.

— Oui, oui, dit Erica pensivement, tout en entrant dans la cuisine, en habituée des lieux, pour préparer du café. J'imagine que oui. En même temps… Elle se tut pour ne pas perdre le compte des doses de café…. Il était super content quand son livre a été accepté, mais j'ai l'impression que tout ce travail a ravivé quelque chose en lui. C'est difficile à dire, en fait je ne le connais pas si bien que ça. Je ne sais pas trop pourquoi il s'est adressé à moi. Ça m'a juste paru évident que je devais l'aider. J'ai quand même une certaine expérience des manuscrits, même si je n'écris pas de romans. Au début, ça s'est super bien passé, Christian était positif, ouvert à toutes mes propositions. Mais vers la fin, il a commencé à se dérober quand je voulais revoir certains passages. Il est un peu excentrique, c'est peut-être simplement ça.

— Alors il a trouvé le bon métier, dit Anna, sérieuse comme un pape, et Erica se retourna.

— Tu veux dire que je ne suis pas seulement grosse, mais aussi excentrique?

— Sans oublier distraite. Ça marche mieux quand on met de l'eau, dit Anna en hochant la tête vers la cafetière électrique qu'Erica venait d'allumer.

L'appareil poussa un soupir plaintif. Jetant un regard noir sur sa sœur, Erica se dépêcha de le débrancher.

Les tâches ménagères furent expédiées machinalement. Elle rangea la vaisselle sale dans le lave-vaisselle après avoir rincé les assiettes et les couverts. Elle enleva les restes de nourriture de l'évier et le nettoya avec la brosse. Puis elle mouilla le chiffon éponge, l'essora et le passa sur la table de la cuisine pour la débarrasser des miettes et des traces de graisse.

— Maman, je peux aller chez Sandra ?

Elin entra dans la cuisine et le défi inscrit sur le visage de l'adolescente montrait clairement qu'elle s'attendait à un non.

— Tu sais très bien que ce n'est pas possible. Mamie et papi viennent ce soir.

— Ils viennent tout le temps, pourquoi il faut que je sois là aussi ?

Le ton avait pris le timbre geignard que Cia avait tant de mal à supporter.

— Ils viennent pour vous voir, toi et Ludvig. Ils seront très déçus si vous n'êtes pas là, tu peux comprendre ça.

— Mais c'est trop nul ! Mamie va encore se mettre à pleurer, et papi va lui dire d'arrêter. J'ai envie d'aller chez Sandra. Tous les autres seront là.

— Tu exagères un peu, non ? dit Cia en rinçant le chiffon et en le mettant à sécher sur le robinet. Ça m'étonnerait bien que "tous les autres" soient là. Tu iras un autre soir.

— Papa ne m'aurait pas forcée, lui.

Cia sentit sa respiration se bloquer. Elle ne supportait pas la colère et la provocation de sa fille. Ce n'était vraiment pas le moment. Magnus aurait su comment gérer la situation. Il aurait su comment faire avec Elin. Elle, elle n'y arrivait pas. Pas toute seule.

— Papa n'est pas là.

— Et il est où ? hurla Elin, et ses larmes commencèrent à couler. Il est parti ? Je suis sûre qu'il en a eu marre de toi, tu ne le laisses jamais tranquille. Tu râles tout le temps, t'es chiante !

Le silence se fit dans la tête de Cia. Comme si les bruits avaient disparu d'un coup et qu'autour d'elle tout se changeait en brouillard gris.

— Il est mort.

Sa voix sembla venir d'ailleurs, on aurait dit une inconnue. Elin la dévisagea.

— Il est mort, répéta Cia.

Elle se sentit bizarrement calme, elle avait l'impression de flotter au-dessus d'elle-même et de sa fille et d'observer paisiblement la scène.

— Tu dis n'importe quoi, dit Elin, suffoquant presque.

— Je ne dis pas n'importe quoi. La police le pense. Et je sais qu'ils ont raison.

En s'entendant le dire, elle comprit que c'était vrai. Elle avait refusé de le voir, s'était agrippée à l'espoir. Mais la vérité, c'était que Magnus était mort.

— Comment tu peux le savoir ? Comment la police peut le savoir ?

— Il ne nous aurait pas quittés comme ça.

Elin secoua la tête comme pour empêcher la pensée d'y prendre racine. Mais Cia vit que sa fille aussi le savait. Son père ne serait jamais parti comme ça.

Elle fit les quelques pas qui la séparaient d'Elin et la prit dans ses bras. Elle résista, puis se décontracta, se laissa bercer, s'autorisant à redevenir une petite fille. Cia lui caressa les cheveux, alors que ses pleurs redoublaient.

— Tout doux, ça va aller, dit-elle pour la calmer, et elle sentit ses propres forces se raviver d'une étrange façon à mesure que celles de sa fille s'effondraient. Va donc chez Sandra ce soir. J'expliquerai à mamie et papi.

Elle réalisa que, désormais, ce serait à elle de prendre toutes les décisions.

Christian Thydell se regarda dans la glace. Parfois, il avait du mal à savoir comment se positionner par rapport à son physique. Il avait quarante ans. D'une façon ou d'une autre, les années avaient passé, et il regardait à présent un homme adulte, aux tempes grisonnantes.

— Comme tu es beau.

Christian sursauta lorsque Sanna surgit derrière lui et glissa les bras autour de sa taille.

— Tu m'as fait peur. Je n'aime pas quand tu me surprends comme ça.

Il s'extirpa de son étreinte et eut le temps de voir la mine déçue de sa femme dans la glace avant de se retourner.

— Désolée, dit-elle en s'asseyant sur le lit.

— Toi aussi, tu es belle.

Il se sentit encore plus coupable en voyant le petit compliment illuminer son regard. En même temps, cela l'irrita. Il détestait quand elle se comportait comme un chiot qui remue la queue à la moindre attention de son maître. Sa femme avait dix ans de moins que lui, mais par moments, il avait l'impression que c'était plutôt vingt.

— Tu peux m'aider avec la cravate?

Elle se leva et réalisa un nœud d'une main habile. Il fut parfait dès le premier essai et elle fit un pas en arrière pour contempler son œuvre.

— Tu vas faire un tabac ce soir.

— Mmm…, dit-il, surtout parce qu'il ne savait pas trop ce qu'il était censé répondre.

— Maman ! Nils m'a frappé !

Melker arriva en courant comme s'il avait une meute de loups à ses trousses, et avec des doigts poisseux il attrapa la première chose rassurante à sa portée : les jambes de Christian.

— Merde !

Christian repoussa sans ménagement son fils de cinq ans. Mais il était trop tard. Les deux jambes du pantalon avaient déjà des taches de ketchup bien visibles à hauteur des genoux, et il lutta pour conserver son calme. Ces temps-ci, cela lui était de plus en plus difficile.

— Tu pourrais quand même surveiller les mômes ! cracha-t-il en commençant ostensiblement à déboutonner son pantalon pour se changer.

— Je vais le nettoyer, dit Sanna tout en se lançant à la poursuite de Melker qui s'approchait du lit avec ses doigts sales.

— Et comment tu penses t'y prendre ? Je dois y être dans une heure ! C'est bon, je vais me changer !

— Mais…

La voix de Sanna était épaisse de larmes retenues.

— Contente-toi de surveiller les gosses.

Chacune de ses paroles la fit ciller, comme s'il l'avait frappée. Sans un mot, elle attrapa Melker et quitta la chambre.

Après son départ, Christian s'assit lourdement sur le lit. Du coin de l'œil, il se vit dans le miroir. Un homme aux mâchoires serrées, en veste, chemise, cravate et slip. Affaissé, comme si tous les soucis du monde pesaient sur ses épaules. Pour voir, il redressa le dos et bomba le torse. Ce fut tout de suite mieux.

Cette soirée était en son honneur. Et ça, personne ne pouvait le lui enlever.

— Du nouveau? Un café?

Gösta Flygare leva la cafetière vers Patrik qui venait d'entrer dans la petite cuisine du commissariat.

Patrik fit oui de la tête et s'assit. Ernst avait compris qu'une pause café se préparait et il vint se coucher sous la table dans l'espoir qu'une friandise ou deux tomberaient à portée de sa langue râpeuse.

— Tiens, dit Gösta en posant une tasse devant Patrik, puis il s'assit en face de lui et étudia attentivement son jeune collègue. Je te trouve pâlichon.

Patrik haussa les épaules.

— Un peu fatigué, c'est tout. Maja dort mal ces temps-ci et elle dit non à tout. Et Erica est à bout, pour des raisons évidentes. Tu sais, on ne chôme pas à la maison.

— Et ça va pas s'arranger, si j'ai bien compris, constata Gösta pour résumer la situation.

Patrik pouffa.

— C'est ça, Gösta, ça va pas s'arranger. Tout pour me remonter le moral, hein?

— Alors tu n'as rien de neuf sur Magnus Kjellner?

Gösta glissa discrètement un biscuit sous la table et la queue d'Ernst se mit immédiatement à marteler les pieds de Patrik.

— Non, rien.

— J'ai vu qu'elle est venue encore aujourd'hui.

— Oui, je viens d'en parler avec Paula. On dirait un rituel obsessionnel. C'est sans doute normal. Comment tu gérerais ça, toi, un mari qui se volatilise ?

— On devrait peut-être poursuivre les interrogatoires, dit Gösta en glissant un autre biscuit sous la table.

— Pour entendre qui ? demanda Patrik, irrité. On a parlé avec la famille, avec ses amis, on a fait du porte-à-porte dans tout son quartier, on a placardé des avis de recherche et lancé un appel aux renseignements dans la presse locale. Qu'est-ce qu'on peut faire de plus ?

— Ça ne te ressemble pas d'être aussi résigné.

— Non, mais si tu as une proposition, n'hésite pas.

Patrik regretta immédiatement son ton revêche même si Gösta ne parut pas s'en offusquer. Il ajouta d'une voix plus aimable :

— C'est terrible, j'en viens à espérer voir réapparaître son corps… Ce serait la seule façon de savoir ce qui s'est passé. Je mets ma main au feu qu'il n'a pas disparu de son plein gré. Si on avait le corps, au moins, on pourrait ouvrir une vraie enquête.

— Oui, tu as raison. C'est dégueulasse de se dire que le gars va être rejeté par la mer ou retrouvé quelque part dans une forêt. Mais j'ai le même sentiment que toi. Ça doit être horrible…

— De ne pas savoir, tu veux dire ? compléta Patrik en déplaçant ses pieds qui commençaient à s'engourdir sous les fesses chaudes du chien.

— Oui, essaie d'imaginer. N'avoir aucune idée de l'endroit où se trouve celui qu'on aime. Comme pour les parents dont un enfant disparaît. Il existe un site américain avec des enfants disparus. Des pages et des pages pleines de photos et d'avis de recherche. Un putain de cauchemar, et je pèse mes mots.

— Je ne m'en remettrais pas, dit Patrik.

Il pensa à son petit feu follet de fille, l'idée qu'elle lui soit enlevée était insupportable.

— Qu'est-ce que c'est que ces mines d'enterrement ? Vous parlez de quoi ?

La voix joyeuse d'Annika qui se joignait à eux vint rompre le silence. Le plus jeune membre du commissariat, Martin Molin, ne tarda pas à débarquer lui aussi, attiré par les voix dans la cuisine et par l'odeur du café. Il était en congé paternité à mi-temps et il ne manquait aucune occasion de discuter avec ses collègues et d'avoir enfin une conversation entre adultes.

— On parlait de Magnus Kjellner, dit Patrik sur un ton qui laissait entendre que le sujet était clos, et pour bien le souligner, il lança : Comment ça avance pour la petite ?

— Oh, on a reçu des photos hier, dit Annika en sortant quelques clichés de sa poche. Regardez comme elle a grandi !

Elle posa les photos sur la table et Patrik et Gösta y jetèrent un coup d'œil à tour de rôle. Martin y avait déjà eu droit le matin en arrivant.

— Elle est vraiment adorable, dit Patrik.

Annika hocha la tête.

— Elle a dix mois maintenant.

— C'est quand déjà que vous allez la chercher ? demanda Gösta avec un réel intérêt.

C'était lui qui avait incité Annika et son mari à sérieusement considérer l'adoption, il en avait conscience, si bien que d'une certaine façon il voyait la petite fille sur les photos un peu comme la sienne.

— On nous dit un peu tout et n'importe quoi. Dans quelques mois, je suppose, dit Annika et elle ramassa les photos pour les remettre dans sa poche.

— Vous devez piaffer d'impatience, dit Patrik en allant mettre sa tasse dans le lave-vaisselle.

— Oui, c'est vrai. Mais en même temps… c'est en route. Elle existe.

— Oui, elle existe, dit Gösta. Il posa spontanément sa main sur celle d'Annika, pour la retirer aussitôt : Trêve de bavardage ! Faut que j'aille bosser maintenant, marmonna-t-il, troublé.

Amusés, ses trois collègues le regardèrent filer.

— Christian !

La directrice de la maison d'édition vint à sa rencontre et le prit dans ses bras, une accolade saturée d'eau de toilette.

Christian retint sa respiration pour ne pas avoir à inspirer les vapeurs poisseuses. Gaby von Rosen n'était pas connue pour sa discrétion. Tout était excessif chez elle : trop de cheveux, trop de maquillage, trop d'eau de toilette et avec ça un goût vestimentaire qu'on pouvait pour le moins qualifier de tape-à-l'œil. En l'honneur de la soirée, elle portait un tailleur rose bonbon avec une énorme fleur en tissu vert sur le revers, et comme d'habitude ses talons aiguilles étaient vertigineux. Malgré son allure parfois un peu caricaturale, tout le monde prenait au sérieux la patronne de la plus récente et la plus tendance des maisons d'édition suédoises. Elle avait plus de trente ans d'expérience dans le métier et un esprit aussi acéré que sa langue. Ceux qui avaient une fois commis l'erreur de la sous-estimer en tant qu'adversaire n'étaient pas près de recommencer.

— Je me réjouis de cette soirée ! rayonna Gaby.

Elle l'éloigna d'elle sans pour autant le lâcher. Christian luttait encore pour reprendre sa respiration dans le nuage d'eau de toilette et ne put que hocher la tête.

— Les gérants de l'hôtel ont été absolument fantastiques, poursuivit-elle. Des gens adorables! Et le buffet a l'air sublime. Je crois qu'on a trouvé l'endroit idéal pour le lancement de ton magnifique livre. Comment tu te sens?

Christian se trémoussa doucement pour se dégager des mains de Gaby et fit un pas en arrière.

— Ça me paraît assez irréel, je dois dire. J'ai ce roman en tête depuis si longtemps et maintenant… me voici.

Il lorgna vers la pile de livres sur une table près de la sortie. Il pouvait lire son propre nom à l'envers, et le titre, *La Sirène.* Son ventre se contracta ; c'était pour de vrai !

— Voilà comment ça va se passer, dit Gaby en tirant sur la manche de sa veste, et il la suivit docilement. D'abord on va rencontrer les journalistes, pour qu'ils puissent te voir tranquillement. La mobilisation de la presse est très bonne. *GP*, *GT*, *Bohusläningen* et *Strömstads Tidning* sont là. D'accord, ce ne sont pas des journaux nationaux, mais la critique plus que flatteuse d'aujourd'hui dans *Svenskan* suffirait presque.

— Ah bon? Je ne suis pas au courant.

— Je te raconterai.

Gaby l'entraîna vers un petit espace à côté de l'estrade destiné apparemment à l'accueil de la presse, et le fit asseoir sur la première chaise venue. Christian aurait voulu reprendre le contrôle de la situation, mais c'était comme s'il était entraîné dans un maelström. Et Gaby repartait déjà, ce qui n'arrangeait pas les choses. Dans la salle, le personnel courait en tous sens pour dresser les tables. Personne ne s'occupait de lui. Il s'autorisa à fermer les yeux un instant. Il pensa à son livre, à *La Sirène*, aux heures passées devant l'ordinateur. Des centaines, des milliers d'heures. Il pensa à elle, à la Sirène.

— Christian Thydell ?

Une voix le tira de ses méditations et il leva les yeux. L'homme devant lui avait la main tendue et semblait attendre qu'il la prenne. Il se redressa donc et la secoua.

— Birger Jansson, de *Strömstads Tidning*, dit l'autre en posant une grosse sacoche de photographe par terre.

— Enchanté. Asseyez-vous.

Christian ne savait pas trop quelle attitude adopter. Du regard, il chercha Gaby, mais n'entrevit qu'une silhouette rose bonbon papillonnant du côté de l'entrée.

— Ma parole, ils n'ont pas lésiné sur les moyens, dit le journaliste en regardant autour de lui.

— Effectivement, répondit Christian, puis le silence s'installa et tous deux se tortillèrent sur leur chaise.

— On commence ? Ou on attend les autres ?

Christian posa un regard vide sur le reporter. Comment pouvait-il le savoir ? Il n'avait jamais fait ce genre de choses. Prenant son silence pour un accord, Jansson plaça un magnétophone sur la table et l'alluma.

— Donc…, dit-il en encourageant Christian du regard. Ceci est votre premier roman.

Christian se demanda s'il était censé faire plus que confirmer. Il se racla la gorge.

— Oui, en effet.

— Je l'ai beaucoup aimé, dit Birger Jansson d'un ton revêche qui venait contredire ses propos élogieux.

— Merci.

— Qu'essayez-vous de dire avec ce livre ?

Jansson vérifia le bon fonctionnement du magnétophone.

— Ce que j'essaie de dire? Je n'en sais trop rien. C'est une histoire, un récit, que j'avais dans ma tête et qui avait besoin de sortir.

— C'est un livre très sombre. J'irais même jusqu'à dire pessimiste, déclara le journaliste en l'examinant de près comme s'il essayait de lire au plus profond de ses pensées. C'est ainsi que vous voyez notre société?

— Je ne pense pas vouloir transmettre une vision de la société dans mon livre.

Christian chercha désespérément quelque chose d'intelligent à dire. Il n'avait jamais pensé à l'écriture dans ces termes. L'histoire était là depuis si longtemps, en lui, qu'il s'était finalement senti obligé de la coucher sur le papier. Mais ce qu'il voulait exprimer au sujet de la société? L'idée ne lui avait jamais effleuré l'esprit.

Il fut sauvé par Gaby arrivant avec les autres journalistes au complet. Birger Jansson arrêta son magnétophone. Tout le monde se salua et s'installa autour de la table, ce qui prit une minute ou deux, et Christian profita du répit pour se ressaisir.

Gaby chercha à capter l'attention de tous.

— Soyez les bienvenus à cette rencontre avec l'étoile montante du ciel littéraire, Christian Thydell. Au sein de la maison, nous sommes immensément fiers de publier son roman *La Sirène*, nous pensons que c'est le début d'une longue et brillante carrière d'écrivain. Christian, je sais que tu n'as pas encore eu le temps de lire les critiques, c'est donc avec une grande joie que je t'annonce que tu as eu des papiers extraordinaires aujourd'hui dans *Svenskan*, *DN* et *Arbetarbladet*, pour n'en citer que trois. Je vais en lire quelques extraits.

Elle chaussa une paire de lunettes et attrapa une liasse de papiers posée devant elle. Ici et là, sur fond blanc, se détachaient des passages surlignés au marqueur rose.

— "Un virtuose de la langue qui dépeint les petites gens et leur vulnérabilité sans perdre de vue la perspective d'ensemble." Ça, c'est dans *Svenskan*, précisa-t-elle en hochant la tête en direction de Christian, avant de reprendre ses papiers. "La prose sobre de Christian Thydell se lit à la fois avec plaisir et douleur lorsqu'il éclaire les fausses promesses de sécurité et de démocratie que nous fait la société. Ses paroles tranchent tel un couteau dans la chair, dans les muscles et la conscience, et me poussent à poursuivre ma lecture avec un zèle ardent pour, à l'instar du fakir, récolter davantage de cette douleur cuisante, mais purificatrice." *DN*, dit Gaby et elle ôta ses lunettes en tendant les articles à Christian.

Il les prit, incrédule. Il avait entendu ces phrases, c'était agréable de se laisser couvrir d'éloges, mais vraiment, il ne comprenait pas très bien de quoi tout cela parlait. Il avait simplement écrit sur elle, il avait raconté son histoire. Il avait fait sortir les mots qui parlaient d'elle, dans une liberté de parole qui par moments l'avait laissé totalement vide. Il n'avait rien à dire sur la société. C'était d'*elle* qu'il voulait parler.

Ses protestations ne franchirent pas ses lèvres. Personne ne comprendrait et c'était peut-être mieux ainsi. Il ne pourrait jamais expliquer.

— Je suis heureux, vraiment, dit-il en entendant combien ça sonnait creux.

Puis d'autres questions suivirent. Encore des compliments et des réflexions autour de son livre. Il sentit qu'il n'avait aucune réponse sensée à donner.

Comment décrire quelque chose qui a rempli les moindres recoins de votre vie ? Qui n'est pas seulement un récit, mais une question de survie. De douleur. Il fit de son mieux. Il s'efforça de fournir des réponses claires et réfléchies. Apparemment il y parvint, car de temps en temps Gaby lui adressait un hochement de tête approbateur.

Une fois l'interview finie, Christian n'eut qu'une seule envie : rentrer chez lui. Il se sentait exténué. Il fallait pourtant qu'il reste dans la superbe salle à manger du *Grand Hôtel*. Il respira à fond et se prépara à accueillir les invités qui affluaient déjà. Il souriait, mais d'un sourire qui lui coûtait plus que personne ne pouvait l'imaginer.

— Tu essaies de mettre la pédale douce sur l'alcool, ce soir ? souffla Erik Lind à sa femme.

— Tu essaies de mettre un frein à ta libido, ce soir ? répliqua Louise sans se donner la peine de chuchoter.

— Je ne comprends pas de quoi tu parles, dit Erik. Et baisse d'un ton, s'il te plaît.

Louise contempla froidement son époux. Il était beau, elle ne pouvait pas le nier. Et autrefois, il y avait longtemps, cela l'avait touchée. Ils s'étaient rencontrés à l'université et de nombreuses filles l'enviaient à l'époque d'avoir mis le grappin sur Erik Lind. Depuis, il avait lentement mais sûrement tué son amour, son respect et sa confiance en baisant avec d'autres. Pas avec elle, Dieu soit loué. Il ne semblait pas avoir le moindre problème pour trouver chaussure à son pied hors du lit conjugal.

— Salut ! Vous êtes là, vous aussi ! Super !

Cecilia Jansdotter se fraya un chemin jusqu'à eux et leur fit la bise. C'était la coiffeuse de Louise, c'était également la maîtresse d'Erik cette année. Mais ils pensaient que Louise l'ignorait.

— Salut Cecilia, sourit Louise.

C'était une chouette fille. Si elle devait avoir une dent contre toutes celles qui avaient couché avec son mari, elle serait obligée de quitter la ville. D'ailleurs, elle avait cessé de s'en faire depuis bien longtemps. Elle avait ses filles. Et la merveilleuse invention du Bag-in-Box. Elle n'avait pas besoin d'Erik.

— Vous ne trouvez pas ça excitant d'avoir un autre écrivain ici à Fjällbacka ? D'abord Erica Falck et maintenant Christian. Vous avez lu son livre ?

Cecilia sautait presque à pieds joints.

— Je ne lis que les journaux de finance, dit Erik.

Louise leva les yeux au ciel. C'était typiquement Erik de mettre en avant qu'il ne lisait pas de livres.

— J'espère qu'ils nous offriront un exemplaire, dit-elle en serrant plus étroitement son manteau autour d'elle.

— A la maison, c'est Louise qui lit. C'est vrai, quand on ne bosse pas, on a tout son temps. N'est-ce pas, ma chérie ?

Louise haussa les épaules et laissa le commentaire sarcastique s'éteindre tout seul. A quoi bon préciser que c'était Erik qui avait insisté pour qu'elle ne travaille pas quand les filles étaient petites. Ou encore qu'elle trimait du matin au soir pour faire tourner la machine d'une existence ordonnée qui pour lui allait de soi.

Ils continuèrent à bavarder tandis que la queue avançait tout doucement. Finalement, ils purent entrer au chaud et se débarrasser de leurs manteaux au vestiaire avant de descendre les quelques marches menant à la salle à manger.

Le regard d'Erik lui brûlant le dos, Louise mit le cap sur le bar.

— Fais attention à toi, dit Patrik et il embrassa Erica avant qu'elle parte, magnifique avec son gros ventre.

Maja pleurnicha un peu en voyant sa maman disparaître, mais elle se calma tout de suite lorsque Patrik l'installa devant *Bolibompa*, où la séquence avec le dragon vert venait de commencer. Ces derniers mois elle avait été grincheuse et difficile, et ses éclats d'humeur suivis d'un "non" catégorique auraient fait pâlir d'envie n'importe quelle comédienne. Patrik pouvait en partie la comprendre. Elle aussi devait ressentir la tension de l'attente, et la crainte de l'arrivée des bébés. Bon sang, des jumeaux ! Bien qu'ils soient au courant depuis la première échographie de la dix-huitième semaine, il n'avait toujours pas digéré l'information. Parfois il se demandait où ils puiseraient l'énergie. Un bébé, ça avait déjà été difficile, alors comment s'en sortir avec deux ? Comment faire avec les tétées et le sommeil et tout le reste ? Et il leur faudrait une autre voiture pour pouvoir caser trois enfants avec leurs poussettes respectives. Rien que ça.

Patrik s'assit sur le canapé à côté de Maja et fixa le vide devant lui. Il était au bout du rouleau. Comme si ses forces n'en finissaient plus de s'épuiser. Il y avait des matins où il n'arrivait pas à se résoudre à sortir du lit. Rien de vraiment étrange à ça. Outre la situation à la maison, avec une Erica épuisée et une Maja transformée en petit monstre du non, c'était aussi très lourd au boulot. Ils avaient mené plusieurs enquêtes pour meurtre depuis sa rencontre avec Erica, et la lutte constante avec son chef, Bertil Mellberg, le minait.

Et maintenant la disparition de Magnus Kjellner. Patrik ne savait pas si ça relevait de l'expérience ou de l'instinct, mais il était prêt à parier son insigne de policier que Magnus Kjellner n'était plus de ce monde. Accident ou crime, impossible de savoir. Tous les mercredis il voyait sa femme un peu plus petite et usée, et ça le rongeait. Ils avaient fait absolument tout ce qui était en leur pouvoir, pourtant il n'arrivait pas à se débarrasser de l'image de Cia Kjellner.

— Papa !

Maja le tira de ses réflexions avec des ressources vocales insoupçonnées. Son petit index était pointé sur la télé et il comprit immédiatement ce qui n'allait pas. Il s'était perdu dans ses pensées plus longtemps qu'il ne l'avait cru, *Bolibompa* était déjà fini et avait été remplacé par un programme pour adultes qui n'intéressait absolument pas Maja.

— Papa s'en occupe, dit-il pour l'amadouer. Qu'est-ce que tu dirais de Fifi ?

Comme Fifi Brindacier était la préférée de Maja ces temps-ci, Patrik connaissait déjà la réponse et sortit le DVD de *Fifi dans les mers du Sud*, puis il s'installa à côté de sa fille et posa son bras autour d'elle. Comme une petite peluche chaude, elle se cala toute contente au creux de son aisselle. Cinq minutes plus tard, il dormait.

Christian se mit à transpirer. Gaby venait de lui dire que ce serait bientôt à lui de parler. La salle n'était pas vraiment bondée, mais il y avait tout de même une soixantaine de convives attablés, impatients de l'entendre parler. Pour sa part, Christian n'avait rien pu avaler, à part du vin rouge. Il éclusait en ce moment son troisième verre, conscient pourtant qu'il ne devrait pas boire autant. Ça ferait mauvais effet s'il bafouillait dans le microphone en répondant aux questions. Mais sans le vin, il n'y arriverait pas.

Alors que son regard balayait la pièce, il sentit une main sur son bras.

— Salut, comment ça va ? Tu m'as l'air un peu tendu, dit Erica avec un regard inquiet.

— Je stresse un peu, reconnut-il, rassuré déjà de pouvoir confier cela à quelqu'un.

— Je sais ce que c'est. La première fois que j'ai parlé en public, c'était dans une soirée pour écrivains débutants, j'étais à ramasser à la petite cuillère. Et je n'ai absolument aucun souvenir de ce que j'ai bien pu leur raconter.

— J'en suis au même point, mais c'est une cuillère à soupe qu'il va falloir, dit Christian en se passant la main sur le cou.

Pendant une seconde, il pensa aux lettres, et la panique le frappa de plein fouet. Il chancela et serait tombé si Erica ne l'avait pas soutenu.

— Holà ! Tu as un peu forcé sur la bouteille, on dirait. Tu ferais mieux d'arrêter le vin avant de monter sur scène, dit Erica. Elle prit doucement le verre dans sa main et le posa sur une table : Je te promets que ça va bien se passer. Gaby va vous présenter, toi et le livre, puis je te poserai quelques questions. On les a déjà vues ensemble. Fais-moi confiance. Le seul problème, ça va être de me hisser là-haut.

Elle rit et Christian rit aussi. Légèrement trop fort et pas de tout son cœur, mais cela fonctionna. Le stress céda en partie et il sentit qu'il pouvait de nouveau respirer. Il repoussa les lettres au fond de son crâne. Hors de question de se laisser perturber ce soir. La Sirène avait eu la parole dans le livre, il en avait fini avec elle maintenant.

— Salut mon chéri.

Sanna vint les rejoindre et ses yeux étincelèrent quand elle regarda la salle. Il savait que c'était un grand moment pour elle. Peut-être même plus grand que pour lui.

— Tu es belle, dit-il, et elle se délecta du compliment.

Elle était réellement belle. Il savait qu'il avait eu de la chance de la rencontrer. Elle supportait beaucoup de choses de sa part, bien plus que ce que la plupart des femmes supporteraient. Et si elle n'avait pas su remplir les vides en lui, elle n'y était pour rien. Personne ne le pouvait, sans doute. Il l'entoura de son bras et l'embrassa.

— Comme vous êtes mignons ! Et regarde, Christian, on t'a envoyé des fleurs ! lança Gaby qui arrivait en trombe sur ses talons aiguilles.

Il regarda fixement le bouquet qu'elle tenait dans ses mains. Il était joli et très simple, composé exclusivement de lys blancs.

Il tendit la main vers l'enveloppe qui accompagnait les fleurs, mais ses doigts tremblèrent de façon si incontrôlée qu'il eut du mal à l'ouvrir. Il n'était qu'à moitié conscient des regards interrogateurs que lui adressaient les trois femmes autour de lui.

La carte aussi était simple. Un bristol blanc, le texte tracé à l'encre noire d'une belle écriture à l'ancienne. La même que sur les lettres. Il fixa les lignes. Puis tout devint noir.

Jamais il n'avait vu une femme aussi belle. Elle sentait bon et ses longs cheveux étaient maintenus en arrière avec un ruban blanc. Ils brillaient tellement qu'il en fut presque aveuglé. Il fit un pas hésitant vers elle, ne sachant s'il était autorisé à prendre part à toute cette beauté. Elle ouvrit les bras pour lui signifier son accord, et il courut s'y réfugier. Loin du noir, loin du mal. A la place, il fut entouré de blanc, de lumière, de parfum de fleurs et de cheveux soyeux contre sa joue.

— C'est toi, ma maman maintenant ? finit-il par dire, en reculant à contrecœur de quelques pas.

Elle fit oui de la tête.

— C'est sûr ?

Il s'attendit à ce que quelqu'un entre et brise subitement la magie en lui disant qu'il était en train de rêver. Qu'une créature aussi merveilleuse ne pouvait pas être la mère de quelqu'un comme lui.

Mais aucune voix ne se fit entendre. Elle hocha encore la tête et il fut incapable d'arrêter son élan. Il se jeta de nouveau dans ses bras, espérant ne jamais, jamais en sortir. Quelque part dans sa tête il y avait d'autres images, d'autres odeurs et sons qui cherchaient à percer, mais ils furent noyés dans le parfum de fleurs et le froufrou du tailleur. Il les chassa. Les força à disparaître pour laisser cette chose fantastique et incroyable prendre leur place.

Il leva les yeux sur sa nouvelle mère, le cœur bondissant de bonheur. Quand elle prit sa main pour l'emmener, il la suivit sans la moindre hésitation.

— Il paraît qu'il y a eu un petit incident hier soir. Qu'est-ce qui lui a pris, à Christian ? Prendre une cuite à sa propre soirée !

Kenneth Bengtsson arriva tard au bureau après une matinée éprouvante à la maison. Il posa sa veste sur le canapé, mais sous le regard désapprobateur d'Erik, il la reprit et alla la suspendre au portemanteau de l'entrée.

— Oui, ça s'est vraiment terminé en eau de boudin, répondit Erik. D'un autre côté, ça a évité à Louise de se soûler la gueule, ce qui était manifestement son intention.

— C'est à ce point ? demanda Kenneth en observant son associé.

Erik lui faisait rarement des confidences. C'était comme ça depuis toujours, depuis leur enfance quand ils jouaient ensemble, jusqu'à l'âge adulte où ils étaient devenus associés. Erik traitait Kenneth comme s'il le tolérait tout juste, comme s'il lui rendait service en s'abaissant à le fréquenter. Si Kenneth n'avait pas réellement eu quelque chose à lui offrir, ils se seraient rapidement perdus de vue. Ce qui était effectivement arrivé pendant quelques années, quand Erik avait choisi de travailler à Göteborg après y avoir fait ses études.

Kenneth était resté à Fjällbacka et avait démarré sa petite entreprise de comptabilité. Une affaire qui avec le temps était devenue florissante. Car Kenneth avait du talent. Il savait très bien qu'il n'était ni beau ni séduisant, et il ne se faisait pas non plus d'illusions sur son intelligence, qui se situait dans la bonne moyenne. Mais il avait une remarquable facilité pour les chiffres. Il savait jongler avec les sommes d'un bilan financier tel un David Beckham de la compta. C'était cela, et sa capacité à se mettre le fisc dans la poche, qui l'avait rendu pour la première fois de sa vie extrêmement précieux aux yeux d'Erik. Lorsque ce dernier décida de se lancer dans le très lucratif marché immobilier de la côte ouest, le choix de Kenneth comme partenaire fut tout naturel. Erik lui avait certes bien fait savoir où était sa place, et il ne possédait qu'un tiers de l'affaire et non pas la moitié comme il aurait dû, compte tenu de sa contribution à l'activité. Mais ce n'était pas très grave. Kenneth n'aspirait ni à la richesse ni au pouvoir. Il était satisfait de pouvoir travailler dans le domaine où il excellait et d'être l'associé d'Erik.

— Oui, je ne sais pas trop quoi faire avec elle. S'il n'y avait pas les enfants…

Erik secoua la tête, puis il se leva et enfila son manteau.

Kenneth comprenait très bien la situation. En réalité, il savait exactement où le bât blessait. Le problème, ce n'était pas les enfants. Ce qui empêchait Erik de divorcer de Louise, c'était qu'elle obtiendrait la moitié de l'argent et de leurs biens.

— Je pars déjeuner. Ça prendra un petit moment, je pense. Déjeuner d'affaires.

— D'accord, dit Kenneth.

Déjeuner d'affaires, mon œil.

— Il est là?

Erica se tenait devant la porte de la famille Thydell.

Sanna parut hésiter quelques secondes, puis elle s'effaça pour la laisser entrer.

— Oui, dans son bureau. Il reste planté devant l'ordinateur, les yeux dans le vague.

— Je peux monter le voir?

— Bien sûr, dit Sanna. Rien de ce que je dis ne semble l'atteindre. Tu y arriveras peut-être mieux.

Le ton était légèrement amer et Erica prit le temps de l'observer. La fatigue se lisait sur son visage. La fatigue et autre chose qu'Erica eut du mal à déterminer.

— Je vais voir ce que je peux faire.

Péniblement, elle monta l'escalier, en se tenant le ventre d'une main. Même un effort aussi élémentaire lui pompait toute son énergie.

Elle frappa un petit coup sur la porte ouverte et Christian se retourna. Il était devant son ordinateur, écran éteint.

— Salut Christian. Tu nous as fait peur hier, dit-elle en se laissant tomber dans un fauteuil.

— Un peu de surmenage, c'est tout. Et je me fais du mauvais sang pour Magnus aussi.

Les plis autour de ses yeux étaient profonds et ses mains tremblaient un peu.

— Tu es sûr qu'il n'y a pas autre chose? demanda Erica sur un ton plus tranché qu'elle ne l'aurait voulu. J'ai trouvé ça par terre hier soir, je te le rapporte. Tu as dû le perdre.

Elle fouilla dans la poche de sa veste et en sortit le petit mot qui avait accompagné le bouquet de lys blancs. Christian fixa la carte.

— Je n'en veux pas.

— Tu comprends le sens de ces mots?

Erica posa un regard soucieux sur celui qu'elle avait commencé à considérer comme son ami. Il ne répondit pas et elle répéta, d'une voix plus douce :

— Christian, tu en comprends le sens ? Tu as réagi très violemment hier. N'essaie pas de me faire croire que tu es simplement surmené.

Il continua à se taire, puis le silence fut soudain interrompu par la voix de Sanna :

— Parle-lui des lettres.

Elle resta à la porte, attendant la réaction de son mari. Le silence se prolongea encore un moment avant que Christian pousse un soupir et ouvre le tiroir inférieur de son bureau pour en sortir un petit paquet de lettres.

— Ça fait un certain temps que j'en reçois.

Erica les prit et les feuilleta avec précaution. Des feuilles blanches et de l'encre noire. Sans le moindre doute possible la même écriture que celle du bristol qu'elle avait rapporté à Christian. Même les mots paraissaient familiers. Les formulations variaient, mais le thème était le même. Elle lut à haute voix une ligne de la première lettre :

— "Elle marche à tes côtés, elle te suit. Tu n'as aucun droit sur ta propre vie. Elle, si."

Perplexe, Erica leva les yeux.

— Qu'est-ce que ça veut dire ? Tu y comprends quelque chose ?

La réponse fusa, catégorique.

— Non. Non, absolument rien. Je ne vois pas qui pourrait me vouloir du mal. Et je ne sais pas qui est cette "elle". J'aurais dû les jeter, dit-il.

Il tendit le bras pour prendre les lettres, mais Erica ne fit aucun geste pour les lui rendre.

— Tu devrais contacter la police.

— Non, c'est quelqu'un qui me fait une mauvaise blague, c'est tout, dit Christian en secouant la tête.

— Ça ne ressemble pas vraiment à une blague. Et hier, ça n'a pas eu l'air de te faire rire.

— C'est ce que je lui ai dit, glissa Sanna. Je trouve que c'est inquiétant, avec les enfants et tout. Ça peut être un malade mental qui…

Sanna fixa Christian et Erica comprit que ce n'était pas la première fois qu'ils avaient cette discussion. Mais il s'entêta à secouer la tête.

— Je ne veux pas en faire tout un plat.

— Ça a commencé quand, exactement ?

— Quand tu t'es mis à l'écriture du livre, dit Sanna, et son mari lui lança un regard irrité.

— Oui, je pense que c'était à peu près à ce moment-là, admit-il. Il y a un an et demi.

— Il peut y avoir un lien ? Est-ce que tu as introduit un personnage qui existe réellement dans ton livre, ou un événement réel ? Quelqu'un qui pourrait se sentir menacé par ce que tu écris ?

Erica ne quittait pas Christian des yeux et il parut très mal à l'aise. De toute évidence, il ne souhaitait pas avoir cette conversation.

— Non, c'est une œuvre de fiction, dit-il en serrant les lèvres. Personne ne peut se sentir visé. Tu as lu le manuscrit toi-même. Ça te paraît autobiographique ?

— Pas spécialement, dit Erica en haussant les épaules. Mais je sais qu'on a tendance à glisser sa propre réalité dans les romans, consciemment ou inconsciemment.

— Je viens de te dire que non, s'écria Christian.

Il repoussa sa chaise et se leva d'un coup. Erica comprit qu'il était temps de partir et voulut s'extirper du fauteuil. Mais la loi de la physique était contre elle et tous ses efforts ne donnèrent que quelques ébrouements incontrôlés. L'expression bourrue de Christian s'adoucit un peu et il lui tendit la main.

— C'est un abruti qui s'est mis en tête de m'emmerder quand il a su que j'écrivais un livre, j'en suis sûr, dit-il d'une voix plus calme.

Erica doutait que ce soit toute la vérité, mais son intuition ne s'appuyait sur rien de concret. En se dirigeant vers la voiture, elle espéra que Christian ne se rendrait pas compte que les lettres dans son tiroir n'étaient plus que cinq au lieu de six. Avant de partir, elle en avait glissé une dans son sac. Elle ne comprenait pas comment elle avait osé, mais si Christian rechignait à parler, il fallait bien qu'elle fasse des recherches de son côté. Le ton employé dans les lettres était menaçant et son ami pouvait être en danger.

— Tu as été obligée de décommander quelqu'un ?

Erik mordilla le téton de Cecilia. Elle gémit et s'étira dans le lit. Son appartement était commodément situé dans le même immeuble que son salon de coiffure.

— Ça te plairait, hein, que je commence à annuler des rendez-vous pour te caser dans mon agenda. Qu'est-ce qui te fait croire que tu es si important ?

— Je ne vois rien de plus important que ça…, dit-il en laissant sa langue se promener sur son sein, et elle l'attira sur elle, ne pouvant plus attendre.

Après, elle s'allongea, la tête sur son bras, où quelques poils rêches lui chatouillaient la joue.

— Ça m'a fait un peu bizarre de tomber sur Louise hier soir. Et toi ?

— Mmm…

Erik ferma les yeux. Il n'avait aucune envie de discuter de son mariage ou de sa femme avec sa maîtresse.

— J'aime bien Louise, dit Cecilia en jouant avec les poils sur la poitrine de son amant. Si elle savait…

— Mais il se trouve qu'elle ne sait pas, coupa Erik en se redressant à moitié. Et elle ne saura jamais.

Cecilia le regarda et il sut d'expérience exactement où cette discussion allait mener.

— Tôt ou tard, il faudra bien qu'elle l'apprenne.

Mentalement, Erik poussa un profond soupir. Pourquoi fallait-il qu'il y ait tout le temps des discussions sur l'après et sur l'avenir ? Il pivota les jambes pardessus le bord du lit et commença à s'habiller.

— Tu pars déjà ? demanda Cecilia, et son expression blessée l'irrita encore davantage.

— J'ai beaucoup de boulot, dit-il sèchement en boutonnant sa chemise.

L'odeur de sexe lui chatouilla les narines, il faudrait qu'il prenne une douche au bureau. Il y conservait des vêtements de rechange pour ce genre de situation.

— Alors ça se passera toujours comme ça ?

Cecilia était à moitié allongée dans le lit, et Erik ne put s'empêcher de reposer les yeux sur son corps nu. Ses seins pointaient vers le haut, avec ses gros tétons sombres que la fraîcheur de la pièce avait à nouveau raidis. Il réfléchit rapidement. En fait, il n'était pas si pressé de retourner au bureau, pourquoi ne pas plutôt remettre ça ? Un peu de persuasion et de cajoleries seraient sans doute nécessaires, mais l'excitation qui envahissait déjà son corps lui dit que ça en valait la peine. Il s'assit sur le bord du lit, adoucit sa voix et son regard et approcha sa main pour lui caresser la joue.

— Cecilia, dit-il, puis il poursuivit avec des mots qui roulaient facilement sur sa langue comme tant de fois auparavant.

Quand elle répondit en se serrant contre lui, il sentit ses seins contre sa chemise. Il la déboutonna aussitôt.

Après un déjeuner tardif au *Källaren*, Patrik se gara devant le bâtiment bas et blanc qui ne gagnerait jamais de prix d'architecture et entra dans le commissariat de Tanumshede.

— Tu as de la visite, dit Annika en le regardant par-dessus ses lunettes.

— C'est qui ?

— Sais pas, elle est pas mal. Un peu ronde peut-être, mais je pense que c'est ton genre.

— De quoi tu parles ? dit Patrik désorienté, ne comprenant pas pourquoi Annika se mettait à jouer l'entremetteuse pour des collègues déjà heureux en mariage.

— Eh bien, va voir toi-même, elle t'attend dans ton bureau, dit Annika avec un clin d'œil.

Patrik gagna son bureau et s'arrêta net à la porte.

— Mais ma chérie, qu'est-ce que tu fais là ?

Erica était installée dans le fauteuil des visiteurs en train de feuilleter distraitement le magazine *Polis*.

— Tu en as mis du temps, dit-elle sans répondre à sa question. C'est ça, les journées surchargées de la police ?

Pour toute réponse, Patrik renifla. Il savait qu'Erica adorait le taquiner.

— Bon, dis-moi ce qui t'amène ici.

Il s'installa dans son fauteuil, se pencha en avant et regarda sa femme. Encore une fois, il constata combien elle était belle. Il se rappela la première fois qu'elle était venue le voir au commissariat, après le meurtre de son amie Alexandra Wijkner. Elle n'avait fait qu'embellir depuis. Il l'oubliait parfois, emporté par le quotidien, quand les jours se succédaient, avec le boulot, la crèche matin et soir, les courses à faire et les soirées où ils s'effondraient dans le canapé devant la télé. Mais de temps à autre, il était frappé par la certitude que son amour pour elle était loin d'être banal. Et en la voyant là, dans son bureau, avec le soleil d'hiver qui entrait par la fenêtre et soulignait la blondeur de ses cheveux, et leurs deux bébés dans le ventre, ses sentiments étaient tellement forts qu'il sut que cela durerait toute leur vie.

Patrik n'avait pas entendu la réponse d'Erica et il lui demanda de répéter.

— Je disais que je suis allée voir Christian ce matin.

— Comment va-t-il?

— Il m'a paru en forme, un peu secoué, c'est tout. Mais…

Elle se mordit la lèvre.

— Mais quoi? Il avait trop picolé, non? En plus du stress…

— Mouais, il n'y a pas que ça, je crois.

Erica sortit une pochette plastique de son sac à main et la tendit à Patrik.

— La carte accompagnait un bouquet de fleurs qu'on lui a livré hier. Il en a reçu six comme ça depuis environ un an et demi.

Patrik lança un long regard à sa femme et entreprit d'ouvrir la pochette.

— Il vaut peut-être mieux ne pas les sortir. On les a déjà touchées, Christian et moi. Ce n'est pas la peine d'ajouter de nouvelles empreintes digitales.

Il la gratifia d'un autre regard, mais fit ce qu'elle disait et lut le texte de la carte et de la lettre à travers le plastique.

— Comment tu interprètes ça ? demanda Erica.

— Ben, on dirait effectivement une menace. Même si elle est indirecte.

— Oui, c'est ce que je me dis aussi. Christian le prend vraiment comme une menace, même s'il essaie de minimiser la chose. Il ne veut pas montrer les lettres à la police.

— Et ça… ? dit Patrik en brandissant la pochette devant Erica.

— Oups, j'ai dû les emporter par mégarde. Quelle étourdie !

Elle inclina la tête sur le côté en essayant de prendre son air adorable, mais son mari ne mordit pas à l'hameçon.

— Tu les as volées à Christian ?

— Il y a vol et vol. Je les ai seulement empruntées pour un petit moment.

— Et que veux-tu que je fasse de ce matériel… emprunté ? demanda Patrik, connaissant déjà la réponse.

— De toute évidence, quelqu'un menace Christian. Il prend ça au sérieux et il a peur, je m'en suis rendu compte aujourd'hui. Je ne comprends pas pourquoi il ne veut pas le signaler à la police, mais tu pourrais peut-être voir en toute discrétion s'il y a quelque chose à exploiter sur la lettre et la carte ?

La voix d'Erica était suppliante et Patrik savait déjà qu'il allait céder. Dans ce registre, elle était infernale, ce n'était pas la première fois qu'il en faisait les frais.

— D'accord, d'accord, dit-il en levant les mains en signe de capitulation. Je me rends. Je vais voir si je peux trouver quelque chose. Mais ce n'est pas dans mes priorités.

— Merci mon chéri, sourit Erica.

— Maintenant tu rentres te reposer, dit Patrik avec fermeté, mais il ne put s'empêcher de se pencher pour l'embrasser.

Après le départ d'Erica, il se mit à tripoter la pochette contenant les mots de menace, sans avoir de véritable idée. Son esprit lui parut lent et englué, mais quelque chose se mit malgré tout en branle. Christian et Magnus étaient amis. Est-ce que…? Il voulut écarter tout de suite cette pensée, mais elle s'obstina et il observa la photo épinglée sur le mur en face de lui. Pouvait-il y avoir un lien?

Bertil Mellberg pilota la poussette devant lui. Leo était comme toujours gai et satisfait et affichait de temps en temps un sourire avec deux grains de riz plantés dans la mâchoire. Aujourd'hui Ernst était resté au commissariat, alors que d'habitude il marchait docilement à côté de la poussette et faisait le gardien pour que rien ne vienne menacer celui qui était devenu aussi un peu le centre de son univers. De celui de Mellberg, il l'était totalement.

Jamais Mellberg n'avait imaginé qu'on puisse ressentir ça pour quelqu'un. Depuis le jour où il avait assisté à l'accouchement, depuis qu'il avait été le premier à le tenir dans ses bras, Leo avait enflammé son cœur comme jamais personne auparavant. Bon, d'accord, la grand-mère de Leo s'y était très bien employée, mais le premier sur la liste des personnes les plus importantes dans la vie de Mellberg, c'était ce petit bonhomme.

De mauvaise grâce, il remit le cap sur le commissariat. Paula aurait en réalité dû s'occuper de Leo pendant le déjeuner pour permettre à sa compagne de faire quelques courses. Mais elle avait été obligée de se rendre au domicile d'une femme dont l'ex-mari avait promis de "lui casser sa sale petite gueule", et Mellberg s'était immédiatement proposé pour promener le petit. Maintenant il n'avait plus envie de le rendre. Il était immensément jaloux de Paula qui allait bientôt partir en congé parental. Personnellement, il aurait vu d'un bon œil un petit break pour passer du temps avec Leo. C'était une excellente idée, d'ailleurs. En chef expérimenté et dynamique, il se devait de donner à ses subordonnés une chance d'évoluer. De plus, Leo avait besoin d'une image masculine forte dès son plus jeune âge. Avec deux mamans et pas de papa en vue, ils devaient penser au bien du garçon et veiller à ce qu'il ait pour modèle un homme intègre et scrupuleux. Quelqu'un comme lui, par exemple.

Avec la hanche, il poussa la lourde porte du commissariat et fit entrer la poussette. Annika s'illumina en les voyant, et Mellberg déborda de fierté.

— Alors, comme ça on est allé se promener, et pas avec n'importe qui, dit-elle en se levant pour aider son chef avec la poussette.

— Oui, les filles avaient besoin que je les dépanne.

Il commença à enlever le petit manteau de Leo. Amusée, Annika le regarda faire. Décidément, le temps des miracles n'était pas terminé.

— Allez, viens mon petit bonhomme, on va voir si ta maman est là, gazouilla Mellberg en prenant Leo dans ses bras.

— Paula n'est pas encore revenue, dit Annika en retournant s'installer derrière son bureau.

— Quel dommage, tu vas être obligé de te farcir ton vieux papi encore un moment, dit Mellberg tout content, et il se dirigea vers la cuisine avec Leo sur le bras.

Les filles avaient proposé, il y avait quelques mois de cela, qu'il emménage chez Rita. Et qu'on l'appelle papi Bertil. Depuis, il saisissait chaque occasion d'utiliser ce mot, de s'y habituer et de s'en réjouir. Papi Bertil.

C'était l'anniversaire de Ludvig, et Cia voulait faire en sorte que ce soit un anniversaire comme tous les autres. Treize ans. Treize ans depuis le jour à la maternité où elle avait ri en voyant la ressemblance presque comique entre le père et le fils. Une ressemblance qui ne s'était pas atténuée avec le temps, bien au contraire. A présent, au fond du trou, elle avait du mal à regarder Ludvig. A cause de ça justement. La combinaison des yeux bruns tachetés de vert et des cheveux blonds qui aux premiers rayons de l'été devenaient presque blancs. Ludvig avait la même morphologie, le même schéma corporel que Magnus. Grand, dégingandé et des bras qui lui rappelaient ceux de Magnus quand il l'enlaçait.

D'une main malhabile, Cia essaya d'écrire le nom de son fils sur le gâteau recouvert de pâte d'amandes. Encore une chose qu'ils avaient en commun. Magnus – tout comme Ludvig – était capable d'engloutir un *prinsesstårta* à lui tout seul et, comble d'injustice, sans prendre un gramme. Elle, il lui suffisait de regarder un petit pain à la cannelle pour grossir. Ces temps-ci, pourtant, elle était devenue aussi mince qu'elle en avait toujours rêvé. Depuis la disparition de Magnus, les kilos s'étaient envolés. Elle ne pouvait rien avaler. Et l'énorme boule qu'elle avait au ventre, depuis le réveil au matin jusqu'au soir quand elle allait retrouver un sommeil agité, semblait prendre toute la place. Son aspect physique était le cadet de ses soucis, elle ne se regardait plus dans la glace. Quelle importance puisque Magnus n'était pas là ?

Parfois elle aurait voulu qu'il soit mort sous ses yeux. Qu'il ait eu un infarctus ou se soit fait écraser par une voiture. N'importe quoi, pourvu qu'elle sache et qu'elle puisse s'occuper de l'enterrement, de la succession et de tous les détails pratiques qui accompagnent un décès. Le deuil lui aurait d'abord fait mal, l'aurait consumée, pour s'estomper petit à petit et ne laisser qu'une sensation sourde de manque mêlée aux souvenirs joyeux.

Mais elle n'avait rien. Qu'un grand vide. Il n'était pas là, elle n'avait rien pour formaliser son deuil et était incapable de poursuivre sa vie. Et même de travailler : elle ignorait combien de temps elle serait en congé maladie.

Cia regarda le gâteau. Elle n'avait réussi à faire que des barbouillages avec le glaçage. Les tas irréguliers sur la pâte d'amandes étaient illisibles, et ils absorbaient ses dernières forces. Elle s'affaissa par terre, dos contre le réfrigérateur et les pleurs jaillirent de l'intérieur, envahissant tout son corps.

— Maman, ne pleure pas.

Elle sentit une main sur son épaule. La main de Magnus. Non, celle de Ludvig. Elle secoua la tête. La réalité était en train de lui échapper, elle aurait voulu lâcher prise, disparaître dans l'obscurité qui l'attendait, elle en était sûre. Une obscurité chaude et agréable qui l'entourerait pour toujours, si elle l'y autorisait. Mais à travers ses larmes, elle vit les yeux bruns et les cheveux blonds et sut qu'elle ne pouvait pas se permettre de céder.

— Le gâteau, sanglota-t-elle.

Ludvig l'aida à se remettre debout, puis il prit doucement le tube de glaçage dans sa main.

— Je m'en occupe, maman. Va te reposer, je le terminerai, ton gâteau.

Il lui caressa la joue. Treize ans, mais il n'était plus un enfant. Il était son père maintenant, il était Magnus, le roc de Cia. Elle savait qu'elle ne devait pas le laisser vraiment endosser ce rôle, il était encore trop petit. Mais pour le moment, elle lui savait gré d'être le plus fort des deux.

Elle s'essuya les yeux avec la manche de son pull pendant que Ludvig prenait un couteau et raclait doucement le glaçage collant de son gâteau d'anniversaire. La dernière chose que vit Cia en quittant la cuisine fut son fils concentré, tâchant de former la première lettre de son prénom. L comme Ludvig.

— Tu es mon beau petit garçon, tu le sais ? dit sa
mère en le coiffant avec douceur.

Il hocha la tête. Oui, il le savait. Il était le beau garçon de mère. Elle le lui avait dit et redit depuis qu'il
avait pu rentrer avec eux, et il ne se lassait jamais de
l'entendre. Parfois il pensait à ce qu'il avait vécu.
La chose horrible, quand il était resté seul. Mais il
lui suffisait de regarder un bref instant la belle créature qui était désormais sa mère, et le souvenir disparaissait, il s'estompait et se dissolvait. Comme si
elle n'avait jamais existé.

Elle venait de lui donner un bain et l'avait enveloppé dans le peignoir vert avec des fleurs jaunes.

— Est-ce que mon chéri voudrait un peu de glace ?

— Tu le gâtes trop, fit la voix de père du côté de
la porte.

— Il n'y a pas de mal à ça, répliqua-t-elle.

Il se blottit au fond du peignoir éponge et remonta
la capuche pour se soustraire au ton dur qui rebondissait entre les murs carrelés. Pour se cacher de la
noirceur qui remontait à la surface.

— Je dis simplement que tu ne lui rends pas service en le gâtant.

— Tu insinues que je ne sais pas comment élever
notre fils ?

Les yeux de mère se firent sombres et insondables. On aurait dit qu'elle cherchait à anéantir père du regard. Et, comme toujours, sa colère parut le faire fondre. Quand elle se leva et se dirigea vers lui, il rétrécit. Il se tassa sur lui-même et devint tout petit. Un petit père gris.

— Je suppose que tu sais ce qui est le mieux, murmura-t-il et il s'en alla, le regard rivé au sol.

Ensuite vint le bruit de chaussures qu'on enfile et la porte d'entrée qu'on ouvre et referme. Père allait faire une promenade, encore.

— On se fiche de lui, chuchota mère, la bouche tout près de son oreille cachée sous le tissu éponge vert. On s'aime, toi et moi. Seulement toi et moi.

Il se serra sur sa poitrine comme un petit animal et se laissa bercer.

— Seulement toi et moi, chuchota-t-il.

— Non ! Veux pas !

Maja épuisa une grande partie de son maigre vocabulaire ce vendredi matin pendant que Patrik se débattait pour la déposer à la crèche. Sa fille s'accrocha à son pantalon en hurlant, et il fut obligé d'ouvrir de force ses doigts pour se dégager. Ça lui fendit le cœur de voir Ewa l'emmener, alors qu'elle lui tendait les bras désespérément. Son "Papa !" hoqueté entre deux sanglots résonnant dans sa tête, il se dirigea vers la voiture. Avant de démarrer, il resta un long moment, le regard dans le vide. Ce cinéma durait depuis deux mois, c'était probablement sa façon à elle de réagir à la grossesse de sa maman.

C'était lui qui menait la bataille tous les matins. Sur sa propre initiative. C'était beaucoup trop pénible pour Erica d'habiller et de déshabiller Maja, et se pencher pour nouer ses lacets était hors de question. Il n'y avait pas d'autre solution. Mais c'était usant, et les crises commençaient toujours bien avant la crèche. Dès le moment où il s'apprêtait à l'habiller, Maja s'agrippait à lui et refusait d'obéir. Il avait honte de le reconnaître, mais il lui était arrivé plus d'une fois de s'emporter au point qu'elle se mettait à hurler. Après, il se traitait de père indigne et tyrannique.

Fatigué, il se frotta les yeux, respira profondément et démarra la voiture. Plutôt que de prendre la direction de Tanumshede, il eut l'idée de tourner vers les villas derrière le quartier de Kullen. Il se gara devant la maison des Kjellner et fit quelques pas hésitants vers la porte. Il aurait dû prévenir de sa venue, mais c'était trop tard maintenant. Il leva la main et la laissa retomber lourdement sur la porte blanche. Une couronne de Noël y était toujours accrochée. Personne n'avait pensé à l'enlever.

Patrik ne percevait aucun bruit à l'intérieur et il frappa encore une fois. Puis il repéra des pas et Cia vint ouvrir. Tout son corps se tendit quand elle le vit et il se dépêcha de secouer la tête.

— Non, je ne viens pas pour ça, dit-il, et tous les deux savaient ce qu'il entendait par là.

Les épaules de Cia retombèrent et elle s'effaça pour le faire entrer.

Patrik ôta ses chaussures et accrocha sa veste sur l'une des rares patères qui ne débordaient pas de vêtements d'ados.

— J'avais envie de faire un saut pour qu'on parle un peu.

Il hésita tout à coup sur la manière de présenter à Cia ce qui n'était encore qu'une vague pensée. Cia le précéda dans la cuisine située à droite du vestibule. Patrik était déjà venu à quelques reprises. Les jours suivant la disparition de Magnus, ils étaient restés assis ici, autour de la table en pin, pour tout passer en revue, encore et encore. Il avait posé des questions qui normalement relevaient du domaine privé, mais qui étaient devenues l'affaire de tous à l'instant même où Magnus Kjellner avait quitté son domicile pour ne pas revenir.

L'intérieur n'avait pas changé. Classique, mais agréable, un peu de pagaille laissée par des adolescents désordonnés. La dernière fois qu'ils s'étaient vus ici, il y avait encore un sentiment d'espoir. A présent, la résignation était posée comme un couvercle sur la maison. Et sur Cia.

— Il reste un peu de gâteau. C'était l'anniversaire de Ludvig hier, dit Cia sans entrain.

Elle se leva et sortit un quart de gâteau princesse du réfrigérateur. Patrik essaya de protester, mais Cia avait déjà placé des assiettes sur la table et il admit qu'aujourd'hui il démarrerait sa journée avec de la crème chantilly et de la pâte d'amandes.

— Ça lui fait quel âge ? demanda Patrik tout en coupant la plus petite part autorisée par la bienséance.

— Treize ans.

Un sourire passa sur le visage de Cia lorsqu'elle se servit un petit bout de gâteau, elle aussi. En voyant combien elle avait maigri ces derniers mois, Patrik regretta de ne pas pouvoir la forcer à manger plus que ça.

— Un âge sympa. Ou pas, dit Patrik.

Ses paroles sonnaient creux, il s'en rendit compte, et la crème chantilly envahit sa bouche.

— Il ressemble tellement à son père, dit Cia, puis elle posa brusquement sa cuillère. Pourquoi tu es venu ?

Patrik s'éclaircit la voix.

— Je me fourvoie peut-être complètement, mais je sais que tu veux qu'on fasse le maximum, et je suis désolé si…

— Vas-y, dis ce que tu as à dire.

— Eh bien, j'ai pensé à une chose. Magnus était copain avec Christian Thydell. Ils se connaissaient comment ?

Cia lui jeta un regard inquisiteur, mais elle ne posa pas de questions et se contenta de réfléchir avant de répondre :

— En fait, je ne sais pas. Je crois qu'ils se sont rencontrés peu après que Christian est venu vivre ici avec Sanna. Elle est originaire de Fjällbacka. Ça doit faire environ sept ans. Oui, c'est ça, parce que Sanna a été enceinte de Melker assez rapidement et il a cinq ans aujourd'hui. Je me souviens qu'on avait trouvé qu'ils étaient allés vite en besogne.

— Tu étais déjà amie avec Sanna? C'est comme ça qu'ils ont fait connaissance?

— Non, Sanna a dix ans de moins que moi, on ne se voyait pas du tout avant. Pour tout te dire, je ne me rappelle pas vraiment comment ça s'est fait. Je sais seulement que Magnus a proposé qu'on les invite à dîner, et après ça, on s'est pas mal vus. Sanna et moi, on n'a pas grand-chose en commun, mais c'est une fille sympa, et Elin et Ludvig aiment bien faire les fous avec leurs gamins. Et je préfère vraiment Christian aux autres amis de Magnus.

— A qui tu penses?

— A ses vieux copains d'enfance, Erik Lind et Kenneth Bengtsson. C'est surtout pour faire plaisir à Magnus que j'ai accepté de les voir, eux et leurs femmes. Ils sont tellement différents de lui, je trouve.

— Et Magnus et Christian? Ils étaient proches?

Cia sourit.

— Je pense que Christian n'a pas d'amis proches. Il peut être assez ténébreux et il aime garder ses distances. Mais avec Magnus, il était totalement différent. Mon mari avait cet effet-là sur les gens. Il savait les détendre. Tout le monde l'aimait bien.

Elle déglutit et Patrik réalisa qu'elle venait de parler de son mari comme s'il n'était plus en vie.

— Pourquoi poses-tu des questions sur Christian? Il s'est passé quelque chose? ajouta-t-elle, inquiète.

— Non, rien de grave.

— On m'a raconté ce qui est arrivé pendant la réception. J'étais invitée, mais ça m'aurait fait bizarre d'y aller sans Magnus. J'espère que Christian ne l'a pas mal pris.

— Je ne pense pas. Par contre, il reçoit des lettres de menace depuis plus d'un an. Je cours peut-être après des fantômes, mais je voulais vérifier avec toi si Magnus n'aurait pas aussi reçu ce genre de courrier ? Ils se connaissaient, il pourrait y avoir un lien.

— Des lettres de menace ? Tu ne penses pas que je vous en aurais déjà parlé ? dit Cia, et sa voix grimpa dans les aigus. Si ça avait pu vous aider à retrouver Magnus, pourquoi l'aurais-je caché ?

— Je suis persuadé que tu nous l'aurais dit, se hâta de répondre Patrik. Mais Magnus aurait pu ne pas te mettre au courant pour ne pas t'inquiéter, non ?

— Et comment veux-tu que je te le raconte alors ?

— Mon expérience me dit que les épouses ressentent pratiquement tout sans qu'il soit nécessaire de le leur dire. En tout cas, ma femme fonctionne comme ça.

Cia sourit de nouveau.

— Un point pour toi. C'est vrai, je l'aurais su si quelque chose pesait sur Magnus. Mais non, il était comme toujours, gai et insouciant. C'était l'homme le plus stable et le plus fiable du monde, toujours positif, de bonne humeur. Parfois, ça m'énervait au plus haut point, il m'est arrivé de tout faire pour provoquer une réaction chez lui. Je n'ai jamais réussi. Magnus était comme ça. Si quelque chose l'avait inquiété, et si contre toute attente il ne m'en avait pas parlé, je m'en serais quand même rendu compte. Il savait tout sur moi et je savais tout sur lui. Nous savions tout l'un sur l'autre.

Sa voix était ferme et Patrik sentit qu'elle était sincère. Pourtant il avait un doute. On ne peut jamais tout savoir d'une autre personne. Même pas de l'être avec qui on vit et qu'on aime. Il la regarda.

— Pardonne-moi si je vais trop loin, mais est-ce que tu m'autoriserais à jeter un coup d'œil à la maison ? Pour avoir une image plus nette de l'homme qu'était ton mari.

Bien qu'ils aient déjà parlé de Magnus au passé, Patrik regretta tout de suite sa tournure. Mais Cia ne fit aucun commentaire. Elle se contenta de faire un geste vers la porte en disant :

— Regarde autant que tu veux. Je te le dis franchement. Faites ce que vous voulez, demandez ce que vous voulez, pourvu que vous le trouviez.

D'un mouvement presque agressif, elle essuya une larme avec le dos de la main.

Patrik comprit qu'elle voulait qu'il la laisse tranquille un moment. Il en profita pour se lever et aller explorer la maison. Il commença par le salon, qui était comme des milliers d'autres salons suédois. Un grand canapé bleu marine Ikea. La bibliothèque Billy avec éclairage intégré. De petites babioles et des souvenirs de voyage, des photos des enfants aux murs. Patrik alla regarder de plus près une grande photo de mariage encadrée au-dessus du canapé. Ce n'était pas un portrait traditionnel figé. Magnus était allongé dans l'herbe, en queue-de-pie et la tête appuyée sur la main. Cia se tenait juste derrière lui, en robe nuptiale froufroutante avec volants et dentelles. Elle affichait un grand sourire et son pied était fermement placé sur Magnus.

— Nos parents étaient à deux doigts de la crise cardiaque quand ils ont vu notre photo de mariage, dit Cia derrière lui, et Patrik se retourna.

— Elle est assez… originale.

Depuis qu'il vivait à Fjällbacka, Patrik avait certes croisé Magnus quelques fois, mais sans dépasser les habituelles phrases de politesse. A présent qu'il voyait ce visage ouvert et joyeux, il sentit spontanément qu'il l'aurait bien aimé.

— Je peux monter ?

Cia acquiesça de la tête.

Dans l'escalier aussi il y avait des photos accrochées au mur et Patrik s'arrêta pour les regarder. Elles témoignaient d'une vie riche, mais sans prétention et focalisée sur la famille. Il en ressortait nettement que Magnus Kjellner avait été extrêmement fier de ses enfants. Une photo en particulier noua l'estomac de Patrik. Un cliché de vacances. Un Magnus tout sourire entourant Elin et Ludvig de ses bras. Son regard rayonnait tellement de bonheur que Patrik eut du mal à le supporter. Il se détourna et monta les dernières marches.

Les deux premières portes donnaient sur les chambres des enfants. Celle de Ludvig était particulièrement bien rangée : aucun vêtement jeté par terre, le lit fait et, sur le bureau, les pots à crayons et autres ustensiles soigneusement alignés. Il était manifestement intéressé par le sport. A la place d'honneur au-dessus du lit était suspendu un maillot de l'équipe de Suède avec l'autographe de Zlatan. Sinon, c'étaient les photos du club de Göteborg qui dominaient.

— Ludvig et Magnus essayaient d'aller aux matches le plus souvent possible.

Patrik sursauta. Encore une fois, Cia l'avait surpris. Il ne l'avait pas entendue arriver, elle devait avoir le don de marcher sans faire de bruit.

— Très ordonné, ton gamin.

— Oui, comme son papa. Chez nous, c'était surtout Magnus qui rangeait et faisait le ménage. Je suis plus bordélique. Si tu regardes dans l'autre chambre tu verras lequel des enfants tient de moi.

Patrik ouvrit la porte suivante malgré l'écriteau d'avertissement disant FRAPPER AVANT D'ENTRER !

— Waouh ! s'exclama Patrik, et il fit un pas en arrière.

La chambre d'Elin était indéniablement sens dessus dessous. Et rose. Patrik cilla. La chambre de Maja serait-elle ainsi dans quelques années ? Et si les jumeaux étaient des jumelles ? Il se noierait dans le rose.

— Tu vois ce que je veux dire, soupira Cia et elle croisa les bras comme pour se retenir de commencer à ranger. Je croyais qu'en grandissant elle allait abandonner sa période rose, mais elle a plutôt fait l'inverse. Au début, c'était rose tendre, là elle en est au rose criard. J'ai fini par laisser tomber. Elle garde la porte fermée pour que je ne voie pas son capharnaüm. Je me contente d'un contrôle d'odeur de temps à autre, pour m'assurer que ça ne sent pas le cadavre.

Elle sursauta en entendant son propre choix de mot, et poursuivit tout de suite :

— Magnus ne supportait pas ce bordel. Mais je l'ai persuadé de la laisser faire. J'étais pareille à son âge et je sais que ça ne sert à rien de parlementer à l'infini. Quand j'ai eu mon propre appartement, j'ai été plus ordonnée, je pense que ça sera pareil pour Elin.

Elle referma la porte et montra la porte au fond du couloir.

— C'est notre chambre. Je n'ai pas touché aux affaires de Magnus.

La première chose qui frappa Patrik, c'est qu'ils avaient la même literie qu'Erica et lui. Des housses de couette à carreaux bleus et blancs de chez Ikea. Pour une raison qu'il ignorait, cela le mit mal à l'aise. Il se sentit vulnérable.

— Magnus dormait côté fenêtre, précisa Cia.

Patrik contourna le lit. Il aurait préféré être seul. Avec Cia qui l'observait, il avait l'impression de mettre son nez dans ce qui ne le regardait pas. Il n'avait aucune idée de ce qu'il cherchait. Il lui fallait simplement toucher Magnus de plus près, l'envisager comme une personne en chair et en os et pas seulement comme une photographie sur le mur du commissariat. Les yeux de Cia lui brûlaient toujours le dos, et il finit par se retourner.

— Ne le prends pas mal, mais est-ce que tu pourrais me laisser seul ici un moment?

Il espéra de tout son cœur qu'elle comprendrait.

— Pardon, oui, bien sûr, dit-elle avec un sourire d'excuse. C'est forcément gênant de m'avoir dans les pattes, je comprends. Je descends régler deux trois bricoles, fais comme chez toi.

— Merci.

Patrik s'assit sur le bord du lit. Il commença par examiner la table de nuit. Des lunettes, une pile de papiers qui se révéla être le manuscrit de *La Sirène*, un verre vide et une plaquette d'Alvedon contre le mal de tête, c'était tout. Il ouvrit le tiroir, mais ne trouva rien d'intéressant. Un livre de poche, *Horreur boréale* d'Åsa Larsson, une boîte de boules Quies et un sachet de pastilles pour la gorge.

En poussant les portes coulissantes des placards qui couraient sur tout un mur de la chambre, il eut une illustration précise de ce que Cia avait dit sur leur sens de l'ordre respectif et cela le fit rire. La moitié du placard était un miracle d'organisation. Tout était impeccablement plié et trié dans des paniers métalliques : chaussettes, slips, cravates et ceintures. Au-dessus étaient suspendus des chemises repassées, des vestes, des polos en piqué et des tee-shirts. Des tee-shirts sur des cintres, l'idée donna le vertige à Patrik. Pour sa part, il se contentait de les fourrer dans un tiroir de sa commode pour ensuite pester parce qu'ils étaient froissés.

La partie de Cia ressemblait davantage à son système. Tout était mélangé, pêle-mêle, comme si on avait ouvert la porte juste pour y jeter les affaires n'importe comment.

Il referma les placards et contempla le lit dont seule une moitié était utilisée. C'était à vous fendre le cœur. Il se demanda si on arrivait vraiment à s'habituer à dormir dans un grand lit vide. L'idée de dormir sans Erica lui parut insupportable.

Quand il revint dans la cuisine, Cia était en train de débarrasser leurs assiettes. Elle l'interrogea du regard et il dit gentiment :

— Merci de m'avoir laissé jeter ce coup d'œil. Je ne sais pas si ça aura une quelconque importance, mais maintenant j'en connais un peu plus sur Magnus et sur la personne qu'il était… qu'il est.

— C'est important. Pour moi.

Il prit congé et quitta la maison. Sur le perron, il s'arrêta et contempla la couronne fanée accrochée à la porte. Après un instant d'hésitation, il l'enleva. Avec son souci de l'ordre, Magnus n'aurait certainement pas voulu qu'elle reste là.

Les enfants n'arrêtaient pas de se chamailler. Leurs cris rebondissaient entre les murs de la cuisine et sa tête était sur le point d'éclater. Ça faisait plusieurs nuits qu'il dormait mal. Les pensées tournaient, tournaient, comme s'il devait analyser chacune d'entre elles avant de pouvoir passer à la suivante.

Il avait même envisagé de se lever et d'aller au cabanon de pêcheur pour écrire. Mais le silence de la nuit et l'obscurité dehors laisseraient le champ libre aux fantômes, et ses mots ne sauraient pas couvrir leurs voix. Il était donc resté au lit à fixer le plafond, assailli par le désespoir.

— Vous arrêtez maintenant !

Sanna sépara les deux garçons qui se battaient pour le paquet de chocolat instantané qu'on avait malencontreusement placé à leur portée. Puis elle se tourna vers Christian qui avait le regard perdu dans le vide. Il n'avait pas touché à sa tartine et son café avait refroidi.

— Tu pourrais quand même m'aider un peu !

— J'ai très mal dormi, répondit-il.

Il prit une gorgée de café froid, puis se leva et alla vider la tasse dans l'évier, s'en versa une autre et y ajouta un peu de lait.

— Que tu sois débordé en ce moment, je le comprends très bien, et tu sais aussi que je t'ai constamment soutenu quand tu travaillais sur ton livre. Mais il y a une limite pour moi aussi.

Sanna ouvrit de force la main de Nil, prit la cuillère qu'il s'apprêtait à envoyer à la tête de son grand frère et la lança dans l'évier. Elle respira à fond, comme pour mobiliser ses forces avant d'ouvrir les vannes à tout ce qui s'était accumulé en elle. Christian aurait aimé pouvoir appuyer sur un bouton "pause" pour l'arrêter dans son élan. Il n'en pouvait plus.

— Je n'ai pas dit un mot quand tu allais directement du boulot au cabanon et passais les soirées à écrire. J'allais chercher les enfants, je préparais le dîner, je les faisais manger, je rangeais derrière eux, je leur brossais les dents, je leur lisais une histoire, je les mettais au lit. Je faisais tout ça sans rouspéter pour que, toi, tu puisses te consacrer à ta foutue *création* !

Ce dernier mot dégoulinait d'un sarcasme qu'il ne lui connaissait pas, et il ferma les yeux pour essayer de barrer la route aux paroles de Sanna. Mais elle continua, inexorablement.

— Et je me réjouis de ton succès, vraiment. Que le livre soit publié et que tu sembles être la nouvelle étoile montante. J'en suis contente pour toi chaque minute et chaque seconde. Mais moi ? Elle est où ma place dans tout ça ? Personne ne vient me féliciter, personne ne me regarde en disant : "Je n'en reviens pas, Sanna, tu es formidable. Quelle chance pour Christian de t'avoir." Même toi, tu ne le dis pas. Tu trouves ça tout à fait normal que je trime ici avec les enfants et le ménage pendant que, toi, tu fais ce que tu "es simplement obligé" de faire. Je ne cherche pas à me défiler, évidemment. J'assume toute la charge. Tu sais que j'adore m'occuper des enfants, mais ça ne rend pas la chose moins pesante. J'aimerais juste un petit mot de remerciement de ta part ! Est-ce vraiment trop demander ?

— Sanna, pas devant les enfants…, dit Christian avant de comprendre que ce n'était pas du tout ce qu'il fallait dire.

— C'est ça, tu as toujours une excuse pour ne pas me parler, pour ne pas me prendre au sérieux. Soit tu es trop fatigué, soit tu n'as pas le temps parce que tu dois écrire, ou alors tu ne veux pas discuter devant les enfants, ou bien, ou bien…

Les garçons s'étaient tus, ils ouvraient des yeux effrayés sur leurs parents, et Christian sentit sa fatigue se muer en colère. C'était là un côté de Sanna qu'il détestait et dont ils avaient discuté maintes fois auparavant. Le fait qu'elle n'hésite pas à mêler les enfants à leurs conflits. Il savait qu'elle espérait faire des garçons ses alliés dans les rapports de force de plus en plus perceptibles entre eux. Mais que pouvait-il faire? Il ne l'aimait pas, il ne l'avait jamais aimée et il savait que tous leurs désaccords découlaient de cette vérité. Sanna aussi le savait, même si elle ne voulait pas se l'avouer. C'était d'ailleurs précisément pour cette raison qu'il l'avait choisie. Elle n'était pas quelqu'un qu'il pourrait aimer. Pas de la même façon que…

Il abattit son poing sur le bord de la table et tant Sanna que les enfants sursautèrent devant sa réaction imprévue. Une douleur fulgurante fusa dans sa main, ce qui était exactement l'effet recherché. Elle repoussa tout ce à quoi il ne pouvait pas se permettre de penser, et il sentit qu'il reprenait le contrôle.

— On aura cette discussion plus tard, dit-il sèchement en évitant de croiser les yeux de Sanna.

Il sentit son regard dans son dos quand il alla dans le vestibule, enfila ses chaussures et sa veste et sortit. La dernière chose qu'il entendit avant de claquer la porte fut Sanna qui expliquait aux enfants que leur père était un imbécile.

Le pire, c'était l'ennui. De remplir les heures où les filles étaient à l'école avec quelque chose d'un tant soit peu utile. Elle n'était pas désœuvrée, là n'était pas le problème. Faire en sorte que la vie d'Erik s'écoule dans l'insouciance n'était pas une mince affaire. Il fallait qu'il y ait toujours des chemises propres et repassées suspendues dans son placard, il fallait planifier et servir des dîners d'affaires et que la maison soit toujours rutilante. Certes, ils avaient une femme de ménage au noir qui venait une fois par semaine, mais il restait quand même de quoi s'occuper. Des millions de petites choses qui devaient fonctionner, être à leur place, sans qu'Erik se rende compte de l'effort que cela représentait. Seul problème : c'était terriblement barbant. Elle avait adoré rester à la maison quand les filles étaient petites. Adoré s'occuper des nourrissons, même changer leurs couches, tâche à laquelle Erik n'avait jamais consacré une seconde. Elle s'était sentie nécessaire. Indispensable, même. Elle avait été le centre de leur univers, celle qui se levait la première le matin et qui faisait briller le soleil.

Ce temps-là était révolu depuis belle lurette. Les filles allaient à l'école. Elles avaient leurs copines et leurs activités extrascolaires et la voyaient désormais avant tout comme un prestataire de services. Comme Erik. A son grand chagrin, elle constatait aussi qu'elles devenaient toutes les deux assez insupportables. Erik compensait son manque d'engagement en leur achetant tout ce qu'elles réclamaient, et son mépris envers elle avait également déteint sur les filles.

Louise passa la main sur le plan de travail. Marbre de Carrare, spécialement importé. Erik l'avait choisi lui-même lors d'un déplacement professionnel. Elle ne l'aimait pas. Trop dur, trop nu. Si elle avait pu choisir, ils auraient eu un plateau en bois, peut-être du chêne. Elle ouvrit l'une des portes de placard lisse et brillante. Le dépouillement, encore, d'un goût raffiné froid et austère. Pour son plan de travail en chêne foncé, elle aurait choisi des portes de placard blanches de style campagnard, peintes à la main afin que les traits de pinceau se devinent et animent la surface.

Sa main s'arrondit autour d'un grand verre à vin. Un cadeau de mariage des parents d'Erik, des verres en cristal hors de prix, évidemment. Dès le repas de mariage, la mère d'Erik lui avait fait un long exposé sur la petite mais exceptionnelle verrerie au Danemark où ils les avaient commandés spécialement pour les mariés.

Quelque chose s'agita en elle et sa main s'ouvrit comme mue par une volonté propre. Le verre éclata en mille morceaux sur le sol en marbre noir, également importé d'Italie. C'était une des nombreuses choses qu'Erik avait manifestement en commun avec ses parents : ce qui était suédois n'était jamais assez bien. Plus ça venait de loin, mieux c'était. Sauf si ça venait de Taiwan, bien sûr. Louise pouffa, alla prendre un autre verre. Elle enjamba les éclats par terre et se dirigea droit sur le Bag-in-Box. Erik n'avait que mépris pour son vin en cubi. Seul du vin à plusieurs centaines de couronnes la bouteille trouvait grâce à ses yeux. Il n'aurait jamais accepté de souiller ses papilles avec une piquette à deux cents couronnes les cinq litres. Parfois, par vacherie, elle le servait à Erik à son insu, à la place d'un des crus français ou sud-africains prétentieux sur lesquels il s'extasiait toujours en long et en large. Bizarrement, son petit vin de pays bon marché semblait être tout aussi raffiné puisqu'il ne notait jamais la différence.

Ces modestes actes de vengeance lui permettaient de supporter son existence et de ne pas broncher quand il braquait les filles contre elle, quand il la traitait comme de la merde et baisait une foutue coiffeuse.

Louise plaça le verre sous le robinet du BIB et le remplit à ras bord. Puis elle trinqua avec son propre reflet dans l'acier inox de la porte du réfrigérateur.

Erica pensait sans cesse aux lettres. Elle arpentait la maison comme une âme en peine, et finit par ressentir une douleur lancinante au creux des reins qui l'obligea à s'asseoir à la table de la cuisine. Elle attrapa un bloc-notes et un stylo qui traînaient là et commença à retranscrire ce qu'elle se rappelait avoir vu dans les lettres chez Christian. Elle avait une bonne mémoire visuelle, si bien qu'elle était pratiquement sûre de pouvoir tout restituer.

Elle relut plusieurs fois ce qu'elle avait écrit, et à chaque relecture, les quelques lignes lui paraissaient de plus en plus menaçantes. Qui donc avait une raison de nourrir un tel ressentiment envers Christian ? Dubitative, Erica secoua la tête. Il était impossible de dire si l'auteur des lettres était un homme ou une femme. Mais quelque chose dans le ton, dans la construction des phrases et dans les expressions lui faisait entrevoir la haine d'une femme. Pas celle d'un homme.

En hésitant, elle tendit la main vers le téléphone. Puis elle la retira. C'était peut-être bête. Après avoir lu les mots sur le bloc-notes encore une fois, elle se décida et composa un numéro de portable qu'elle connaissait par cœur.

— Gaby.

Son éditrice répondit à la première sonnerie.

— Salut, c'est Erica.

— Erica ! Comment tu vas, ma chérie ? Les bébés ne sont pas encore en route ? Tu sais que les jumeaux sont en avance en général !

La voix aiguë de Gaby monta d'une octave et Erica fut obligée d'éloigner le téléphone de son oreille. Elle était manifestement en train de marcher dans la rue.

— Non, pas de bébés encore, dit Erica en essayant de contenir son irritation. C'est pour Christian que j'appelle.

Elle ne comprenait pas pourquoi les gens se sentaient toujours obligés de lui dire que les jumeaux arrivaient souvent en avance. Si tel était le cas, elle serait la première à s'en apercevoir.

— Comment va-t-il? demanda Gaby. J'ai essayé de l'appeler plusieurs fois, mais sa petite femme chérie me fait tout le temps savoir qu'il n'est pas là. Je ne la crois pas un seul instant. C'était horrible de le voir s'effondrer comme ça. Il a ses premières signatures demain, il ne faudrait pas trop tarder pour prévenir les libraires si on doit annuler. Ce serait la cata!

— Je l'ai vu et je pense qu'il sera en état de signer demain. Ne t'inquiète pas pour ça, dit Erica. Elle respira à fond avant d'annoncer la couleur: Il y a une chose que je voudrais te demander.

— Vas-y, je t'écoute.

— Est-ce que vous avez reçu quelque chose au bureau qui ait un rapport avec Christian?

— Comment ça?

— Ce que je voudrais savoir, c'est si vous avez reçu des lettres ou des mails qui concernent Christian ou qui lui sont destinés? Avec des menaces?

— Des lettres de menace?

Erica se sentit comme un enfant en train de dénoncer un copain de classe, mais il était trop tard pour faire marche arrière.

— Il se trouve que Christian reçoit des lettres de menace depuis un an et demi, à peu près depuis qu'il a entamé l'écriture de son livre. Et je vois bien qu'il s'inquiète, même s'il ne veut pas l'admettre. Je me suis dit que d'autres avaient peut-être été adressées à sa maison d'édition.

— Non, on n'a rien reçu. Elles ne sont pas signées, je suppose ? Est-ce que Christian a une idée de qui c'est ?

Gaby trébuchait sur les mots. Le crépitement des talons sur le bitume avait cessé, elle avait probablement arrêté de marcher.

— Ce sont des lettres anonymes, je pense que Christian ignore qui les a envoyées. Mais tu le connais. Même s'il le savait, il ne le dirait pas forcément. S'il s'est écroulé à la réception mercredi, c'est parce que la carte qui accompagnait le bouquet de fleurs semble venir de la même personne.

— Mais c'est insensé ! Ça a quelque chose à voir avec le livre ?

— C'est ce que je lui ai demandé. Mais il affirme que personne ne peut se sentir visé par ce qu'il a écrit.

— C'est terrible, tout ça. Tiens-moi au courant si tu apprends autre chose.

— Bien sûr, dit Erica. Et ne dis surtout pas à Christian que je te l'ai raconté.

— Bien sûr que non. C'est entre nous. Je vais surveiller de près le courrier qu'on recevra pour lui. Il y aura sûrement pas mal de lettres maintenant que le livre est dans les rayons.

— J'ai vu les critiques, c'est vraiment bien, dit Erica pour changer de sujet.

— C'est absolument magnifique, tu veux dire ! s'écria Gaby avec tant d'enthousiasme qu'Erica dut de nouveau éloigner le téléphone de son oreille. Ils parlent déjà de lui pour le prix August. Et on a dix mille exemplaires en route pour les librairies.

— Génial !

Erica sentit son cœur frétiller de fierté. Elle était bien placée pour savoir combien Christian avait travaillé dur sur ce manuscrit, et ça la réjouissait infiniment de voir que ses efforts allaient porter leurs fruits.

— N'est-ce pas, gazouilla Gaby. Ma chérie, je n'ai plus le temps de bavarder. J'ai des coups de fil à passer.

Quelque chose dans la dernière phrase de l'éditrice tracassa Erica. Elle aurait dû réfléchir à deux fois avant de l'appeler. Elle aurait dû se contrôler. Comme pour le confirmer, l'un des jumeaux lui donna un violent coup de pied dans les côtes.

Quelle sensation étrange ! Du bonheur. Anna avait peu à peu accepté l'idée et appris à l'apprécier. Ça faisait si longtemps qu'elle n'avait pas connu ça, peut-être même ne l'avait-elle jamais connu.

— Donne !

Belinda courait après Lisen, la fille cadette de Dan, qui se cacha derrière Anna en hurlant. Elle serrait dans sa main la brosse à cheveux de Belinda.

— Je te la prête pas, je te dis ! Donne-la-moi !

— Anna…, supplia Lisen, mais Anna ne l'entendit pas de cette oreille.

— Tu n'as pas à prendre la brosse de ta sœur si elle n'est pas d'accord, maintenant tu la lui rends !

— Tu vois ! triompha Belinda.

Anna lui donna un coup d'œil d'avertissement.

— Et toi, Belinda, tu ne cours pas après ta petite sœur dans toute la maison.

Belinda haussa les épaules.

— Si elle prend mes affaires, il faut qu'elle assume.

73

— Attends voir quand le bébé sera là, dit Lisen. Il va casser toutes tes affaires.

— Je vais déménager moi, bientôt, c'est tes affaires qu'il va casser, répliqua Belinda en tirant la langue.

— Dis donc, on dirait que tu as cinq ans, pas dix-huit ! dit Anna, sans réussir à retenir un rire. Pourquoi êtes-vous si sûres que c'est un garçon ?

— Parce que maman dit que quand on a les fesses grosses comme les tiennes, c'est un garçon.

— Chuuut, dit Belinda avec un regard sévère à Lisen, qui ne comprenait pas où était le problème. Pardon, ajouta-t-elle.

— Pas de problème.

Anna sourit, tout en se sentant quand même un peu offusquée. Alors comme ça l'ex-femme de Dan trouvait qu'elle avait un gros cul. Mais même ce genre de commentaires, qui comportaient un certain degré de vérité, il fallait l'admettre, n'arrivaient pas à entamer sa bonne humeur. Elle avait été au fond du trou, ce n'était pas une exagération, et les enfants avec elle. Emma et Adrian, malgré tout ce qu'ils avaient vécu, étaient aujourd'hui deux enfants apaisés et équilibrés. Parfois, elle avait du mal à y croire.

— Tu vas bien te comporter quand les invités seront là?

Mère le dévisagea avec sérieux. Il fit oui de la tête. Jamais il n'aurait l'idée de faire honte à mère en se conduisant mal. Tout ce qu'il souhaitait, c'était lui faire plaisir, pour qu'elle continue à l'aimer.

On sonna à la porte, et elle se leva d'un coup.

— Les voilà.

Il entendit la joie dans sa voix, un ton qui l'inquiéta. Parfois sa mère se transformait en quelqu'un d'autre quand elle prenait ce timbre qui résonnait entre les murs de la chambre. Mais ce ne serait pas forcément le cas cette fois.

— Laisse-moi te débarrasser de ton manteau, fit la voix de père dans le vestibule, et il entendit aussi le murmure des invités.

— Vas-y, toi, j'arrive dans une minute, lui dit mère en agitant la main, et il sentit une bouffée de son parfum.

Elle s'installa devant la table de toilette et vérifia sa coiffure et son maquillage une dernière fois tout en s'admirant dans le grand miroir. Il resta pour la contempler, fasciné. Une ride se forma entre ses sourcils lorsque leurs regards se croisèrent.

— Tu n'as pas entendu, je t'ai dit de descendre, répéta-t-elle.

Sa voix était dure et il sentit l'obscurité s'empa-
rer de lui un bref instant. Honteusement, il baissa la
tête et prit la direction du brouhaha dans le vestibule.
Il allait se comporter sagement. Mère n'aurait pas à
avoir honte de lui.

L'air glacial lui brûlait la gorge. Il adorait cette sensation. Tout le monde le prenait pour un fou de faire du jogging en plein hiver. Mais il préférait courir des kilomètres dans le froid hivernal plutôt que dans la chaleur oppressante de l'été. Et le week-end, comme aujourd'hui, il saisissait l'occasion pour faire un tour supplémentaire.

Kenneth jeta un coup d'œil sur sa montre. Elle possédait tout ce dont il avait besoin pour profiter au maximum de son entraînement. Pulsomètre, podomètre, même les temps de ses dernières courses y étaient enregistrés.

Son objectif était le marathon de Stockholm. Il l'avait déjà couru deux fois, tout comme le marathon de Copenhague. Ça faisait vingt ans qu'il pratiquait la course à pied, et s'il avait pu choisir sa mort, il aurait voulu s'effondrer au milieu d'une course d'ici vingt, trente ans. Car la sensation de ses pieds quand ils volaient au-dessus du sol, sur un tempo régulier qui s'accordait aux battements de son cœur, n'avait pas sa pareille. La fatigue et les crampes aux jambiers provoquées par l'acide lactique étaient des phénomènes qu'il avait appris à apprécier d'année en année. Quand il courait, il sentait la vie pulser en lui. C'était la meilleure explication qu'il puisse donner.

En approchant de la maison, il ralentit l'allure. Devant le perron, il fit du surplace un instant, puis il s'appuya sur la rambarde pour étirer les muscles de ses cuisses. Son haleine s'échappait de sa bouche comme de la fumée blanche et il se sentait pur et fort après vingt kilomètres à un rythme relativement soutenu.

— C'est toi, Kenneth?

La voix de Lisbet résonna dans la chambre d'amis quand la porte d'entrée se referma derrière lui.

— C'est moi, ma puce. Je passe sous la douche vite fait, et je viens te rejoindre.

Il régla le mitigeur pour avoir de l'eau brûlante et se plaça sous le jet tonique. C'était presque le meilleur de tout. Tellement bon qu'il eut le plus grand mal à couper l'eau. Il grelotta en sortant de la cabine de douche. La salle de bains avait tout d'un igloo en comparaison.

— Tu peux m'apporter le journal?

— Bien sûr, ma chérie.

Un jean, un tee-shirt, un pull, et il fut habillé. Il glissa ses pieds nus dans une paire de Crocs et ressortit chercher le courrier dans la boîte aux lettres. En prenant le journal, il découvrit une enveloppe blanche coincée au fond. Il avait dû la louper la veille. Son nom était tracé à l'encre noire, et il sentit un coup au ventre. Pas encore une!

Dès qu'il fut entré, il ouvrit l'enveloppe et en sortit la carte. Le texte était bref et étrange.

Kenneth retourna le bristol pour voir si quelque chose était écrit au dos. Mais non. Il n'y avait que les deux lignes énigmatiques au recto.

— Qu'est-ce que tu fais, Kenneth?

Il se dépêcha de dissimuler la lettre.

— Rien, je vérifie un truc. J'arrive.

Il se dirigea vers la porte de la chambre, le journal à la main. La carte blanche à l'écriture soignée brûlait dans sa poche arrière.

C'était devenu comme une drogue. Elle avait besoin de la décharge d'adrénaline qui l'envahissait quand elle vérifiait les mails de Christian, quand elle fouillait dans ses poches et examinait à la loupe ses factures de téléphone. Chaque fois, quand elle ne trouvait rien, son corps se relâchait. Mais l'effet ne durait jamais longtemps. Très vite, l'angoisse revenait, et la tension montait jusqu'à enrayer son raisonnement logique et lui faire perdre le contrôle. Alors elle s'installait de nouveau devant l'ordinateur. Tapait l'adresse de sa boîte mail et son mot de passe qu'elle avait craqué sans difficulté. Il utilisait le même partout. Sa date de naissance, pour s'en souvenir à tout moment.

En réalité, rien ne justifiait ce tourment qui lui labourait la poitrine, lui tordait les entrailles et lui donnait envie de hurler. Christian ne lui avait jamais donné de raison de douter de lui. Au cours de ces années de surveillance, elle n'avait pas trouvé la moindre trace de quelque chose qui n'aurait pas dû y être. Il était comme un livre ouvert, et pourtant pas. Parfois elle sentait qu'il était ailleurs, dans un refuge auquel elle n'avait pas accès. Et pourquoi parlait-il si peu de son passé ? Ses parents étaient morts depuis longtemps, disait-il, et l'occasion ne s'était jamais présentée de rencontrer d'autres membres de la famille, qu'il avait forcément. Pas d'amis d'enfance non plus, pas de vieilles connaissances qui donnaient de leurs nouvelles. C'était comme s'il avait commencé à exister au moment où il l'avait rencontrée et était venu s'installer à Fjällbacka.

Il ne l'avait même pas laissée voir l'appartement à Göteborg où il habitait quand ils s'étaient rencontrés, il s'y était rendu tout seul avec une camionnette pour récupérer ses maigres possessions.

Sanna parcourut des yeux les mails dans la boîte de réception de Christian. Quelques-uns de son éditeur, des journaux qui voulaient l'interviewer, des informations de la mairie touchant à son travail à la bibliothèque. C'était tout.

La sensation était toujours aussi merveilleuse quand elle fermait la messagerie. Avant d'éteindre l'ordinateur, elle vérifia par pure routine l'historique des sites qu'il avait consultés, mais là non plus, rien n'indiquait quoi que ce soit d'inhabituel. Christian était allé sur les pages web d'*Expressen*, d'*Aftonbladet* et de son éditeur, et il avait fait des recherches pour un nouveau siège auto sur leboncoin.

Mais il y avait cette histoire de lettres. Il soutenait toujours qu'il ne savait pas qui lui écrivait ces lignes mystérieuses. Pourtant, quelque chose dans son intonation affirmait le contraire. Sanna avait du mal à déterminer exactement quoi et ça la rendait folle. Qu'est-ce qu'il ne lui racontait pas ? Qui lui envoyait ces lettres ? Etait-ce une femme qui avait été sa maîtresse ? Qui *était* sa maîtresse ?

Elle ouvrit et ferma ses mains et se força à respirer calmement. Le soulagement éphémère avait déjà disparu, elle essaya en vain de se convaincre que tout allait bien. La sécurité, c'était tout ce qu'elle demandait. Elle voulait seulement savoir que Christian l'aimait.

Mais au fond d'elle-même, elle savait qu'il n'avait jamais été à elle. Qu'il avait toujours cherché autre chose, quelqu'un d'autre, tout au long des années qu'ils avaient passées ensemble. Elle savait qu'il ne l'avait jamais aimée. Pas véritablement. Et un jour il rencontrerait la femme avec qui il voulait réellement vivre, celle qu'il aimait en réalité, et alors elle se retrouverait seule.

Sanna serra ses bras autour d'elle, puis se leva. La facture du téléphone portable de Christian était arrivée hier avec le courrier. Il lui faudrait un moment pour l'éplucher.

Erica errait dans la maison. Cette attente interminable commençait à lui porter sur les nerfs. Son dernier livre était terminé et elle était trop fatiguée pour démarrer un nouveau projet. Elle ne pouvait pas entamer grand-chose à la maison sans que son dos et ses articulations ne se mettent à protester. Elle lisait ou regardait la télé. Ou faisait ce qu'elle faisait en ce moment. Allait d'une pièce à l'autre par pure frustration. Aujourd'hui, samedi, Patrik ne travaillait pas, c'était déjà ça. Il était allé faire une promenade avec Maja pour qu'elle prenne l'air, et Erica comptait les minutes avant leur retour.

La sonnette de la porte d'entrée la fit sursauter. Elle n'eut pas le temps d'aller ouvrir qu'Anna entra en trombe.

— Toi aussi tu commences à péter les plombs ? dit-elle en retirant sa veste et son foulard.

— Devine !

Erica se sentit tout de suite de meilleure humeur. Elles s'installèrent dans la cuisine et Anna posa un sachet embué sur le plan de travail.

— Des brioches qui sortent du four. C'est Belinda qui les a faites.

— Belinda a fait de la pâtisserie ?

Erica essaya de visualiser l'aînée des belles-filles d'Anna affublée d'un tablier, en train de pétrir la pâte avec ses doigts aux ongles peints en noir.

— Elle est amoureuse, dit Anna comme si ceci expliquait cela.

— Moi, je n'ai aucun souvenir de ce genre d'effet secondaire, dit Erica en disposant les brioches sur une assiette.

— Apparemment il lui a dit hier qu'il aime bien les filles qui savent cuisiner.

Anna leva un sourcil, le regard plein de sous-entendus. Puis elle rit avant de prendre une brioche et de poursuivre :

— Je te rassure tout de suite, pas besoin d'aller filer une raclée au mec en question. Je l'ai rencontré et, crois-moi, Belinda va se lasser en l'espace d'une semaine. Elle va retourner avec ses loubards tout en noir qui jouent dans des groupes obscurs et se foutent totalement de savoir si elle sait cuisiner ou pas.

— Espérons-le. Mais comme pâtissière, elle tient la route.

Erica croqua la brioche à pleines dents, les yeux fermés d'extase. Dans son état, les viennoiseries chaudes étaient proches du nirvana.

— L'avantage d'être enceinte et déjà grosse, c'est qu'on peut s'empiffrer de sucreries autant qu'on veut, dit Anna en se resservant.

— Oui, mais après il faut payer la facture.

Erica ne put cependant s'empêcher de prendre une deuxième brioche.

— Avec des jumeaux, tu n'auras aucun mal à tout perdre et plus que ça même, rigola Anna.

— Tu as sans doute raison.

Erica sentit son esprit s'échapper et sa sœur devina ses inquiétudes.

— Tu verras, ça va très bien se passer. En plus, tu ne seras pas seule cette fois. Je viendrai te voir. On installera deux fauteuils devant Oprah et on passera nos journées à allaiter.

— Et on appellera nos seigneurs et maîtres à tour de rôle pour commander ce qu'on voudra pour le dîner.

— Oui, tu vois. Ce sera super, dit Anna avec un gémissement en posant ses jambes gonflées sur la chaise à côté d'elle. Pouh, j'ai trop mangé. Au fait, tu as parlé avec Christian?

— Oui, j'y suis allée jeudi.

Erica suivit l'exemple d'Anna et monta elle aussi ses jambes. Une brioche solitaire la narguait sur l'assiette et, après une brève lutte avec sa conscience, elle abandonna la partie et tendit la main pour la prendre.

— Qu'est-ce qui lui est arrivé alors?

Erica hésita un instant, mais elle n'était pas habituée à taire quoi que ce soit à sa sœur et elle finit par tout raconter des lettres de menace.

— C'est affreux, dit Anna en secouant la tête. Bizarre aussi qu'elles soient envoyées avant la publication du livre. Il aurait été plus logique qu'elles soient postées à partir du moment où il était cité dans la presse. Je veux dire, à tous les coups, c'est quelqu'un qui a perdu la boule.

— Ça y ressemble. Christian ne veut pas y attacher d'importance. En tout cas, c'est ce qu'il dit. Mais j'ai vu que Sanna s'inquiète.

— Tu m'étonnes, dit Anna et elle mouilla son index pour ramasser le sucre perlé qui était resté dans l'assiette.

— En tout cas, il fait ses premières signatures aujourd'hui, annonça Erica, non sans fierté dans la voix.

De maintes façons elle se sentait associée au succès de Christian et revivait ses propres débuts comme auteur. Les premières signatures. Un grand moment, vraiment.

— Impec. Il sera où ? dit Anna.

— *Böcker och Blad* à Torp d'abord, et ensuite *Bokia* à Uddevalla.

— J'espère qu'il aura du monde. Ce serait vraiment moche qu'il reste à poireauter tout seul.

Erica fit une petite grimace en se souvenant de sa toute première signature dans une librairie à Stockholm. Pendant une heure, elle avait essayé de faire bonne figure pendant que les gens passaient devant elle comme si elle n'existait pas.

— Avec toute la presse qu'il a eue, les gens vont venir, ne serait-ce que par curiosité, dit-elle en espérant ne pas se tromper.

— Heureusement que les journaux n'ont pas eu vent des menaces.

— Oui, heureusement, répondit Erica puis elle changea de sujet de conversation.

L'inquiétude dans sa poitrine ne la quittait pas.

Ils allaient partir en vacances et il ne tenait pas en place. Il ne savait pas vraiment ce que ce mot signifiait, mais ça paraissait prometteur. Des vacances. Ils partiraient avec la caravane qui était garée sur leur terrain.

En principe, il n'avait pas le droit d'y jouer. Quelquefois il avait tenté de regarder par les fenêtres pour voir ce qu'il y avait derrière les rideaux marron. Mais il ne distinguait jamais rien, et la porte était toujours fermée à clé. Maintenant, mère était en train d'y faire le ménage. La porte était grande ouverte pour "tout bien aérer", comme elle disait, et un tas d'oreillers avaient pris le chemin du lave-linge pour que les odeurs d'hiver soient éliminées.

C'était une véritable aventure, merveilleuse et improbable. Il se demanda s'il aurait le droit de rester dans la caravane pendant le voyage, comme dans une petite maison roulant vers le grand inconnu. Mais il n'osa pas demander. L'humeur de sa mère avait été si étrange dernièrement. Elle était sèche et hargneuse, et père sortait de plus en plus souvent faire des promenades quand il ne se cachait pas derrière un journal.

Parfois il l'avait surprise en train de l'observer bizarrement. Son regard avait quelque chose de nouveau qui lui faisait peur et le replongeait dans l'univers sombre qu'il avait laissé derrière lui.

— Tu as l'intention de rester planté là ou tu comptes m'aider ?

Mère avait posé ses mains sur ses hanches. Il sursauta en entendant sa voix qui était dure de nouveau, et courut vite la rejoindre.

— Va poser ça dans la buanderie, dit-elle en lui lançant quelques couvertures malodorantes avec une telle force qu'il faillit tomber à la renverse.

— Oui, mère.

Qu'avait-il donc fait pour lui déplaire ? Il lui obéissait en tout. Ne disait jamais non, se conduisait comme il fallait et ne se salissait jamais. Il avait l'impression parfois qu'elle se forçait pour le regarder.

Il avait essayé de poser la question à père. Prenant son courage à deux mains quand ils étaient seuls, il lui avait demandé pourquoi mère ne l'aimait plus. Père avait posé le journal un instant et brièvement répondu que c'étaient des bêtises et qu'il ne voulait plus en entendre parler. Si sa mère apprenait ce qu'il venait de dire, elle serait peinée. Il devait s'estimer heureux d'avoir une mère comme elle.

Il ne demandait plus. Faire de la peine à mère était le dernier de ses souhaits. Il voulait juste qu'elle soit contente et qu'elle lui caresse de nouveau les cheveux et l'appelle mon beau petit garçon. C'était tout ce qu'il demandait.

Il posa les couvertures devant le lave-linge et repoussa les pensées sombres. Ils allaient partir en vacances. Dans la caravane.

Christian tambourina avec le stylo sur la petite table que la libraire avait installée. Devant lui était posée une pile d'exemplaires de son livre, *La Sirène*. Il n'arrivait toujours pas à y croire, ça paraissait si irréel de voir son propre nom sur un livre. Un vrai livre.

Pour l'instant il n'y avait pas vraiment affluence et il doutait fort que cela change. Il fallait des auteurs comme Marklund et Guillou pour attirer les foules. Pour sa part, il était déjà satisfait des cinq qu'il avait signés jusque-là.

Il se sentait quand même un peu perdu. Les gens passaient, lui jetaient un regard curieux, mais ne s'arrêtaient pas. Il ne savait pas s'il devait les saluer quand ils le regardaient, ou plutôt faire comme s'il était occupé.

Gunnel, la libraire, vint l'encourager en montrant la pile de livres.

— Est-ce que tu pourrais en signer quelques-uns pour la librairie? J'aime bien pouvoir proposer des bouquins signés à mes clients.

— Bien sûr, tu en veux combien? demanda Christian, content d'avoir quelque chose à faire.

— Ben, une dizaine peut-être.

— Aucun problème.

— On a mis pas mal d'affiches, tu sais, précisa Gunnel.

— Je n'en doute pas. Mais je ne suis pas un nom connu, je ne m'étais pas attendu à un attroupement.

Il comprit ses craintes. Elle avait peur qu'il ne pense que la piètre mobilisation du public était due à une mauvaise publicité du magasin.

— On en a quand même vendu quelques-uns, dit-elle gentiment avant de retourner donner un coup de main à la caisse.

Il prit un livre et ôta le capuchon de son stylo pour s'y mettre. Du coin de l'œil, il nota qu'une personne s'était arrêtée devant la table. En levant la tête, il vit un gros microphone jaune braqué sur son visage.

— Nous sommes en ce moment dans la librairie où Christian Thydell est en train de signer son premier roman, *La Sirène*. Christian, vous faites la une des journaux aujourd'hui. Il y a eu des menaces contre vous, vous les prenez au sérieux ? Est-ce que la police est sur l'affaire ?

Le reporter, qui venait de la radio locale à en juger par le logo sur le microphone, ne s'était pas encore présenté, mais son regard exhorta Christian à répondre.

— La une des journaux ? dit Christian, le cerveau totalement vide.

— Oui, vous êtes en première page du *GT*, vous ne l'avez pas vu ? dit l'homme. Sans attendre la réponse de Christian, il répéta ses questions : Ces menaces vous inquiètent ? Est-ce que vous avez reçu une protection policière ?

Le reporter balaya le local des yeux, puis il s'adressa de nouveau à Christian qui tenait son stylo en l'air au-dessus du livre qu'il s'apprêtait à signer.

— Je ne sais pas comment…, bégaya-t-il.

— Mais c'est exact, n'est-ce pas ? Vous avez reçu des menaces pendant l'écriture de votre roman ? Vous

vous êtes bien effondré mercredi dernier quand une autre lettre est arrivée directement à la réception pour la sortie de votre livre?

— Oui, répondit Christian et il eut du mal à respirer.

— Vous savez qui se cache derrière ces menaces? Est-ce que la police le sait?

Le microphone se retrouva à seulement quelques centimètres de sa bouche et Christian dut se maîtriser pour ne pas l'éloigner d'un revers de la main. Il n'avait pas envie de répondre à ces questions. Il ne comprenait pas comment la presse avait été mise au courant. Il pensa à la lettre dans la poche de sa veste. Celle qui était arrivée hier et qu'il avait eu le temps de soustraire aux regards de Sanna.

Pris de panique, il chercha une issue. Il croisa le regard de Gunnel qui comprit la situation et vint tout de suite à sa rescousse.

— Qu'est-ce qui se passe ici?

— Je fais une interview.

— Avez-vous demandé l'accord de l'auteur?

Elle regarda Christian qui secoua la tête.

— Alors c'est réglé, dit-elle en dardant ses yeux sur le reporter qui avait baissé le microphone. De plus, Christian est occupé. Il est en train de signer ici dans ma librairie. Je dois vous demander de le laisser tranquille.

— Oui, mais…, commença le journaliste puis il se tut. Il enfonça un bouton sur son matériel d'enregistrement avant de reprendre : Est-ce qu'on pourrait faire une courte interview après que…

— Partez, dit Gunnel.

Christian ne put s'empêcher de sourire un peu.

— Merci, dit-il quand le journaliste eut disparu.

— Que voulait-il? Il avait l'air très insistant.

Le soulagement de Christian fut de courte durée et il dut avaler sa salive avant de pouvoir répondre :

— Il a dit que je fais la une du *GT*. J'ai reçu quelques lettres de menace et les journaux sont apparemment au courant.

— Ça alors ! s'écria Gunnel avec un regard préoccupé. Tu veux que j'aille acheter le journal ?

— Ça ne t'ennuie pas ?

— Bien sûr que non, j'y vais tout de suite.

Elle lui donna une petite tape amicale sur l'épaule et s'en alla.

Christian resta immobile un instant, le cœur battant la chamade, le regard dans le vide. Puis il reprit le stylo et commença à écrire son nom dans les livres, comme Gunnel le lui avait demandé. Au bout d'un moment, il eut besoin d'aller aux toilettes. Personne ne semblait s'intéresser à lui, il pouvait sans problème s'absenter un instant.

Il traversa la librairie, gagna la pièce du personnel à l'autre bout du local, et trois minutes plus tard il était de retour à sa place. Gunnel n'était pas encore revenue avec le journal, et il tenta de se préparer à ce qu'il allait découvrir.

Il s'assit, reprit son stylo, puis regarda, perplexe, les livres à signer. Les avait-il vraiment laissés ainsi ? Ils étaient posés différemment, et il se dit que quelqu'un avait peut-être profité de son absence pour voler un exemplaire. Mais c'était assez invraisemblable, il devait se faire des idées. Il ouvrit le livre en haut de la pile pour écrire quelques mots à l'adresse du lecteur.

La page n'était plus blanche. Et l'écriture n'était que trop familière. *Elle* était venue ici.

Gunnel arriva avec le journal et Christian vit sa propre photo s'étaler en première page. Il sut ce que ça signifiait. Le passé était en train de le rattraper. *Elle* n'abandonnerait jamais.

— Bon sang, est-ce que tu sais combien tu as claqué la dernière fois que tu es allée à Göteborg ?

Erik avait le relevé de carte bancaire devant lui et il fixait la somme.

— Oui, dans les dix mille, répondit Louise, et elle continua calmement à se vernir les ongles.

— Dix mille ! Comment peut-on dépenser dix mille couronnes en une seule journée de shopping ? s'étrangla Erik en agitant la feuille de papier avant de la jeter sur la table de la cuisine.

— Si j'avais craqué pour le sac à main, ça aurait fait plutôt dans les trente mille, dit-elle en admirant le rose de ses ongles.

— Tu es complètement fêlée, ma parole !

Il reprit le relevé et le regarda comme si par la force de sa volonté il pouvait changer la somme.

— On n'a pas les moyens ? dit sa femme avec un petit sourire.

— La question n'est pas là. Il se trouve que je travaille vingt-quatre heures sur vingt-quatre pour nous faire vivre et que toi tu gaspilles notre argent en… en conneries.

— Oui, je reste à la maison tout le temps, à ne rien faire, dit Louise en se levant et elle agita les mains pour faire sécher le vernis. Je reste plantée devant des séries télé à manger des bonbons à longueur de journée. C'est toi qui as élevé les filles bien sûr, moi, je n'y suis pour rien. Les couches à changer, les repas, le ménage, les trajets, en somme, tu as tout géré. C'est ça ?

Elle passa devant lui sans lui accorder un regard. Ils avaient déjà eu cette discussion des milliers de fois. Et ils l'auraient des milliers de fois encore à moins d'un événement déterminant. Ils étaient comme deux danseurs parfaitement synchronisés, qui connaissaient les figures et se déplaçaient avec élégance.

— Tiens, ça, c'est une de mes trouvailles à Göteborg. Sympa, non? dit-elle en montrant une veste en cuir. Elle était en solde, quatre mille, c'est donné.

Elle tint la veste devant elle puis la remit sur son cintre et la suspendit dans le vestibule avant de monter à l'étage.

Comme d'habitude, ni l'un ni l'autre n'allait sortir victorieux de ce round. Les adversaires étaient du même niveau et tous leurs combats se terminaient en match nul. Fait ironique, il aurait peut-être mieux valu que l'un soit plus faible que l'autre. Cela aurait permis de mettre fin à leur mariage désastreux.

— La prochaine fois, je te supprimerai la carte, lui cria-t-il.

Les filles étant chez une copine, il n'y avait aucune raison de baisser le ton.

— Tant que tu continues à dilapider notre fric avec tes maîtresses, tu fous la paix à ma carte. Tu crois que tu es le seul à savoir lire un relevé bancaire?

Erik jura. Il savait qu'il aurait dû changer l'adresse pour que les relevés arrivent au bureau. Il ne pouvait pas nier qu'il était généreux envers celle qui pour le moment avait la joie et l'honneur de le mettre dans son lit. Il jura encore une fois et glissa ses pieds dans ses chaussures. Il comprit que Louise avait malgré tout gagné ce round. Et qu'elle le savait.

— Je pars acheter le journal, cria-t-il en claquant la porte derrière lui.

Le gravier jaillit lorsqu'il partit sur les chapeaux de roues dans sa BMW et son pouls ne ralentit qu'à l'approche du centre-ville. Si seulement il avait fait établir un contrat de mariage! Alors Louise ne serait déjà plus qu'un souvenir. Mais à l'époque, ils étaient des étudiants sans le sou, et lorsqu'il avait abordé le sujet quelques années auparavant, elle lui avait ri au nez. Aujourd'hui il refusait de la laisser partir avec la moitié de ce qu'il avait construit, ce pour quoi il avait lutté et trimé. Jamais de la vie! Il frappa le volant de son poing fermé, mais se calma en entrant dans le parking de la Coop.

Les courses faisaient partie des tâches de Louise, si bien qu'il dépassa rapidement les rayons alimentation. Il resta un instant devant les bonbons et les chocolats, mais décida de résister. Il se dirigea vers le présentoir des journaux juste à côté des caisses lorsqu'il s'arrêta net. Les lettres noires de la une clamaient : "Le nouvel auteur à succès Christian Thydell menacé de mort!" Et en dessous, écrit en plus petit : "Il a été pris d'un malaise en recevant une lettre de menace lors d'une réception."

Erik dut forcer ses pieds à avancer. C'était comme marcher dans l'eau profonde. Il prit un exemplaire du *GT* et le feuilleta avec des doigts tremblants jusqu'à la bonne page. Quand il eut fini de lire, il se précipita vers la sortie. Il n'avait pas payé son journal et, quelque part au loin, il entendit la caissière l'appeler. Mais il continua sur sa lancée. Il fallait qu'il rentre chez lui.

— Comment la presse a eu vent de ça, merde alors?

En revenant du supermarché avec Maja, Patrik lança le journal sur la table avant de se mettre à ranger la nourriture dans le réfrigérateur. Très enthousiaste, Maja avait grimpé sur une chaise et donnait un coup de main à son papa pour sortir les courses des sacs.

— Euhh…, fut la réponse d'Erica.

Patrik s'arrêta net. Il connaissait suffisamment sa femme pour savoir interpréter les signes.

— Qu'est-ce que tu as fait, Erica ?

Il tenait un paquet de beurre allégé à la main et la regardait droit dans les yeux.

— Il se peut que la fuite vienne de moi.

— Comment ça ? A qui tu as parlé ?

Même Maja perçut la tension dans la cuisine. Elle se tint tranquille et regarda sa maman. Erica déglutit et prit son élan.

— A Gaby.

— Gaby ! dit Patrik en s'étranglant presque. Tu l'as dit à Gaby ? Tu aurais tout aussi bien pu appeler le *GT* directement.

— Je ne pensais pas…

— C'est le moins qu'on puisse dire ! Et Christian, qu'est-ce qu'il en dit ?

— Je ne sais pas.

Tout son être se contracta quand elle pensa à la réaction qu'aurait Christian.

— En tant que policier, je te le dis, c'est ce qui pouvait nous arriver de pire. Ce tapage médiatique, ça va encourager non seulement l'auteur des lettres, mais peut-être même de nouveaux corbeaux.

Erica sentit les pleurs arriver. Elle avait la larme facile en temps normal et le changement hormonal dû à la grossesse n'améliorait pas les choses.

— Ne m'engueule pas, je sais que c'était idiot. Je n'ai pas réfléchi. J'ai appelé Gaby pour voir s'ils avaient reçu des menaces au bureau, et dès que j'ai ouvert la bouche j'ai su que c'était stupide. Mais c'était trop tard…

Sa voix se noya dans les larmes et elle se rendit compte que la morve commençait à couler.

— Ma chérie, ne te mets pas dans des états pareils. Je ne voulais pas m'emporter. Je sais que tu n'avais pas de mauvaises intentions. Allons…

Il la berçait dans ses bras et elle sentit les pleurs s'atténuer.

— Je ne la pensais pas capable de…

— Je sais, je sais. Mais elle n'est pas faite comme toi. Il faut que tu comprennes que tout le monde ne fonctionne pas de la même façon, dit-il en la regardant fermement dans les yeux.

Erica essuya ses joues avec le kleenex que Patrik lui avait donné.

— Qu'est-ce que je fais maintenant ?

— Il faut que tu parles à Christian. Que tu t'excuses et que tu lui expliques.

— Mais…

— Pas de mais. C'est la seule chose à faire.

— Tu as raison. Mais c'est plus facile à dire qu'à faire. Et j'ai l'intention d'avoir une petite conversation avec Gaby.

— Tu dois surtout réfléchir à ce que tu dis et à qui. Gaby pense avant tout à sa boîte, vous, vous passez après. C'est comme ça que ça marche.

— Oui, oui, j'ai pigé. Pas besoin de le répéter, dit Erica avec un regard noir sur son mari.

— N'en parlons plus, dit Patrik, qui se remit à ranger les courses.

— Tu as pu regarder les lettres ?

— Non, je n'ai pas trop eu le temps.

— Mais tu vas le faire ? insista Erica.

— Evidemment, dit Patrik et il commença à éplucher des légumes pour le dîner. Mais ça aurait été plus facile si Christian avait collaboré. Par exemple, j'aurais bien aimé voir les autres lettres.

— Tu n'as qu'à le lui demander. Tu réussiras peut-être à le convaincre.

— Il comprendra que ça vient de toi.

— Je l'ai jeté en pâture à l'un des plus grands journaux de Suède, alors autant saisir l'occasion maintenant qu'il m'en veut à mort.

— Ça ne sera peut-être pas si terrible…

— Si ça avait été l'inverse, je n'aurais plus jamais voulu lui adresser la parole.

— Arrête d'être si pessimiste, dit Patrik. Va le voir demain et explique-lui ce qui s'est passé, que tu ne voulais pas du tout en arriver là. Ensuite je le prends entre quatre yeux et j'essaie de le convaincre de collaborer.

Patrik souleva Maja et la posa sur le plan de travail. Elle adorait participer à la cuisine et voulait toujours "aider". Il lui tendit un bout de concombre qu'elle se mit immédiatement à façonner avec ses dents peu nombreuses mais bien pointues.

— Demain, donc, soupira Erica.

— Demain, confirma Patrik et il se pencha pour embrasser sa femme.

Il se rendit compte que son regard cherchait sans cesse son père au bord du terrain de sport. Ce n'était pas pareil sans lui.

À chaque entraînement, il avait été là, quel que soit le temps. Le foot, c'était leur truc. Ce qui avait maintenu leur amitié, malgré son envie de se détacher de ses parents. Car ils avaient été amis, son père et lui. Bien sûr que ça foirait entre eux de temps en temps, comme toujours entre père et fils. Mais dans le fond, ils avaient été amis.

Ludvig cilla et le visualisa mentalement. En jeans et sweat-shirt à capuche avec Fjällbacka inscrit sur le devant, celui qu'il portait tout le temps, au grand dam de Cia. Les mains dans les poches et les yeux rivés sur le ballon. Et sur Ludvig. Il ne l'engueulait jamais, pas comme certains pères qui venaient aux entraînements et aux matches et n'arrêtaient pas de crier après leur fils. "Putain, un peu de mordant, Oskar!" ou "Merde alors, il faut bosser, Danne!". Jamais son père ne disait des choses pareilles. Seulement "Bien, Ludvig!" "Super, la passe!" "Allez Ludde, vous les aurez!".

Du coin de l'œil, il entrevit une passe qu'il intercepta puis il tapa dans le ballon par pur réflexe. Le plaisir de jouer n'y était plus. Il essayait de le retrouver, en se démenant et en luttant malgré le froid de l'hiver. Il aurait pu prendre prétexte de tout ce qui s'était passé pour abandonner. Pour renoncer à l'entraînement, s'en foutre de l'équipe. Personne ne le lui aurait reproché, tout le monde aurait compris. Tous sauf son vieux. Abandonner n'avait jamais été une option pour lui.

Si bien qu'il était toujours là. Un membre de l'équipe. Mais la joie avait disparu et la ligne de touche était vide. Papa s'en était allé, il le savait à présent. Papa s'en était allé.

Il n'eut pas le droit de rester dans la caravane. Et ce ne fut que la première d'une suite de déceptions durant ce qui s'appelait des vacances. Rien n'était comme il l'avait espéré. Le silence, rompu seulement par des mots durs, devenait en quelque sorte plus compact quand il n'avait pas toute une maison à sa disposition. On aurait dit que les vacances signifiaient davantage de temps pour les chamailleries, davantage de temps pour les crises de mère. Père semblait devenir de plus en plus petit et gris.

Pour lui, c'était la première fois, mais il avait compris que ses parents partaient chaque année avec la caravane à l'endroit qui avait ce nom étrange. Fjällbacka. Ça voulait dire "Montagnes à pic", alors qu'à part l'énorme bosse au milieu du village, il n'y avait rien ici qui ressemblât à des montagnes. Au contraire, le terrain du camping où ils avaient installé la caravane, coincée parmi d'autres, était complètement plat. Il n'était pas sûr d'aimer ça. Mais père lui avait expliqué que la famille de mère était originaire de là, que c'était pour ça qu'elle tenait à y aller.

Ça aussi, c'était bizarre, parce qu'il ne voyait aucune famille. Durant une des disputes dans l'espace exigu, il avait fini par comprendre qu'il existait quelqu'un qu'ils nommaient la Vipère, et que c'était *elle, la famille. C'était un nom rigolo, la Vipère. Mère ne semblait pas l'aimer du tout, parce que sa voix deve- nait encore plus cassante quand elle parlait d'elle, et ils n'allaient pas la voir. Alors pourquoi est-ce qu'ils étaient obligés de venir ici ?*

Ce qu'il détestait le plus avec Fjällbacka et les vacances, c'était la baignade. Il ne s'était jamais baigné dans la mer auparavant. Au début il ne savait pas trop ce qu'il devait en penser. Mais mère l'avait encouragé en disant qu'elle ne voulait pas d'un lâche pour fils et qu'il devait arrêter de faire le nigaud. Si bien qu'il prit une grande inspiration et avança dou- cement dans l'eau glacée, bien que le froid contre ses jambes lui coupât le souffle. Quand l'eau lui arriva à la taille, il s'arrêta. C'était trop froid, il n'arrivait pas à respirer. Et il avait l'impression que des choses bougeaient sur ses pieds, contre ses mollets, comme si ça rampait et grouillait sur sa peau. Mère vint le rejoindre, elle rit et prit sa main et l'emmena plus loin. Tout à coup il fut très heureux. Sa main dans celle de sa mère, et son rire qui retentissait sur la sur- face de l'eau. C'était comme si ses jambes se dépla- çaient toutes seules, comme si elles quittaient le fond et flottaient. Pour finir, il ne sentit rien de ferme sous ses pieds, mais ce n'était pas grave, mère le tenait, elle le portait, elle l'aimait.

Puis elle le lâcha. Il sentit la paume de sa main glis- ser contre la sienne, puis les doigts, puis le bout des doigts jusqu'à ce que sa main remue dans le vide. Il sentit à nouveau le froid contre sa poitrine, et on aurait dit que l'eau montait. Elle lui arriva aux épaules, au cou, et il leva le menton pour l'empêcher d'entrer dans sa bouche, mais elle s'approcha bien trop vite et il n'eut pas le temps de serrer les lèvres, sa bouche se remplit d'eau salée et froide qui s'engouffra dans sa gorge, et elle continua à monter, plus haut que ses joues, que ses yeux, il la sentit se refermer comme un couvercle au-dessus de sa tête jusqu'à étouffer tous les sons sauf le bruissement de ce qui grouillait et rampait au fond de la mer.

Il se débattit sauvagement, cogna sur ce qui voulut le tirer vers le bas. Mais il ne put rien faire contre le mur massif d'eau, et lorsque finalement il sentit une peau contre la sienne, une main sur son bras, son premier instinct fut de se protéger. Puis on le tira vers le haut et son crâne fendit la surface. La première bouffée d'air fut brutale et douloureuse et il inspira avidement, encore et encore. Mère tenait fermement son bras, mais ce n'était pas grave. L'eau ne pouvait plus l'atteindre.

Il la regarda, reconnaissant qu'elle l'ait sauvé, qu'elle ne l'ait pas laissé disparaître. Mais dans ses yeux, il ne vit que du mépris. D'une façon ou d'une autre, il n'avait pas fait ce qu'il fallait, il l'avait trahie à nouveau. Mais de quelle manière ?

Il eut des bleus sur le bras pendant plusieurs jours.

— C'était vraiment indispensable de me faire venir aujourd'hui ?

Kenneth laissait rarement percer son irritation. Il mettait un point d'honneur à conserver son calme et sa concentration en toute situation. Mais Lisbet avait eu l'air si triste tout à l'heure quand il lui avait annoncé qu'il devait faire un saut au bureau pendant une ou deux heures, un dimanche. Elle n'avait pas protesté, et c'était presque ça, le pire. Elle savait qu'il ne leur restait que très peu de temps à passer ensemble. Ces heures étaient importantes, inestimables ! Pourtant elle n'avait pas bronché, elle s'était contentée de trouver la force de sourire et de dire : "Bien sûr, vas-y. Je me débrouillerai."

Il aurait presque préféré qu'elle se mette en colère et lui crie dessus. Qu'elle lui dise de commencer à fixer des priorités. Mais elle n'était pas comme ça. Il n'arrivait pas à se rappeler une seule fois où elle avait élevé la voix contre lui pendant leur mariage qui durait depuis presque vingt ans. Ni contre qui que ce soit d'ailleurs. Elle avait pris le malheur et la souffrance avec sérénité, elle le consolait même quand c'était lui qui craquait. Quand le courage venait à lui manquer, elle en avait pour deux.

Et maintenant il la laissait pour aller au boulot. Il gaspillait plusieurs heures de leur temps précieux, et il se détestait de toujours accourir quand Erik le sifflait. Il ne comprenait pas pourquoi. Ce schéma s'était mis en place tellement tôt qu'il faisait partie de sa personnalité. Et c'était toujours elle qui avait à en souffrir.

Erik ne lui répondit même pas. Il regardait fixement l'écran de l'ordinateur et semblait se trouver dans un autre monde.

— C'était vraiment indispensable que je vienne aujourd'hui? répéta Kenneth. Un dimanche? Ça ne pouvait pas attendre demain?

Erik se retourna lentement vers Kenneth.

— J'ai beaucoup de respect pour ta situation personnelle, finit-il par dire. Mais si tout n'est pas bouclé pour les appels d'offres de la semaine prochaine, on peut fermer boutique. On fait tous des sacrifices.

Dans son for intérieur, Kenneth se demanda à quels sacrifices personnels Erik faisait référence. Et il n'y avait vraiment aucune urgence, Kenneth aurait facilement pu fignoler les dossiers le lendemain. Dire qu'il en allait de la survie de leur boîte était largement exagéré. Erik avait probablement juste trouvé un prétexte pour partir de chez lui, mais pourquoi était-il obligé de faire venir Kenneth aussi? La réponse était simple : parce qu'il le pouvait.

Ils retournèrent chacun à leur tâche, les mâchoires crispées, et travaillèrent en silence pendant un moment. Le bureau consistait en une grande pièce sans aucune possibilité de s'isoler pour être tranquille. Kenneth observa Erik à la dérobée. Il n'était pas comme d'habitude. Difficile de dire exactement ce qui avait changé, mais il avait l'air plus flou en quelque sorte. Plus usé. Ses cheveux n'étaient pas aussi parfaitement coiffés que d'ordinaire, sa chemise un peu froissée. Non, décidément, il ne se ressemblait pas. Kenneth envisagea de demander si tout allait bien à la maison, mais il y renonça. A la place, il dit le plus calmement possible :

— Tu as vu à propos de Christian, hier ?

Erik sursauta.

— Oui.

— C'est pas rien, hein ? Menacé par un barjo, dit Kenneth sur un ton décontracté, presque léger, alors que son cœur battait à tout rompre dans sa poitrine.

— Mmm…, fit Erik.

Son regard était toujours dirigé sur l'écran, mais il ne touchait ni le clavier ni la souris.

— Est-ce que Christian t'en a déjà parlé ?

C'était comme essayer de ne pas tripoter la croûte d'une plaie. Il ne voulait pas en parler et Erik ne semblait pas vouloir évoquer le sujet. Pourtant, il était incapable de se retenir.

— Non, je n'ai jamais entendu parler de menaces, dit Erik et il se mit à farfouiller parmi les documents sur son bureau. Il a été débordé avec son livre, je ne l'ai pas trop vu. Et ce genre de truc, j'imagine qu'on ne va pas le crier sur tous les toits.

— Il ne devrait pas aller voir la police ?

— Comment tu sais qu'il ne l'a pas fait ? répliqua Erik en continuant à déplacer au petit bonheur ses piles de dossiers.

— C'est vrai, tu as raison… Mais que peut faire la police si les lettres sont anonymes ? Je veux dire, ça peut être n'importe quel fêlé.

— Comment veux-tu que je le sache ?

— Tu crois qu'il faut le prendre au sérieux ?

— Pourquoi faut-il absolument qu'on spécule là-dessus ? soupira Erik, excédé. Je n'en ai pas la moindre idée, je te dis.

Sa voix monta un peu vers la fin et se cassa. Kenneth le regarda avec surprise. Erik ne se ressemblait définitivement pas. Est-ce que ça avait quelque chose à voir avec l'entreprise ? Aurait-il fait une bêtise ? Mais Kenneth écarta tout de suite cette idée. Ne lui faisant pas confiance, il surveillait la comptabilité de près, et il aurait tout de suite remarqué si Erik avait fait des conneries. Il devait plutôt s'agir de Louise. C'était un mystère qu'ils soient restés ensemble si longtemps. Tout le monde savait qu'ils se rendraient mutuellement un grand service s'ils se disaient ciao et partaient, chacun de son côté. Mais ce n'était pas à lui de le dire. Et puis, il avait assez à gérer avec sa propre vie.

— Je me demandais, c'est tout, dit Kenneth.

Il ouvrit le fichier Excel contenant le dernier rapport mensuel. Ses pensées étaient totalement ailleurs.

La robe avait toujours son odeur. Christian la serra contre son nez et inspira les restes microscopiques de parfum qui imprégnaient le tissu. En fermant les yeux, il parvint à la visualiser très nettement. Les cheveux châtains qui lui arrivaient à la taille et qu'elle coiffait en général en tresse ou en chignon sur la nuque. Ça aurait pu paraître vieux jeu, mais pas sur elle.

Elle avait la grâce d'une danseuse, bien qu'elle eût abandonné cette carrière-là. Elle disait qu'elle n'avait pas assez d'ambition. Le talent avait été au rendez-vous, mais elle n'avait pas la volonté requise pour donner la priorité à la danse, pour sacrifier l'amour, le temps, le rire et les amis. Elle aimait trop la vie.

Si bien qu'elle avait arrêté l'entraînement. Mais quand ils s'étaient rencontrés, et jusqu'à la fin, elle avait toujours eu ça dans le sang. Il pouvait passer des heures à la regarder. L'observer tourner dans la maison, bricoler et fredonner pendant que ses pieds se déplaçaient avec tant de légèreté qu'on aurait dit qu'elle flottait au-dessus du sol.

Il approcha de nouveau la robe de son visage. Sentit le tissu frais contre sa peau, s'accrochant légèrement à sa barbe d'un jour, rafraîchissant ses joues fiévreuses et brûlantes. La dernière fois qu'elle avait porté cette robe, c'était une soirée de la Saint-Jean. Le tissu bleu avait polarisé la couleur de ses yeux et la tresse sombre dans son dos avait rivalisé d'éclat avec l'étoffe chatoyante.

Ça avait été une soirée fantastique. L'une des rares fêtes de la Saint-Jean ensoleillées, ils avaient même pu manger dehors. Le repas traditionnel de hareng et pommes de terre nouvelles. Ils l'avaient préparé ensemble. L'enfant était couché à l'ombre, la moustiquaire soigneusement tendue au-dessus du landau pour empêcher les insectes de l'atteindre. L'enfant était protégé.

Le nom de l'enfant passa dans son esprit et il sursauta comme s'il s'était piqué avec une aiguille. Il se força à penser plutôt aux amis qui levaient des verres embués pour un toast à l'été, à l'amour, à eux. Il pensa aux fraises qu'elle apportait dans un grand bol. Se rappela qu'elle les avait nettoyées assise dans la cuisine et qu'il l'avait taquinée sur la fraude, puisqu'une fraise sur trois passait dans sa bouche plutôt que dans le bol. Les fraises seraient servies en dessert avec de la crème chantilly, selon la recette de sa grand-mère. Elle avait accueilli ses gamineries avec un éclat de rire, l'avait attiré contre elle et l'avait embrassé de ses lèvres au goût de fruits mûrs.

Il sanglota, tenant toujours la robe entre ses mains, incapable de s'arrêter. Ses larmes laissèrent des taches sombres sur le tissu et il les essuya avec la manche. Il ne voulait pas souiller, ne devait pas souiller le peu qui lui restait.

Christian remit doucement la robe dans la valise. C'était tout ce qui subsistait d'eux. La seule chose qu'il avait pu garder. Il referma le couvercle et repoussa la valise dans un coin du grenier. Sanna ne devait pas la trouver. Rien que l'idée qu'elle l'ouvre, qu'elle regarde et touche la robe lui donna des haut-le-cœur. Il savait que c'était mal, mais il avait choisi Sanna pour une seule raison. Parce qu'elle ne lui ressemblait pas. Elle n'avait pas des lèvres au goût de fraise et ne bougeait pas comme une danseuse.

Mais ça n'avait servi à rien. Il avait quand même été rattrapé par le passé. Aussi sournoisement qu'avait été rattrapée celle qui avait porté la robe bleue. Et désormais, il ne voyait aucune issue.

— Je peux vous laisser Leo un petit moment?

Paula regarda sa mère, tout en jetant un regard plein d'espoir à Mellberg. Après la naissance de leur fils, aussi bien Johanna qu'elle-même n'avaient pas tardé à comprendre que le nouvel homme de Rita serait le parfait baby-sitter. Mellberg était absolument incapable de dire non.

— Non, on…, commença Rita, mais son compagnon l'interrompit tout de suite.

— Aucun problème, on s'occupera du petit, ma poulette et moi. Vous pouvez filer tranquillement, dit-il, tout excité.

Rita poussa un soupir résigné, tout en regardant amoureusement le diamant brut avec qui elle avait décidé de vivre. Elle savait que beaucoup de gens le voyaient comme un goujat, un homme grossier et insolent. Mais dès le début, elle avait vu d'autres qualités en lui, des qualités qu'une femme avisée saurait mettre en valeur.

Et elle avait eu raison. Il la traitait comme une reine. Il suffisait de le voir regarder le petit Leo pour comprendre les ressources qu'il recelait. Il aimait le petit garçon au-delà du possible. Elle-même avait vite été reléguée à la deuxième place, mais elle pouvait tout à fait supporter cela. En outre, elle avait pratiquement terminé sa formation sur la piste de danse. Il ne serait jamais un roi de la salsa, mais elle n'avait quand même plus besoin de mettre des chaussures de sécurité.

— Si tu te sens de le garder seul, maman pourrait venir avec nous. On pensait aller à Torp acheter des trucs pour la chambre de Leo.

— Passe-le-moi, dit Bertil. On se débrouillera bien pendant quelques heures. Un biberon, ou deux, quand il aura faim, et ensuite il profitera de la compagnie distinguée de papi Bertil. Qu'est-ce qu'il peut demander de plus, le bambin?

Paula donna son fils à Bertil qui le prit dans ses bras. Seigneur, ils étaient vraiment mal assortis ces deux-là! Mais le courant passait entre eux, c'était une évidence. Même si, à ses yeux, Bertil Mellberg était toujours le pire chef qu'on pouvait imaginer, il s'était révélé le meilleur grand-père du monde.

— Tu es sûr que ça ira? dit Rita, légèrement inquiète.

Même s'il s'occupait de Leo de temps en temps, son expérience des bébés et des soins à leur donner était très limitée. Son propre fils, Simon, était déjà un ado quand il était entré dans sa vie.

— Evidemment, dit Bertil, piqué au vif. Manger, chier, dormir. Ce n'est pas compliqué. C'est ce que je fais moi-même depuis soixante ans.

Il les mit pratiquement à la porte. Maintenant, le petit biquet et lui allaient faire plus ample connaissance.

Deux heures plus tard, il était en nage. Leo hurlait de toutes ses forces et l'odeur de caca flottait comme un brouillard dans le salon. Papi Bertil essayait désespérément de le bercer, mais le bébé ne faisait que crier. Les cheveux de Mellberg, d'habitude arrangés en un nid soigné en haut de son crâne, avaient glissé sur son oreille droite, et il sentit la sueur former d'énormes auréoles sous ses bras.

La panique n'était pas loin et il lorgna vers son téléphone portable. Allait-il appeler les filles ? Elles étaient sûrement toujours à Torp et il leur faudrait plus de trois quarts d'heure avant d'arriver même si elles prenaient le volant tout de suite. Et s'il les appelait à l'aide, elles ne voudraient peut-être plus lui confier le petit. Non, il était obligé de tirer son épingle du jeu tout seul. Au fil des ans, il avait eu affaire à de vraies fripouilles, les fusillades et les toxicos fous furieux armés de couteaux n'avaient plus de secrets pour lui. Il devrait bien être capable de gérer cette situation. Après tout, le petit n'était pas plus grand qu'une miche de pain, même s'il avait des ressources vocales d'un homme, un vrai.

— Allez mon lapin, on va essayer de régler ça. Voyons voir. Tu t'es conchié jusque dans le dos. Et je pense que tu as faim. Autrement dit, nous avons deux crises sur les bras. La question est de savoir s'il faut s'occuper en priorité du haut ou du bas, dit-il en parlant très fort pour couvrir les cris d'impatience du bébé. Eh bien, pour moi la nourriture passe toujours en premier. On va aller te préparer un bon biberon.

Bertil prit Leo et le porta dans la cuisine. On lui avait donné des instructions très claires sur la préparation du biberon et, avec le four à micro-ondes, ce fut vite réglé. Il testa la température en tétant un coup lui-même.

— Beurk, mon petit canard, pas terrible. Mais tu vas devoir attendre d'être un peu plus grand pour toucher aux choses sérieuses.

En voyant le biberon, Leo redoubla ses cris. Bertil s'assit et l'installa sur son bras gauche. Il approcha la tétine de la petite bouche et Leo se mit immédiatement à téter. Il finit le biberon en un rien de temps et Mellberg sentit tout le petit corps se détendre. Mais très vite il recommença à gigoter, et l'odeur était tellement insoutenable que Mellberg lui-même n'y tint plus. Son problème était que, jusque-là, il avait réussi haut la main à se soustraire aux changements de couches.

— Bon, ça, c'est fait, ne reste plus que l'autre bout, dit-il d'un ton guilleret qui ne correspondait pas du tout à ses sentiments face à la tâche qui l'attendait.

Mellberg porta Leo à la salle de bains. Il avait aidé les filles à installer une table à langer, et on y trouvait tout ce qu'il fallait pour l'opération caca dans la couche.

Il posa le bébé sur la table et lui enleva son petit pantalon. Il essaya de respirer par la bouche, mais l'odeur était si pénétrante que ça ne changeait pas grand-chose. Il défit l'adhésif sur les côtés et faillit s'évanouir quand l'ensemble du désastre s'étala devant lui.

— Grand Dieu !

Il jeta un regard de désespoir autour de lui et aperçut un paquet de lingettes pour bébé. Il tendit le bras pour l'attraper. Les jambes libérées de son emprise, Léo saisit l'occasion d'enfoncer ses pieds profondément dans la couche.

— Ah non, pas ça !

Mellberg arracha une poignée de lingettes et commença à essuyer. Mais il ne réussit qu'à étaler davantage le caca avant de comprendre qu'il lui fallait éloigner la source même du problème. Il souleva Leo par les pieds et retira la couche, qu'il jeta à la poubelle d'une mine dégoûtée.

Un demi-paquet de lingettes plus tard, il commença à entrevoir une éclaircie. Le plus gros avait été nettoyé et Leo s'était calmé, il pédalait avec ses jambes et parut content d'aérer ses petites fesses. Doucement Mellberg essuya les derniers restes et prit une nouvelle couche sur l'étagère.

— T'as vu ça, on tient le bon bout, dit-il, tout content. Dans quel sens ça se met ?

Mellberg tourna et retourna la couche, puis décida que les petits animaux décoratifs étaient probablement destinés au dos, comme l'étiquette d'un vêtement. La coupe lui parut plutôt étrange, et l'adhésif collait couci-couça. Tout de même, que ça soit si difficile de fabriquer du matériel qui tienne la route ! Heureusement qu'il était un homme d'action pour qui chaque problème représentait un défi.

Il prit Leo et l'emmena dans la cuisine, où il se mit à chercher dans les tiroirs et finit par trouver ce qu'il cherchait. Le rouleau de scotch. Il alla dans le salon, posa Leo sur le canapé et après avoir fait quelques tours de scotch autour de la couche, il contempla son œuvre avec satisfaction.

— Et voilà le travail ! Et les filles qui avaient peur que je ne sache pas m'occuper de toi ! Qu'est-ce que tu en dis, on a bien mérité de faire une petite sieste maintenant, hein ?

Bertil prit le bébé bien scotché et s'installa confortablement avec lui sur le canapé. Leo farfouilla un peu puis fourra son petit visage au creux du cou du commissaire.

Une demi-heure plus tard, quand les femmes de leur vie rentrèrent, tous deux dormaient profondément.

Lorsque Sanna ouvrit la porte, Erica aurait préféré faire demi-tour et partir en courant. Mais Patrik avait raison. Elle n'avait pas le choix.

— Christian est là ?

— Oui, il est monté au grenier. Je l'appelle, dit Sanna. Elle se tourna vers l'escalier : Christian ! Tu as de la visite, cria-t-elle puis en s'adressant à Erica : Entre, il arrive.

— Merci.

Erica se sentait maladroite, debout dans le vestibule avec Sanna, mais bientôt elle entendit des pas dans l'escalier. Quand Christian fut en vue, elle nota combien il paraissait épuisé, et sa mauvaise conscience la frappa sans pitié.

— Salut… ?

Il était manifestement surpris de la voir, mais s'approcha et la gratifia d'une petite accolade.

— Il faut que je te parle d'un truc, dit-elle, et l'envie de faire demi-tour et de prendre la fuite l'assaillit à nouveau.

— Ah, ben entre alors. Laisse-moi prendre ton manteau.

Christian la précéda dans le salon et elle s'assit dans un coin du canapé.

— Tu veux boire quelque chose ?

— Non merci, dit-elle, sachant qu'elle voulait en finir au plus vite. Comment se sont passées les signatures ?

— Bien, répondit Christian d'une manière qui coupait court à toute autre question. Tu as vu le journal hier ?

Son visage était gris à la lumière hivernale qui filtrait par les fenêtres.

— Oui, c'est de ça que je voudrais te parler.

Erica se concentra. Un des jumeaux lui donna un coup de pied et elle gémit.

— Ils s'agitent ?

— On peut dire ça comme ça, sourit-elle avant de respirer à fond et de poursuivre : C'est ma faute si la presse est au courant.

Christian se redressa sur le canapé.

— Comment ça ?

— Non, je ne les ai pas tuyautés, rassure-toi, se dépêcha-t-elle d'ajouter. Mais j'ai commis la bêtise de le dire à la mauvaise personne.

Croiser le regard de Christian était trop difficile, et elle regarda ses mains.

— Gaby ? dit Christian d'une voix lasse. Mais tu n'as pas compris que…

Erica l'interrompit.

— Patrik a dit exactement la même chose. Et vous avez raison. J'aurais dû savoir qu'on ne peut pas lui faire confiance, qu'elle verrait ça comme une possibilité de se faire un peu de pub. Je me sens archinulle. J'ai vraiment été trop naïve.

— Oui, mais on n'y peut plus grand-chose maintenant, dit Christian.

Sa résignation ne fit qu'augmenter le mal-être d'Erica. Elle aurait presque préféré qu'il l'engueule, plutôt que de le voir aussi las et déçu.

— Pardon, Christian. Je suis vraiment désolée.

— Espérons au moins qu'elle aura raison.

— Qui ça ?

— Gaby. Que ça me fera vendre davantage de livres.

— Je ne comprends pas comment elle peut être aussi cynique. Te livrer comme ça en pâture à la presse, seulement parce que ça pourrait être bon pour les affaires.

— Elle n'est pas arrivée là où elle est aujourd'hui en restant amie avec tout le monde.

— Mais quand même. Ça ne le vaut pas.

Erica était vraiment navrée d'avoir trahi son ami, par erreur et naïveté, et elle avait le plus grand mal à comprendre qu'on puisse agir de même délibérément. Par appât du gain. Elle se tortilla sur le canapé. Quelle que soit la position, il y avait toujours un organe quelque part qui se trouvait coincé.

— Ça finira par se calmer, dit Christian sans véritable conviction.

— Les journalistes ont pris d'assaut ton téléphone ?

— Après le premier appel hier, j'ai coupé mon portable. Je n'ai pas envie de souffler davantage sur le feu.

— Et par rapport aux… Erica hésita. Tu as reçu d'autres menaces ? Je comprendrais que tu n'aies plus confiance en moi, mais crois-moi, j'ai appris la leçon.

Le visage de Christian se referma. Il regarda par la fenêtre et tarda à répondre. Quand il le fit, sa voix était faible et fatiguée.

— Je n'ai pas envie de ressasser cette histoire. Ça a pris des proportions démesurées.

Il y eut du bruit à l'étage et un enfant se mit à crier. Christian ne montra aucun signe d'intérêt, mais Sanna se précipita en haut de l'escalier.

— Ils s'entendent bien? demanda Erica en levant le menton en direction des chambres.

— Pas spécialement. Le grand frère n'apprécie pas la concurrence, pourrait-on dire pour résumer le problème, sourit Christian.

— Je crois qu'on a tous tendance à trop se focaliser sur le premier enfant, dit Erica.

— Oui, c'est ça.

Le sourire de Christian s'envola et il eut une étrange expression qu'Erica n'arriva pas à interpréter.

— Il faut que tu contactes la police, dit-elle. Tu comprends bien que j'en ai parlé avec Patrik, et ça, je l'assume. Il est convaincu qu'il faut prendre ça au sérieux, et que tu dois commencer par le signaler formellement à la police. Tu pourrais le rencontrer, en privé si tu veux.

Elle se rendit compte qu'elle était en train d'insister, mais ces lettres l'avaient vraiment mise mal à l'aise, et elle devinait qu'en réalité Christian ressentait la même chose.

— Je ne veux plus en parler, dit-il en se levant. Je sais que tu ne pensais pas à mal quand tu l'as révélé à Gaby. Mais il faut que tu respectes ma volonté de ne pas en faire tout un drame.

Les cris d'en haut s'amplifiaient de façon inquiétante et Christian se dirigea vers l'escalier.

— Excuse-moi, mais je dois aider Sanna avant qu'ils s'entre-tuent. Tu connais le chemin?

Il se hâta de monter sans même dire au revoir et Erica eut le sentiment qu'il prenait la fuite.

Quand est-ce qu'ils allaient rentrer à la maison ? De jour en jour, la caravane lui paraissait plus exiguë, et il aurait bientôt exploré le moindre recoin du camping. A la maison, ils prêteraient peut-être attention à lui de nouveau. Ici, c'était comme s'il n'existait pas.

Père faisait des mots croisés et mère était malade. C'était en tout cas l'explication qu'on lui donna le jour où il essaya d'entrer la voir. Elle restait allongée toute la journée sur l'étroite couchette à l'intérieur. Elle ne se baignait plus avec lui. Bien qu'il se souvienne de la peur et du grouillement entre ses pieds, il aurait préféré ça à cette disgrâce.

— Ta mère est malade. Va jouer.

Et il s'en allait et remplissait ses journées tout seul. Au début les autres enfants du camping avaient essayé de jouer avec lui. Mais ça ne l'intéressait pas. S'il ne pouvait pas être avec mère, il ne voulait être avec personne.

Sa maladie s'éternisait, et il commençait à trouver ça inquiétant. Parfois il l'entendait vomir. Et elle était tellement pâle. Pourvu que ce ne soit rien de grave. Pourvu qu'elle ne meure pas. Comme sa première maman l'avait fait.

Rien que cette pensée lui donna envie de se blottir dans un coin et de ne plus en sortir. De fermer les yeux et de serrer les paupières fort, fort pour que l'obscurité n'ait aucune prise sur lui. Il ne devait pas s'autoriser ces pensées. Sa mère si belle ne pouvait pas mourir. Pas elle aussi.

Il s'était déniché un endroit rien qu'à lui. En haut de l'énorme rocher arrondi qui dominait le village, avec vue sur le camping et sur l'eau. S'il tendait le cou, il pouvait même voir le toit de leur caravane. Il y passait ses journées désormais, on l'y laissait tranquille. Là-haut, il parvenait à faire passer le temps.

Père aussi voulait rentrer. Il l'avait entendu le dire. Mais mère ne voulait pas. Jamais elle ne donnerait cette satisfaction à la Vipère, disait-elle, plus pâle et plus fluette que jamais sur sa couchette. Il fallait qu'elle sache qu'ils étaient là comme d'habitude, tout l'été, tout près d'elle, sans venir la voir. Non, ils n'allaient pas rentrer. Plutôt mourir ici sur-le-champ.

C'était comme ça. Mère décidait, point final! Il continuerait de monter se réfugier en haut du rocher. Il resterait là, les bras autour des genoux, se laissant emporter par ses pensées et son imagination.

Une fois qu'ils seraient de retour à la maison, tout rentrerait dans l'ordre. Il en était certain.

— Rocky, reviens !

Göte Persson cria fort, mais comme d'habitude, le chien ne parut pas l'écouter. Son maître ne vit que la queue du golden retriever avant qu'il tourne à gauche derrière un bloc de pierre. Göte hâta le pas tant qu'il put, mais sa jambe droite le ralentissait. Depuis son attaque, elle avait du mal à suivre, mais il s'estimait quand même heureux. Les médecins ne lui avaient pas donné beaucoup d'espoir de pouvoir bouger correctement après que tout son côté droit eut été mis KO. C'était sans compter avec son obstination. Grâce à une persévérance hors pair, et à son kinésithérapeute qui l'avait encouragé comme s'il s'entraînait pour les JO, il avait progressé de semaine en semaine. Par moments, il avait connu des revers et, bien sûr, il avait été près d'abandonner plus d'une fois. Mais il avait poursuivi le combat et petit à petit s'était approché du but.

Désormais il faisait une longue promenade avec Rocky tous les jours. Sa démarche était saccadée et il boitait visiblement, mais ils avançaient. Ils sortaient par tous les temps, et chaque mètre était une victoire.

Le chien réapparut. Il explorait la plage de Sälvik, nez au sol, et ne levait les yeux que de temps à autre pour s'assurer que son maître suivait. Göte saisit l'occasion de s'arrêter et de souffler un peu. Pour la centième fois, il tâta sa poche. Est-ce que son portable était toujours là ? Pas de problème, il y était. Par précaution, il le sortit et s'assura qu'il était en état de marche, qu'il ne l'avait pas éteint par mégarde, qu'il n'avait pas loupé de communication. Personne n'avait appelé encore et il remit le téléphone dans sa poche avec une certaine impatience.

Il savait qu'il était ridicule, à regarder ainsi son téléphone toutes les cinq minutes. Mais il allait être grand-père pour la première fois. Et ils avaient promis d'appeler en partant. Ina avait dépassé le terme de presque deux semaines et Göte avait du mal à comprendre comment sa fille et son gendre pouvaient rester aussi calmes. Bon, d'accord, il décelait une certaine irritation quand il leur téléphonait pour la dixième fois dans la même journée. Manifestement, il était bien plus inquiet qu'eux. Ces dernières nuits, il était même resté éveillé plusieurs heures à scruter tantôt le réveil, tantôt le téléphone. Ces choses-là avaient tendance à se déclarer la nuit. Et s'il dormait trop profondément et n'entendait pas la sonnerie ?

Il bâilla. Les nuits blanches commençaient à user ses forces. Tant d'émotions l'avaient étreint quand Ina et Jesper avaient annoncé qu'ils attendaient un bébé. Ils le lui avaient dit quelques jours après son attaque, quand il était hospitalisé à Uddevalla. En fait, ils avaient pensé attendre pour le lui annoncer, c'était si nouveau, ils venaient de l'apprendre eux-mêmes. Mais personne n'avait cru qu'il survivrait. Ils doutaient même qu'il les eût entendus, allongé là dans son lit d'hôpital relié par des tuyaux à un tas d'appareils.

Mais il avait entendu, il avait entendu chaque mot. Et cela avait fourni à sa ténacité le point d'ancrage nécessaire. Quelque chose qui le ferait vivre. Il allait être grand-père. Sa fille unique, le soleil de sa vie, allait avoir un bébé. Comment pourrait-il louper un tel événement? Il savait que Britt-Marie l'attendait de l'autre côté, et il aurait volontiers lâché prise pour la retrouver. Elle lui avait manqué chaque jour, chaque minute, pendant toutes ces années qui s'étaient écoulées depuis sa mort. Mais maintenant, quelqu'un aurait besoin de lui, et il le lui avait expliqué. Il lui avait dit qu'il ne pouvait pas la rejoindre encore, que leur fille avait besoin de lui ici-bas.

Britt-Marie avait compris. Il en était sûr. Si bien qu'il s'était réveillé, il était sorti de ce sommeil étrange et de maintes façons attirant. Il s'était levé du lit et, chaque pas qu'il avait fait depuis, il l'avait fait pour le bébé à naître. Il avait tant de choses à donner. Il voulait profiter de toutes les minutes supplémentaires que la vie lui réservait pour gâter son petit-fils ou sa petite-fille. Ina et Jesper pouvaient protester tant qu'ils voulaient. C'étaient là les privilèges d'un grand-père.

Le téléphone dans sa poche se mit à sonner et il sursauta, plongé ainsi dans ses pensées. Tout excité, il le sortit et faillit le laisser tomber. Il regarda l'écran et ses épaules s'affaissèrent de déception en voyant le nom d'un ami. Il n'osa pas répondre. Il ne fallait pas que ça sonne occupé s'ils cherchaient à le joindre.

Le chien avait encore disparu et il partit en boitillant dans la direction où il l'avait vu la dernière fois. Une tache claire bougea à la périphérie de son champ de vision et il tourna la tête.

— Rocky!

La peur suinta de sa voix. Le chien s'était aventuré sur la glace. Il se tenait à presque vingt mètres du bord, la tête baissée. Quand il entendit son maître l'appeler, il se mit à aboyer furieusement et à gratter avec les pattes. Göte retint sa respiration. Si l'hiver avait été glacial, il ne se serait pas inquiété. Avec Britt-Marie, ils allaient souvent se balader sur la glace jusqu'aux petites îles proches, en emportant des sandwiches et un thermos de café. Mais cette année il y avait eu du redoux, puis du gel, puis du redoux à nouveau, et il savait que la glace était traîtresse.

— Rocky! Viens ici! appela-t-il encore une fois, mais malgré sa voix sévère, le chien l'ignora.

Göte n'avait plus qu'une pensée en tête. Rocky ne survivrait pas si la glace cédait et qu'il se retrouvait dans l'eau froide, et Göte ne s'en remettrait jamais. Ils étaient copains depuis dix ans, et il s'était tellement représenté le chien batifolant avec le bébé qu'il ne pouvait pas concevoir tout cela sans Rocky.

Il descendit au bord de la plage. Posa le pied pour vérifier la glace. Elle éclata en un millier de fissures fines en surface, mais pas dans toute son épaisseur. Elle était probablement assez solide pour le porter. Il continua. Rocky aboyait toujours sans relâche en grattant avec les pattes avant, ne montrant aucun signe de vouloir bouger de là.

La glace parut plus fiable ici que près du bord, mais Göte décida quand même de réduire les risques en se mettant à plat ventre. Péniblement il s'allongea et essaya d'ignorer le froid qui le traversait malgré ses vêtements chauds.

C'était difficile d'avancer sur le ventre. Ses pieds glissaient quand il essayait d'y prendre appui et il maudit son orgueil, qui l'empêchait d'enfiler des crampons antiglisse quand le sol était gelé, comme le faisait n'importe quel retraité doté de bon sens.

Il regarda autour de lui et repéra deux bouts de bois qu'il pourrait peut-être utiliser. Il réussit à ramper et à les attraper, et s'en servit ensuite comme des sortes de mini-piolets improvisés. Ça lui permit d'avancer plus vite, et, centimètre par centimètre, il s'approcha du chien. Par moments, il tentait à nouveau d'appeler Rocky, mais quoi que le chien ait trouvé, cela semblait trop intéressant pour qu'il le quitte du regard, ne serait-ce qu'une seconde.

Lorsque Göte fut presque arrivé, il entendit la glace craquer et protester sous son poids, et il s'autorisa une petite réflexion mentale sur l'ironie du sort. Il avait consacré des mois et des mois à sa rééducation pour finalement peut-être passer à travers la glace à Säl-vik et se noyer. La glace semblait cependant tenir, et il était si près que, en tendant la main, il pouvait toucher les poils de Rocky.

— Bonhomme, tu ne peux pas rester là, dit-il calmement et il se traîna un peu plus près du chien pour essayer d'attraper son collier.

Il ne savait pas trop comment il s'y prendrait ensuite pour ramener sur la terre ferme un chien récalcitrant et son propre corps. Mais il trouverait bien une solution.

— C'est quoi alors qui t'intéresse tellement ?

Il attrapa le collier, puis il baissa les yeux.

Dans sa poche, le téléphone se mit à sonner.

Comme d'habitude, il était difficile de se remettre dans le bain le lundi matin. Patrik avait posé les pieds sur son bureau. Il fixait la photo de Magnus Kjellner, comme pour le conjurer de dire où il se trouvait. Ou plutôt où se trouvaient ses restes.

Il se faisait aussi du souci pour Christian. Patrik ouvrit le tiroir de droite et en sortit la pochette plastique avec la lettre et la carte. Il aurait voulu les envoyer au labo pour une recherche d'empreintes digitales. Mais il avait si peu d'indices, rien de concret ne s'était passé. Même Erica, qui contrairement à lui avait lu toutes les lettres, ne pouvait dire avec certitude que quelqu'un avait l'intention de s'en prendre à Christian. Pourtant son instinct, tout comme celui de Patrik, affirmait le contraire. Ils percevaient tous les deux la note maléfique contenue dans ces lignes. Il sourit un peu tout seul. Quel vocabulaire! Maléfique. Pas très scientifique, comme description. Mais les lettres véhiculaient une volonté de faire mal. Il ne pouvait pas le décrire mieux que ça. Et cette impression l'inquiétait profondément.

Il en avait parlé avec Erica quand elle était revenue de chez Christian. Il aurait préféré lui rendre visite personnellement, mais Erica le lui avait déconseillé. Elle ne pensait pas que son ami soit disposé à l'entendre et elle lui avait suggéré d'attendre que les journaux passent à autre chose. Il avait approuvé. A présent qu'il regardait l'écriture sinueuse, il se demandait s'il avait eu raison.

La sonnerie du téléphone le fit sursauter.

— Patrik Hedström.

Il remit la pochette dans le tiroir et le referma. Puis il se figea.

— Pardon? Comment?

Tous ses sens se mirent en éveil et il s'activa dès qu'il eut raccroché. Il passa quelques rapides coups de fil avant de se précipiter dans le couloir pour frapper à la porte de Mellberg. Sans attendre de réponse, il entra directement et réveilla tant le maître que le chien.

— Putain, qu'est-ce qui...

Affaissé dans son fauteuil de bureau, Mellberg émergea péniblement des brumes du sommeil, réarrangea ses cheveux et fixa Patrik.

— On ne t'a pas appris à frapper avant d'entrer ? Hein ? Tu ne vois pas que je suis occupé ? Qu'est-ce que tu veux ?

— Je crois qu'on a trouvé Magnus Kjellner.

Mellberg redressa le dos.

— Ah oui ? Et il est où ? Sur une île aux Antilles ?

— Pas vraiment. Il se trouve sous la glace. A Sälvik.

— Sous la glace ?

Ernst sentit la tension dans l'air et dressa les oreilles.

— Un retraité qui promenait son chien vient de nous appeler. On n'a pas encore la confirmation que c'est lui. Mais tout l'indique.

— Merde, qu'est-ce qu'on attend alors ? s'écria Mellberg. Il bondit, attrapa sa veste au vol et passa en trombe devant Patrik : Pourquoi faut toujours vous tirer les vers du nez dans ce putain de commissariat ! Tout ce temps pour en arriver au fait, non, mais je rêve ! En voiture, Simone ! C'est toi qui conduis !

Mellberg courut vers le garage et Patrik passa dans son bureau pour prendre sa veste. Il aurait préféré ne pas avoir son chef dans les pattes, mais il savait aussi que Mellberg ne louperait pas l'occasion de se trouver au centre des événements. C'était une place qu'il occupait volontiers, à condition de ne pas avoir à bosser.

— Allez, pied au plancher maintenant !

Mellberg était déjà installé sur le siège du passager. Patrik prit place derrière le volant et tourna la clé de contact.

— C'est la première fois que vous passez à la télé ? gazouilla la maquilleuse.

Christian croisa son regard dans le miroir et hocha la tête. Il avait la bouche sèche et les mains moites.

Deux semaines auparavant, il avait accepté de participer aux infos du matin sur TV4, mais à présent il le regrettait amèrement. Tout au long du trajet la veille dans le train pour Stockholm, il avait lutté contre l'envie de faire demi-tour.

Gaby avait été aux anges lorsque la 4 s'était manifestée. Les rumeurs couraient qu'une nouvelle étoile allait s'allumer dans le ciel littéraire et ils voulaient l'exclusivité. Gaby lui avait expliqué que c'était la meilleure publicité possible, qu'il allait vendre un tas de livres rien que pour ce petit instant de participation.

Il s'était laissé séduire. Il avait posé un congé à la bibliothèque, et Gaby lui avait réservé le train et une chambre d'hôtel à Stockholm. Au début, l'idée de présenter *La Sirène* à la télé l'avait excité. Il parlerait de son premier roman sur une chaîne nationale, il serait là en tant qu'"auteur". Mais les gros titres du week-end étaient venus tout gâcher. Comment avait-il pu se leurrer ainsi ? Il avait vécu retiré pendant tant d'années qu'il s'était cru autorisé à sortir à nouveau. Même en recevant les lettres, il avait continué à se persuader que c'était fini, qu'il ne craignait plus rien.

Les titres des journaux lui avaient ôté cette illusion. Quelqu'un allait voir, quelqu'un allait se souvenir. Tout allait resurgir. Il frissonna, et la maquilleuse le regarda.

— Vous avez froid, avec la chaleur qu'il fait ici ? Vous ne seriez pas en train d'attraper un rhume ?

Il hocha la tête et sourit. C'était plus simple. Ne pas avoir à expliquer.

L'épaisse couche de fond de teint lui donnait une apparence peu naturelle. Même ses oreilles et ses mains avaient reçu leur dose de crème pigmentée ; sans maquillage, la peau avait apparemment un aspect pâle et verdâtre à l'écran. D'une certaine façon, c'était agréable. Comme un masque derrière lequel se cacher.

— Voilà, c'est fini. L'hôtesse de plateau viendra vous chercher dans un instant.

La maquilleuse inspecta son œuvre d'une mine satisfaite. Christian se fixa dans le miroir. Le masque le fixa en retour.

Quelques minutes plus tard, on le conduisit à la table régie. Un impressionnant buffet de petit-déjeuner était servi, mais il se contenta d'un jus d'orange. L'adrénaline circulait vite dans son corps et sa main trembla un peu quand il prit le verre.

— Vous pouvez venir avec moi maintenant.

L'hôtesse lui fit signe de la suivre et Christian laissa son verre à moitié plein sur la table. Sur des jambes en coton, il lui emboîta le pas et se retrouva dans le studio situé à l'étage en dessous.

— Installez-vous là, lui souffla l'hôtesse en lui montrant sa place.

Christian sursauta en sentant peu après une main sur son épaule.

— Excusez-moi, je dois vous fixer le microphone, chuchota un homme avec un casque.

D'un hochement de tête, Christian donna son assentiment. Sa bouche était encore plus sèche, et il avala d'un seul trait le verre d'eau posé devant lui.

— Bonjour Christian, je suis ravi de faire votre connaissance. J'ai lu votre livre et je dois dire que je le trouve fantastique.

Kristin Kaspersen lui tendit la main et Christian la prit après une certaine hésitation. Avec ses mains moites, ça devait être comme serrer une éponge trempée. L'autre animateur vint s'installer aussi, le salua et se présenta. Anders Kraft.

Son livre était posé sur la table. Derrière eux, le météorologue parlait du temps et ils durent mener une conversation chuchotée.

— J'espère que vous n'avez pas le trac, sourit Kristin. Vous n'avez qu'à concentrer votre attention sur nous, et tout se passera bien.

Christian fit oui de la tête sans rien dire. On lui avait encore rempli son verre et il le but de nouveau d'une seule gorgée.

— Ce sera à nous dans vingt secondes, souffla Anders Kraft avec un clin d'œil.

Christian se sentit apaisé par l'attitude rassurante du couple en face de lui, et il fit son possible pour ne pas penser aux caméras qui allaient diffuser l'émission en direct à une grande partie du peuple suédois.

Kristin se mit à parler en regardant un point derrière lui et il comprit que l'émission avait commencé. Le cœur battant et les oreilles bourdonnantes, il dut se forcer à écouter ce que disait la présentatrice. Après une brève introduction, elle posa la première question :

— Christian, les critiques n'ont eu que des éloges pour votre premier roman, *La Sirène*. Et l'intérêt des lecteurs dès la sortie du livre a été remarquable pour un auteur totalement inconnu. Ça vous fait quelle impression ?

Sa voix tremblota quand il commença à parler, mais Kristin le regardait calmement et il se focalisa sur elle, pas sur la caméra qu'il aperçut du coin de l'œil. Après quelques phrases bancales, il prit de l'assurance.

— C'est évidemment fantastique. J'ai toujours porté en moi le rêve d'écrire. De le voir se réaliser, et de recevoir un tel accueil, ça dépasse tout ce que j'avais pu imaginer.

— Votre éditeur a misé gros. Il y a des affiches avec votre photo partout dans les vitrines des librairies, on parle d'un premier tirage de quinze mille exemplaires et dans les pages culturelles tout le monde vous compare aux grands noms de la littérature. Ce n'est pas difficile de gérer une telle attention ?

Le regard d'Anders Kraft était très aimable quand il se posa sur lui. Christian se sentait plus sûr de lui maintenant, son cœur avait retrouvé son rythme habituel.

— Il est fondamental que mon éditeur ait foi en moi et ose miser sur moi. En revanche, être comparé à d'autres écrivains, ça fait un peu bizarre. Chaque auteur a son propre style, qui est unique.

Il était en terrain sûr maintenant. Il se décontracta encore un peu plus et, après quelques questions supplémentaires, il sentit qu'il aurait pu rester là, à parler, indéfiniment.

Mais alors Kristin Kaspersen prit un journal sur la table, le brandit vers la caméra, et Christian se remit à transpirer. Le *GT* de samedi dernier avec son nom en gras. Les mots MENACE DE MORT l'assaillirent. Il n'y avait plus d'eau dans son verre et il déglutit plusieurs fois pour essayer d'humecter sa bouche.

— C'est un phénomène de plus en plus fréquent en Suède, que des personnages célèbres soient mis en danger. Mais ceci a commencé bien avant que vous soyez connu du grand public. Vous savez d'où peuvent venir ces menaces contre vous ?

D'abord il ne put proférer qu'un croassement, puis il parvint à articuler :

— Cette histoire a été sortie de son contexte et a pris des proportions démesurées. Il existe toujours des gens jaloux ou des personnes qui ont des problèmes psychiques et… eh bien, je n'ai pas grand-chose de plus à en dire.

Tout son corps était tendu et il s'essuya les mains sur son pantalon à l'abri de la table.

— Merci beaucoup, Christian Thydell, d'être venu nous parler de votre roman *La Sirène*, que les critiques portent aux nues.

Anders Kraft leva le livre vers la caméra avec un sourire, et le soulagement envahit Christian quand il réalisa que l'interview était terminée.

— Voilà, ça s'est super bien passé, dit Kristin Kaspersen en ramassant ses papiers.

— Oui, vraiment, renchérit son collègue en se levant. Excusez-moi, mais il faut que je rejoigne le studio du *Triss*, c'est l'heure du tirage.

L'homme avec le casque vint délivrer Christian du micro-cravate. Il remercia tout le monde et suivit l'hôtesse qui l'accompagna à la porte. Ses mains tremblaient encore. Ils montèrent l'escalier, passèrent devant la table régie puis il se retrouva dehors dans le froid. Déstabilisé et pris de vertige, il n'était pas vraiment sûr d'avoir l'énergie de retrouver Gaby à son bureau comme convenu.

Tandis que le taxi le conduisait dans le centre-ville, il regarda fixement par la vitre. Il savait qu'il avait désormais totalement perdu le contrôle.

— Bon, et comment on va s'y prendre ? dit Patrik en contemplant la glace qui recouvrait le bord de mer.

Fidèle à lui-même, Torbjörn Ruud ne paraissait absolument pas inquiet. Il conservait toujours son calme, quelle que soit la difficulté de sa mission. Dans son travail à la brigade technique à Uddevalla, il était habitué à régler les problèmes les plus divers.

— Il faudrait faire un trou dans la glace et le remonter avec une corde.

— La glace va tenir?

— Si les gars sont équipés comme il faut, il n'y a aucun danger. Le plus grand risque d'après moi, c'est qu'en ouvrant un trou, le corps du type glisse et parte avec le courant sous-marin.

— Comment vous allez faire pour éviter ça?

— On commencera par un petit trou pour l'attacher, et ensuite on l'agrandira.

— Vous avez déjà fait ce genre de choses? demanda Patrik, pas vraiment rassuré.

— Ben... Torbjörn hésita tout en réfléchissant. Non, je ne pense pas qu'on ait déjà eu affaire à un homme pris dans la glace. On s'en souviendrait!

— J'imagine bien, dit Patrik en tournant de nouveau le regard vers l'endroit où se trouvait Magnus. Bon courage alors ; moi, pendant ce temps, je vais voir le témoin.

Patrik avait noté que Mellberg était en grande conversation avec l'homme qui avait découvert le cadavre. Ce n'était jamais une bonne idée de laisser Bertil trop longtemps avec qui que ce soit, témoin ou simple quidam.

— Bonjour. Je suis Patrik Hedström.

— Göte Persson, répondit l'homme. Il saisit la main tendue de Patrik tout en essayant de maîtriser un golden retriever fougueux : Rocky a très envie d'y retourner, j'ai failli ne pas réussir à le ramener à terre, poursuivit-il en tirant un coup sec sur la laisse pour marquer qui était le chef.

— C'est le chien qui l'a trouvé?

— Oui, il était parti sur la glace et ne voulait plus revenir. Il ne faisait qu'aboyer. J'ai eu peur qu'il ne passe à travers, alors je m'y suis aventuré, moi aussi. Et c'est là que j'ai vu…

Le souvenir du visage de l'homme mort sous la surface gelée devait l'effrayer : il devint tout pâle. Puis il s'ébroua et retrouva ses couleurs.

— Je dois rester encore longtemps ici ? Ma fille est en route pour la maternité. C'est son premier enfant.

— Je comprends que vous soyez impatient de partir, sourit Patrik. Juste un tout petit instant encore, et vous pourrez y aller. On ne voudrait pas vous faire rater l'événement.

Göte se satisfit de cette réponse et Patrik continua à poser des questions. Mais très vite il fut évident que l'homme n'avait pas d'autres informations à fournir. Il avait simplement eu la malchance d'être au mauvais endroit au mauvais moment, ou peut-être au bon endroit au bon moment, selon le point de vue. Après avoir pris ses coordonnées, Patrik libéra le futur grand-père, qui se précipita en boitant en direction du parking.

Patrik retourna au bord de l'eau. Sur la glace, un homme était à l'œuvre. Il s'appliquait méthodiquement à fixer une sorte de crochet au cadavre par un petit trou ouvert dans la glace. Par précaution, il était allongé à plat ventre, une corde autour de la taille. La corde courait jusqu'à la terre ferme, tout comme le câble du crochet. Torbjörn n'exposait pas ses hommes aux risques inutiles.

— Dès qu'on l'aura attaché, on pourra forer un trou plus grand et le sortir de l'eau.

La voix de Torbjörn fit sursauter Patrik, absorbé par le travail du technicien.

— Et ensuite vous le tirerez à terre ?

— Non, on risquerait de perdre des indices éventuels sur ses vêtements. On va essayer de le mettre dans la housse d'abord, et ensuite on remorquera l'ensemble.

— Y a-t-il vraiment encore des indices quand on est resté si longtemps dans l'eau ? demanda Patrik d'un air dubitatif.

— Non, *a priori* tout a été détruit. Mais on ne sait jamais. Il peut y avoir quelque chose dans les poches ou dans les plis des vêtements, il vaut mieux ne rien laisser au hasard.

— Oui, ça semble logique.

En fait, Patrik n'estimait pas très vraisemblable qu'ils trouvent quoi que ce soit. Il avait déjà sorti des cadavres de l'eau, et s'ils y avaient séjourné un certain temps, il ne restait jamais grand-chose.

Il mit sa main en visière. Le reflet du soleil d'hiver sur la glace lui fit monter des larmes aux yeux. Il plissa les paupières et comprit que le crochet était maintenant solidement attaché, car le technicien perçait à nouveau la glace. Puis, lentement, lentement, le corps fut hissé hors de l'eau. Patrik était trop loin pour apercevoir les détails, et ça lui allait très bien comme ça.

Un autre technicien avança précautionneusement à plat ventre sur la mer gelée, et lorsque le corps fut entièrement sorti de l'eau, deux paires de mains le portèrent dans une housse noire qui fut soigneusement fermée. Un signe de la tête en direction des hommes sur la plage et le câble se tendit. Petit à petit le sac fut halé à terre. Patrik recula instinctivement quand il arriva près de lui, puis pesta contre lui-même d'être aussi douillet. Il demanda aux techniciens de l'ouvrir et se força à regarder l'homme qui avait séjourné sous la glace. Ses soupçons se confirmèrent. Il était pratiquement certain qu'ils avaient retrouvé Magnus Kjellner.

Patrik ressentit un grand vide en voyant la housse mortuaire scellée, soulevée et emportée sur le terrain au-dessus de la plage qui faisait office de parking. Dix minutes plus tard, le corps était en route pour la médicolégale à Göteborg où l'autopsie serait effectuée. D'un côté, cela signifiait qu'il y aurait des réponses et des pistes à suivre. Voire un dénouement. D'un autre côté, une fois l'identité établie, il serait aussitôt obligé d'aller informer la famille. Une tâche qui n'avait vraiment rien de réjouissant.

Les vacances étaient enfin terminées. Père avait fait leurs bagages et tout rangé dans la caravane. Mère était toujours alitée. Elle était devenue de plus en plus fluette et pâle. Tout ce qu'elle voulait, c'était rentrer à la maison, disait-elle.

Père avait fini par lui raconter pourquoi sa mère se sentait si mal en point. Elle n'était pas réellement malade. Elle avait un bébé dans le ventre. Un petit frère ou une petite sœur. Il ne comprenait pas pourquoi on devait se sentir malade à cause de ça. Mais père disait que c'était ainsi.

Tout d'abord, cela lui avait fait plaisir. Un petit frère, quelqu'un avec qui jouer. Puis il les avait entendus parler, et alors il avait compris. Il savait à présent pourquoi il n'était plus le beau petit garçon de mère, pourquoi elle ne lui caressait plus les cheveux, ni le regardait avec ce regard spécial. Il savait qui la lui avait prise.

La veille, il était rentré à la caravane comme un Indien. Il avait marché sans un bruit, ses mocassins aux pieds et une plume d'oiseau glissée dans les cheveux. Il était Nuage Furieux, et sa mère et son père étaient des Visages pâles. Il les vit derrière le rideau de la caravane. Mère n'était plus couchée. Elle était debout et elle parlait, et Nuage Furieux fut content parce qu'elle semblait aller mieux, le bébé ne la rendait peut-être plus malade. Et elle paraissait heureuse, fatiguée certes, mais heureuse. Nuage Furieux s'approcha pour mieux entendre la voix joyeuse du Visage pâle. Un pas après l'autre, il s'approcha, se faufila sous la fenêtre ouverte et, dos à la caravane, il ferma les yeux et écouta.

Mais il les rouvrit quand elle commença à parler de lui. Puis l'abomination vint de nouveau l'envahir. Il sentit l'odeur infecte dans ses narines, entendit le silence résonner dans sa tête.

La voix de mère perça le silence, perça la noirceur. Car même s'il était petit, il comprenait parfaitement ce qu'il entendait. Elle regrettait d'être devenue sa mère. Maintenant elle allait avoir son propre enfant, et si elle avait su que cela arriverait, jamais elle ne l'aurait pris à la maison. Et père, de son ton gris et fatigué, dit : "Oui, mais maintenant il est là, le garçon, et il faut faire avec."

Nuage Furieux ne bougea pas et ce fut à cet instant que sa haine surgit. Il n'aurait pas su lui-même donner un nom à ce qu'il ressentait. Mais il savait que c'était un sentiment agréable tout en étant très douloureux.

Alors que père chargeait la voiture de leurs affaires, camping-gaz, vêtements, boîtes de conserve et toutes sortes de bricoles, lui-même chargea sa haine. Elle remplit tout le siège arrière. Mais il ne haïssait pas sa mère. Comment aurait-il pu ? Il avait de l'amour pour elle.

Il haïssait l'être qui la lui avait prise.

Erica s'était rendue à la bibliothèque de Fjällbacka. Elle savait que Christian était en congé aujourd'hui. Il avait fait une bonne prestation aux infos du matin, presque jusqu'au bout, en tout cas. Quand ils avaient commencé à le questionner sur les menaces, sa nervosité était devenue flagrante. Ça avait été vraiment pénible de le voir s'empourprer et dégouliner de sueur, et Erica avait éteint la télé avant la fin de l'interview.

Elle faisait semblant de chercher parmi les livres tout en réfléchissant au meilleur moyen d'aborder May, la collègue de Christian. Erica voulait discuter avec elle. Car plus elle pensait aux lettres, plus elle était persuadée que ce n'était pas un inconnu qui menaçait Christian. Non, ça paraissait personnel, et la réponse se trouvait forcément dans son entourage ou dans son passé.

Seul problème, il avait toujours été extrêmement secret et réservé. Ce matin elle s'était installée pour noter tout ce que Christian lui avait raconté sur son passé. Mais elle était restée avec le stylo à la main et une feuille blanche devant elle, réalisant qu'elle ne savait rien. Bien qu'ils aient passé de nombreuses heures ensemble à travailler sur son manuscrit, et bien qu'elle ait l'impression qu'ils étaient devenus proches, amis même, il n'avait jamais rien raconté. Ni d'où il venait, ni comment s'appelaient ses parents, ni ce qu'ils faisaient dans la vie. Elle ne savait pas où il avait fait ses études, s'il avait pratiqué un sport dans sa jeunesse, rien sur ses amis d'enfance ou s'il était resté en contact avec eux. Absolument rien.

C'était bien assez pour faire clignoter tous les voyants rouges. Car on révèle toujours de petits détails sur soi dans les conversations, des petits fragments d'information sur celui ou celle qu'on a été, qui racontent comment on est devenu qui on est. Christian avait particulièrement bien tenu sa langue et Erica était de plus en plus sûre que la réponse était à chercher dans ce silence. La question était de savoir s'il avait réussi à être sur ses gardes devant tout le monde. Une collègue, qui travaillait quotidiennement avec lui, aurait peut-être noté quelque chose.

Du coin de l'œil, Erica regarda May qui pianotait sur son clavier. Il n'y avait qu'elles dans la bibliothèque, elles allaient pouvoir parler sans être dérangées. Mais elle ne pouvait pas commencer à questionner May sur Christian de but en blanc, il fallait prendre des gants et trouver une tactique.

Elle se plaqua une main dans le bas du dos, soupira et se laissa tomber lourdement sur une des chaises devant le comptoir de May.

— Ma pauvre, ça doit peser. Des jumeaux, si j'ai bien compris, dit May en lui lançant un regard maternel.

— Oui, ils sont deux là-dedans.

Erica passa une main sur son ventre et essaya de prendre l'air de celle qui a vraiment besoin de souffler un moment. Certes, elle n'eut pas vraiment à jouer la comédie. La position assise fit réellement du bien à son dos.

— Repose-toi tant que tu veux.

— Oh ça, je ne m'en prive pas, sourit Erica. Au bout d'un petit moment, elle ajouta : Tu as vu Christian à la télé ce matin ?

— Je l'ai loupé, c'est bête, mais j'étais ici au boulot. J'avais programmé pour que ça enregistre, j'espère que ça a marché. Je ne sais pas trop bien m'y prendre avec ces appareils. Il s'en est bien sorti ?

— Très, très bien. C'est sympa, ce truc avec son livre.

— Oui, on est vraiment fiers de lui, dit May, et son visage s'illumina. Je ne me doutais absolument pas qu'il était en train d'écrire. Je ne l'ai su qu'au moment de la publication. Quel livre ! Et quel accueil enthousiaste !

— Oui, c'est fabuleux, dit Erica. Elle marqua une petite pause avant de continuer : Ça doit faire plaisir à tous ceux qui le connaissent. Ses anciens collègues aussi, j'imagine. C'est où déjà qu'il travaillait avant de venir à Fjällbacka ?

Elle essaya de prendre l'air de celle qui l'a su, et qui a juste oublié.

— Hmm…, fit May et, contrairement à Erica, elle semblait réellement se creuser la tête. Tu sais, à la réflexion, je crois qu'il ne me l'a jamais dit. C'est étrange. Mais Christian est arrivé ici avant moi, et je pense qu'on n'a jamais parlé de ce qu'il faisait avant.

— Tu ne sais pas non plus d'où il vient, où il habitait avant ?

Erica entendit elle-même qu'elle paraissait trop intéressée et s'efforça de prendre un ton plus neutre :

— J'y pensais ce matin en le regardant à la télé. J'ai toujours eu l'impression qu'il parle comme les gens du Småland, mais là j'ai entendu des traces d'un accent que je n'arrive pas vraiment à définir.

Pas terrible comme mensonge, mais ça ferait l'affaire. May eut l'air de l'accepter en tout cas.

— Non, ce n'est pas un accent du Småland, je suis formelle là-dessus. Mais pour le reste, je n'en sais rien. On se parle évidemment ici, au boulot, et Christian est toujours sympa et prévenant, dit-elle tout en semblant chercher comment formuler ses pensées. Pourtant je sens qu'il y a une limite, tu sais, du genre : ici, mais pas plus loin. C'est peut-être bête, mais je ne lui ai jamais posé de questions personnelles, il a toujours signalé d'une façon ou d'une autre qu'elles n'étaient pas bienvenues.

— Je vois ce que tu veux dire, dit Erica. Et il n'a jamais rien mentionné, comme ça, en passant ?

May réfléchit de nouveau.

— Non, je n'arrive pas à… Si, attends…

— Oui ? demanda Erica tout en maudissant son impatience.

— Pas grand-chose, juste un petit truc. Mais j'ai eu le sentiment que… On parlait de Trollhättan une fois, quand j'y étais allée pour voir ma sœur. Il paraissait connaître la ville. Ensuite il s'est repris et s'est mis à parler d'autre chose. Je me rappelle, ça m'avait frappée. Cette façon de changer de sujet.

— Tu as eu l'impression qu'il avait habité à Trollhättan ?

— Oui, je crois. Mais je ne peux rien affirmer.

Pas grand-chose sur quoi s'appuyer. Néanmoins, un endroit où commencer. Trollhättan.

— Entre, Christian !

Gaby l'accueillit à la porte et il s'engagea avec prudence dans l'univers blanc de la maison d'édition. Si l'éditrice était extravagante et haute en couleur, ses bureaux aménagés en open space en revanche étaient sobres et parfaitement immaculés. Rien n'était laissé au hasard : ils constituaient un fond du plus bel effet pour Gaby, qui y détonnait d'autant plus. Elle lui indiqua un portemanteau avec quelques cintres à gauche de la porte, et il suspendit sa veste.

— Du café ?

— Oui, volontiers.

Il la suivit quand elle enfila, perchée sur ses talons aiguilles, un long couloir. La cuisine était aussi blanche que le reste, mais les seuls mugs disponibles étaient rose vif.

— *Caffè latte ?* Cappuccino ? Expresso ? demanda Gaby en montrant une gigantesque machine à café qui trônait sur le plan de travail.

— Un *latte*, merci.

— C'est comme si c'était fait.

Elle mit les mugs en place et commença à appuyer sur des boutons. Quand la machine eut fini de cracher, elle fit signe à Christian de la suivre.

— On va aller dans mon bureau. Il y a trop de passage ici.

Elle salua une femme d'une trentaine d'années qui entrait dans la cuisine. A en juger par son regard apeuré, l'éditrice ne devait pas faire de cadeaux à ses collaborateurs.

Le bureau était agréable mais impersonnel. Aucune photo de famille, pas de petites babioles d'ordre privé. Rien qui pourrait fournir des indices sur la personne qui l'occupait, et Christian se dit que c'était très certainement voulu.

— Assieds-toi, Christian, dit Gaby, en s'installant elle-même derrière sa table de travail. Tu t'en es vraiment bien sorti ce matin ! poursuivit-elle avec un sourire éblouissant.

Il fit oui de la tête et devina qu'elle avait remarqué sa nervosité. Il se demanda si elle avait une once de remords de l'avoir livré aux médias en le laissant sans filet de protection pour ce qui allait suivre.

— Tu as une telle présence !

Ses dents scintillèrent, très blanches, quand elle lui sourit. Trop blanches, probablement blanchies. Il serra le mug rose entre ses mains moites.

— On va essayer de te caler d'autres rendez-vous à la télé, papota joyeusement Gaby. Dans *Carin 21 h 30*, chez Malou sur la 4, peut-être un des programmes de jeux. Je pense que…

— Je refuse de faire d'autres apparitions à la télé.

Gaby le dévisagea.

— Pardon, j'ai dû mal entendre. Tu n'as quand même pas dit que tu ne veux plus faire de télé ?

— Tu as bien entendu. Tu as vu ce qui s'est passé ce matin. Je ne veux plus m'exposer à ça.

— La télé, ça signifie des ventes, dit Gaby. Rien que les quelques minutes de ce matin vont booster les chiffres.

Ses narines s'élargirent d'irritation et elle pianota sur la table avec ses ongles longs.

— Je n'en doute pas, mais peu importe. Je n'ai pas l'intention de participer davantage.

Il était sérieux. Il ne voulait pas, ne pouvait pas se montrer à nouveau. C'était déjà trop, et ça pouvait être perçu comme une provocation. Alors qu'il arriverait peut-être à conjurer le sort s'il disait non. Maintenant.

— Il s'agit d'une collaboration, Christian. Je ne pourrai pas vendre ton livre, l'acheminer jusqu'aux lecteurs, sans ta contribution. Participer à la promotion, ça fait partie du contrat.

La voix de Gaby était glaciale. La tête de Christian se mit à bourdonner. Il fixa les ongles roses de son éditrice qui tambourinaient sur le bois clair du bureau, et essaya de faire cesser le vrombissement dans ses oreilles. Il se gratta violemment la paume gauche. Ça grouillait littéralement sous la peau. Comme un eczéma invisible qui s'aggravait dès qu'il le touchait.

— Je n'ai pas l'intention de participer, répéta-t-il.

Il était incapable de croiser son regard. La toute petite nervosité qu'il avait ressentie avant le rendez-vous avec Gaby s'était à présent muée en panique. Elle ne pouvait pas l'obliger. Ou bien ? Que disait en fait le contrat qu'il avait signé sans prendre la peine de le lire, tant il était heureux que son livre ait été accepté ?

La voix de Gaby perça à travers le bourdonnement.

— Nous nous attendons à ce que tu participes, Christian. Moi, je m'y attends.

Son agacement alimentait les démangeaisons dans sa paume. Il gratta encore plus fort jusqu'à provoquer une sensation de brûlure. En regardant sa main, il vit le sang perler dans les griffures qu'il s'était infligées. Il leva les yeux.

— Je dois rentrer chez moi, maintenant.

— Qu'est-ce que tu as, Christian ?

Gaby le contempla, les sourcils froncés. La ride se creusa lorsqu'elle aperçut le sang dans sa paume.

— Christian… ?

Elle parut ne pas savoir comment poursuivre et c'en fut trop pour lui. Les pensées bourdonnaient de plus en plus fort dans son cerveau, propageant des idées qu'il ne voulait pas entendre. Tous les points d'interrogation, toutes les interactions, tout se mélangea jusqu'à ce que le fourmillement sous sa peau prenne le dessus.

Il se leva et prit la fuite.

Patrik fixa le téléphone. Le rapport complet concernant le cadavre retrouvé sous la glace mettrait un temps considérable à arriver, mais il comptait obtenir sous peu la confirmation que le corps était bel et bien celui de Magnus Kjellner. Les rumeurs avaient sûrement commencé à circuler à Fjällbacka, et il ne voulait pas que Cia l'apprenne par des voies détournées.

Jusque-là, le téléphone était resté silencieux. Annika pointa la tête par la porte ouverte de son bureau et l'interrogea du regard.

— Toujours rien?

Patrik secoua la tête.

— Non, mais Pedersen devrait appeler d'une minute à l'autre.

— On n'a plus qu'à croiser les doigts, dit Annika.

Au moment où elle se retourna pour regagner l'accueil, la sonnerie retentit. Patrik se jeta sur le combiné.

— Hedström.

Il écouta tout en signalant à Annika que c'était bien Tord Pedersen de la médicolégale qui appelait.

— Oui… D'accord… Je comprends… Merci, dit-il et il raccrocha avec un soupir de soulagement. Pedersen confirme que c'est Magnus Kjellner. Il ne pourra établir la cause du décès qu'après l'autopsie, mais il peut affirmer que Kjellner a été victime de violences. Le corps présente de graves coupures.

— Pauvre Cia.

Patrik hocha la tête. Il avait le cœur gros en pensant à l'épreuve qui l'attendait. Mais il tenait quand même à aller personnellement l'annoncer à Cia. Il le lui devait après toutes les visites qu'elle avait faites au commissariat, chaque fois un peu plus triste, un peu plus dévorée, mais toujours avec ce quelque chose qui ressemblait à de l'espoir. Maintenant que toute incertitude était levée, la seule chose qu'il pouvait lui offrir, c'était une confirmation.

— Il vaut probablement mieux que j'aille la voir tout de suite, dit-il en se levant. Avant qu'elle ne l'apprenne par quelqu'un d'autre.

— Tu y vas seul ?

— Non, je prends Paula avec moi.

Il alla frapper à la porte ouverte de sa collègue.

— Alors, c'est lui ? demanda Paula, fidèle à son habitude de ne pas tourner autour du pot.

— Oui. Je pars l'annoncer à sa femme. Tu m'accompagnes ?

Paula sembla hésiter, mais elle n'était pas du genre à se défiler.

— Oui, bien sûr, dit-elle.

Elle attrapa sa veste et emboîta le pas de Patrik qui était déjà en route. A l'accueil, ils furent arrêtés par un Mellberg tout excité.

— Tu as appris quelque chose ?

— Oui, Pedersen vient de confirmer que c'est bien Magnus Kjellner.

Patrik se retourna pour continuer son chemin, mais Mellberg n'avait pas encore terminé.

— Il s'est noyé, c'est ça ? J'en étais sûr, il s'est suicidé. Des problèmes avec sa bonne femme ou alors il a joué au poker sur Internet. J'en étais sûr.

— Apparemment, ce n'est pas un suicide.

Patrik pesa soigneusement ses mots. Il savait d'expérience douloureuse que Mellberg maniait les données à sa guise et qu'il lui en fallait peu pour provoquer une catastrophe.

— Oh putain, c'est vrai? Un meurtre, tu dis?

— On ne sait pas grand-chose pour l'instant, répondit Patrik et sa voix contenait une note d'avertissement. Tout ce que Pedersen a pu dire, c'est que le corps présente de nombreuses coupures.

— Oh putain, dit Mellberg encore une fois. Ça signifie que l'enquête aura un tout autre retentissement. Il va falloir passer à la vitesse supérieure, examiner à la loupe tout ce qui a été fait et pas fait. Jusque-là, je n'ai pas trop participé, mais maintenant on va mettre le champion de ce commissariat sur l'affaire.

Patrik et Paula échangèrent un regard. Comme toujours, Mellberg ne montrait pas le moindre doute sur ses propres capacités. Il poursuivit avec le même enthousiasme :

— On va passer en revue tout ce qu'on a. Je vous attends tous à quinze heures, et je veux vous voir motivés et bille en tête. On a gaspillé trop de temps, beaucoup trop. Bon sang, trois mois pour le retrouver, est-ce qu'il en fallait vraiment autant? Pas de quoi être fier, rouspéta-t-il en regardant sévèrement Patrik qui lutta contre l'envie de lui envoyer un bon coup de pied dans le tibia.

— Quinze heures. J'ai compris. Mais là, il faut que je parte. Paula et moi, on va informer la femme de Magnus Kjellner.

— Oui, oui, fit Mellberg avec impatience.

Il leur fit signe de s'en aller, en prenant l'air de réfléchir déjà intensément à la meilleure façon de répartir les tâches de ce qui était devenu une enquête pour meurtre.

Toute sa vie, Erik avait su garder le contrôle. Il avait été celui qui décidait, il avait été le chasseur. Maintenant, quelqu'un était à ses trousses, un inconnu qui restait dans l'ombre. C'était cela, le plus effrayant. Tout aurait été plus facile s'il avait pu s'expliquer qui cherchait à l'atteindre. Mais il l'ignorait totalement.

Il avait consacré beaucoup de temps à y réfléchir, à faire l'inventaire de sa vie. Il avait passé en revue ses maîtresses, ses contacts professionnels, ses amis et ses ennemis. Incontestablement, il avait laissé beaucoup d'amertume et de colère sur son chemin. Mais de la haine ? Rien n'était moins sûr. Pourtant, les lettres qu'il recevait empestaient la haine et la soif de vengeance. Ni plus ni moins.

Pour la première fois de sa vie, Erik se sentait seul au monde. Pour la première fois, il comprenait combien le vernis était mince, combien le succès et les tapes sur l'épaule avaient peu d'importance quand on était ramené à l'essentiel. Il avait même envisagé de se confier à Louise. Ou à Kenneth. Mais il ne parvenait jamais à capter le moment où sa femme ne le regardait pas avec mépris. Et Kenneth était toujours si soumis. Ça n'encourageait pas aux confidences. Ni à partager l'inquiétude qu'il ressentait depuis qu'il recevait ces lettres.

Il n'avait personne vers qui se tourner. Il comprit qu'il avait créé lui-même son isolement, et il se connaissait suffisamment bien pour savoir qu'il n'agirait pas autrement s'il pouvait recommencer. Le goût du succès était trop doux. Le sentiment d'être exceptionnel et adulé était vraiment trop grisant. Il ne regrettait rien, mais il aurait quand même aimé avoir quelqu'un.

Faute de mieux, il décida de se rabattre sur ce qui venait tout de suite après le succès dans l'ordre de ses préférences. Le sexe. Rien ne lui apportait un tel sentiment d'invincibilité, alors que paradoxalement c'était le seul moment où il relâchait tout contrôle. Ça n'avait rien à voir avec ses partenaires. Elles avaient changé au fil des ans, il y en avait eu tellement qu'il n'arrivait plus à assortir les noms aux visages. Il se souvenait d'une femme aux seins parfaits, mais il avait beau essayer, impossible de savoir quel visage y associer. Une autre avait un goût exquis. Lui avait donné envie d'utiliser sa langue, d'aspirer son odeur. Mais le nom ? Il n'en avait aucune idée.

Cecilia était celle du moment et il ne pensait pas qu'il se souviendrait d'elle d'une façon particulière. Elle n'était qu'un moyen. A tous points de vue. Tout à fait convenable au lit, mais elle ne l'emmenait quand même pas au septième ciel. Un corps suffisamment bien sculpté pour le faire bander, mais pas au point de fantasmer sur elle quand il se satisfaisait tout seul dans son lit, les yeux fermés. Elle existait, elle était accessible et partante. C'était ça, sa première force d'attraction, et il savait qu'il allait bientôt se lasser d'elle.

Pour le moment, cependant, c'était amplement suffisant. Il sonna avec impatience à sa porte en espérant subir le moins de bavardages possible, passer rapidement à l'acte et sentir enfin les tensions s'apaiser.

Dès que Cecilia ouvrit, il comprit que c'était perdu d'avance. Il avait envoyé un texto et demandé s'il pouvait venir, et il avait reçu un "oui" en réponse. Maintenant il se dit qu'il aurait mieux fait d'appeler pour vérifier l'état de son humeur. Elle avait l'air déterminée. Pas en colère ni boudeuse, absolument pas. Seulement déterminée et calme. Et cela lui parut bien plus inquiétant que si elle avait été d'humeur massacrante.

— Entre, Erik, dit-elle.

Erik. Ce n'était jamais bon signe quand une femme utilisait votre prénom de cette manière. Ça voulait dire qu'elle cherchait à donner du poids à ses paroles. Qu'elle tenait à avoir toute l'attention de son interlocuteur. Il se demanda s'il ne ferait pas mieux de trouver tout de suite une excuse quelconque pour repartir et éviter ainsi de mettre les pieds dans sa détermination.

Mais la porte était déjà grande ouverte et Cecilia se dirigeait vers la cuisine. Il n'avait pas le choix. A contrecœur il referma la porte derrière lui, enleva sa veste et la suivit.

— C'est bien que tu sois venu. J'avais l'intention de t'appeler, dit-elle.

Il s'adossa au plan de travail et croisa les bras sur sa poitrine. Attendit qu'arrive l'éternel refrain. L'instant où elles commençaient à vouloir prendre le commandement, à diriger et aller plus loin, où elles posaient des conditions et exigeaient des promesses qu'il ne pouvait pas faire. Parfois, ces moments lui procuraient une sorte de satisfaction. Mais pas aujourd'hui. Aujourd'hui il avait besoin de sentir la peau nue et le doux parfum, de monter au sommet et de connaître l'extase libératrice. Il en avait besoin pour tenir à distance celui qui le traquait. Et voilà que cette femme stupide choisissait justement ce jour-là pour voir ses rêves brisés.

Erik ne bougea pas et regarda froidement Cecilia, qui lui rendit calmement son regard. Ça, c'était nouveau. En général, il voyait de la nervosité, des joues en feu devant le saut qu'elles s'apprêtaient à faire, l'exaltation d'avoir trouvé le "courage intime" d'exiger ce à quoi elles pensaient avoir droit. Mais Cecilia se tenait simplement devant lui sans baisser les yeux.

Elle ouvrit la bouche juste quand le téléphone dans la poche d'Erik se mit à vibrer. Un texto qu'il lut tout de suite. Une seule phrase. Quelques mots et ses jambes se dérobèrent presque sous lui. Au loin, il entendit en même temps la voix de Cecilia. Elle lui parlait, disait quelque chose. Des paroles inconcevables. Mais elle le força à écouter, força son cerveau à transformer les syllabes en mots intelligibles.

— Je suis enceinte, Erik.

Ils avaient fait tout le trajet pour Fjällbacka en silence. Avant de partir, Paula avait délicatement demandé à Patrik s'il voulait qu'elle s'en charge, mais il avait secoué la tête. Ils étaient allés chercher Lena Appelgren, la femme pasteur, pour les accompagner et elle non plus ne parlait pas, après avoir appris ce dont elle avait besoin pour la circonstance.

En s'arrêtant devant la maison de la famille Kjellner, Patrik regretta d'avoir pris la voiture de service au lieu de sa Volvo. Une voiture de police qui s'arrêtait devant sa maison, Cia ne pourrait l'interpréter que d'une façon.

Il appuya sur la sonnette. Cia ouvrit dans les cinq secondes et, à son expression, Patrik comprit qu'elle avait remarqué la voiture.

— Vous l'avez trouvé, dit-elle, et elle serra son gilet autour d'elle quand le froid de l'hiver entra par la porte ouverte.

— Oui. Nous l'avons trouvé.

Tout d'abord, Cia eut l'air de conserver le contrôle, mais très vite ses jambes fléchirent et elle s'effondra sur le sol du vestibule. Patrik et Paula la relevèrent et l'aidèrent à aller dans la cuisine, où ils l'installèrent sur une chaise.

— Tu veux qu'on appelle quelqu'un ? demanda Patrik en prenant sa main.

Elle sembla réfléchir un instant. Son regard était vitreux et Patrik devina qu'elle avait du mal à rassembler ses pensées.

— Tu veux qu'on fasse venir les parents de Magnus ? dit-il gentiment.

— Oui, je veux bien. Ils sont au courant ?

— Oui. J'ai envoyé deux agents chez eux. Je peux appeler pour voir s'ils veulent bien venir.

Mais ce ne fut pas nécessaire. Une autre voiture de police se gara derrière celle de Patrik et il comprit que Gösta et Martin avaient pris les devants. Les parents de Magnus descendirent de la voiture et entrèrent directement, sans sonner. Il entendit Paula aller dans le vestibule, parler à voix basse avec leurs collègues. Par la fenêtre, il les vit ressortir dans le froid et partir.

Paula revint dans la cuisine, suivie de Margareta et Torsten Kjellner.

— Je me suis dit que ça faisait trop, quatre policiers ici. Je les ai renvoyés au poste. J'espère que j'ai bien fait ? dit-elle, et Patrik hocha la tête.

Margareta alla tout droit prendre Cia dans ses bras. Serrée contre sa belle-mère, Cia se mit à sangloter, puis les barrages cédèrent et les pleurs devinrent incontrôlables. Torsten était pâle et complètement désorienté, la femme pasteur s'approcha de lui.

— Asseyez-vous, je vais faire du café, dit-elle.

Ils ne se connaissaient que de vue, et elle savait que sa tâche à présent était de rester discrètement à l'écart et de se manifester seulement si on avait besoin d'elle. Aucune annonce de décès ne ressemblait à une autre. Parfois, son rôle se résumait à offrir une présence calme et quelque chose de chaud à boire. Elle farfouilla un peu dans les placards et finit par trouver tout ce dont elle avait besoin.

— Ma pauvre Cia, dit Margareta en lui caressant le dos.

Au-dessus de la tête de sa belle-fille, elle croisa les yeux de Patrik, et il dut faire un effort pour soutenir son regard. Il y lisait l'immense désarroi d'une mère qui venait d'apprendre la mort de son enfant. Pourtant elle avait assez de force pour consoler sa belle-fille. Certaines femmes avaient ça en elles, une résistance inébranlable. On pouvait les plier, mais jamais les briser.

— Je suis terriblement désolé, dit Patrik à l'adresse du père de Magnus qui regardait le vide devant lui, mais Torsten ne répondit pas.

— Je vous apporte du café.

Lena plaça une tasse devant lui et posa sa main sur son épaule pendant quelques secondes. Tout d'abord il ne réagit pas, puis il dit d'une voix faible :

— Je peux avoir du sucre ?

— Bien sûr, tout de suite, dit Lena.

— Je ne comprends pas…, dit Torsten. Il ferma les yeux, puis les rouvrit : Je ne comprends pas. Qui a pu faire ça à Magnus ? Pourquoi quelqu'un a voulu faire du mal à notre fils ?

Il regarda sa femme, mais elle ne l'entendit pas. Elle tenait toujours Cia dans ses bras tandis qu'une tache humide se répandait sur son pull.

— Nous n'en savons rien, Torsten, dit Patrik et, des yeux, il remercia Lena qui lui tendait également une tasse.

— Qu'est-ce que vous savez alors ?

La colère et le chagrin faillirent l'étouffer. Margareta lui envoya un coup d'œil d'avertissement : Pas maintenant. Ce n'est pas le moment.

Il s'inclina devant le regard sévère de sa femme et tendit le bras pour prendre deux morceaux de sucre.

Le silence se fit autour de la table. Les sanglots de Cia s'étaient calmés, mais Margareta la gardait toujours serrée contre elle, tenant sa propre douleur à distance.

Cia leva la tête. Ses joues étaient baignées de larmes et sa voix à peine audible :

— Les enfants. Ils ne sont pas au courant. Ils sont à l'école, il faut aller les chercher.

Patrik hocha la tête, puis se leva et sortit, et Paula lui emboîta le pas.

Il se boucha les oreilles. Il ne comprenait pas comment un si petit bébé pouvait faire autant de bruit, et comment quelqu'un de si laid pouvait bénéficier de tant d'intérêt.

Tout avait changé après les vacances au camping. Sa mère était devenue de plus en plus grosse, puis elle avait disparu pendant une semaine avant de revenir avec la petite sœur. Il avait posé quelques questions à ce sujet. Mais personne ne s'était donné la peine de lui répondre.

Globalement, personne ne prêtait plus attention à lui. Avec père, ça ne changeait rien. Et mère n'avait d'yeux que pour le petit paquet fripé. Tout le temps, elle portait dans ses bras la petite sœur qui criait sans arrêt. Tout le temps, elle était occupée à la nourrir, à la changer et à la cajoler. Lui, il était de trop, les seules fois où mère le voyait, c'était pour le gronder. Il n'aimait pas quand elle le grondait, mais au moins elle le voyait, il n'était plus transparent.

Ce qui semblait l'irriter le plus, c'est qu'il mangeait trop. Elle était très à cheval sur les repas. "Tout le monde doit faire attention à sa ligne", disait-elle toujours quand père voulait se resservir de sauce.

Pour sa part, il se resservait toujours. Pas seulement une fois, mais deux ou trois. Au début, mère avait essayé d'intervenir. Mais il l'avait regardée tout en continuant à reprendre de la purée ou de la sauce avec une lenteur tout étudiée. Elle avait fini par abandonner et désormais elle semblait seulement exaspérée. Ses portions se faisaient de plus en plus grandes. Une partie de lui prenait plaisir à voir le dégoût sur son visage quand il ouvrait la bouche et engloutissait la nourriture. Personne ne l'appelait plus mon beau petit garçon. Il n'était plus beau, il était laid. A l'extérieur et à l'intérieur aussi.

Mère allait souvent s'allonger quand le bébé dormait dans son berceau. Alors il s'approchait de sa petite sœur. Autrement, il n'avait pas le droit de la toucher, pas quand mère regardait. "Enlève tes mains, elles sont sales." Mais quand mère dormait, il pouvait la regarder. Et la toucher.

Il inclina la tête et la contempla. Elle avait le visage d'une vieille. Rouge et pelé. Dans son sommeil, elle serra ses petites mains et remua. La couverture avait glissé. Il se garda bien de la recouvrir. Pourquoi le ferait-il? Elle lui avait tout pris.

Alice. Même le nom le remplissait d'aversion. Il détestait Alice.

— Je veux que tu donnes mes bijoux aux filles de Laila.

— Je t'en prie Lisbet, ça ne peut pas attendre ?

Il saisit sa main posée sur la couverture. En la serrant, il sentit les os fragiles. Comme des os d'oiseau.

— Non, Kenneth, ça ne peut pas attendre, sourit-elle. Je ne peux pas te laisser avec tout sur les bras, ça me stresse rien que d'y penser. Il faut que tout soit réglé, je n'aurai pas de paix autrement.

— Mais…, commença-t-il. Il se racla la gorge et reprit : C'est si…

Sa voix se brisa de nouveau et il sentit les larmes lui monter aux yeux. Il les essuya d'un geste rapide. Il fallait qu'il les retienne, il fallait qu'il soit fort. Mais elles tombèrent quand même sur la housse de couette à fleurs, celle qu'ils avaient depuis le début et qui était complètement délavée. Il l'utilisait le plus souvent possible, sachant qu'elle l'adorait.

— Ce n'est pas la peine de jouer la comédie devant moi, dit-elle en passant sa main sur la tête de Kenneth.

— Un crâne d'œuf, c'est pas terrible à caresser, dit-il en essayant de sourire, et elle répondit avec un clin d'œil.

— J'ai toujours trouvé que les cheveux, c'est complètement surfait. C'est beaucoup plus beau quand ça brille.

Il rit. Elle avait toujours eu le don de le faire rire. Qui allait faire ça maintenant? Qui allait embrasser son caillou pelé et dire qu'elle remerciait Dieu d'avoir fait une piste d'atterrissage pour ses baisers? Kenneth savait qu'il n'était pas l'homme le plus canon qui ait marché sur cette terre. Mais aux yeux de Lisbet, il l'avait toujours été. Et il s'émerveillait d'avoir une femme aussi belle. Elle l'était encore, maintenant que le cancer avait pris tout ce qu'il y avait à prendre et rongé partout où il avait pu. Elle avait été triste de perdre ses cheveux et il avait tenté la même blague qu'elle. Que Dieu avait maintenant fait une piste d'atterrissage pour ses baisers à lui. Le sourire de Lisbet n'était pas arrivé jusqu'à ses yeux.

Ses cheveux avaient été sa fierté. Blonds et bouclés. Il avait vu les larmes dans ses yeux quand elle se tenait devant le miroir et passait la main sur les rares mèches qui résistaient à la chimio. Il la trouvait toujours belle, mais il savait qu'elle souffrait. Il était allé sur-le-champ à Göteborg lui acheter un carré Hermès. Elle en rêvait depuis longtemps, mais elle protestait toujours quand il voulait lui en faire cadeau. "Ça fait trop d'argent pour un bout de tissu de rien du tout", disait-elle.

Cette fois, il lui en avait quand même acheté un. Le plus cher du magasin. Elle s'était péniblement redressée dans le lit, avait ouvert le paquet, sorti le foulard de sa boîte et était allée se regarder dans le miroir. Les yeux fixés sur son propre visage, elle avait noué le carré de soie aux dessins jaune et or sur sa tête. Il dissimulait ses maigres touffes de cheveux, dissimulait la nudité. Et il ramena dans ses yeux le scintillement que le traitement radical avait emporté en même temps que sa chevelure blonde.

Elle n'avait pas dit un mot, était seulement venue le rejoindre sur le lit où il était assis et s'était penchée en avant pour poser un baiser sur son crâne dégarni. Depuis, elle portait toujours ce foulard autour de la tête.

— Le collier épais en or est pour Annette et les perles sont pour Josefine. Elles se partageront le reste comme elles veulent, espérons qu'elles ne vont pas se brouiller pour ça.

Lisbet rit, parfaitement assurée que les filles de sa sœur sauraient se mettre d'accord sur la répartition des bijoux qu'elle avait accumulés au fil des ans.

Kenneth sursauta. Il s'était perdu dans ses souvenirs et le réveil fut brutal. Il comprenait sa femme et son besoin de tout laisser en ordre. En même temps, il ne supportait pas tout ce qui lui rappelait l'inévitable, qui était pour bientôt à en croire les spécialistes. Il aurait donné n'importe quoi pour ne pas se trouver ici avec une main fragile dans la sienne, à écouter sa femme adorée distribuer ses possessions terrestres.

— Et je ne veux pas que tu restes seul jusqu'à la fin de ta vie. Il faut que tu sortes de temps en temps, que tu essaies de rencontrer quelqu'un. Mais ne te laisse pas tenter par les annonces de rencontres sur Internet, je crois qu'elles...

— Là, je pense que tu vas trop loin, dit-il en lui caressant la joue. Tu crois vraiment qu'une autre femme pourra jamais se mesurer à toi? Elle n'existe même pas.

— Je ne veux pas que tu sois seul, dit-elle avec sérieux. Elle tint sa main aussi fort qu'elle le pouvait : Tu entends? La vie continue, c'est important.

Des gouttes de sueur perlèrent sur son front et il les lui essuya tendrement avec la serviette posée sur la table de nuit.

— Tu es ici maintenant. C'est la seule chose qui compte pour moi.

Ils se turent un moment, yeux dans les yeux. Toute leur vie commune s'y trouvait. La grande passion du début, qui ne s'éloignait jamais vraiment, même si le quotidien venait la grignoter. Les rires, la camaraderie, tout ce qu'ils avaient partagé. Toutes les nuits qu'ils avaient passées serrés l'un contre l'autre. Elle avait toujours la joue posée sur sa poitrine. Toutes les années à attendre l'enfant qui n'arrivait pas, à voir leurs espoirs balayés dans des flots rouges, des espoirs qui s'étaient transformés en acceptation sereine. La vie qui s'était remplie d'amis, de loisirs, d'amour l'un pour l'autre.

Dans le vestibule d'entrée, le portable de Kenneth se mit à sonner. Il resta assis sur le lit, sans lâcher sa main. Mais le téléphone continua à sonner et elle finit par lui dire :

— Il vaut mieux que tu ailles répondre. Manifestement, quelqu'un cherche vraiment à te joindre.

A contrecœur, Kenneth se leva et alla répondre. L'écran lui annonça Erik. Il sentit de nouveau l'irritation l'envahir. Même maintenant, il venait le déranger.

— Oui ?

Il répondit sans se donner la peine de cacher son agacement. Mais progressivement son attitude changea. Après avoir posé quelques brèves questions, il termina la conversation et retourna auprès de Lisbet. Il prit une profonde inspiration, le regard rivé sur ce visage si marqué par la maladie, mais tellement beau à ses yeux, encadré d'une auréole jaune et or.

— Il semble qu'on ait retrouvé Magnus. Il est mort.

Erica avait essayé d'appeler Patrik plusieurs fois, sans succès. Il était sans doute débordé de boulot au commissariat.

Installée devant son ordinateur à la maison, elle faisait des recherches sur Internet. Elle tentait de se concentrer, mais ces deux paires de pieds qui donnaient sans arrêt des coups dans son ventre, c'était plutôt dérangeant. Et elle avait du mal à dompter ses pensées. L'inquiétude. Les souvenirs des premières semaines avec Maja, qui avaient été à mille lieues du bonheur tout en rose qu'elle s'était imaginé. Il y avait comme un trou noir dans le temps quand elle essayait d'y penser, et cette fois, ils seraient deux. Deux à nourrir, deux qui se réveilleraient, deux qui exigeraient toute son attention, tout son temps. Elle était sans doute égoïste, c'était pour ça qu'elle avait tant de mal à abandonner toute sa personne, toute son existence aux mains de quelqu'un d'autre. Aux mains de ses enfants. Elle frémit en y pensant et eut aussitôt mauvaise conscience. De quel droit s'inquiétait-elle pour un événement aussi fantastique que la naissance de deux enfants, deux cadeaux au lieu d'un seul ? Cela la tourmentait tant qu'elle avait peur de craquer, alors que, grâce à Maja, elle avait toutes les cartes en main. Sa fille représentait un tel bonheur qu'Erica ne regrettait pas une seconde la période difficile. Mais le souvenir persistait, et il l'écorchait.

Subitement, elle reçut un violent coup de pied qui lui coupa le souffle. L'un des bébés, ou les deux, avait indéniablement un talent pour le foot. La douleur la ramena à la réalité. Elle avait conscience que ses réflexions autour de Christian et des lettres étaient probablement juste une manière pour elle de tenir l'inquiétude à distance. Dans ce cas, soit.

Elle ouvrit Google et commença par taper son nom : Christian Thydell. Plusieurs pages de résultats s'affichèrent. Tous parlaient du livre, il n'y avait rien sur son passé. Elle essaya en ajoutant le nom Trollhättan. Aucun résultat. S'il y avait habité, il aurait forcément laissé une trace. Il devrait être possible d'obtenir d'autres renseignements. Elle se mordilla l'ongle du pouce en réfléchissant. Peut-être faisait-elle fausse route ? En réalité, rien ne disait que les lettres étaient envoyées par quelqu'un que Christian avait connu avant de venir vivre à Fjällbacka.

Pourtant, elle revenait tout le temps à la même question : pourquoi restait-il si discret sur son passé ? C'était comme s'il avait effacé sa vie d'avant son installation dans leur ville. Ou alors c'était seulement à elle qu'il n'avait rien voulu dire ? Elle ne pouvait écarter cette idée, même si elle la blessait. Certes, il ne semblait pas être très expansif au boulot non plus, mais ce n'était pas pareil. Elle avait eu l'impression que Christian et elle étaient devenus proches quand ils travaillaient sur son manuscrit, quand ils jonglaient avec les images, discutaient des tonalités et des nuances dans l'écriture. Mais ce n'était peut-être pas vrai du tout.

Erica comprit qu'elle devait parler avec d'autres amis de Christian avant de se laisser emporter par son imagination. Mais qui ? Elle n'avait qu'une vague idée des personnes qu'il fréquentait. Magnus Kjellner fut le premier qui lui vint à l'esprit, mais à moins d'un miracle, il ne fallait pas y songer. Christian et Sanna semblaient aussi voir Erik Lind, le promoteur, et son associé Kenneth Bengtsson. Elle ignorait totalement à quel point ils étaient proches de Christian et lequel des deux serait le plus à même de lui répondre. Mais comment réagirait Christian s'il apprenait qu'elle interrogeait ses amis ?

Elle décida d'oublier ses scrupules. La curiosité passait avant. D'ailleurs, c'était pour le bien de Christian. Si lui ne tentait pas de découvrir qui était l'auteur de ces lettres de menace, il fallait bien que quelqu'un le fasse pour lui.

D'un coup, elle sut avec qui elle parlerait en premier.

Ludvig regarda sa montre de nouveau. Bientôt la récré. Les maths étaient la matière qu'il détestait le plus et comme d'habitude le cours avançait à une allure d'escargot. Encore cinq minutes avant que ça sonne. Aujourd'hui, ils avaient la même récré que les 7A, ce qui signifiait qu'il verrait Sussie. Elle avait son casier dans la rangée derrière la sienne, avec un peu de chance, elle viendrait ranger ses livres en même temps que lui. Ça faisait plus de six mois qu'il était amoureux d'elle. Personne ne le savait, à part son meilleur pote, Tom. Et Tom savait qu'il mourrait d'une mort lente et extrêmement douloureuse s'il vendait la mèche.

L'heure de la récré sonna, Ludvig referma son livre de maths et sortit de la classe. Il regarda autour de lui, mais pas de Sussie en vue.

Bientôt il allait oser lui parler. Il s'était décidé. Simplement, il ne savait pas comment commencer, ni ce qu'il allait dire. Il avait essayé de persuader Tom de sonder le terrain auprès de ses copines, pour qu'il puisse l'aborder plus facilement. Mais Tom avait refusé, et Ludvig devait s'y prendre autrement.

Il n'y avait personne devant les casiers. Il ouvrit le sien, y posa ses livres et referma soigneusement à clé. Elle n'était peut-être pas venue à l'école aujourd'hui.

Il ne l'avait pas vue de toute la journée, elle pouvait très bien être malade, ou ne pas avoir cours. Cette pensée le découragea au point qu'il envisagea de sécher la fin de la journée.

Quelqu'un lui tapota l'épaule et il sursauta.

— Pardon, Ludvig, je ne voulais pas te faire peur.

La principale se tenait derrière lui. Elle était pâle et concentrée, et en une fraction de seconde Ludvig comprit. Sussie, et tout ce qui lui paraissait si important l'instant auparavant, disparut et fut remplacée par une douleur tellement vive qu'il se dit qu'elle ne le quitterait jamais.

— J'aimerais que tu me suives dans mon bureau. Elin y est déjà, elle nous attend.

Il acquiesça de la tête. Ce n'était pas la peine de demander à quel sujet, il le savait déjà. La douleur irradia jusqu'au bout des doigts, il ne sentait plus ses jambes quand il emboîta le pas de la principale. Il se contentait de mettre un pied devant l'autre, machinalement.

Un peu plus loin dans le couloir, il croisa Sussie. Elle le fixa, droit dans les yeux, mais il l'aperçut à peine. Rien n'existait, à part le déchirement. Autour de lui, tout sonnait creux.

Elin éclata en sanglots quand il arriva. Jusque-là elle avait lutté contre les larmes, mais elle céda en se précipitant dans ses bras. Il la serra fort contre lui, passa la main dans son dos pendant qu'elle donnait libre cours à ses pleurs.

L'agent de police qu'il avait rencontré à deux ou trois reprises était là aussi, et il les laissa se consoler mutuellement. Il n'avait pas encore prononcé un seul mot.

— Vous l'avez retrouvé où ? finit par demander Ludvig.

La question sortit sans qu'il sache qu'il l'avait formulée. Il n'était même pas sûr de vouloir entendre la réponse.

— A Sälvik, répondit le policier qui devait s'appeler Patrik.

Sa collègue se tenait quelques pas derrière lui. Elle avait l'air perdu. Ludvig la comprenait très bien. Lui non plus ne savait pas quoi dire. Ou faire.

— On va vous raccompagner à la maison.

Patrik fit signe à Paula de partir la première. Elin et Ludvig la suivirent. Dans l'embrasure de la porte, Elin s'arrêta et se tourna vers Patrik.

— Papa s'est noyé?

Ludvig s'arrêta aussi, mais il comprit que le policier n'avait pas l'intention d'en dire davantage.

— Pour l'instant, on rentre, Elin. Le reste, on verra plus tard, dit-il à voix basse.

Il prit sa sœur par la main. Elle résista d'abord. Elle ne voulait pas partir, elle voulait savoir. Puis elle se mit en route, elle aussi.

— Donc, voyez-vous…

Mellberg fit une pause oratoire. Il montra le tableau où Patrik avait soigneusement épinglé toutes les données dont ils disposaient sur la disparition de Magnus Kjellner.

— J'ai rassemblé tout ce que nous savons, et ça ne casse pas trois pattes à un canard. Tout ce temps à rechercher Kjellner et vous n'avez trouvé que ça! Je vous le dis, vous êtes sacrément veinards d'être ici dans la cambrousse et pas dans le feu de l'action à Göteborg. Là-bas, on aurait réglé ce boulot en une semaine!

Patrik et Annika échangèrent un regard. Les fonctions de Mellberg à Göteborg étaient un thème récurrent depuis qu'il avait pris son poste de chef de la police à Tanumshede. Il semblait avoir renoncé à l'espoir d'y être un jour réintégré, espoir qu'il avait été le seul à nourrir.

— On a fait ce qu'on a pu, dit Patrik d'une voix lasse, car il savait très bien qu'il était inutile de s'opposer aux blâmes de Mellberg. N'oublie pas que ça s'est transformé en enquête pour meurtre seulement aujourd'hui. Jusqu'ici, on traitait une disparition.

— Oui, oui. Tu peux me faire un petit topo sur ce qui s'est passé, où on l'a trouvé et comment, et ce que Pedersen t'a fourni? Je vais évidemment lui passer un coup de fil, je n'en ai pas encore eu le temps. Pour l'instant, on se contentera de tes informations.

Patrik fit un résumé des événements de la journée.

— Il était vraiment pris dans la glace? demanda Martin Molin avec un frisson.

— On va recevoir des photos de l'endroit, mais pour répondre à ta question, oui, il était pris dans la glace. Si le chien ne s'était pas aventuré aussi loin, on n'aurait pas trouvé Magnus Kjellner de sitôt. D'ailleurs, on aurait pu ne pas le trouver du tout. Quand la glace aurait fondu, le courant sous-marin l'aurait emporté. Il aurait pu échouer n'importe où.

— Cela signifie donc qu'on ne sait ni où ni quand il a été balancé dans l'eau?

Gösta avait l'air morne et caressa distraitement Ernst qui se serrait contre sa jambe.

— La mer n'a gelé qu'en décembre. Pour connaître la date de sa mort, il faut attendre l'estimation de Pedersen, mais je dirais qu'il a été tué peu après avoir disparu, dit Patrik en levant un doigt en signe d'avertissement.

Comme je viens de le dire, on ne dispose d'aucun fait pour étayer la moindre hypothèse, et on ne peut pas travailler juste avec ça.

— Mais ça semble plausible, dit Gösta.

— Tu parlais de blessures sur le corps. On en sait plus ? demanda Paula, et ses yeux marron se rétrécirent pendant qu'elle tambourinait d'impatience avec son stylo sur le bloc-notes.

— Il ne m'a pas fourni grand-chose à ce sujet. Vous connaissez tous Pedersen. Il n'aime pas annoncer quoi que ce soit avant d'avoir procédé à un examen complet. Il a juste dit que Magnus Kjellner a été victime de violences et qu'il présentait des coupures graves.

— On peut donc estimer qu'il a été poignardé, constata Gösta.

— Probablement, oui.

— Quand Pedersen nous donnera-t-il d'autres informations ?

Mellberg s'était assis au bout de la table et il claqua des doigts pour faire venir Ernst. Le chien quitta immédiatement Gösta pour venir poser la tête sur les genoux de son maître.

— Il va l'autopsier à la fin de la semaine. Donc, avec un peu de chance, on aura quelque chose ce week-end, ou lundi, soupira Patrik.

Parfois ce métier s'accordait mal avec sa propre impatience. Il voulait des réponses maintenant, pas dans une semaine.

— Qu'est-ce qu'on a d'autre sur sa disparition ?

Mellberg leva ostensiblement sa tasse vide vers Annika, qui fit semblant de ne pas voir. Il fit une autre tentative avec Martin Molin, avec qui il eut plus de succès. Martin n'avait pas encore atteint l'autorité requise pour résister. Mellberg se renversa sur sa chaise d'un air satisfait quand son plus jeune collaborateur disparut en direction de la cuisine.

— On sait qu'il a quitté son domicile peu après huit heures du matin. Cia est partie à son travail à Grebbestad vers sept heures et demie. Elle travaille à mi-temps chez un agent immobilier. Les enfants partent dès sept heures pour attraper le bus scolaire.

Martin revint servir tout le monde et Patrik fit une pause pour boire une gorgée de café. Paula en profita pour glisser une question.

— Comment sais-tu qu'il est parti peu après huit heures ?

— Un voisin l'a vu.

— Il est parti en voiture ?

— Non, c'est Cia qui utilise l'unique voiture de la famille et, d'après elle, Magnus partait toujours à pied.

— Pas jusqu'à Tanumshede, tout de même ? dit Martin.

— Non, il faisait du covoiturage avec un collègue, Ulf Rosander, qui habite du côté du minigolf. C'est là qu'il se rendait à pied. Mais ce matin-là, il a appelé Rosander pour dire qu'il était en retard. Et il n'est jamais venu.

— On en est sûr ? demanda Mellberg. Est-ce qu'on a examiné ce Rosander sous toutes les coutures ? Il dit que Magnus n'est jamais venu, mais peut-on le croire ?

— Gösta a parlé avec Rosander et rien n'indique qu'il mente, ni dans ses déclarations ni dans son comportement, dit Patrik.

— Ou alors vous ne l'avez pas suffisamment serré, dit Mellberg en notant quelque chose dans son calepin. Il leva le regard et le darda sur Patrik : Il faut l'amener ici et le passer sur le gril.

— C'est pas un peu extrême ? Les gens peuvent se braquer s'ils apprennent qu'on fait venir les témoins au commissariat pour les interroger, protesta Paula. Ne serait-ce pas mieux si, Patrik et toi, vous alliez le voir à Fjällbacka ? Je sais que tu es débordé en ce moment, si tu veux je peux y aller à ta place ?

Elle adressa un discret clin d'œil à Patrik.

— Hmm, tu n'as pas tort. J'ai pas mal de choses en cours. Bien raisonné, Paula. Patrik et toi, vous allez discuter un peu avec ce… Rosell.

— Rosander, corrigea Patrik.

— Oui, c'est ça. En tout cas, vous l'interrogez. Je pense que ça peut nous être utile. Bon, quoi d'autre ?

— On a fait du porte-à-porte tout le long du chemin que Magnus empruntait habituellement pour aller chez Rosander. Personne n'a rien vu. Mais on ne peut en tirer aucune conclusion. Le matin, tout le monde est pris par sa propre routine.

— On dirait qu'il est parti en fumée à l'instant où il est sorti de chez lui. Jusqu'à ce qu'on le retrouve sous la glace, dit Martin avec un regard résigné pour Patrik, qui préféra forcer un peu son optimisme.

— Les gens ne partent pas en fumée. Il y a fatalement des traces quelque part. Il faut simplement les trouver.

Patrik se rendit compte que ses propos étaient d'une platitude terrible, mais il n'avait rien de mieux à offrir pour le moment.

— Et sa vie privée ? On l'a suffisamment fouillée ? On a sorti tous les cadavres des placards ?

Mellberg rigola de sa plaisanterie, mais il fut bien le seul.

— Les amis les plus proches de Magnus et Cia sont Erik Lind, Kenneth Bengtsson et Christian Thydell. Et leurs femmes. On a parlé avec eux et avec la famille de Magnus, et tout ce qu'on a appris, c'est qu'il était un excellent père de famille et un ami de qualité. Pas de ragots, pas de secrets, pas de rumeurs.

— Sornettes ! renifla Mellberg. Tout le monde a quelque chose à cacher ! Il faut savoir chercher, c'est tout. Vous ne vous êtes pas foulés, c'est évident.

— Nous…, commença Patrik.

Puis il se tut en réalisant que pour une fois Mellberg avait peut-être raison. Ils n'avaient peut-être pas creusé assez profondément, n'avaient pas posé les bonnes questions.

— On retournera questionner à nouveau la famille et les amis, poursuivit-il.

Tout à coup, il se rappela Christian Thydell et la lettre qui se trouvait dans le tiroir de son bureau. Mais il ne voulut pas en parler, pas avant d'avoir quelque chose de plus concret que sa simple intuition à mettre en avant.

— C'est ça ! Alors on recommence et on le fait bien !

Mellberg se leva brusquement, il était presque sorti de la pièce lorsqu'il se retourna et jeta un regard sévère sur ses subalternes autour de la table ronde.

— Et puis on passe à la vitesse supérieure, hein ?

La nuit était déjà tombée. Il était debout depuis si longtemps qu'il avait l'impression que c'était le soir, mais l'heure n'indiquait que la fin d'après-midi. Dans sa poche, son téléphone portable avait vibré avec entêtement, sans arrêt, mais il l'avait ignoré. C'était sûrement quelqu'un qui allait le harceler d'exigences.

Par la fenêtre du train, Christian vit passer Herrljunga. Sa voiture était garée à Uddevalla. Ensuite, il lui restait un trajet d'environ quarante-cinq minutes pour arriver chez lui à Fjällbacka. Il appuya son front contre la vitre et ferma les yeux. Le verre était froid contre sa peau. L'obscurité dehors lui pesait. Il respira profondément et déplaça la tête. Une empreinte nette de son front et du bout de son nez se dessinait sur la fenêtre. Avec la main, il l'effaça. Il ne voulait voir aucune trace de lui-même, ne rien laisser.

En arrivant à Uddevalla, il était tellement fatigué que ses yeux se voilèrent. Il avait essayé de somnoler la dernière heure du trajet, mais les images qui fusaient dans sa tête lui interdisaient tout repos. Il s'arrêta au McDo de Torp et acheta un grand café qu'il avala d'un trait pour les bienfaits de la caféine.

Son portable sonna de nouveau, mais il n'eut pas le courage de sortir l'appareil de sa poche, et encore moins de parler avec la personne qui cherchait à le joindre avec tant d'insistance. Sans doute Sanna. Elle serait de mauvais poil quand il rentrerait, tant pis.

Il sentit des fourmis dans tout son corps et se tortilla sur le siège. Les lumières de la voiture derrière lui l'éblouirent dans le rétroviseur, et quand il regarda la route à nouveau, il lui fallut un instant avant d'y voir clair. Mais quelque chose dans les phares et la distance constante de la voiture le poussa cependant à l'observer encore une fois dans le rétroviseur. C'était la même voiture depuis sa halte à Torp. Ou peut-être pas? Il passa la main sur ses yeux. Il n'était plus sûr de rien.

Les lumières le suivirent quand il quitta l'autoroute à la sortie pour Fjällbacka. Christian plissa les yeux et essaya de déterminer la marque de la voiture. Mais il faisait trop sombre et les phares l'aveuglaient. Il serrait le volant tellement fort que ses mains moites lui faisaient mal, et il étira ses doigts un petit instant.

Il la vit devant lui à nouveau. Elle, dans sa robe bleue, portant l'enfant dans ses bras. L'odeur de fraises, le goût de ses lèvres. La douceur du tissu contre sa peau. Ses cheveux, longs et châtains.

Quelque chose traversa la route devant lui. Christian pila et perdit le contrôle de la voiture pendant quelques secondes. Elle glissa vers le fossé, il sentit qu'il lâchait prise, qu'il laissait les événements décider. Mais à quelques centimètres du bord, la voiture s'arrêta. A la lueur des phares, il vit le flanc blanc d'un chevreuil et il le suivit du regard quand, affolé, il se sauva à travers champs.

Le moteur tournait toujours, mais le bruit se perdait dans le bourdonnement de son cerveau. Il vit que la voiture derrière s'était arrêtée aussi et se dit qu'il ferait mieux de partir. Loin des phares qui éclairaient son rétroviseur.

Une portière s'ouvrit, quelqu'un descendit. Il faisait nuit noire, et il ne put distinguer qu'une silhouette asexuée. Encore quelques pas et le personnage sombre aurait atteint sa portière.

Ses mains sur le volant se mirent à trembler. Il détourna les yeux du miroir, fixa le champ et la lisière du bois qu'il distinguait vaguement à proximité. Il regarda droit devant lui et attendit. La portière côté passager s'ouvrit.

— Comment allez-vous ? Vous n'avez rien ? Vous avez quand même réussi à l'éviter.

Christian tourna le regard vers la voix. Un homme d'une soixantaine d'années aux cheveux blancs le fixait.

— Tout va bien, murmura-t-il. Je suis juste un peu secoué.

— Oui, ça fait peur quand ils se précipitent comme ça devant votre voiture. C'est sûr alors, tout va bien ?

— Absolument. Je vais rentrer chez moi. J'habite à Fjällbacka.

— Ah, moi, je vais à Hamburgsund. Faites bien attention à vous.

L'homme referma la portière et Christian sentit son pouls se calmer progressivement. Ce n'étaient que des fantômes, des souvenirs du passé. Rien qui puisse lui faire du mal.

Une petite voix dans son esprit tenta d'évoquer les lettres. Elles n'étaient pas issues de son imagination. Mais il fit la sourde oreille. S'il commençait à penser à ça, *elle* reprendrait le pouvoir. Il ne pouvait pas le permettre. Il avait travaillé si dur pour oublier. Hors de question qu'*elle* l'atteigne à nouveau.

Il s'engagea sur la route de Fjällbacka. Dans la poche de sa veste, son téléphone portable se mit à vibrer encore.

Alice continuait de crier, jour et nuit. Il entendait ses parents en parler. Elle avait quelque chose qui s'appelait des coliques. Quelle qu'en soit la cause, c'était insupportable d'être perpétuellement obligé de l'entendre crier. Ses braillements empiétaient sur toute sa vie, ils lui prenaient tout.

Comment mère faisait-elle pour ne pas la haïr ? Elle la portait dans ses bras quand elle pleurait, elle lui chantait des berceuses, la cajolait et la regardait avec une expression tendre, comme si elle la plaignait. Pourquoi ?

Alice n'était pas à plaindre. Elle faisait tout ça exprès. Il en était persuadé. Parfois, quand il se penchait sur le berceau et observait l'espèce de petit scarabée hideux qu'elle était, elle lui rendait son regard. Ses yeux disaient qu'elle ne voulait pas que mère l'aime, lui. C'est pour ça qu'elle pleurait et réclamait toute son attention. Pour qu'il n'en reste plus pour lui.

De temps en temps, il pouvait voir que père ressentait la même chose. Il sentait, lui aussi, qu'Alice le faisait exprès, pour le priver de sa femme. Mais il ne réagissait pas. Pourquoi ? Il était grand pourtant, adulte. Il aurait pu faire taire Alice.

Comme lui, père avait à peine le droit de toucher le bébé. Il essayait parfois, la soulevait maladroitement et lui tapotait les fesses et le dos pour la calmer. Mais mère disait toujours qu'il s'y prenait mal, qu'il devait la laisser faire. Et il se retirait à nouveau.

Un jour, père eut malgré tout à s'occuper d'elle. Alice avait pleuré pis que jamais, trois nuits de suite. Il était resté éveillé dans sa chambre, un oreiller serré sur sa tête pour barrer la route aux cris. Et sa haine avait grandi sous l'oreiller. Elle s'était répandue et posée lourdement sur lui, si bien qu'il n'avait presque pas pu respirer, il avait dû retirer l'oreiller pour aspirer une goulée d'air. Mère était épuisée. Elle aussi avait passé trois nuits blanches. Alors elle avait fait une exception, avait laissé le bébé avec père et était allée se coucher.

Père décida de donner un bain à Alice et demanda s'il voulait regarder. Il vérifia soigneusement la température en remplissant la baignoire et ses yeux quand il regarda Alice, qui pour une fois ne pleurait pas, étaient comme ceux de mère. Jamais auparavant père n'avait été important. Il était un personnage insignifiant qui disparaissait dans l'éclat de mère, lui aussi exclu de l'étroite connivence entre mère et Alice. Mais à présent il prenait de l'ampleur, quand il souriait à Alice et qu'elle lui rendait son sourire.

Doucement, il plongea le petit corps nu dans l'eau. Il plaça Alice dans une petite nacelle recouverte de tissu éponge, une sorte de petit hamac, qui la maintenait en position à moitié assise. Avec des mouvements tendres, il lui lava les bras, les jambes, le gros ventre. Elle agita les mains et les pieds. Elle ne criait pas, elle ne criait plus enfin. Mais ça n'avait aucune importance. Elle avait gagné. Même père avait quitté son refuge derrière le journal pour lui faire des sourires.

Il se tint immobile dans l'ouverture de la porte, incapable de quitter du regard les mains qui lavaient le petit corps de bébé. Père qui était presque devenu son confident, ou quelque chose d'approchant, depuis que mère avait cessé de le voir.

On sonna à la porte et il sursauta. Le regard de père allait d'Alice à son fils, il ne savait manifestement pas trop quoi faire. Il finit par lui dire :

— Est-ce que tu peux surveiller ta petite sœur un instant ? Je vais aller ouvrir, je ne serai pas long.

Il eut une seconde d'hésitation avant que sa tête n'exécute un hochement. Père se leva de sa position à genoux devant la baignoire et lui dit d'approcher. Ses jambes avancèrent machinalement de quelques pas. Alice le fixa. Du coin de l'œil, il vit père sortir de la salle de bains.

Ils étaient seuls maintenant, Alice et lui.

Erica jeta un regard interdit sur Patrik, qui venait brièvement de lui raconter les événements de la journée.

— Dans la glace ?

— Oui, le pauvre homme qui l'a trouvé était bou-
leversé.

— Il y a de quoi !

Erica se laissa lourdement tomber sur le canapé.
Immédiatement, Maja essaya de grimper sur ses
genoux, ce qui n'était pas une tâche aisée.

— Allô… allô, s'écria Maja, la bouche contre le
ventre de sa mère.

Depuis qu'ils lui avaient expliqué que les bébés
pouvaient l'entendre, elle saisissait chaque occasion de communiquer. Comme son vocabulaire était
encore fort limité, la conversation était assez mono-
tone.

— Je pense qu'ils dorment, il ne faut pas les réveiller, dit Erica en posant un doigt sur ses lèvres.

Maja imita son geste et appuya ensuite son oreille
contre le ventre pour écouter si les bébés dormaient
vraiment.

— Tu as dû avoir une journée épouvantable, dit
Erica à voix basse.

Patrik essaya de repousser l'image de Cia et des
enfants. L'expression dans les yeux de Ludvig, qui

ressemblait tant à Magnus, resterait gravée longtemps dans sa mémoire.

— Oui, répondit-il. Maintenant, ils savent en tout cas. Parfois, je me dis que l'incertitude est pire encore.

Il s'assit à côté d'Erica, et Maja se retrouva entre eux. Joyeusement, elle sauta sur ses genoux, où elle avait plus de place, et elle plaqua sa tête contre sa poitrine. Il caressa sa tête blonde.

— Tu as sans doute raison, mais c'est atroce aussi quand il n'y a plus d'espoir, dit Erica. Après une petite hésitation, elle ajouta : Vous avez pu déterminer ce qui s'est passé ?

— Non, on ne sait rien pour l'instant. Absolument rien.

— Et les lettres à Christian ? demanda-t-elle.

Elle livrait un combat avec elle-même. Devait-elle parler de son excursion à la bibliothèque aujourd'hui, et de ses réflexions sur le passé de Christian ? Elle décida de renoncer. Ça attendrait qu'elle en ait appris davantage.

— Je n'ai toujours pas eu le temps de m'y atteler. Mais on va interroger de nouveau la famille et les amis de Magnus, et je pourrai aborder le sujet avec Christian.

— Aux infos du matin, ils lui ont posé des questions là-dessus, dit Erica, et elle frissonna en pensant à sa responsabilité dans ce que Christian avait dû supporter en direct à la télé.

— Qu'est-ce qu'il a répondu ?

— Il est resté évasif, mais on sentait qu'il était troublé.

— C'est normal, dit Patrik.

Il embrassa sa fille sur la tête et se leva avec Maja dans les bras.

— On va aller faire à manger pour maman et les bébés, qu'est-ce que tu en dis, ma puce? dit-il, et Maja hocha la tête avec enthousiasme. Qu'est-ce qu'on pourrait bien leur préparer? Du caca-boudin aux oignons?

Maja faillit s'étouffer de rire. Elle était en avance sur son âge et venait de découvrir le grand plaisir de l'humour pipi-caca.

— Non, reprit Patrik. On va plutôt faire du poisson pané et de la purée, hein? On garde le caca-boudin pour un autre jour.

Sa fille réfléchit un instant, puis elle daigna hocher la tête. C'était d'accord pour du poisson pané.

Sanna se rongeait les sangs. Les garçons étaient en train de regarder *Bolibompa* dans le salon, mais elle était incapable de rester tranquille. Elle tournait dans la maison comme une âme en peine, son téléphone portable à la main. Régulièrement, elle composait son numéro.

Pas de réponse. Christian n'avait pas répondu au téléphone de toute la journée, et les scénarios catastrophe s'étaient succédé dans son esprit. Surtout après la nouvelle concernant Magnus, qui avait plongé tout Fjällbacka dans la consternation. Elle avait vérifié ses mails plus de dix fois au cours de la journée. Une sorte d'extrapolation grandissait en elle, une présomption qui réclamait soit un démenti, soit une confirmation. Ainsi elle aurait une certitude sur laquelle s'appuyer et pourrait enfin trouver un exutoire à l'angoisse et à la peur qui la dévoraient.

Elle savait très bien qu'elle agissait mal. Avec son perpétuel besoin de tout contrôler, de savoir qui il rencontrait et ce qu'il pensait, elle ne faisait que l'éloigner d'elle. Elle le savait sur un plan rationnel, mais c'était plus fort qu'elle. Elle avait la sensation de ne pas pouvoir lui faire confiance, qu'il lui cachait quelque chose, qu'elle ne faisait pas l'affaire. Qu'il ne l'aimait pas.

Cette pensée était si douloureuse qu'elle s'assit par terre dans la cuisine et entoura ses jambes de ses bras. Le réfrigérateur bourdonnait dans son dos, mais elle le sentait à peine, seulement consciente du vide en elle.

Où était-il? Pourquoi ne donnait-il pas de nouvelles? Pourquoi n'arrivait-elle pas à le joindre? Résolument, elle composa le numéro encore une fois. Ça sonnait, mais il ne répondait pas. Elle se releva et alla voir la lettre posée sur la table. Il y en avait eu encore une aujourd'hui. Elle l'avait tout de suite ouverte. Les lignes étaient aussi mystérieuses qu'auparavant. *Tu sais que tu ne peux pas fuir. Je suis dans ton cœur, tu ne pourras jamais te cacher, même si tu vas au bout du monde.* L'écriture à l'encre noire lui était familière désormais. En tremblant, Sanna prit la lettre et l'approcha de son nez. Ça sentait le papier et l'encre. Aucun parfum qui lèverait le voile sur l'expéditeur.

Avec une obstination féroce, Christian affirmait qu'il ignorait qui écrivait ces lettres, mais elle ne le croyait pas. C'était aussi simple que ça. La rage la saisit, elle lança la lettre sur la table et se précipita en haut de l'escalier. Un des garçons l'appela depuis le salon, mais elle l'ignora. Il fallait qu'elle sache, il fallait qu'elle trouve des réponses. C'était comme si quelqu'un avait pris le contrôle de son corps, comme si elle n'avait plus la maîtrise d'elle-même.

Elle commença par la chambre, ouvrit les tiroirs de Christian et les vida de leur contenu. Vérifia minutieusement tous les objets qu'elle retirait et tâta ensuite avec la main les tiroirs qui de toute évidence étaient vides. Rien, absolument rien, à part les tee-shirts, les chaussettes et les slips qu'elle avait enlevés.

Du regard elle fit le tour de la pièce. Les placards. Sanna s'approcha des portes qui couvraient un mur entier et commença à fouiller méthodiquement. Toutes les affaires de Christian se retrouvèrent par terre. Les chemises, les pantalons, les ceintures et les chaussures. Elle ne trouva rien d'ordre privé, rien qui puisse la renseigner sur son mari ou l'aider à percer le mur dont il s'était entouré.

A la fin, il ne resta que ses propres affaires. Elle s'assit lourdement sur le lit et passa la main sur le couvre-lit confectionné par sa grand-mère. Tous ces objets qui révélaient qui elle était et d'où elle venait. Le couvre-lit, la table de toilette qui venait de sa grand-mère paternelle, les colliers que lui avait donnés sa mère. Toutes les lettres d'amis et de sa famille qu'elle gardait dans des boîtes. Ses annuaires de lycée soigneusement rangés sur une étagère, sa casquette d'étudiante bien à l'abri dans une boîte à côté de son bouquet de mariage séché. Une multitude de petits objets qui racontaient son histoire, sa vie.

Elle réalisa alors que son mari n'avait rien de tel. Certes, il était moins sentimental qu'elle, pas aussi enclin à tout garder. Mais il aurait dû y avoir quelque chose. Personne ne traversait la vie sans conserver le moindre souvenir.

De dépit, elle martela le lit avec ses poings. L'incertitude fit battre plus fort son cœur. Qui était-il en fait ? Une idée la frappa et elle s'immobilisa. Il restait un endroit où elle n'avait pas cherché. Le grenier.

Erik fit tourner le verre entre ses doigts. Contempla la couleur rubis du vin, qui était plus claire près du bord. Signe d'un vin jeune, avait-il appris dans un des innombrables cours d'œnologie qu'il avait suivis.

Toute son existence était en train de s'écrouler, et il n'arrivait pas à comprendre comment il en était arrivé là. C'était comme s'il était emporté par un maelström impétueux auquel il ne pouvait résister.

Magnus était mort. Les chocs étaient venus s'encastrer l'un dans l'autre, et ce n'était que maintenant qu'il assimilait la nouvelle dont l'avait informée Louise. Son message lui annonçant que Magnus avait été retrouvé mort. Puis, presque simultanément, l'annonce que Cecilia était enceinte. Deux événements qui avaient ébranlé ses fondements et qu'on lui avait communiqués en l'espace de trente secondes.

— Tu peux au moins me répondre, non ?

La voix de Louise était caustique.

— Pardon ? dit-il en réalisant que sa femme lui avait posé une question. Qu'est-ce que tu disais ?

— Je viens de te demander où tu étais quand je t'ai envoyé le texto concernant Magnus. J'ai d'abord appelé à ton bureau et tu n'y étais pas. Puis je t'ai appelé plusieurs fois sur ton portable, mais je n'ai eu que ton répondeur.

Elle bredouilla, comme elle l'avait fait pendant toute la soirée. Elle avait probablement commencé à boire avant midi. Le dégoût jaillit dans sa bouche, se mêla au vin et lui donna une saveur métallique et amère. Cela le révulsait de la voir laisser filer sa vie. Pourquoi ne pouvait-elle pas se ressaisir au lieu de le fixer avec ce regard de martyre, le corps plein de vinasse ?

— J'étais sorti faire une course.

— Une course? répliqua Louise en buvant une gorgée. Eh bien, j'imagine sans problème quelle sorte de course c'était.

— Arrête, dit-il d'une voix lasse. Pas aujourd'hui. Surtout pas aujourd'hui.

— Ah bon, pourquoi pas aujourd'hui?

Le ton était belliqueux et il comprit qu'elle cherchait délibérément la querelle. Les filles dormaient déjà depuis un petit moment et il n'y avait qu'eux deux dans la cuisine. Louise et lui.

— Un de nos plus proches amis a été retrouvé mort aujourd'hui. Tu ne pourrais pas juste nous accorder un moment de paix?

Elle se tut. Il vit qu'elle avait honte. Un instant, il revit la fille qu'il avait connue à l'université : mignonne, futée, la langue bien pendue. Mais l'image disparut aussitôt. Ne restaient que la peau molle et les lèvres teintées de violet par le vin. Il sentit de nouveau le goût amer dans sa bouche.

Et Cecilia. Qu'est-ce qu'il allait faire d'elle? A sa connaissance, c'était la première fois qu'une de ses maîtresses tombait enceinte. Il avait sans doute eu de la veine jusqu'à présent. Mais sa chance avait tourné. Cecilia avait dit qu'elle garderait l'enfant. Elle le lui avait annoncé froidement. Pas d'argumentation, pas de discussion. Elle le lui avait dit uniquement par obligation, et pour lui donner la possibilité de s'impliquer ou pas.

Subitement, elle était devenue adulte. Son côté naïf et frivole avait disparu. Elle s'était tenue en face de lui dans la cuisine et son regard lui disait que pour la première fois elle savait qui il était réellement. Cela l'avait mis mal à l'aise. Il ne voulait pas se voir à travers ses yeux. Il ne voulait pas se voir du tout.

Toute sa vie, il avait considéré l'admiration d'autrui comme allant de soi. Parfois même la crainte, et c'était tout aussi payant. Cette fois, une main protectrice posée sur son ventre, Cecilia l'avait regardé avec dédain. Leur relation était terminée. Elle lui avait exposé les deux options qui s'offraient à lui. Soit elle garderait pour elle l'identité du père, et en contrepartie son compte en banque serait crédité d'une somme non négligeable tous les mois à partir de la naissance de l'enfant et jusqu'au jour de ses dix-huit ans. Soit elle racontait tout à Louise et ferait son possible ensuite pour détruire sa réputation.

En regardant sa femme, Erik se demanda s'il avait bien choisi. Il n'aimait pas Louise. Il la trompait et la blessait, et il savait qu'elle serait plus heureuse sans lui. Mais la force de l'habitude était immense. La perspective d'une existence de célibataire avec de la vaisselle sale et des montagnes de lessive, des barquettes de plats préparés devant la télé et un week-end sur deux avec ses filles ne l'enchantait guère. Louise gagnait par commodité. Et parce qu'elle pouvait prétendre à la moitié de sa fortune. C'était la vérité nue. Ce confort, il allait le payer cher pendant les dix-huit prochaines années.

Pendant près d'une heure, il resta assis dans la voiture à quelque distance de la maison. Il voyait Sanna bouger. Son langage corporel indiquait qu'elle était dans tous ses états.

Il n'avait pas la force d'affronter sa colère, ses pleurs et ses accusations. S'il n'y avait pas eu les garçons… Christian démarra la voiture et monta dans l'allée d'accès pour s'empêcher de poursuivre ses pensées.

Chaque fois qu'il sentait l'amour pour ses fils marteler sa poitrine, la peur l'envahissait. Il avait essayé de ne pas les laisser trop s'approcher. Essayé de maintenir le danger et le mal à distance. Mais les lettres lui avaient fait comprendre que l'innommable était déjà ici. Et son amour pour ses fils était profond et irrévocable.

Il devait les protéger à tout prix. Il ne pouvait pas se permettre un autre échec. Sa vie entière, et tout ce en quoi il croyait, s'en trouverait transformée à tout jamais. Il appuya sa tête sur le volant, sentit le plastique contre son front et s'attendit à voir la porte d'entrée s'ouvrir à tout moment. Mais Sanna n'avait apparemment pas entendu la voiture arriver, et il disposait de quelques minutes supplémentaires pour se reprendre.

Il avait pensé être à l'abri en fermant la partie de son cœur qui leur appartenait. Mais il s'était trompé. Il ne pouvait pas fuir. Et il ne pouvait pas s'empêcher de les aimer. Ne lui restait donc plus qu'à se battre et à se confronter au mal. Faire face à ce qu'il avait enfermé en lui pendant si longtemps, mais que son roman avait ouvert. Pour la première fois, il se dit qu'il n'aurait pas dû l'écrire. Que tout aurait été différent si son livre n'existait pas. Cependant, il n'avait pas eu le choix. Il avait été obligé de l'écrire, obligé d'écrire sur *elle*.

La porte d'entrée s'ouvrit. Sanna se tenait là, grelottant et serrant son gilet de laine près du corps. Il leva le visage du volant et la regarda. La lumière de l'entrée lui conférait un air de madone mais en tricot déformé et avec des pantoufles aux pieds. Elle n'avait rien à craindre, il le sut en la voyant là. Car elle ne touchait aucune fibre émotionnelle en lui. Elle ne l'avait jamais fait et ne le ferait jamais. Il n'avait pas besoin de la protéger, elle.

En revanche, il allait être obligé de répondre à ses questions. Ses jambes étaient lourdes et engourdies quand il descendit de la voiture. Il se dirigea vers la maison illuminée et Sanna recula dans le vestibule. Son visage était livide.

— J'ai essayé de t'appeler. Je n'ai pas arrêté. J'appelle depuis midi, et tu n'as pas daigné répondre… Dis-moi qu'on t'a volé ton portable ou qu'il est cassé, dis n'importe quoi d'un peu vraisemblable qui justifie que je n'aie pas réussi à te joindre.

Christian haussa les épaules. Une telle explication n'existait pas.

— Je ne sais pas, dit-il en se débarrassant de sa veste.

Même ses bras lui parurent engourdis.

— Tu ne sais pas…

Les mots sortirent par saccades et, bien qu'il ait refermé la porte sur le froid, elle serrait toujours ses bras autour d'elle.

— J'étais fatigué, dit-il, et il entendit parfaitement combien c'était mince. L'interview ce matin, c'était pas de la rigolade, et ensuite j'ai vu Gaby et… J'étais fatigué.

Il n'eut pas le courage de raconter la rencontre avec son éditrice. Il aurait voulu pouvoir monter tout droit dans la chambre et se coucher, se glisser sous la couverture, s'endormir et oublier.

— Les garçons dorment ?

En passant devant elle, il la heurta légèrement, elle tangua un peu mais ne se déplaça pas. Comme elle ne répondait pas, il répéta :

— Les garçons dorment ?

— Oui.

Il monta l'escalier et entra dans la chambre de ses fils. Couchés dans leurs lits, on aurait dit de petits anges. Les joues rouges et des cils comme des éventails. Il s'assit sur le bord du lit de Nils et caressa ses cheveux blonds. Ecouta la respiration de Melker. Il se leva et les borda tous les deux, puis redescendit. Sanna n'avait pas bougé d'un poil. Il commença à comprendre que son attitude annonçait autre chose que les disputes habituelles, les accusations classiques. Il savait qu'elle contrôlait tout ce qu'elle pouvait, qu'elle lisait ses mails et appelait son lieu de travail sous n'importe quel prétexte pour vérifier s'il y était réellement. Il savait déjà tout cela, et il l'acceptait. S'il avait pu choisir, il aurait pivoté sur ses talons et serait remonté. Il aurait concrétisé son projet d'aller directement au lit. Mais cela n'aurait servi à rien. Sanna avait quelque chose à dire et il ne pourrait y échapper, qu'il soit ici ou couché dans son lit.

— Il s'est passé quelque chose? dit-il tout en se glaçant soudain.

Aurait-*elle* pu passer à l'acte? Savait-il vraiment de quoi elle était capable?

— Il y a eu une autre lettre aujourd'hui, annonça-t-elle en bougeant enfin pour aller dans la cuisine, et Christian la suivit.

— Une lettre?

Il respira tout de suite mieux. Ce n'était donc que ça.

— La même que les autres, dit Sanna en jetant l'enveloppe devant lui. Qui les envoie? Arrête de dire que tu ne sais pas. Je ne te crois pas une seule seconde, poursuivit-elle, et sa voix partit dans les aigus. Qui est-elle, Christian? C'est elle que tu as rencontrée aujourd'hui? C'est pour ça que je n'ai pas pu te joindre? Pourquoi fait-elle tout ça?

Les questions et les accusations jaillirent, et Christian s'assit près de la fenêtre. Dans sa main, la lettre, qu'il ne regarda même pas. Il était si las.

— Je n'en ai aucune idée, Sanna.

Au fond de lui, il avait presque envie de tout raconter. Mais il ne le put pas.

— Tu mens.

Sanna sanglota. Sa tête était inclinée et elle se frotta sous le nez avec la manche de son gilet de laine. Puis elle leva les yeux.

— Je sais que tu mens. Tu as quelqu'un, ou tu as eu quelqu'un. Aujourd'hui j'ai fouillé la maison de fond en comble pour trouver un indice sur l'homme qui est mon mari. Et tu sais quoi ? Il n'y a rien. Rien ! J'ignore totalement qui tu es !

Sanna hurlait, et il se laissa inonder par sa colère. Car elle avait raison. Il avait tout abandonné derrière lui, celui qu'il avait été. Eux, et *elle*. Il aurait dû comprendre qu'elle ne se laisserait pas expédier dans l'oubli, dans le passé. Il aurait dû le savoir.

— Mais dis quelque chose !

Christian sursauta. Sanna s'était penchée en avant et postillonna en criant. Il leva lentement le bras pour s'essuyer le visage. Puis elle baissa la voix et approcha encore davantage son visage du sien. Les cris s'étaient faits chuchotements.

— Mais j'ai continué à chercher. Chacun de nous possède un petit trésor caché. Alors, ce que je voudrais savoir…

Elle fit une pause et il sentit l'inquiétude ramper sous sa peau. Son visage affichait une sorte de satisfaction, ce qui était nouveau, et alarmant. Il aurait voulu ne plus rien entendre, ne plus jouer à ce jeu, mais il savait que Sanna continuerait d'avancer inexorablement vers son but.

Elle tendit le bras pour attraper un objet posé sur la chaise de l'autre côté de la table. Ses yeux brillaient de tous les ressentiments accumulés durant leurs années communes.

— Ce que je voudrais savoir, c'est à qui cette chose appartient, dit-elle en montrant une étoffe bleue.

Christian la reconnut immédiatement. Il dut retenir son désir instinctif de la lui arracher des mains. Elle n'avait aucun droit de toucher à cette robe! Il voulut le lui dire, le lui crier, lui faire comprendre qu'elle avait dépassé les bornes. Mais sa bouche était toute sèche et aucun son ne sortit. Il tendit le bras pour attraper le tissu bleu qu'il savait si doux contre sa joue, si léger et aérien dans sa main. Elle le retira vivement hors de sa portée.

— A qui est-ce?

Sa voix était encore plus basse, à peine audible. Sanna déplia la robe, la leva devant elle comme si elle était dans une boutique et voulait vérifier si la couleur lui allait.

Christian ne vit plus que la robe. Il ne supportait pas qu'elle soit souillée par les mains d'une autre. En même temps, son cerveau se mit en branle étonnamment vite et de façon efficace. Ses mondes soigneusement compartimentés étaient en train d'entrer en collision et il était pourtant impossible de dévoiler la vérité. Elle ne pouvait pas être prononcée à voix haute. Mais le meilleur des mensonges était celui qui comportait des parts de vérité.

Tout à coup, il retrouva son calme. Il allait donner à Sanna ce qu'elle réclamait, il allait lui donner un morceau de son passé. Il commença à raconter et, au bout d'un moment, elle s'assit. Elle écouta et entendit son histoire. Mais seulement une partie.

Sa respiration était irrégulière. Cela faisait plusieurs mois que Lisbet ne dormait plus dans le lit conjugal. Avec l'évolution de sa maladie, ce n'était pas très commode de monter à l'étage, et il avait aménagé la chambre d'amis au rez-de-chaussée pour elle. Il avait fait de son mieux pour rendre la petite pièce douillette, mais malgré tous ses efforts, ça restait une chambre pour les invités. Et cette fois, l'invité, c'était le cancer. Il occupait la pièce avec son odeur, sa ténacité et ses présages de mort.

Le cancer allait bientôt s'en aller, mais à écouter la respiration saccadée de sa femme, Kenneth aurait préféré qu'il reste. Car il ne partirait pas seul, il emporterait Lisbet avec lui.

Le foulard jaune était posé sur la table de nuit. Dans son lit d'appoint, Kenneth se tourna sur le côté, appuya le menton dans sa main et contempla Lisbet à la faible lumière des réverbères qui entrait par la fenêtre. Il tendit l'autre main et la passa doucement sur son crâne duveteux. Elle tressaillit, et il retira vivement son bras de crainte de la tirer du sommeil dont elle avait tant besoin et qui se faisait si rare.

Il ne pouvait même plus dormir près d'elle. Blottis l'un contre l'autre comme ils aimaient tant, comme ils l'avaient toujours fait. Au début, ils avaient essayé. Serrés sous la couverture, il l'avait entourée de son bras comme toujours depuis leur première nuit ensemble. Mais la maladie les privait même de cette joie-là. Le contact était trop douloureux. Lisbet sursautait chaque fois qu'il la touchait. Alors il avait installé un lit pliant à côté d'elle. L'idée de ne pas dormir dans la même pièce était insoutenable. Impossible d'imaginer se coucher à l'étage au-dessus, seul dans leur chambre.

Il dormait mal dans ce lit inconfortable. Son dos souffrait le martyr et, au matin, il lui fallait étirer en douceur tous ses membres. Il avait envisagé d'acheter un vrai lit à poser à côté du sien, mais il savait que ce serait inutile. Un lit supplémentaire ne serait pas nécessaire bien longtemps…

Kenneth cilla pour faire partir les larmes. Lisbet continuait à respirer superficiellement et avec peine. Ses yeux bougeaient sous les paupières comme si elle rêvait. Il se demanda ce qui se passait dans son rêve. Etait-elle en bonne santé ? Courait-elle avec le foulard jaune noué sur ses longs cheveux ?

Il se tourna sur le côté. Il fallait qu'il essaie de dormir un peu, demain était un jour de travail comme les autres. Ça faisait trop de nuits qu'il se tortillait ici sur son lit de camp à la regarder, inquiet de perdre une seule minute. Il était assailli par une fatigue qui ne voulait plus le quitter.

Il avait envie d'uriner. Autant se lever. Il ne pourrait pas se rendormir avant de s'être soulagé. Péniblement il se retourna pour s'asseoir. Le lit et son dos grincèrent à l'unisson, et il resta sur le bord un instant pour étirer ses muscles contractés. Le sol du vestibule était froid sous ses pieds quand il se rendit dans la salle de bains située juste à gauche. La lumière soudaine quand il appuya sur l'interrupteur l'obligea à plisser les yeux. Il souleva le couvercle de la cuvette, baissa son pantalon de pyjama et soulagea sa vessie, les yeux fermés.

Soudain, il y eut un courant d'air sur ses jambes et il leva la tête. La porte de la salle de bains était ouverte et on aurait dit qu'un vent froid avait réussi à s'y engouffrer. Il voulut tourner la tête pour voir, mais il n'avait pas encore fini et risquait de viser à côté s'il bougeait pendant l'opération. Après avoir secoué les dernières gouttes, il remonta son pantalon et se dirigea vers la porte. Son imagination lui avait sans doute joué un tour, le courant d'air froid avait disparu. Pourtant, quelque chose lui dit de rester sur ses gardes.

Il faisait assez sombre dans le vestibule, la lumière de la salle de bains n'étant pas suffisante pour l'éclairer, et le reste de la maison était plongé dans l'obscurité. Pour les fêtes de Noël, Lisbet décorait toujours les fenêtres avec des guirlandes lumineuses dès le mois de novembre, qui restaient souvent en place jusqu'en mars parce qu'elle aimait la douce lueur qu'elles répandaient. Mais cette année, elle n'en avait pas eu la force, et lui-même n'avait pas pris l'initiative de le faire.

Sur la pointe des pieds, il sortit dans le vestibule. Ce n'était pas son imagination. Il faisait plus froid ici, comme si la porte d'entrée avait été ouverte. Il alla vérifier qu'elle était bien fermée à clé. Non. Rien d'étonnant à cela, il lui arrivait d'oublier de verrouiller, même pour la nuit.

Par précaution, il tourna la clé et s'assura que la porte était correctement fermée. Il s'apprêtait à retourner au lit, mais il eut un frisson, une sorte d'intuition. Il jeta un coup d'œil dans la cuisine. Aucune lampe allumée, seul le réverbère dans la rue apportait un peu de clarté. Kenneth plissa les yeux et fit un pas en avant. Il aperçut quelque chose de blanc sur la table, qui n'y était pas quand il avait débarrassé avant de se coucher. Il fit encore quelques pas. Des vagues de peur déferlèrent dans son corps.

Au milieu de la table était posée une lettre. Encore une. Et à côté de l'enveloppe blanche, quelqu'un avait pris soin de placer un de leurs couteaux de cuisine. L'acier scintillait à la lueur du lampadaire. Kenneth regarda autour de lui. Mais il savait que l'intrus était déjà parti. Ne restaient qu'une lettre et un couteau.

Kenneth aurait bien aimé comprendre le sens du message.

Elle lui sourit. Un grand sourire dépourvu de dents, on ne voyait que la gencive. Mais il ne se laissa pas avoir. Il savait ce qu'elle voulait. Elle voulait tout prendre jusqu'à ce qu'il ne lui reste plus rien.

Subitement, l'odeur le prit à la gorge. L'immonde odeur douceâtre. Il l'avait sentie cette fois-là, et il la sentait de nouveau maintenant, émanant d'elle sans doute. Il regarda le petit corps mouillé et lisse. Tout en elle le dégoûtait. Le ventre rond, la fente entre ses jambes, ses cheveux sombres et irrégulièrement répartis sur son crâne.

Il posa sa main sur sa tête. Le sang palpitait sous la peau. Si près, si fragile. Sa main appuya plus fort et elle glissa un peu. Elle riait toujours. L'eau se ferma autour de ses jambes, fit des remous quand ses talons tapèrent contre le fond.

Au loin, à la porte d'entrée, il entendit la voix de son père, tantôt forte, tantôt basse. Il semblait qu'il n'allait pas revenir tout de suite. Le pouls battait toujours sous sa paume et Alice commença à gémir un peu. Le sourire allait et venait, comme si elle hésitait entre le rire et les larmes. Peut-être sentait-elle à travers sa main combien il la haïssait, combien il détestait chaque seconde passée près d'elle.

Ce serait beaucoup mieux sans elle, sans ses cris. Il n'aurait pas à voir le bonheur sur le visage de mère quand elle la contemplait, et l'absence de joie quand elle se tournait ensuite vers lui. C'était si manifeste. Quand elle déplaçait son regard sur lui, c'était comme quand on éteint une lampe. La lumière mourait.

Il écouta encore la voix de père. Alice sembla avoir décidé de ne pas se mettre à pleurer tout de suite et il lui sourit. Puis il plaça doucement le bras sous sa tête, pour la soutenir, comme il avait vu faire sa mère. Avec l'autre main, il enleva le dispositif qui la maintenait en position demi-assise. Ce n'était pas très facile. Elle était glissante et elle bougeait tout le temps.

Finalement il réussit à dégager la nacelle et il la repoussa sur le côté. Maintenant tout le poids du bébé reposait sur son bras gauche. L'odeur douceâtre et écœurante se fit plus insistante, et il détourna la tête, submergé par la nausée. Il sentit le regard d'Alice lui brûler la joue et sa peau était mouillée et glissante contre son bras. Il la détestait parce qu'elle lui ramenait cette odeur, parce qu'elle le forçait à se souvenir.

Lentement il retira son bras et l'observa. Sa tête tomba en arrière dans la baignoire et, juste avant qu'elle n'atteigne l'eau, elle ouvrit la bouche pour crier. Mais il était trop tard, et son petit visage s'enfonça sous la surface. Ses yeux le dévisagèrent à travers les remous. Elle agita les bras et les jambes, mais elle ne pouvait pas se sortir de l'eau toute seule, elle était trop petite, trop faible. Il n'avait même pas à maintenir sa tête sous l'eau. Elle reposait au fond et la seule chose qu'elle pouvait faire était bouger latéralement.

Il s'accroupit, appuya la joue contre le bord de la baignoire et observa son combat. Elle n'aurait pas

dû essayer de lui enlever sa jolie maman. Elle méri-
tait de mourir. Ce n'était pas sa faute à lui.

Au bout d'un moment, ses jambes et ses bras ces-
sèrent de remuer et tombèrent lentement vers le fond.
Il sentit le calme se répandre en lui. L'odeur avait
disparu et il pouvait respirer de nouveau. Tout allait
redevenir comme avant. La tête inclinée sur le côté
et reposant contre l'émail froid, il contempla Alice à
présent totalement immobile.

— Entrez, entrez.

Bien qu'il soit habillé et prêt à partir, Ulf Rosander eut l'air de sortir du lit quand il fit entrer Patrik et Paula.

— Merci de nous recevoir aussi rapidement, dit Paula.

— Pas de problème. J'ai prévenu au boulot que j'aurais un peu de retard. Vu les circonstances, ils comprennent parfaitement. Après tout, c'était un collègue.

Il se dirigea vers le salon et ils le suivirent. On aurait dit qu'une bombe y avait explosé. Des jouets et toutes sortes d'objets étaient éparpillés à travers la pièce et Ulf repoussa un tas de vêtements d'enfant sur le canapé pour leur permettre de s'asseoir.

— C'est toujours le chaos le matin avant qu'ils partent à la crèche.

— Ils ont quel âge ? demanda Paula.

Patrik la laissa faire, sachant très bien qu'un policier ne doit jamais sous-estimer la valeur du bavardage.

— Trois et cinq ans, dit Rosander d'un air radieux. Deux nanas. C'est ma deuxième fournée. J'ai aussi deux fils de quatorze et seize ans. Ils sont chez leur mère cette semaine, sinon ça aurait été encore pire ici.

— Ils s'entendent bien, avec une telle différence d'âge ? glissa Patrik.

— Au-dessus de nos espérances, vraiment. Les garçons sont comme tous les ados, ça ne va pas sans grincements de dents, évidemment. Mais les petites les adorent et c'est réciproque. Elles les appellent les frères Elans.

Paula eut l'air perplexe et Patrik rit.

— C'est dans un livre pour enfants, expliqua-t-il. Attends quelques années, et tu le connaîtras par cœur, tu verras.

Il redevint sérieux et se tourna vers Ulf Rosander :

— Comme vous le savez, nous avons retrouvé Magnus.

Le sourire de Rosander s'éteignit. Il passa la main dans ses cheveux, les ébouriffant encore plus qu'ils ne l'étaient déjà.

— Vous savez comment il est mort ? C'est la glace qui l'a pris ?

L'expression était vieillotte mais familière à tous ceux qui vivaient près de la mer.

Patrik secoua la tête.

— Nous l'ignorons encore. Pour l'instant, nous essayons de déterminer ce qui s'est passé le matin où il a disparu.

— Je comprends, simplement je ne sais pas en quoi je peux être utile, dit Rosander avec un geste d'impuissance. Tout ce que je sais, c'est qu'il a appelé pour dire qu'il serait en retard.

— Ça sortait de l'ordinaire ? demanda Paula.

— Que Magnus soit en retard ? Oui, à la réflexion, je crois que ça n'était jamais arrivé.

— Ça faisait combien de temps que vous faisiez du covoiturage ? dit Patrik en retirant discrètement une petite coccinelle en plastique sur laquelle il s'était assis.

— Depuis que j'ai commencé à travailler chez Tanumsfönster il y a cinq ans. Avant ça, Magnus prenait le bus. Et puis on a fait connaissance au boulot et je lui ai dit qu'il pouvait venir avec moi. Comme ça, il participait aux frais d'essence.

— Et durant ces cinq années, il n'a jamais appelé pour dire qu'il serait en retard ? répéta Paula.

— Non, pas une seule fois. Je m'en serais souvenu.

— Il était comment au téléphone ? Calme ? Agité ? Il n'a pas dit pourquoi il ne pouvait pas être là à l'heure ?

— Non, il n'en a pas parlé. Je ne suis pas très sûr de moi, ça fait un moment maintenant, mais il n'était pas tout à fait lui-même.

— C'est-à-dire ? demanda Patrik en se penchant en avant.

— Agité est sans doute un mot trop fort, mais j'ai eu l'impression qu'il se passait quelque chose. Je me suis dit qu'il s'était peut-être disputé avec Cia ou avec les enfants.

— C'est quelque chose qu'il a dit qui vous a fait croire ça ? demanda Paula en échangeant un regard avec Patrik.

— Non, pas vraiment, la conversation a duré environ trois secondes. Magnus a appelé, a dit qu'il avait du retard et que je pouvais partir si je ne le voyais pas venir. Il viendrait au boulot par ses propres moyens. Puis il a raccroché. J'ai attendu un moment, puis je suis parti. C'est tout. Je suppose que c'est quelque chose dans son intonation qui m'a fait penser qu'il y avait de l'orage dans l'air chez lui.

— Vous savez s'ils avaient des problèmes conjugaux ?

— Je n'ai jamais entendu Magnus dire un mot de travers au sujet de Cia. Au contraire, ils semblaient

196

super bien s'entendre. C'est vrai, on ne sait jamais ce qui se passe chez les autres, mais j'ai toujours considéré Magnus comme un homme heureux en ménage. Vous savez, on ne parlait pas spécialement de ces choses-là. Plutôt du temps qu'il fait et des matches de foot.

— Est-ce que vous diriez que vous étiez amis ? dit Patrik.

Rosander tarda à répondre.

— Non, je ne dirais pas ça. On faisait le trajet ensemble et on discutait parfois au déjeuner, mais on ne se voyait jamais en dehors du boulot. C'est bizarre d'ailleurs, parce qu'on s'appréciait mutuellement. Mais une fois qu'on a établi ses cercles d'amis, c'est difficile de changer.

— Alors s'il s'était senti menacé par quelqu'un, ou si quelque chose l'inquiétait, il ne se serait pas confié à vous ? dit Paula.

— Non, je ne pense pas. Mais je le voyais cinq jours par semaine et j'aurais certainement remarqué si quelque chose le tracassait. Je l'ai toujours vu fidèle à lui-même. Joyeux, calme et rassurant. Un chic type, vraiment. Je suis désolé de ne pas vous être d'une plus grande aide, dit-il en regardant ses mains.

— Ne vous inquiétez pas, vous avez répondu très gentiment à nos questions.

Patrik se leva et Paula suivit son exemple. Ils remercièrent Rosander et s'en allèrent. Dès qu'ils furent dans la voiture, ils commencèrent à décortiquer l'entretien.

— Qu'en penses-tu ? dit Paula en se tournant vers Patrik sur le siège passager.

— Holà, garde donc les yeux sur la route !

Patrik s'agrippa à la poignée au-dessus de la portière lorsque Paula évita de justesse la collision avec un camion dans le virage serré avant Mörhult.

— Oups, dit Paula et elle se concentra de nouveau sur la conduite.

— Ah les femmes au volant, marmonna Patrik.

Paula savait qu'il la taquinait et ignora son commentaire. Elle avait déjà fait de la route avec Patrik au volant : il fallait considérer comme un miracle qu'il ait réussi à passer son permis.

— Je ne crois pas qu'Ulf Rosander soit mêlé à cette affaire, dit Patrik pour répondre à la question de Paula.

— Je suis d'accord avec toi. Mellberg est définitivement à côté de la plaque.

— Il ne reste plus qu'à le lui faire comprendre.

— Mais c'est bien qu'on y soit allés. Gösta a dû louper ça quand il est venu la première fois. Apparemment, le retard de Magnus, le premier en cinq ans, n'était pas dû au hasard. Rosander a eu l'impression qu'il était agacé quand il a appelé, ou en tout cas pas comme d'habitude. Ça ne peut pas être une coïncidence qu'il disparaisse le même jour.

— Tu as raison. Simplement, je ne sais pas comment on va faire pour combler les blancs. J'ai déjà demandé la même chose à Cia, s'il s'était passé quelque chose de particulier ce matin-là, et elle dit que non. Elle est partie au boulot avant Magnus, mais que veux-tu qu'il se passe en si peu de temps ?

— On a vérifié les listes d'appels ? dit Paula.

— Plusieurs fois. Personne ne les a appelés ce matin-là. Et il n'y a eu qu'un appel sortant : le coup de fil de Magnus à Rosander. Ensuite, silence.

— Quelqu'un a pu venir le voir chez lui ?

— J'en doute, dit Patrik en secouant la tête. Les voisins ne sont pas loin, ils voient la maison et ils prenaient leur petit-déjeuner quand Magnus est parti. Si quelqu'un est venu sonner à la porte, ils peuvent évidemment l'avoir manqué, mais ils semblaient sûrs d'eux.

— Des mails?

— Cia nous a autorisés à examiner son ordinateur : pas le moindre mail digne d'intérêt.

Le silence se fit dans la voiture. Tous deux restèrent plongés dans leurs pensées. Pourquoi Magnus Kjellner avait-il disparu dans la nature, pour être retrouvé trois mois plus tard pris dans la glace? Que s'était-il réellement passé ce matin-là?

Elle avait décidé d'y aller à pied, ce qui était assez stupide. Dans son esprit, sa destination ne se trouvait qu'à un jet de pierre de leur maison à Sälvik. En l'occurrence, un jet qui battrait le record du monde…

Erica s'arrêta pour souffler tout en se frottant le bas du dos. Elle regarda en direction de l'entreprise de construction Havsbygg, qui semblait toujours très éloignée. Mais ce serait tout aussi long de retourner à la maison, si bien qu'elle avait le choix entre se coucher sur un monceau de neige ou continuer sa marche.

Dix minutes plus tard, elle entra dans les bureaux, totalement exténuée, après s'être bien assurée que la voiture d'Erik n'était pas garée devant. Elle voulait parler à Kenneth. En privé. Elle n'avait pas appelé pour prévenir de sa visite, se disant que l'effet de surprise lui ferait peut-être gagner des points.

— Bonjour?

Personne ne semblait l'avoir entendue arriver, et elle s'avança dans les locaux. De toute évidence, il s'agissait d'une villa ordinaire qui avait été transformée en bureaux. La plus grande partie du rez-de-chaussée était désormais un espace ouvert, et des étagères remplies de classeurs longeaient les murs. De grandes photos des maisons qu'ils construisaient étaient affichées, et à chaque bout de la pièce se trouvait une table de travail. Kenneth était assis devant l'une d'elles. Il regardait fixement devant lui sans bouger et ne semblait pas avoir remarqué sa présence.

— Bonjour? tenta-t-elle encore une fois.

Il sursauta.

— Oh bonjour! Je ne vous ai pas entendue arriver. Erica Falck, si je ne me trompe pas? dit-il en se levant pour venir lui serrer la main.

— Vous ne vous trompez pas.

Kenneth vit qu'elle lorgnait avidement une des chaises et il l'invita à s'installer.

— Asseyez-vous. Ça doit être lourd à trimballer. C'est pour bientôt on dirait?

Erica se laissa aller contre le dossier et sentit avec soulagement le poids dans son dos s'alléger.

— J'en ai encore pour un moment. Mais ce sont des jumeaux, dit-elle et elle tressaillit presque en s'entendant le dire.

— Ah, vous saurez quoi faire de vos journées alors, dit Kenneth aimablement et il s'assit à côté d'elle. Vous êtes à la recherche d'une autre maison?

Erica fut surprise en le voyant de près, à la lueur de la lampe sur le bureau. Il avait l'air épuisé. Ou accablé, plutôt. Tout à coup elle se rappela avoir entendu dire que sa femme était gravement malade. Elle résista à l'impulsion de poser sa main sur la sienne, se disant qu'il ne le prendrait pas bien. Mais elle ne put s'empêcher de dire quelques mots. La tristesse et la fatigue étaient si manifestes, si profondément gravées dans les traits de son visage…

— Comment va votre femme ? demanda-t-elle en espérant qu'il ne s'en offusquerait pas.

— Mal. Vraiment mal.

Ils observèrent un petit silence. Puis Kenneth se redressa et esquissa un sourire qui ne parvint cependant pas à dissimuler sa douleur.

— Donc. Vous voulez faire construire une maison ? Pourtant la vôtre est assez belle. Quoi qu'il en soit, c'est avec Erik qu'il faut voir ça. Moi, je m'occupe des chiffres et de la compta, je ne suis pas doué pour la tchatche. Il va arriver après le déjeuner, je crois, si vous voulez revenir...

— Non, je ne suis pas venue pour une maison.

— Ah bon ? Pour quoi alors ?

Erica hésita. Quelle poisse ! Pourquoi fallait-il toujours qu'elle se mêle de ce qui ne la regardait pas ? Comment allait-elle formuler sa requête ?

— Vous avez sans doute entendu dire qu'on a retrouvé Magnus Kjellner, dit-elle en tâtonnant.

Le visage de Kenneth prit une nuance de gris plus foncé, et il hocha la tête.

— Si j'ai bien compris, vous étiez plutôt amis.

— Pourquoi vous voulez savoir ça ? demanda Kenneth, et son regard s'aiguisa tout à coup.

— J'ai...

Elle chercha une explication plausible, sans en trouver. Un mensonge ferait l'affaire.

— Vous avez lu dans les journaux que Christian Thydell a reçu des lettres de menace ?

Kenneth hocha de nouveau la tête sans rien dire. Il y eut une lueur fugace dans son regard, mais elle disparut avant même qu'Erica soit certaine de l'avoir vue.

— Christian est mon ami et je veux l'aider. Je crois qu'il y a un lien entre les menaces qu'il a reçues et ce qui est arrivé à Magnus Kjellner, poursuivit-elle.

— Quelle sorte de lien ?

— C'est trop long à expliquer, répondit-elle évasivement. Mais ça m'aiderait vraiment si vous pouviez me parler un peu de Magnus. Est-ce qu'il avait des ennemis ? Est-ce que quelqu'un lui voulait du mal ?

— Non, je ne pense pas.

Tout le langage corporel de Kenneth signalait sa réticence à parler. Erica orienta l'entretien vers un territoire moins sensible. Parfois le détour était le chemin le plus court.

— Ça faisait combien de temps que vous vous connaissiez ?

La manœuvre fonctionna. Kenneth sembla se détendre.

— Je l'ai presque toujours connu. On a le même âge, on était dans la même classe, depuis la primaire jusqu'au lycée. On a toujours été copains, nous trois.

— Trois ? Vous voulez dire vous, Magnus et Erik Lind ?

— Oui, c'est ça. Si on s'était connus à l'âge adulte, on n'aurait probablement pas été amis, mais Fjällbacka est si petite. On est devenus copains par la force des choses et ensuite ça a simplement continué comme ça. Quand Erik vivait à Göteborg, on ne le voyait pas beaucoup, évidemment, mais depuis son retour, on se fréquente pas mal avec nos familles respectives. Par habitude, je suppose.

— Diriez-vous que vous êtes proches ?

Kenneth réfléchit, les yeux tournés vers la fenêtre et la mer gelée, avant de répondre :

— Non, je ne dirais pas ça. Erik et moi, on travaille ensemble, on est constamment en contact, mais on n'est pas des amis proches. Je pense que personne n'est proche d'Erik. Magnus et moi, on était très différents. Je n'ai que du bien à dire de lui, comme tout le monde. C'était toujours sympa de le voir, mais on ne se confiait pas vraiment l'un à l'autre. C'étaient Magnus et le nouveau de la bande, Christian, qui avaient le plus de choses en commun.

— Comment Christian a-t-il fait son apparition ?

— Je ne sais plus trop. C'est Magnus qui les a invités, Sanna et lui, peu après que Christian est venu vivre ici. Ensuite, il s'est intégré, tout naturellement.

— Vous connaissez un peu son passé ?

— Non. Maintenant que vous le dites… Je ne sais pratiquement rien de ce qu'il faisait avant. On ne parlait jamais de ces choses-là.

Kenneth parut lui-même surpris par sa réponse.

— Vous et Erik, vous vous entendez bien avec lui ?

— Christian est un peu difficile à cerner, il peut être assez sombre. Mais c'est un mec réglo, il se détend dès qu'il a bu quelques verres et on se marre bien ensemble.

— Vous l'avez trouvé tendu dernièrement ? Inquiet ?

— Christian, vous voulez dire ?

De nouveau une lueur fugace dans les yeux de Kenneth.

— Oui, il reçoit ces lettres depuis environ un an et demi.

— Tant que ça ? Je ne le savais pas.

— Vous n'avez rien remarqué à ce sujet ?

— Comme je viens de le dire, Christian est un peu… compliqué. Ce n'est pas facile de savoir ce qu'il a dans la tête. Par exemple, j'ignorais qu'il était en train d'écrire un roman avant qu'il soit publié.

— Vous l'avez lu ? C'est un livre assez troublant.

— Non, je ne suis pas un fan de lecture, dit Kenneth. Mais je crois savoir qu'il a reçu de bonnes critiques.

— Des critiques fantastiques, confirma Erica. Donc, il ne vous a pas parlé des lettres ?

— Non. Comme je l'ai dit, on n'est pas très intimes, on se voit surtout quand on dîne tous ensemble, au réveillon du Nouvel An, à la Saint-Jean, ce genre d'occasions. Magnus est probablement le seul à qui il a pu se confier.

— Et Magnus n'en a jamais parlé non plus ?

— Non, dit Kenneth en se levant. Si vous voulez bien m'excuser, il faut que je travaille maintenant. Vous êtes sûre que vous ne voulez pas profiter de votre venue pour réfléchir à l'idée d'une nouvelle maison ?

Il sourit et sa main balaya les affiches sur le mur.

— On est très bien où on est, merci. Mais elles ont l'air sympa, vos maisons.

Erica amorça un retour en position verticale, comme d'habitude avec un maigre résultat. Kenneth tendit la main et l'aida à se mettre debout.

— Merci, dit-elle en prenant soin d'enrouler sa longue écharpe autour du cou. Je suis vraiment désolée pour votre femme. J'espère que…, commença-t-elle de dire, puis elle fut à court de mots et Kenneth hocha la tête en silence.

Avec un frisson, elle sortit affronter le froid.

Christian n'arrivait pas à se concentrer. En règle générale, il aimait bien son travail à la bibliothèque, mais aujourd'hui, impossible de focaliser ses pensées, elles partaient dans toutes les directions.

Tous les visiteurs avaient un commentaire à faire sur *La Sirène*. Ils l'avaient lu, ils avaient l'intention de le lire, ils avaient vu Christian aux infos du matin. Et il répondait poliment. Disait merci si c'étaient des compliments et faisait un petit résumé du livre si quelqu'un demandait de quoi ça parlait. Mais en réalité, il avait envie de hurler.

Il ne parvenait pas à sortir de son esprit la chose épouvantable qui était arrivée à Magnus. De nouveau, il sentit le picotement dans ses mains. Dans les bras, sur le torse, dans les jambes. Par moments, son corps entier brûlait de démangeaisons et il avait du mal à rester assis. Il se déplaçait tout le temps entre les rayons. Remettait les livres en place, les redressait pour qu'ils forment un alignement net et droit.

Un instant, il s'arrêta. Sa main était posée sur les livres, il était incapable de la bouger. Et les questionnements l'assaillirent, toujours les mêmes, de plus en plus récurrents. Que faisait-il ici ? Pourquoi était-il là, en ce moment, à cet endroit ? Il secoua la tête pour s'en débarrasser, mais ils le taraudaient avec de plus en plus d'acharnement.

Quelqu'un passa dans le couloir devant l'entrée de la bibliothèque. Il eut juste le temps d'avoir un bref aperçu de la personne, c'était plus un mouvement qu'une silhouette. Mais il eut la même impression que sur la route en rentrant la veille au soir. La sensation de quelque chose de menaçant et en même temps de familier.

Il courut vers la porte et regarda dans le couloir. Vide. Aucun bruit de pas, personne en vue. S'était-il fait des idées ? Christian appuya ses doigts contre ses tempes. Il ferma les yeux et, derrière ses paupières, il vit Sanna. Son expression quand il avait raconté ce qui était à moitié vrai, à moitié faux. Sa bouche ouverte, l'horreur mêlée à la compassion.

Elle ne demanderait plus rien maintenant. Pour quelque temps encore. Et la robe bleue était retournée au grenier, à sa place. Avec un petit bout de la vérité, il s'était acheté un moment de paix. Mais elle n'allait pas tarder à remettre ça, à chercher des réponses et à exiger la partie de l'histoire qu'il n'avait pas racontée. Cette partie-là devait rester enterrée. Il n'y avait pas d'autres options.

Il avait toujours les yeux fermés lorsqu'il entendit un raclement de gorge.

— Excusez-moi, je m'appelle Lars Olsson. Je suis journaliste. Je me demandais si vous auriez un moment à m'accorder. J'ai essayé de vous joindre par téléphone, mais ça ne répondait pas.

— J'ai coupé mon portable. Qu'est-ce que vous voulez ?

— Hier, un homme a été retrouvé mort sous la glace. Magnus Kjellner, qui avait disparu au mois de novembre dernier. Vous étiez amis, si j'ai bien compris ?

— Pourquoi voulez-vous savoir ça ? dit Christian en se réfugiant à reculons derrière le comptoir.

— Le hasard est un peu étrange, vous ne trouvez pas ? Vous-même, vous recevez des lettres de menace depuis pas mal de temps, et un de vos amis proches est retrouvé mort. De plus, tout indique qu'il aurait été assassiné.

— Assassiné ? dit Christian et il dissimula sous le comptoir ses mains qui s'étaient mises à trembler de façon incontrôlée.

— Oui, le corps présente des blessures qui suggèrent un meurtre. Vous savez si Magnus Kjellner aussi a reçu des menaces ? Vous avez une idée de qui est l'auteur de ces lettres ?

Le ton du journaliste était insistant et ne laissait à Christian aucune possibilité de refuser de répondre.

— Je ne sais rien de tout ça. Je ne sais rien.

— Mais on dirait que quelqu'un fait une fixation sur vous, ce n'est donc pas complètement absurde d'imaginer que des personnes de votre entourage soient frappées à leur tour. Votre famille par exemple, a-t-elle été menacée ?

Christian ne put que secouer la tête. Des images surgirent en lui qu'il refoula immédiatement. Il ne devait pas les laisser prendre le contrôle.

Le journaliste ne prêta aucune attention à sa répugnance manifeste à répondre aux questions. Ou alors il s'en rendait compte mais s'en fichait totalement.

— J'ai cru comprendre que les menaces ont commencé bien avant qu'on parle de vous et de votre livre dans les médias. Ce qui laisse supposer que c'est personnel. Vous avez un commentaire à faire là-dessus ?

De nouveau, Christian fut incapable de répondre. Il serra si fort les mâchoires que son visage se transforma en masque figé. Il voulut se sauver, ne plus être confronté à ces questions, ne plus avoir à penser à *elle*, au fait qu'elle avait fini par le rattraper après tant d'années. Il ne fallait pas qu'il la laisse entrer à nouveau. En même temps, il savait qu'il était déjà trop tard. Elle était ici, il ne pouvait plus s'enfuir. Il ne l'avait peut-être jamais pu.

— Donc, vous ignorez totalement qui peut être à l'origine de ces lettres ? Et s'il y a un lien avec le meurtre de Magnus Kjellner ?

— Vous disiez à l'instant que certaines données semblent indiquer qu'il a été tué. Pas que c'est un fait établi.

— Oui, mais c'est une supposition plausible, répondit le journaliste. Et vous devez en convenir, c'est tout de même un drôle de hasard dans une localité aussi petite que Fjällbacka : un homme reçoit des menaces et un de ses amis est retrouvé assassiné. Ça soulève quelques questions.

Christian sentit l'irritation grandir. De quel droit venaient-ils avec leurs gros sabots empiéter sur sa vie, réclamer des réponses et exiger qu'il fournisse ce qu'il n'avait pas ?

— Je n'ai pas d'autres commentaires à faire.

— Vous comprenez que nous allons développer tout ça, avec ou sans votre participation ? Il serait dans votre intérêt de nous donner votre point de vue.

— J'ai dit ce que j'avais à dire, répéta Christian, mais le journaliste ne parut pas avoir l'intention de partir.

Alors Christian se leva. Il sortit dans le couloir, se rendit aux toilettes et ferma la porte à clé. En se voyant dans le miroir, il eut un mouvement de recul. C'était comme si quelqu'un d'autre le dévisageait. Il ne reconnut pas sa propre image.

Il ferma les yeux et prit appui sur le lavabo. Sa respiration était brève, superficielle. Il essaya de faire ralentir son pouls par la force de sa volonté, chercha à reprendre le contrôle. *Elle* était en train de lui enlever sa vie. Il le savait. Un jour, elle lui avait tout pris et elle était de retour pour recommencer.

Les images dansaient derrière ses paupières fermées. Il entendit les voix aussi. Sa voix à elle, et leur voix. Sans parvenir à se contrôler, il inclina la tête en arrière, puis il la propulsa de toutes ses forces en avant. Il entendit le bruit du miroir qui éclata, sentit une goutte de sang sur son front. Mais ça ne faisait

208

pas mal. Car durant les secondes où le verre pénétra sa peau, les voix se turent. Et ce fut un silence béni.

Il était midi passé à peine et elle était délicieusement ivre. Juste ce qu'il fallait. Détendue, un peu engourdie, mais sans perdre la maîtrise de la réalité.

Louise remplit encore son verre. La maison était vide. Les filles étaient à l'école et Erik au bureau. Ou ailleurs, peut-être chez sa putain.

Son comportement avait été étrange ces derniers jours. Il était plus silencieux, plus en retrait que d'habitude. Et l'espoir était venu se mêler à la peur. C'était toujours ainsi quand elle redoutait qu'Erik ne la quitte. Comme si elle était deux personnes à la fois. Une qui ressentait du soulagement à l'idée d'échapper à la prison que représentait leur mariage, d'être dispensée des trahisons et des mensonges. Et une autre qui paniquait à l'idée d'être abandonnée. Certes, elle aurait une partie de l'argent d'Erik, mais qu'en ferait-elle, toute seule ?

Vivre avec quelqu'un comme Erik n'allégeait pas vraiment sa solitude. Pourtant c'était mieux que rien. Elle avait un corps chaud à côté d'elle dans le lit la nuit et quelqu'un qui prenait son petit-déjeuner avec elle, même s'il se cachait derrière le journal. Elle avait quelqu'un. S'il la quittait, elle serait totalement abandonnée. Les filles commençaient à grandir, elles étaient presque comme des invitées de passage dans la maison, entre les copains et l'école. Elles avaient adopté le laconisme de tous les adolescents et répondaient à peine quand on leur parlait. Quand elles étaient à la maison, Louise voyait surtout les portes fermées de leurs chambres, où le seul signe de vie était la musique étourdissante qui s'échappait de leur chaîne hi-fi.

Elle venait de vider son verre et s'en remplit un autre. Erik... où était-il en ce moment ? Au bureau ou avec elle ? Etait-il en train de se vautrer sur le corps nu de Cecilia, de lui faire l'amour, de caresser sa poitrine ? Ici, à la maison, il ne faisait rien de tout ça. Il ne l'avait pas touchée depuis plus de deux ans. Au début, elle avait essayé quelques fois de glisser une main sous la couverture pour le caresser. Mais après avoir subi à plusieurs reprises l'humiliation de le voir se rouler sur le côté et ostensiblement lui tourner le dos, ou tout bonnement repousser sa main, elle y avait renoncé.

Louise vit son reflet dans l'acier étincelant du réfrigérateur. Comme d'habitude, elle se regarda, leva la main et toucha son visage. Elle n'était tout de même pas si horrible que ça ! Un jour, elle avait été belle. Et elle surveillait son poids, faisait attention à ce qu'elle mangeait, elle méprisait les femmes de son âge qui à force de pâtisseries permettaient aux bourrelets de s'installer tout en croyant les dissimuler sous d'amples robes à fleurs. Pour sa part, elle se défendait encore dans un jean moulant. Elle leva le menton pour voir. Là, il y avait un peu de relâchement. Elle le leva encore un peu. Voilà, c'était tout de suite mieux.

Puis elle baissa le menton. Vit sa peau retomber et former un petit pli. Elle dut résister à l'envie de prendre un couteau et de trancher ce lambeau détestable. Tout à coup, elle fut écœurée par sa propre image. Normal qu'Erik n'ait plus envie de la toucher. Normal qu'il préfère sentir de la peau ferme sous ses mains, qu'il veuille toucher quelqu'un qui n'était pas en train de se faner et de pourrir de l'intérieur.

Elle leva le verre de vin et jeta le contenu sur le réfrigérateur, effaçant son image sous le liquide rouge qui coulait sur la surface lisse. Le téléphone était posé sur le plan de travail devant elle, elle le prit et composa le numéro du bureau. Il fallait qu'elle sache où il était.

— Salut Kenneth, tu as Erik dans les parages ?

Son cœur battait la chamade quand elle raccrocha. Elle aurait pourtant dû être rodée. Pauvre Kenneth. Tant de fois au fil des ans il avait dû couvrir son associé. Vite inventer une histoire comme quoi Erik était parti faire une course, mais qu'il ne tarderait pas à être de retour.

Louise remplit de nouveau son verre sans se donner la peine d'essuyer ce qu'elle avait renversé, puis elle se dirigea résolument vers le cabinet de travail d'Erik. Elle n'avait pas le droit d'y entrer. Il disait que ça perturbait son ordre établi, et il lui en avait formellement interdit l'accès. C'est justement pour cela qu'elle y allait.

D'une main maladroite, elle posa le verre sur le bureau et commença à ouvrir les tiroirs, l'un après l'autre. Durant toutes les années de doute, elle n'avait jamais fouillé ses affaires. Elle avait préféré ne pas savoir. Les soupçons valaient mieux que la certitude, même si dans son cas la différence était minime. D'une façon ou d'une autre, elle avait toujours su qui il voyait. Deux de ses secrétaires quand ils habitaient à Göteborg, une femme qui travaillait à la crèche, la maman d'une copine de classe des filles. Leur regard fuyant et légèrement coupable les trahissait. Elle reconnaissait le parfum, elle notait un frôlement qui n'avait pas lieu d'être.

A présent, pour la première fois, elle ouvrait ses tiroirs, fouillait ses papiers, se moquant complètement d'être discrète ou non. Parce qu'elle était de plus en plus certaine que le silence oppressant des derniers jours ne pouvait signifier qu'une chose. Qu'il allait la quitter. La bazarder comme une chaussette sale, un objet de consommation qui avait mis au monde ses enfants, fait le ménage dans sa maison, préparé ses foutus dîners pour ses foutues relations d'affaires, la plupart du temps tellement barbantes que sa tête menaçait d'exploser quand elle devait leur faire la conversation. S'il croyait qu'elle allait se retirer sans lutte et sans résistance comme un animal blessé, il se fourrait le doigt dans l'œil. Elle était au courant de certaines affaires qu'il avait conclues au fil des ans et qui ne résisteraient pas à un examen poussé. Ça lui coûterait cher de commettre l'erreur de la sous-estimer.

Le dernier tiroir était fermé à clé. Elle tira dessus, s'acharnant de plus en plus, mais il refusa de céder. Elle savait qu'elle devait l'ouvrir. Si Erik le fermait à clé, c'était pour une bonne raison, il y avait quelque chose qu'il ne voulait pas qu'elle voie. Son regard balaya la table de travail. C'était un bureau moderne, pas aussi difficile à fracturer qu'un meuble en bois massif. Un coupe-papier attira son attention. Il ferait l'affaire. Elle le glissa dans la fente au-dessus de la serrure, puis se mit à forcer. Au début, le tiroir résista, mais en appuyant plus fort, le bois commença à craquer. Lorsque la serrure s'ouvrit enfin, ce fut tellement soudain qu'elle faillit tomber à la renverse.

Elle regarda le fond du tiroir, avide de savoir. Quelque chose de blanc y était posé. Elle tendit la main et essaya de focaliser son regard trouble. Quelques enveloppes blanches, c'était tout ce qu'il y avait. Elle se rappela effectivement les avoir notées dans le courrier, mais sans s'être trop interrogée sur le moment. Elles étaient adressées à Erik, et elle les mettait de côté pour qu'il les trouve en rentrant du bureau. Pourquoi les avait-il gardées dans un tiroir fermé à clé ?

Louise les prit, s'assit par terre et les étala devant elle. Cinq enveloppes, avec le nom d'Erik et leur adresse tracés à l'encre noire, d'une écriture soignée.

Un bref instant, elle envisagea de les remettre dans le tiroir et de continuer à vivre dans l'ignorance. Mais la serrure était forcée maintenant et, dès son retour, Erik allait obligatoirement découvrir son mauvais coup. Autant regarder.

Elle prit le verre de vin. Elle avait besoin de sentir l'alcool couler dans sa gorge, arriver dans l'estomac et calmer la douleur. Trois gorgées. Puis elle le reposa et ouvrit la première enveloppe.

Quand elle les eut toutes lues, elle les rassembla en un tas. Elle n'y comprenait rien. Sauf que quelqu'un voulait du mal à Erik. Quelque chose de malfaisant menaçait leur existence, leur famille, et il ne lui avait rien dit. Cela la remplit d'une fureur qui dépassait largement toutes les rages qu'elle ait jamais éprouvées. Il ne l'avait pas estimée digne d'être mise au courant. Mais maintenant il allait devoir répondre. Elle ne le laisserait pas la traiter plus longtemps avec si peu de respect.

Elle s'installa derrière le volant de sa voiture et posa les enveloppes à côté d'elle sur le siège du passager. Il lui fallut un instant pour glisser la clé de contact dans le démarreur, mais après quelques respirations profondes, elle réussit. Elle savait qu'elle ne devait pas conduire dans cet état, mais comme tant de fois auparavant, elle fit taire sa conscience et s'engagea sur la chaussée.

Il la trouvait presque mignonne à présent qu'elle était si immobile et ne criait pas, qu'elle n'exigeait rien et ne prenait rien. Il tendit la main et toucha son front. Le contact remit l'eau en mouvement, et les rides sur la surface rendirent les traits de son visage flous.

Près de la porte d'entrée, son père disait manifestement au revoir au visiteur. Le bruit de ses pas s'approcha. Père le comprendrait. Lui aussi avait été exclu. Elle lui avait pris des choses à lui aussi.

Il laissa traîner ses doigts dans l'eau, dessinant des figures et des vagues. Les mains et les pieds du bébé reposaient au fond. Seuls ses genoux et une partie du front dépassaient de la surface.

Il entendit père devant la porte de la salle de bains. Il ne leva pas la tête. Soudain il était incapable de la quitter des yeux. Il l'aimait bien ainsi. Pour la première fois, il l'aimait bien. Il appuya plus fort sa joue contre la baignoire. Ecouta et attendit que père comprenne qu'à présent ils étaient libérés d'elle. Mère leur était rendue, à tous les deux. Père allait être content, il en était certain.

Puis il sentit qu'on l'arrachait de la baignoire. Il regarda père avec stupéfaction. Son visage était tordu par tant de sentiments qu'il ne sut comment les interpréter. Mais il n'avait pas l'air heureux.

— *Qu'est-ce que tu as fait ? !*

La voix de père se cassa et il sortit vivement Alice du bain. Indécis, il se tint là, avec son corps flasque dans les bras, puis il la posa sur le tapis.

— *Qu'est-ce que tu as fait ? dit-il encore une fois, sans le regarder.*

— *Elle avait pris mère.*

Il sentit les explications se coincer dans sa gorge. Il ne comprenait plus rien. Il avait cru que son père allait être content.

Père ne répondit pas. Lui jeta seulement un bref regard incrédule. Puis il se pencha et appuya légèrement sur la poitrine du bébé. Il pinça son nez, souffla doucement dans sa bouche et appuya de nouveau sur sa poitrine.

— *Pourquoi tu fais ça, père ?*

Il entendit sa propre voix geignarde. Mère n'aimait pas quand il pleurnichait. Il mit ses bras autour de ses genoux remontés et s'adossa contre la baignoire. Ce n'était pas censé se terminer ainsi. Pourquoi père le regardait-il si bizarrement ? Non seulement il avait l'air d'être en colère, mais il semblait aussi avoir peur de lui.

Il continua à souffler dans la bouche d'Alice. Ses mains et ses pieds étaient aussi immobiles sur le tapis de la salle de bains que lorsqu'ils reposaient au fond de la baignoire. Parfois il y avait des tressaillements quand père appuyait avec ses doigts sur sa poitrine, mais c'étaient les mouvements de père, pas les siens.

La quatrième fois cependant, quand père s'arrêta de souffler pour appuyer, l'une de ses mains trembla. Puis il y eut un toussotement, et ensuite, le cri. Le cri habituel, perçant et exigeant. Il ne l'aimait plus.

Les pas de mère se firent entendre dans l'escalier. Père serra Alice contre sa poitrine, tout le devant de sa chemise se mouilla. Elle criait si fort que toute la salle de bains vibrait, et il aurait voulu qu'elle arrête tout de suite et redevienne calme et gentille comme elle l'était avant que père ne lui fasse ces choses.

Alors que mère s'approchait, père s'accroupit devant lui. Ses yeux étaient grands ouverts et effrayés quand il dit à voix basse, le visage tout près du sien :

— On ne parlera jamais de ça. Et si jamais tu recommences, je te chasserai tellement vite que tu n'entendras même pas la porte claquer derrière toi. Compris ! Tu ne la toucheras plus jamais.

— Qu'est-ce qui se passe ? demanda mère. J'étais censée prendre un peu de repos pour une fois. Et voilà que c'est l'hystérie complète. Qu'est-ce qu'elle a ? Il lui a fait quelque chose ?

Elle tourna le regard sur lui, assis par terre.

Pendant quelques secondes, on n'entendit que les cris d'Alice. Puis père se leva en la tenant dans ses bras et dit :

— Non, j'ai juste eu un peu de mal à l'envelopper dans la serviette. Elle est en colère, c'est tout.

— Tu es sûr qu'il n'a rien fait ?

Elle le dévisagea, mais il se contenta d'incliner la tête et fit semblant d'être très occupé à tripoter la frange du tapis de bain.

— Mais oui, il n'a fait que m'aider. Il s'est très bien débrouillé.

Du coin de l'œil, il aperçut le regard d'avertissement de père.

Mère sembla se contenter de cette explication. Avec impatience, elle tendit les bras vers Alice, et après une brève hésitation, père la lui confia. Quand elle se fut éloignée de son pas chaloupé pour aller calmer la petite, ils se regardèrent, père et lui. En silence. Mais dans les yeux de son père, il vit qu'il était sérieux. Ils ne reparleraient jamais de ce qui venait de se passer.

— Kenneth?

Sa voix se cassa quand elle essaya d'appeler son mari.

Pas de réponse. S'était-elle seulement fait des idées? Non, elle avait bien entendu la porte s'ouvrir puis se refermer.

— Ohé?

Toujours pas de réponse. Lisbet essaya de se redresser dans le lit, mais ses forces l'avaient quittée si brusquement ces derniers jours qu'elle en fut incapable. Elle consacrait le peu d'énergie qui lui restait à Kenneth quand il était à la maison. Pour le convaincre qu'elle n'était pas en si mauvais état que ça, pour qu'on la laisse à la maison encore un peu. Pour éviter l'odeur d'hôpital et la sensation des draps rêches sur sa peau. Elle le connaissait si bien. S'il avait su à quel point elle allait mal, il l'aurait emmenée à l'hôpital sans attendre. Parce qu'il s'agrippait encore désespérément à un mince espoir.

Mais son corps lui disait que l'heure arrivait. Ses réserves étaient épuisées, la maladie avait pris le dessus. Elle l'avait vaincue. Tout ce qu'elle voulait, c'était mourir chez elle, son corps recouvert de sa propre couverture et son oreiller sous la tête. Et Kenneth endormi à côté d'elle, la nuit. Elle restait souvent éveillée et l'écoutait, pour s'imprégner du son de ses inspirations et expirations. Le lit de camp n'était pas confortable, elle en avait parfaitement conscience. Mais elle ne pouvait pas se résoudre à lui dire de monter se coucher dans leur lit. C'était peut-être égoïste, mais elle l'aimait trop pour être séparée de lui le peu de temps qui lui restait.

— Kenneth?

Elle appela une troisième fois. Elle venait juste de se persuader que ce n'était que son imagination, quand elle entendit le grincement familier de la latte défectueuse du vestibule, qui protestait toujours bruyamment quand on marchait dessus.

— Ohé?

Elle commença à avoir peur. Des yeux, elle chercha le téléphone que Kenneth plaçait en général à sa portée. Mais ces temps-ci, il était tellement fatigué le matin que parfois il l'oubliait. Comme aujourd'hui.

— Il y a quelqu'un?

Elle saisit le bord du lit et essaya de se redresser. Elle se sentit comme le personnage principal d'une de ses nouvelles préférées, *La Métamorphose* de Franz Kafka, où Gregor Samsa est transformé en insecte. Il est incapable de se retourner s'il se retrouve sur le dos, condamné à rester là où il est.

Il y eut des pas dans le vestibule. Prudents, mais ils s'approchaient. Lisbet sentit la panique monter. Qui était-ce pour ne pas répondre à ses appels? Jamais Kenneth ne lui ferait une telle plaisanterie douteuse. Il ne lui avait jamais fait de mauvaises blagues, ne lui avait jamais préparé de surprises incongrues, et ce n'était certainement pas maintenant qu'il allait commencer.

Les pas n'étaient plus très loin maintenant. Elle fixa la vieille porte en bois qu'elle avait elle-même poncée et peinte il n'y avait pas si longtemps – cela lui paraissait pourtant une éternité. Rien ne bougeait et Lisbet se dit de nouveau que c'était seulement son cerveau qui lui jouait un tour, que le cancer avait aussi attaqué cette partie-là de son corps et qu'elle n'était plus assez lucide pour appréhender la réalité telle qu'elle était.

Puis la porte commença lentement à s'ouvrir. Quelqu'un se tenait de l'autre côté et la poussait doucement. Elle appela au secours, cria de toutes ses forces pour couvrir l'effroyable silence. Quand la porte fut finalement grande ouverte, elle cessa. Et la personne commença à parler. La voix était familière et pourtant inconnue, et elle plissa les yeux pour mieux voir. Les longs cheveux châtains la firent instinctivement tâter son propre crâne pour s'assurer que le foulard jaune était en place.

— Qui…, dit-elle, mais la personne posa un doigt sur ses lèvres et la fit taire.

Elle entendit la voix à nouveau. Elle venait du bord du lit à présent, parlait tout près de son visage, disait des choses qui lui donnèrent envie de se boucher les oreilles. Elle secoua la tête, ne voulut plus écouter, mais la voix continua, ensorceleuse et impitoyable. Elle racontait une histoire et quelque chose dans le ton et dans la chronologie du récit sut la convaincre que cette histoire était vraie. Et cette vérité était plus que ce qu'elle ne pouvait supporter.

Paralysée, elle entendit la suite. Plus elle en apprenait, plus elle desserrait sa prise autour du mince fil qui la maintenait en vie. Elle avait vécu en sursis, par pure volonté, grâce à l'amour et à sa confiance en l'amour. A présent que tout cela lui était enlevé, elle déclarait forfait. La dernière chose qu'elle entendit fut la voix. Puis son cœur cessa de battre.

— Quand est-ce qu'on peut décemment retourner voir Cia à ton avis ? demanda Patrik en regardant sa collègue.

— Il faut le faire tout de suite, dit Paula. Nous devons faire avancer l'enquête, je suis sûre qu'elle le comprendra.

— Oui, tu as raison, dit Patrik sans paraître tout à fait convaincu.

C'était un équilibre difficile à maintenir. Faire son boulot et devoir déranger quelqu'un dans son deuil, ou bien faire preuve d'humanité et laisser le boulot venir en second lieu. En même temps, avec ses incessantes visites du mercredi, Cia avait elle-même montré où elle plaçait la priorité.

— Qu'est-ce qu'on peut faire ? Qu'est-ce qu'on n'a pas fait ? Qu'est-ce qu'on peut refaire ? Il y a forcément un truc qu'on a loupé.

— Premièrement, Magnus a vécu toute sa vie à Fjällbacka, dit Patrik. Si le présent ou le passé cachent des secrets, ils sont sur place, ici. Ça devrait nous faciliter les choses. Cela dit, le bouche à oreille est en général extrêmement efficace et pourtant, on n'a rien déniché à son sujet. Aucun motif de lui vouloir du mal, encore moins d'aller jusqu'à le tuer.

— Non, c'était de toute évidence un bon père de famille, dit Paula. Mariage solide, des enfants exemplaires, relations sociales normales. Malgré ça, quelqu'un s'est déchaîné sur lui avec un couteau. Est-ce qu'on a affaire à un fou ? Un malade mental qui a pété un plomb et choisi une victime au hasard ?

Elle avança sa théorie sans grande conviction.

— On ne peut pas l'exclure, mais je ne pense pas. Il a appelé Rosander pour dire qu'il serait en retard, ce qui contredit cette hypothèse. En plus, il n'était pas comme d'habitude. Non, il s'est passé quelque chose ce matin-là, répondit Patrik.

— Autrement dit, il faut se focaliser sur les gens qu'il connaissait.

— Plus facile à dire qu'à faire. Il y a environ mille habitants à Fjällbacka. Tout le monde se connaît plus ou moins.

— Oui merci, je commence à comprendre comment ça fonctionne, rit Paula.

Elle était relativement nouvelle à Tanumshede, localité d'à peine plus d'habitants que Fjällbacka, et ça avait été un choc pour elle de perdre l'anonymat des grandes villes.

— Mais tu as quand même raison. Je propose qu'on commence par le centre et qu'on élargisse au fur et à mesure. On va parler avec Cia au plus vite. Même avec les enfants, si elle veut bien. Ensuite, on verra les amis proches, Erik Lind, Kenneth Bengtsson et surtout Christian Thydell. Cette histoire de lettres de menace…

Patrik ouvrit le tiroir du haut de son bureau et prit la pochette plastique avec la lettre et la carte qui avait accompagné le bouquet. Il raconta comment Erica s'en était emparée et Paula écouta, incrédule. Puis elle lut en silence les lignes menaçantes.

— C'est inquiétant, dit-elle. On devrait les faire analyser.

— Je sais, mais il ne faut pas tirer de conclusions trop hâtives. Je pense qu'il peut y avoir un lien, mais ce n'est qu'un pressentiment.

— Moi non plus, je ne crois pas au hasard, dit Paula en se levant. Tu veux qu'on aille voir Christian aujourd'hui?

— Non, j'aimerais qu'on consacre le reste de la journée à sortir toutes les données qu'on a sur Christian, Erik et Kenneth. On verra ensemble demain matin si on peut en tirer quelque chose. Je voudrais aussi qu'on lise attentivement, tous les deux, les notes des entretiens qu'on a eus avec eux après la disparition de Magnus. Pour relever d'éventuelles incohérences.

— Je demande à Annika, elle peut sûrement nous aider avec tout ça.

— Bien. J'appelle Cia pour savoir quand elle peut nous recevoir.

Paula quitta la pièce et Patrik resta un long moment à fixer le téléphone d'un regard vide.

— Arrêtez de nous harceler !

Sanna raccrocha violemment. Le téléphone avait sonné sans discontinuer toute la journée. Des journalistes qui cherchaient à joindre Christian. Ils ne disaient pas à quel sujet, mais ce n'était pas très difficile à deviner. Depuis que Magnus avait été retrouvé mort, si peu de temps après les révélations sur les lettres de menace, ils étaient prêts à donner l'assaut. Mais c'était absurde. Les deux événements ne pouvaient pas être liés. Le bruit courait, certes, que Magnus avait été assassiné, mais tant qu'elle ne l'aurait pas entendu de source fiable, elle refusait de le croire. Et même si une chose aussi invraisemblable était vraie, pourquoi y aurait-il un lien avec les lettres qu'avait reçues Christian ? Il le disait lui-même quand il tentait de la rassurer. Quelqu'un à l'esprit dérangé avait focalisé sur lui par hasard, quelqu'un qui était très probablement totalement inoffensif.

Elle aurait voulu lui demander pourquoi, dans ce cas, il avait réagi aussi violemment lors de la réception. Croyait-il lui-même ce qu'il disait? Mais les questions étaient restées bloquées dans sa gorge quand il lui avait révélé d'où provenait la robe bleue. Sous cet éclairage, tout le reste s'estompait. C'était épouvantable et elle avait souffert pour lui en l'entendant raconter son histoire. En même temps, ce fut une consolation : cela expliquait beaucoup de choses. Et en pardonnait d'autres.

Ses inquiétudes se dissipaient aussi quand elle pensait à Cia et à ce qu'elle endurait en ce moment. Magnus allait leur manquer, à Christian et à elle-même. Leurs liens d'amitié avaient connu des hauts et des bas, mais ils étaient quand même évidents. Erik, Kenneth et Magnus avaient grandi ensemble, ils avaient une histoire commune. Elle les avait toujours connus de loin, mais à cause de leur différence d'âge, elle n'avait côtoyé aucun d'eux avant que Christian n'entre dans sa vie et ne fasse leur connaissance. Bien sûr, elle devinait que les femmes des trois autres la trouvaient bien jeune et peut-être un peu naïve, mais elles l'avaient toujours accueillie les bras ouverts. Les quatre couples se réunissaient pour les fêtes, c'était une tradition. Et parfois ils dînaient ensemble le week-end.

Des trois femmes, elle avait toujours préféré Lisbet. Elle était calme, d'un humour bienveillant et elle lui parlait toujours comme à une égale. De plus, elle adorait Nils et Melker. Quelle injustice que Kenneth et elle n'aient pas pu avoir d'enfants. La mauvaise conscience la rongeait, parce qu'elle n'arrivait pas à se résoudre à passer la voir. Elle y était allée à Noël, avec un bouquet de fleurs et une boîte de chocolats, mais dès qu'elle l'avait vue dans son lit, plus morte que vivante, elle avait eu envie de prendre ses jambes à son cou. Lisbet s'était rendu compte de sa réaction. Sanna avait vu sa compréhension mêlée d'une dose de déception. Elle ne supporterait pas de voir cette désillusion encore une fois, n'aurait pas la force de croiser la mort déguisée en être humain et de faire comme si c'était toujours son amie qui était couchée là dans le lit.

Elle leva les yeux quand Christian entra et se débarrassa de son manteau avec des gestes au ralenti.

— Salut, qu'est-ce que tu fais déjà là ? Tu es malade ? Tu devais travailler jusqu'à cinq heures, non ?

— Je ne me sens pas très bien, murmura-t-il.

— Oui, ça se voit, tu n'as pas l'air dans ton assiette. Qu'est-ce que tu t'es fait au front ?

— Ah ça, ce n'est rien, dit-il en agitant la main pour minimiser la chose.

— Tu t'es écorché ?

— Arrête un peu, s'il te plaît ! J'en ai marre de tes questions, dit-il avant de respirer à fond et de poursuivre d'une voix plus calme : Un journaliste est venu à la bibliothèque poser des questions sur Magnus et les lettres. Je n'en peux plus de tout ça.

— Mmm, ils ont appelé ici aussi, comme des malades. Et tu lui as répondu quoi ?

— Le minimum. Mais il y aura sûrement un papier dans le journal demain matin. Ils écrivent ce qu'ils veulent.

— Au moins, ça fera plaisir à Gaby, ironisa Sanna. A propos, comment ça s'est passé, la réunion avec elle ?

— Bien, répondit Christian, mais quelque chose dans son intonation lui dit que ce n'était pas toute la vérité.

— Ah oui ? Je comprends que tu lui en veuilles. Après tout, elle t'a livré en pâture aux…

— Je viens de dire que ça s'est bien passé! siffla Christian. Pourquoi faut-il que tu doutes de tout ce que je dis?

La colère monta de nouveau et Sanna s'arrêta net. Le regard de Christian était noir quand il s'avança vers elle.

— Fous-moi la paix! Tu comprends? Arrête de me poursuivre comme ça vingt-quatre heures sur vingt-quatre! Arrête de fourrer ton nez dans ce qui ne te regarde pas!

Elle regarda son mari droit dans les yeux. Elle pensait bien le connaître après toutes ces années passées ensemble. Mais l'homme qui la dévisageait en cet instant était un étranger. Et pour la première fois, Sanna eut peur de lui.

Derrière son volant, Anna plissa les yeux en arrivant au virage après le club-house de la marina, en direction de Sälvik. La personne qui se dandinait sur le trottoir devant elle avait une certaine ressemblance avec sa sœur, peut-être les cheveux ou les vêtements. Tout le reste faisait surtout penser à Barbamama. Anna ralentit et baissa la vitre.

— Tiens, j'allais chez toi, justement. Tu montes? On dirait que tu en as bien besoin.

— Oui, merci, dit Erica. Elle ouvrit la portière du côté passager et s'installa dans la voiture : J'ai largement surestimé mes capacités à marcher. Je suis KO, complètement en nage.

— Tu étais où?

Anna enclencha la première et partit vers la maison d'Erica et Patrik, qui avait été le foyer de leur enfance à toutes les deux. Il s'en était fallu de peu qu'elle ne soit vendue. Anna repoussa vivement les pensées ayant trait à Lucas et au passé. Ce temps-là était révolu. Pour toujours.

— Je suis allée discuter avec Kenneth Bengtsson chez Havsbygg, le constructeur de maisons, tu sais.

— Pourquoi ? Ne me dis pas que vous allez vendre la maison ?

— Non, non ! Je voulais simplement lui parler un peu de Christian. Et de Magnus.

Anna se gara devant la jolie maison ancienne.

— Pourquoi ?

Elle regretta tout de suite d'avoir posé cette question. La curiosité de sa grande sœur était légendaire, et parfois elle la plongeait dans des situations qu'Anna préférait ne même pas connaître.

— J'ai réalisé que j'ignorais tout du passé de Christian. Il ne m'a jamais raconté quoi que ce soit, dit Erica, et elle descendit de la voiture en soufflant. Et je trouve tout ça plutôt curieux. Magnus a probablement été assassiné et Christian est menacé. Vu qu'ils étaient amis, on ne peut pas se contenter de dire que c'est une coïncidence.

— Magnus aussi a reçu des lettres de menace ? demanda Anna en suivant Erica dans le vestibule.

— Pas que je sache. Patrik serait au courant si c'était le cas.

— Tu es sûre qu'il te l'aurait dit ?

— Parce que tu imagines que mon cher époux est doué pour se taire, c'est ça ? sourit Erica.

— Un point pour toi, rit Anna.

Toutes les deux savaient que Patrik ne résistait jamais très longtemps quand Erica avait décidé de lui extorquer une information.

— J'ai bien vu qu'il n'était pas au courant pour Christian quand je lui ai montré les lettres. S'ils avaient découvert que quelqu'un menaçait Magnus, il aurait réagi différemment.

— Mmm, tu as raison. Kenneth t'a appris quelque chose ?

— Non, pas vraiment. Mais j'ai eu le sentiment qu'il trouvait très désagréable que je lui pose des questions. Ça semblait être un sujet sensible, mais je ne saurais pas dire de quelle manière.

— Ils se connaissaient bien ?

— Je ne sais pas trop. Je vois très mal ce que Christian a en commun avec Kenneth Bengtsson et Erik Lind. Je comprends mieux pour Magnus.

— J'ai toujours trouvé que Christian et Sanna formaient un couple assez invraisemblable.

— Effectivement…

Erica chercha le mot adéquat. Elle ne voulait pas avoir l'air d'être mauvaise langue. Elle finit par dire :

— Je trouve Sanna un peu jeune. Et je crois qu'elle est très jalouse. Je peux le comprendre, remarque. Christian est pas mal comme mec. Leur relation ne semble pas très équitable.

Elle avait préparé du thé et posa sur la table la théière, du miel et du lait.

— Qu'est-ce que tu entends par équitable ?

— Je ne les ai pas beaucoup fréquentés, mais j'ai l'impression que Sanna vénère Christian alors que, lui, il la prend un peu de haut.

— Ça ne doit pas être facile pour elle, dit Anna.

Elle prit une gorgée de thé, avant de reposer sa tasse pour le laisser refroidir.

— Je tire peut-être des conclusions hâtives. Mais il y a quelque chose entre eux qui me fait plus penser à la relation entre un parent et un enfant qu'entre deux adultes.

— En tout cas, son livre marche bien.

— Oui, et c'est tout à fait mérité. Christian est un des auteurs les plus doués que j'aie jamais lus. Je suis vraiment contente que les lecteurs le découvrent.

— Tout ce qu'on écrit sur lui doit pas mal jouer aussi. Il ne faut jamais sous-estimer la curiosité des gens.

— C'est vrai, mais je me fous de savoir par quel chemin ils arrivent jusqu'au livre, tant qu'ils y arrivent, dit Erica en laissant couler une deuxième cuillérée de miel dans son thé.

Elle avait fait de gros efforts pour perdre l'habitude de sucrer son thé, vraiment, mais elle finissait toujours par céder.

— Et comment tu te sens?

Anna montra le ventre d'Erica sans parvenir à dissimuler l'inquiétude dans sa voix. Elle n'avait pas été très présente pendant la période difficile après la naissance de Maja, quand elle avait eu à se débattre avec ses propres problèmes. Mais cette fois, elle entendait bien soutenir sa sœur. Elle ne voulait pas la voir disparaître encore une fois dans les brumes de la dépression.

— Je mentirais si je disais que je n'ai pas peur, répondit Erica avec hésitation. Mais je me sens plus prête mentalement cette fois. Je sais ce qui m'attend, je sais que les premiers mois sont toujours rudes. Bon, j'ai quand même du mal à imaginer comment ça va être avec deux en même temps. Ça sera peut-être dix fois pire!

Des premiers mois après la naissance de Maja, elle ne gardait pas de souvenirs très précis, aucun instantané de la vie quotidienne. Tout lui paraissait entièrement opaque. Mais l'état dans lequel elle s'était retrouvée était bien ancré dans sa mémoire. Elle sentait la panique poindre rien qu'à la pensée de retrouver le désespoir sans fond et la solitude totale qu'elle avait vécus.

Anna devina les idées noires de sa sœur. Elle tendit la main et la posa sur la sienne.

— Ça ne sera pas pareil cette fois. Bien sûr que tu auras plus de boulot qu'avec Maja, c'est une évidence. Mais je suis là, Patrik est là, et on te retiendrait si tu devais replonger dans le gouffre. Je te le promets. Regarde-moi, Erica.

Elle força sa sœur à lever la tête et à croiser son regard. Quand elle eut sa pleine attention, elle répéta calmement d'une voix ferme :

— On ne te laissera pas t'enfoncer.

Erica cilla pour chasser quelques larmes et serra la main de sa sœur. Tant de choses avaient changé entre elles ces dernières années. Elle n'était plus une maman de substitution pour Anna. Elle n'était pratiquement plus une grande sœur non plus. Elles étaient juste sœurs. Et amies.

— J'ai un pot de *chocolate fudge brownie* dans le congélo. Tu en veux ?

— Du Ben & Jerry's ? Et c'est maintenant que tu le dis ? fit Anna d'une mine offusquée. Ma glace préférée ! Va la chercher tout de suite, ou je ne te connais plus !

Erik soupira en voyant la voiture de Louise s'arrêter dans un dérapage à peine contrôlé sur le parking devant les bureaux. En général, elle ne venait jamais ici, ce n'était pas bon signe qu'elle surgisse à l'improviste. Elle l'avait appelé aussi. Kenneth le lui avait dit lorsqu'il était revenu après un petit tour au magasin. Pour une fois, son collègue n'avait pas eu à mentir.

Il se demanda pourquoi elle tenait tant à le joindre. Est-ce qu'elle avait eu vent de son aventure avec Cecilia ? Non, le fait qu'il couche avec une autre n'était sans doute pas une motivation suffisante pour la faire monter dans la voiture et affronter la neige fondue sur les routes. Il devint tout froid. Cecilia aurait-elle pu lui raconter qu'elle était enceinte ? Son désir de lui nuire et de se venger aurait-il dépassé ses espoirs de revenus réguliers pour elle et son enfant ?

Il vit Louise descendre de la voiture. L'idée que Cecilia ait pu tout dévoiler le paralysa. On ne devait jamais sous-estimer les femmes. Plus il y pensait, plus il trouvait vraisemblable qu'elle ait sacrifié l'argent pour la simple satisfaction de détruire la vie de son amant.

Louise passa la porte. Elle avait l'air fébrile. Quand elle s'approcha, il sentit l'odeur de vin qui l'entourait comme un épais brouillard.

— Tu es complètement dingue ! Tu conduis quand tu as picolé ? lui lança-t-il.

Du coin de l'œil, il vit Kenneth faire semblant de s'intéresser à son écran, mais quoi qu'il fasse, il ne pourrait pas éviter d'entendre leur échange.

— T'occupe, bredouilla Louise. Je conduis mieux en état d'ivresse que toi quand t'es sobre.

Elle tangua et Erik regarda sa montre. Trois heures de l'après-midi et elle était déjà passablement alcoolisée.

— Qu'est-ce que tu veux ?

Il espérait en finir vite. Si elle était venue pour pulvériser son monde, autant que ce soit fait tout de suite. Il avait toujours été un homme d'action, n'avait jamais reculé devant l'inévitable.

Mais au lieu de se lancer dans des accusations au sujet de Cecilia et de raconter qu'elle était au courant pour l'enfant, au lieu de lui dire d'aller se faire foutre et de lui annoncer qu'elle allait le dépouiller de tout, elle fouilla dans la poche de son manteau et en tira quelque chose. Cinq enveloppes blanches. Erik les reconnut immédiatement.

— Tu es entrée dans mon cabinet de travail ? Tu as fouillé mon bureau ?

— Evidemment, qu'est-ce que tu crois ? Tu ne me dis jamais rien. Même pas que tu as reçu des lettres de menace. Tu me prends pour une imbécile ? Je lis les journaux. Tu crois que je ne comprends pas que ce sont les mêmes que celles que Christian a reçues ? Et maintenant Magnus est mort par-dessus le marché, dit-elle, bouillonnante de colère. Pourquoi tu ne me les as pas montrées ? Un malade mental nous menace, et tu estimes que je n'ai pas à savoir ? Moi qui suis seule et sans protection à la maison toute la journée !

Erik jeta un regard sur Kenneth, agacé que son collègue puisse entendre Louise le couvrir de honte. En voyant la tête qu'il faisait, Erik se figea. Le regard de Kenneth n'était plus dirigé sur son écran. Il fixait, tout pâle, les cinq enveloppes blanches que Louise avait balancées sur le bureau. Pendant un court instant les deux hommes se dévisagèrent, puis Kenneth détourna la tête. Mais il était déjà trop tard. Erik avait compris.

— Toi aussi, tu as reçu ces lettres ?

Kenneth sembla ne pas avoir entendu la question. Il continuait à étudier attentivement un schéma Excel de recettes et dépenses. Mais Erik n'avait pas l'intention de le laisser se dérober.

— Kenneth, je t'ai posé une question !

Sa voix était autoritaire, comme d'habitude. Et Kenneth réagit de la même façon que quand ils étaient petits. C'était toujours lui qui cédait, qui suivait et se soumettait à Erik et à son besoin d'être le chef. Lentement, il pivota sur son fauteuil de bureau, jusqu'à se trouver face à Erik et Louise. Il serra ses mains sur ses genoux et répondit à voix basse :

— J'en ai reçu quatre. Trois avec le courrier et une qui a été déposée sur la table dans ma cuisine.

Louise devint livide. Sa rage contre Erik n'en fut qu'attisée.

— C'est quoi, ça? Christian, Kenneth et toi? Qu'est-ce que vous avez fait? Et Magnus? Lui aussi, il avait reçu des lettres?

Son regard accusateur allait et venait entre les deux hommes. Il y eut un long silence, puis Kenneth interrogea Erik des yeux. Il secoua lentement la tête.

— Pas que je sache. Magnus ne l'a jamais mentionné, mais ça ne veut rien dire. Tu es au courant de quelque chose, Kenneth?

— Non. Si Magnus en a parlé à quelqu'un, c'est à Christian.

— La première lettre, tu l'as reçue quand? demanda Erik.

Son cerveau avait commencé à traiter l'information. Il la tourna et retourna, essayant de trouver une solution et de reprendre le contrôle.

— Je ne suis pas sûr. Avant Noël en tout cas. En décembre, donc.

Erik prit les lettres sur le bureau. Louise s'était déballonnée, sa colère était retombée. Elle restait debout face à son mari et le regardait trier les lettres par date en se référant au cachet de la poste, la plus ancienne en dessous. Il la prit et essaya de déchiffrer le tampon.

— Le 15 décembre.

— Ça peut coller avec la première que j'ai reçue, dit Kenneth, et il fixa de nouveau le sol.

— Tu les as encore ? Tu peux vérifier les dates ?

Erik avait pris sa voix d'homme d'affaires efficace et Kenneth fit oui de la tête avec un gros soupir.

— Quand j'ai trouvé la quatrième lettre, il y avait un de nos couteaux de cuisine posé à côté.

— Et ce n'est pas toi qui l'y avais mis ? demanda Louise.

Elle ne bredouillait plus. La peur l'avait dessoûlée et avait dissipé les brumes de son cerveau.

— Non, je suis sûr que tout était rangé et la table vide quand je suis allé me coucher.

— Tu avais fermé à clé ? dit Erik, toujours sur le même ton froid et rigoureux.

— Je ne crois pas. Parfois, j'oublie de le faire.

— En tout cas, mes lettres sont toujours arrivées par la poste, constata Erik. Il se rappela l'article qu'il avait lu sur Christian et poursuivit : Christian est le premier à en avoir reçu. Ça fait un an et demi déjà. Toi et moi, ça ne fait que trois mois. Imagine, si c'est lui qui est visé par tout ça : l'auteur des lettres cherche à l'atteindre, lui, et, nous, on se retrouve dans ce merdier uniquement parce qu'on le connaît, dit Erik d'une voix indignée. Putain de Christian, il sait quelque chose et il ne nous le dit pas ! Il nous expose, moi et ma famille, à un forcené sans nous prévenir !

— Il ne sait pas qu'on en a reçu, nous aussi, protesta Kenneth, et Erik fut obligé de lui donner raison.

— Non, mais ça ne va plus tarder.

Erik ramassa soigneusement ses enveloppes et tapota le petit paquet sur le dessus de son bureau.

— Tu as l'intention d'aller le voir ?

Kenneth parut inquiet et Erik soupira. Parfois la crainte des conflits de son collègue lui sortait par les yeux. C'était toujours la même histoire. Kenneth suivait le flot, ne disait jamais non, toujours oui. D'accord, ça avait servi ses propres intérêts. Il ne pouvait y en avoir qu'un qui décide ici. Ça avait toujours été lui et ça ne changerait pas de sitôt.

— Bien sûr que j'y vais. Et je vais voir la police aussi. J'aurais dû le faire depuis longtemps, mais je n'ai commencé à prendre tout ça au sérieux que quand j'ai appris pour Christian.

— Il était temps, marmonna Louise.

Erik lui jeta un regard noir.

— Je ne veux pas inquiéter Lisbet inutilement, dit Kenneth.

Il redressa la nuque, une lueur de défi dans les yeux.

— Quelqu'un est entré chez toi, a posé une lettre et un couteau sur la table, dit Erik. A ta place, je me préoccuperais plus de ça que de savoir si Lisbet va être inquiète. Elle reste seule à la maison pratiquement toute la journée. Et si cet individu s'introduit quand tu n'es pas là ?

Il vit que la pensée avait déjà frappé Kenneth. Tout en s'irritant du manque d'initiative de son associé, il s'évertua à fermer les yeux sur le fait que lui-même n'avait pas signalé ces lettres anonymes. D'un autre côté, personne n'était venu les déposer directement chez lui.

— Bon. Tu rentres chez toi chercher tes lettres, comme ça on donnera tout à la police en même temps.

— J'y vais tout de suite. Je fais vite, dit Kenneth en se levant.

— C'est ça, dit Erik.

Une fois Kenneth parti et la porte refermée derrière lui, Erik se tourna vers Louise et l'observa quelques secondes.

— On a des choses à se dire.

Louise le dévisagea, puis elle leva la main et flanqua une gifle à son mari.

— *Elle n'a rien, je te dis !*

Mère semblait à cran, les larmes n'étaient pas loin. Il s'éloigna et s'accroupit derrière le canapé. Suffisamment près pour pouvoir entendre. Tout ce qui touchait à Alice était important.

Il l'aimait mieux maintenant. Elle ne le regardait plus avec le regard qui cherchait à prendre. La plupart du temps, elle restait couchée en silence et il trouvait cela bien.

— *Elle a huit mois et elle n'a pas fait la moindre tentative pour ramper ou marcher à quatre pattes. Il faut qu'on l'amène chez un médecin, dit père.*

Il parlait à voix basse, celle qu'il utilisait quand il voulait convaincre mère de faire quelque chose qu'elle ne voulait pas. Il répéta, mit ses mains sur les épaules de mère pour la forcer à l'écouter.

— *Il y a quelque chose qui cloche avec Alice. Plus tôt on intervient, mieux c'est. Tu ne lui rends pas service en fermant les yeux.*

Mère secoua la tête. Ses longs cheveux sombres scintillèrent dans son dos et il aurait voulu tendre la main et les toucher. Mais il savait qu'elle ne voudrait pas, qu'elle aurait un mouvement de recul.

Elle continua à secouer la tête. Les larmes coulaient sur ses joues et il sut qu'elle avait malgré tout commencé à céder. Père se retourna à moitié et lui jeta un regard rapide derrière le canapé. Il lui sourit en retour, mais ce n'était apparemment pas ce qu'il fallait faire, car son père fronça les sourcils et prit un air fâché, comme s'il était mécontent de son attitude.

Il ne comprenait pas pourquoi ses parents étaient si préoccupés et tristes. Alice était calme et gentille maintenant. Mère n'avait pas besoin de la porter tout le temps, elle restait paisiblement allongée là où on la posait. Pourtant ils n'étaient pas contents. Et bien qu'il y ait maintenant de l'espace pour lui aussi, ils le traitaient comme s'il n'existait pas. Que son père le fasse, ce n'était pas très grave, il ne comptait pas. Mais sa mère non plus ne le voyait pas, et les rares fois où elle le regardait, c'était avec dégoût et répugnance.

Car il était incapable de s'arrêter. Il ne pouvait pas s'empêcher de lever la fourchette, encore et encore, la porter à sa bouche, mâcher, avaler, recommencer, sentir son corps se remplir. La crainte était trop grande, la crainte qu'elle ne le voie jamais. Il n'était plus le beau petit garçon de mère. Mais il était là, et il prenait de la place.

Il trouva la maison silencieuse en rentrant. Lisbet devait dormir. Il envisagea d'aller la voir tout de suite, mais il ne voulait pas la réveiller si jamais elle venait de s'endormir. Elle avait besoin de tout le sommeil qu'elle pouvait grappiller. Mieux valait chercher les lettres d'abord.

Kenneth s'arrêta un instant dans le vestibule. Il écouta le silence avec lequel il serait bientôt obligé de vivre. Certes, il s'était déjà trouvé seul à la maison. Lisbet était très investie dans son métier de professeur et avait souvent fait des heures sup tard le soir. Mais le silence dans la maison quand il rentrait avant elle était alors différent. C'était un silence rempli de promesses, rempli d'attente de l'instant où la porte s'ouvrirait et où elle entrerait en disant : "Chéri, c'est moi, je suis là." Plus jamais il n'entendrait ces mots-là. Lisbet allait partir, et elle ne rentrerait plus jamais à la maison.

Subitement, le chagrin le submergea. Il consacrait une énergie folle à le tenir à distance et à ne pas s'y abandonner par anticipation. Mais à présent, les barrières cédaient. Il appuya le front contre le mur et sentit les sanglots arriver. Il les laissa l'envahir et pleura en silence et ses larmes tombèrent sur ses pieds. Pour la première fois, il s'autorisa à sentir comment ce serait quand elle ne serait plus là. De maintes façons, c'était déjà le cas. L'amour était toujours aussi fort, mais différent. Car la Lisbet dans le lit de la chambre d'amis n'était que l'ombre de la femme qu'il aimait. Elle n'existait plus et il la pleurait.

Il resta longuement le front contre le mur. Au bout d'un moment, les larmes de son désespoir tarirent, et quand elles eurent complètement cessé de couler, il respira à fond, leva la tête et passa la main sur ses joues mouillées. Assez! Ça suffisait comme ça.

Il se dirigea vers le cabinet de travail. Les lettres étaient rangées dans le tiroir du haut. Son premier instinct avait été de les jeter, de les ignorer, mais quelque chose l'en avait empêché. Quand le quatrième message était arrivé la nuit précédente, déposé directement chez lui, il fut content de les avoir conservées. Il savait maintenant qu'il devait les prendre au sérieux. Quelqu'un lui voulait du mal.

Bien sûr, il aurait dû les donner immédiatement à la police. Ne pas se laisser guider par la crainte de troubler Lisbet et son attente sereine de la mort. Il aurait dû la protéger en prenant ça au sérieux. Heureusement qu'il l'avait compris à temps, heureusement qu'Erik le lui avait fait comprendre à temps. Si quelque chose était arrivé à Lisbet à cause de son manque d'initiative à lui, il n'aurait jamais pu se le pardonner.

Les mains tremblantes, il prit les enveloppes, passa dans la cuisine et les glissa dans un sac plastique ordinaire. Il se demanda s'il ne ferait pas mieux de partir sans la voir, pour ne pas risquer de la réveiller. Mais c'était plus fort que lui. Il voulait vérifier que tout allait bien, voir son visage calme et tranquille.

Doucement il poussa la porte de la chambre d'amis qui s'ouvrit sans un bruit. Lisbet dormait. Ses yeux étaient fermés et il enregistra chaque trait de son visage. Maigre, la peau sèche, mais toujours beau.

Il fit quelques pas dans la pièce, poussé par son envie de la toucher. Mais soudain il sentit que quelque chose n'allait pas. Pourtant elle était comme toujours quand elle dormait. Puis il comprit ce qui le gênait. La pièce était trop silencieuse, on n'entendait rien. Même pas sa respiration.

Kenneth se précipita. Il posa deux doigts sur son cou, les déplaça sur son poignet gauche, tâta en tous sens en priant ardemment de sentir le pouls. Mais en vain. Le silence régnait dans la pièce et le corps de Lisbet était sans vie. Elle l'avait quitté.

Il y eut une sorte de sanglot animal. Un son guttural, désespéré. Et il comprit que le son sortait de lui. Il s'assit sur le bord du lit et souleva le corps de sa femme, doucement, comme si elle pouvait encore ressentir la douleur.

Sa tête tomba lourdement sur ses genoux. Il lui caressa la joue et les larmes jaillirent de nouveau. La peine le frappa avec une force qui effaça tout ce qu'il avait déjà vécu, tout ce qu'il connaissait du deuil. C'était une affliction physique qui se propageait à travers tout son corps et vrillait chaque fibre nerveuse. La douleur le fit hurler. Son cri résonna dans la petite pièce, ricocha sur la couverture fleurie et le papier peint pâle pour rebondir vers lui.

Les mains de Lisbet étaient croisées sur sa poitrine et, doucement, il les défit. Il voulut tenir sa main dans la sienne une dernière fois. La peau avait perdu de sa souplesse après tous les traitements, elle était rugueuse mais si familière encore.

Il porta sa main à sa bouche. Y posa ses lèvres et laissa ses larmes couler dessus. Il ferma les yeux et le goût de sel se mêla à l'odeur de Lisbet. Il aurait voulu rester ainsi pour toujours, ne jamais la lâcher. Mais c'était impossible. Lisbet n'était pas à lui, elle n'était plus ici, il devait lâcher prise et la laisser partir. Elle ne souffrait plus, la douleur était partie. Le cancer avait gagné tout en perdant, car il était mort avec elle.

Il reposa sa main, la plaça doucement le long de son corps. La main droite était restée dans sa position initiale, comme si elle était toujours croisée sous la gauche, et il la prit pour la poser aussi le long du corps.

Il arrêta net son mouvement. Il y avait quelque chose dans la main, quelque chose de blanc. Son cœur s'emballa. Il n'était pas sûr de vouloir savoir, mais il finit par ouvrir les doigts de sa femme. Le papier blanc qui tomba sur la couverture était plié en deux et dissimulait son message, mais il le connaissait déjà. Il sentit la présence du mal dans la pièce.

Kenneth prit le bout de papier. Hésita un instant, puis il le déplia et le lut.

Anna venait de partir quand on sonna à la porte. Erica se dit tout d'abord que sa sœur avait peut-être oublié quelque chose, mais ce n'était pas le genre d'Anna de perdre son temps à attendre qu'on lui ouvre la porte.

Erica posa les tasses qu'elle était en train de ranger et alla ouvrir.

— Gaby ? Qu'est-ce que tu fais là ?

Elle s'effaça pour laisser entrer l'éditrice qui aujourd'hui égayait la grisaille hivernale avec un manteau turquoise et d'énormes boucles d'oreilles plaquées or.

— J'étais à Göteborg pour une réunion, alors je me suis dit que j'allais faire un saut pour papoter un peu.

Un saut? C'était un trajet d'une heure et demie, et elle n'avait même pas appelé pour s'assurer qu'Erica serait à la maison. Qu'est-ce qu'elle pouvait donc vouloir de si urgent?

— J'aimerais te parler de Christian, dit Gaby en réponse à la question muette d'Erica. Tu m'offres un café?

— Euh, oui, bien sûr.

Comme d'habitude, une visite de Gaby, c'était comme si un train express passait dans la maison. Elle ne se donna pas la peine d'ôter ses bottes, se contentant de les essuyer sommairement avant de partir à l'assaut du parquet avec ses talons aiguilles. Erica jeta un regard inquiet sur les belles planches cirées en espérant qu'ils n'y laisseraient pas de marques. Inutile de lui faire la remarque. Erica ne se rappelait pas l'avoir vue enlever ses chaussures une seule fois, c'était à se demander si elle ne dormait pas avec.

— C'est… sympa chez vous, dit Gaby avec un large sourire.

Mais Erica vit qu'elle était effarée par la pagaille de jouets, de vêtements de Maja, de dossiers de Patrik et tout le reste encombrant le rez-de-chaussée. Gaby était déjà venue, mais elle avait alors prévenu de son arrivée et Erica avait pu mettre de l'ordre.

L'éditrice brossa quelques miettes sur la chaise avant de s'asseoir. Erica attrapa rapidement une éponge et la passa sur la table qui portait encore des traces du petit-déjeuner et de la glace qu'elle venait de manger avec Anna.

— Ma sœur vient juste de partir, dit-elle en enlevant le pot de glace vide.

— J'espère que tu sais que c'est un mythe ce qu'ils disent, qu'il faut manger pour deux, dit Gaby avec un regard sur l'énorme ventre d'Erica.

— Mmm.

Erica se retint de l'envoyer promener. Gaby n'était pas connue pour sa délicatesse. Sa silhouette svelte était le résultat d'un régime strict et d'un entraînement intensif avec un coach personnel à la piscine de Sturebadet trois fois par semaine. Elle ne portait pas non plus les stigmates d'une grossesse. La carrière était toujours restée sa priorité.

Pour la titiller, Erica posa une assiette avec des petits gâteaux sur la table et la poussa vers Gaby.

— Tiens, sers-toi.

Elle vit que Gaby était déchirée entre le désir d'être polie et une envie désespérée de dire non. Elle finit par trouver un compromis.

— J'en prendrai une moitié, si tu n'y vois pas d'inconvénient.

Avec précaution, elle coupa un biscuit en deux. Elle aurait affiché la même expression de dégoût si elle avait dû mettre un cafard dans sa bouche.

— Tu voulais parler de Christian ? lança Erica, malgré tout un peu curieuse.

— Oui, je me demande quelle mouche l'a piqué. Il refuse de participer à d'autres interviews. Ce n'est vraiment pas très pro.

Gaby parut soulagée que l'épreuve des petits gâteaux soit terminée et fit descendre la dernière bouchée avec une bonne gorgée de café.

— Je crois qu'il a été très affecté par tout ce qu'on a écrit sur lui, dit Erica prudemment, et sa mauvaise conscience d'en être partiellement responsable revint la tourmenter.

— Oui, ça se défend, fit Gaby en agitant une main aux ongles parfaits. Mais ces tempêtes-là se dissipent vite, et ça a donné un sacré coup de pouce à son livre. Les gens sont curieux, ils veulent savoir qui il est. Je veux dire, en fin de compte, il y gagne. Il faut aussi qu'il comprenne qu'on a consacré beaucoup de temps à le lancer, sans parler de ce que ça a coûté. On s'attend à un retour d'ascenseur.

— Normal, murmura Erica.

En fait, elle ne savait pas très bien quelle était réellement sa position. D'un côté, elle comprenait Christian. Ça devait être ignoble d'être mis à nu dans les médias. D'un autre côté, ce genre de remous se calmaient effectivement très rapidement. Il était au début de sa carrière d'écrivain et il allait sans doute profiter pendant de nombreuses années de l'attention qu'on lui prêtait aujourd'hui.

— Pourquoi tu me parles de ça, à moi ? ajouta-t-elle. C'est plutôt avec Christian que tu devrais avoir cette conversation, non ?

— On s'est vus hier. On ne peut pas dire que ça se soit très bien passé.

Elle serra les lèvres pour bien souligner ses paroles, et Erica comprit que ça avait dû carrément dérailler.

— C'est dommage. Mais Christian est terriblement stressé ces temps-ci, je pense qu'il faut être patiente avec…

— J'entends bien, mais en même temps, je suis chef d'entreprise et nous avons un contrat avec lui. Même si notre accord ne stipule pas en détail ses devoirs en ce qui concerne la presse, la promotion et ces choses-là, il est sous-entendu que nous sommes en droit de compter sur sa coopération. Certains auteurs peuvent se permettre de faire l'ermite, de se soustraire aux obligations qu'ils estiment indignes d'eux. Mais ceux qui font ça sont déjà établis, ont un grand lectorat. Christian n'en est pas encore là. Il y viendra peut-être un jour, mais une carrière d'auteur ne se construit pas en une nuit. Avec le démarrage en trombe de *La Sirène*, c'est son devoir, tant pour lui que pour sa maison d'édition, de consentir à certains sacrifices. Je me disais que tu pourrais le lui expliquer.

Gaby s'arrêta et regarda fixement Erica.

— Moi ?

Erica ne sut pas quoi dire. Elle n'était pas sûre d'être la bonne personne pour convaincre Christian d'aller affronter les loups à nouveau. Après tout, c'était elle qui les avait attirés devant sa porte.

— Je ne sais pas si…

Erica chercha une formulation diplomate, mais Gaby l'interrompit :

— Bon, alors on fait comme ça. Tu le vois et tu lui expliques ce qu'on attend de lui.

Erica fixa Gaby du regard. Qu'avait-elle donc dit qui pouvait être interprété comme une réponse affirmative ? Mais Gaby se levait déjà pour partir. Elle lissa sa jupe, prit son fourre-tout et le jeta sur l'épaule.

— Merci pour le café et pour notre petit tête-à-tête. Je me félicite de notre collaboration, ça fonctionne vraiment bien.

Elle se pencha pour esquisser une bise sur chacune des joues d'Erica, puis elle se dirigea vers la porte.

— Ne te dérange pas, je connais le chemin, lança-t-elle. Allez, ciao.

— Ciao.

Erica agita mollement la main. Il lui semblait que le train express n'était pas seulement passé à travers son salon, il lui avait carrément roulé dessus.

Patrik et Gösta étaient déjà en route. Cinq minutes seulement s'étaient écoulées depuis l'appel. Au début, Kenneth Bengtsson avait du mal à articuler, mais au bout d'un moment, Patrik avait réussi à comprendre ce qu'il disait. Que sa femme avait été assassinée.

— C'est quoi qui nous tombe dessus, à ton avis ? dit Gösta en secouant la tête. Hé, tu es obligé d'accélérer comme ça dans les virages ? Chaque fois, ça me fait valdinguer contre la portière.

Comme d'habitude quand Patrik était au volant, Gösta était agrippé à la poignée au-dessus de la portière.

— Pardon, dit Patrik en ralentissant un peu, mais il ne fallut pas longtemps avant qu'il appuie de nouveau sur le champignon. Ce qui nous tombe dessus ? J'aimerais bien le savoir.

Il jeta un coup d'œil dans le rétroviseur pour s'assurer que Paula et Martin suivaient.

— Qu'est-ce qu'il a dit ? Elle a reçu des coups de couteau, elle aussi ?

— Je n'ai pas réussi à tirer grand-chose de sensé de lui. Il m'a paru sérieusement secoué. Il a seulement dit qu'il était rentré à la maison et avait trouvé sa femme assassinée.

— D'après ce que j'ai entendu, il ne lui restait pas longtemps à vivre, à sa femme, de toute façon, dit Gösta.

Il détestait tout ce qui avait trait à la maladie et à la mort. Toute sa vie, il avait redouté qu'un mal incurable ne vienne le frapper. Il espérait avoir d'abord le temps de faire un maximum de parcours de golf. Ces jours-ci, c'était plutôt Patrik qui semblait en mauvaise santé.

— D'ailleurs, toi, tu n'as pas l'air de tenir une forme olympique, ajouta-t-il.

247

— Tu n'arrêtes pas de me dire ça, dit Patrik, irrité. Si tu savais ce que c'est, de conjuguer boulot et enfant. Ne jamais avoir le temps, ne jamais dormir tout son soûl.

A l'instant même où les paroles jaillirent de sa bouche, Patrik les regretta. Il savait que le grand chagrin de Gösta était son fils, mort juste après sa naissance.

— Pardon, je ne voulais pas dire ça, s'excusa-t-il, et Gösta hocha la tête.

— Ne t'inquiète pas, dit-il. Son visage s'adoucit et il ajouta : C'est chouette pour Annika, cette petite qu'ils vont avoir.

— Oui, mais quelle attente, dit Patrik, content de changer de sujet.

— Ces choses-là prennent du temps. Je l'ignorais complètement. Je ne vois pas où est le problème, je veux dire, l'enfant existe.

Gösta était presque aussi frustré qu'Annika et son mari.

— La bureaucratie, répondit Patrik. Je suppose qu'on devrait plutôt être rassurés qu'ils vérifient tout comme il faut et ne donnent pas les enfants à n'importe qui.

— Oui, tu as sans doute raison.

— Ça y est, c'est là.

Patrik s'arrêta devant la maison du couple Bengtsson. L'instant après arriva la seconde voiture avec Paula au volant, et quand les moteurs furent coupés, on n'entendit plus que le murmure de la forêt.

Kenneth Bengtsson leur ouvrit la porte. Il était livide et paraissait déboussolé.

— Patrik Hedström, dit Patrik en lui tendant la main. Elle est où ?

— Là-dedans, dit Kenneth en pointant un doigt vers l'intérieur. Je… est-ce que je peux rester ici ?

— Restez avec mes collègues, je vais y aller seul.

Du regard, il demanda à Gösta de s'occuper du mari. Les talents de policier de Gösta laissaient pas mal à désirer, mais il savait s'y prendre avec les gens et Kenneth serait entre de bonnes mains avec lui. Le personnel médical ne devrait pas tarder à arriver non plus. Patrik avait appelé l'hôpital avant de quitter le commissariat, et l'ambulance était en route.

Ils ne faciliteraient pas le travail des techniciens s'ils entraient tous et Patrik fit signe à Paula et Martin d'attendre dehors. Il entra seul et retira ses chaussures. Il prit la direction que Kenneth avait indiquée, supposant qu'il avait voulu dire la porte au fond du vestibule. Elle était fermée. Patrik faillit l'ouvrir, mais s'arrêta à temps. Il pouvait y avoir des empreintes digitales. Avec le coude, il appuya de tout son poids sur la poignée et poussa la porte.

Elle était allongée sur le lit, les yeux fermés et les bras le long du corps. On aurait dit qu'elle dormait. Il s'approcha, chercha des blessures sur le corps. Il n'y avait pas de sang, pas de plaies. En revanche, son corps portait des stigmates très nets de la maladie. Le squelette se dessinait sous la peau sèche et tendue, et la tête semblait nue sous le foulard qu'elle portait. Patrik en avait lourd sur le cœur en pensant à ce qu'elle avait enduré, à ce que Kenneth avait enduré, lui qui avait dû assister à la dégradation de l'état de sa femme. Mais rien n'indiquait qu'elle soit morte autrement que dans son sommeil. Il sortit lentement de la pièce à reculons.

Dehors dans le froid, il trouva Gösta en train de calmer Kenneth tandis que Paula et Martin aidaient le chauffeur de l'ambulance à entrer en marche arrière dans l'allée d'accès.

— Je suis allé la voir, dit Patrik doucement à Kenneth en posant une main sur son épaule. Je ne vois rien qui indique qu'elle aurait été tuée, comme vous l'avez dit au téléphone. J'ai compris que votre femme était gravement malade ?

Kenneth hocha la tête sans rien dire.

— Elle s'est sûrement éteinte dans son sommeil, vous ne croyez pas ?

— Non, elle a été assassinée, dit Kenneth avec vivacité.

Patrik échangea un regard avec Gösta. Ce n'était pas rare que des personnes en état de choc réagissent bizarrement et tiennent des propos étranges.

— Qu'est-ce qui vous fait croire ça ? Comme je le disais, je viens de voir votre femme, et elle ne présente pas de blessures, rien qui signale quelque chose de… d'anormal.

— Elle a été assassinée ! insista Kenneth.

Patrik commença à comprendre qu'ils ne pouvaient rien faire de plus maintenant. Il demanderait au personnel médical de s'occuper de l'homme.

— Tenez !

Kenneth sortit quelque chose de sa poche et le tendit à Patrik qui le prit sans réfléchir. C'était un petit papier blanc, plié en deux. Avec un regard interrogateur sur Kenneth, il l'ouvrit. Une écriture sinueuse à l'encre noire disait : *La vérité sur toi l'a tuée.*

Patrik reconnut immédiatement l'écriture.

— Où avez-vous trouvé ça ?

— Dans sa main. Je l'ai pris dans sa main, bégaya Kenneth.

— Et ce n'est pas elle qui a écrit ça ?

La question était inutile, mais Patrik tenait quand même à la poser pour écarter le moindre doute. En réalité, il connaissait déjà la réponse. L'écriture était la même. Et les mots simples véhiculaient la même perversité que la lettre qu'Erica avait prise chez Christian.

Kenneth secoua la tête.

— Non, dit-il en brandissant ce qu'il tenait dans l'autre main. C'est la même personne qui a écrit ça.

A travers le plastique transparent, Patrik vit quatre enveloppes blanches. L'adresse était tracée à l'encre noire et l'écriture, soignée. La même que sur le bout de papier.

— Quand les avez-vous reçues? demanda-t-il et il sentit son cœur battre fort.

— On était sur le point de vous les donner, dit Kenneth à voix basse en tendant le sachet à Patrik.

— On?

— Oui. Erik et moi. Lui aussi en a reçu.

— Vous voulez dire Erik Lind?

Kenneth fit oui de la tête.

— Mais pourquoi ne l'avez-vous pas signalé à la police plus tôt?

Patrik essaya de tempérer son agacement. L'homme devant lui venait de perdre sa femme, ce n'était pas le moment de lui faire ce genre de reproches.

— Je… nous… Nous n'avons compris qu'aujourd'hui que nous étions tous les deux pris pour cible. Pour Christian, on l'a appris ce week-end quand les journaux en ont parlé. Je ne sais pas ce qu'il en est pour Erik, mais, moi, je ne voulais pas inquiéter…

Sa gorge se serra.

Patrik regarda de nouveau les enveloppes dans le sac plastique.

— Il n'y en a que trois qui comportent votre adresse et un cachet de la poste. Sur la quatrième, il y a seulement votre nom écrit. Comment l'avez-vous reçue?

— Quelqu'un est entré chez nous la nuit dernière et l'a laissée sur la table de la cuisine.

Il hésita et Patrik attendit, sentant que ce n'était pas tout.

— Il y avait un couteau posé à côté de l'enveloppe. Un de nos couteaux de cuisine. Il n'y a qu'une seule façon d'interpréter un tel message, sanglota-t-il avant de poursuivre : Mais je croyais que c'était moi qu'on visait. Pourquoi Lisbet ? Pourquoi tuer Lisbet ?

Il essuya une larme avec le dos de la main, de toute évidence embarrassé de pleurer devant Patrik et les autres.

— Nous ne savons pas encore si elle a réellement été tuée, dit Patrik doucement. Cela dit, quelqu'un est manifestement venu ici. Est-ce que vous avez une idée de qui ça peut être ? Qui a pu envoyer ces lettres ?

Il observa minutieusement le visage de Kenneth pour noter tout changement d'expression. Pour autant qu'il pût en juger, Kenneth était sincère en disant :

— J'y ai beaucoup réfléchi depuis la première lettre. Elle est arrivée peu avant Noël. Mais je ne vois vraiment pas qui pourrait me vouloir du mal. C'est simple, il n'y a personne. Je ne me suis jamais fait d'ennemis de ce genre. Je suis trop… insignifiant.

— Et Erik ? Ça fait combien de temps qu'il en reçoit ?

— Aussi longtemps que moi. Il les a au bureau. Je devais juste rentrer récupérer les miennes, et ensuite on était censés vous contacter…

Sa voix partit à la dérive et Patrik comprit que ses pensées retournaient vers la chambre où il avait retrouvé sa femme morte.

— Et le message, qu'est-ce que ça peut signifier ? C'est quoi cette "vérité sur toi" ?

— Je ne sais pas. Je ne sais réellement pas, dit Kenneth à voix basse avant de respirer à fond et de dire : Qu'est-ce que vous allez faire d'elle maintenant ?

— Elle va être conduite à Göteborg pour un examen approfondi.

— Un examen approfondi ? Vous voulez dire une autopsie ? fit Kenneth avec une grimace.

— Oui, une autopsie. C'est malheureusement nécessaire pour apprendre ce qui s'est passé.

Kenneth acquiesça, mais ses yeux brillaient et ses lèvres avaient pris une teinte bleuâtre. En regardant ses vêtements légers, Patrik réalisa qu'ils étaient restés dehors beaucoup trop longtemps et il s'empressa de dire :

— Il fait froid, venez vous mettre au chaud. Est-ce que vous pouvez retourner au bureau avec moi ? Le vôtre, de bureau, je veux dire ? Comme ça, on verra Erik ensemble. Dites-moi franchement, autrement j'irai seul. D'ailleurs, vous voulez peut-être prévenir quelqu'un ?

— Non. Et je peux venir, il n'y a pas de problème, dit Kenneth presque comme un défi. Je veux savoir qui est derrière tout ça.

— Très bien.

Patrik le prit par le coude et le guida vers la voiture. Il ouvrit la portière du passager puis alla donner quelques brèves instructions à Martin et Paula. Il alla aussi chercher une veste pour Kenneth avant de faire signe à Gösta de venir avec eux. L'équipe de techniciens était en route et Patrik espérait être de retour avant qu'ils aient fini. Sinon, il leur parlerait plus tard. Ce qu'il avait à faire maintenant ne pouvait pas attendre.

Quand la voiture se mit en route, Kenneth jeta un long regard sur sa maison. Ses lèvres bougèrent comme si elles formaient un adieu silencieux.

Rien n'avait vraiment changé, le vide était toujours là. La seule différence, c'était qu'il y avait un corps à enterrer et que la dernière étincelle d'espoir s'était éteinte. Son pressentiment s'était confirmé, et pourtant Dieu sait qu'elle aurait aimé s'être trompée.

Comment allait-elle pouvoir vivre sans Magnus ? A quoi ressemblerait une existence sans lui ? C'était irréel de penser que son mari, le père des enfants, se trouverait dans une tombe au cimetière. Magnus, toujours si plein de vie, qui rigolait tout le temps et qui veillait à ce qu'il en soit de même autour de lui. Bien sûr, parfois elle s'était énervée contre son insouciance et ses gamineries perpétuelles. Ça la mettait hors d'elle quand elle voulait entamer un sujet sérieux et qu'il ne savait que plaisanter et faire l'imbécile jusqu'à ce qu'elle ne puisse s'empêcher de rire. Cependant, pour rien au monde elle n'aurait voulu le changer.

Que ne donnerait-elle pas pour une seule heure encore avec lui ! Ou une demi-heure, une minute. Ils n'avaient pas encore terminé leur vie ensemble, ils venaient juste de la commencer. Ils n'avaient accompli qu'une petite partie du voyage qu'ils avaient projeté. Leur rencontre à dix-neuf ans, qui les avait tant ébranlés. Les premières années d'amour. La demande en mariage de Magnus et la cérémonie dans l'église de Fjällbacka. Les enfants. Les nuits blanches quand ils dormaient à tour de rôle. Tous les jeux et les rires avec Elin et Ludvig. Les nuits à faire l'amour ou à simplement dormir main dans la main. Et ces dernières années, quand les enfants avaient grandi et qu'eux-mêmes se redécouvraient en tant qu'êtres humains.

Il restait tant de choses, le chemin devant eux semblait long et plein de promesses. Magnus se réjouissait à l'idée de gentiment taquiner les premiers petits amis des enfants quand ils viendraient, maladroits, timides et bégayants, pour être présentés. Ils aideraient Elin et Ludvig à déménager dans leur premier appartement, ils porteraient des meubles, peindraient des murs et confectionneraient des rideaux. Magnus prononcerait un discours à leur mariage respectif. Il allait parler trop longtemps, devenir sentimental, raconter trop d'anecdotes sur leur enfance. Ils avaient même commencé à fantasmer sur des petits-enfants, alors qu'il faudrait encore attendre de nombreuses années. Mais l'idée était là comme une promesse au bord de la route, un joyau scintillant. Ils seraient les meilleurs grands-parents du monde. Toujours disponibles et prêts à gâter les petits. A donner des bonbons avant le dîner et acheter trop de jouets. A leur offrir du temps, tout le temps qu'ils auraient.

Tout cela s'était envolé. Leurs rêves d'avenir ne se réaliseraient jamais. Soudain, elle sentit une main sur son épaule. Elle entendit sa voix, à ce point semblable à celle de Magnus qu'elle ferma les oreilles et cessa d'écouter. Au bout d'un moment la voix se tut et la main s'éloigna. Devant elle, elle vit la route qui s'évanouissait, comme si elle n'avait jamais existé.

Les derniers virages avant d'arriver à la maison de Christian étaient comme un chemin de croix. Elle avait essayé de le joindre à la bibliothèque, mais on lui avait répondu qu'il était rentré chez lui. Alors elle s'était serrée derrière le volant et y était allée. Elle n'était toujours pas sûre qu'accéder à la demande de Gaby fût une sage décision. Mais comment faire pour se sortir de l'impasse? Gaby n'admettait jamais un refus.

— Tiens, qu'est-ce que tu viens faire ? dit Sanna en ouvrant, l'air encore plus triste que d'habitude.

— J'ai besoin de voir Christian, répondit Erica en espérant qu'elle ne serait pas obligée de rester là, sur le pas de la porte.

— Il n'est pas là.

— Quand est-ce qu'il rentrera ? demanda Erica patiemment, presque reconnaissante à l'idée de pouvoir repousser la mission.

— Il est en train d'écrire. Dans le cabanon. Tu peux y aller si tu veux, mais tu risques de le déranger.

— Je prends le risque. C'est important, ajouta-t-elle.

— Tu fais comme tu veux. Tu connais le chemin ?

Erica fit oui de la tête. Elle avait déjà rendu visite à Christian dans la petite cahute qu'il utilisait pour écrire.

Cinq minutes plus tard, elle freina devant l'alignement de cabanes de pêcheurs. Celle où travaillait Christian était un héritage de la famille de Sanna. Son grand-père l'avait achetée pour une bouchée de pain et aujourd'hui c'était une des rares cabanes détenues par des résidents permanents de Fjällbacka.

Christian avait apparemment entendu la voiture, car il ouvrit la porte avant qu'elle ait le temps de frapper. Erica remarqua sa plaie au front, mais elle se dit que le moment était mal choisi pour poser des questions.

— Ah, c'est toi, dit-il avec le même manque d'enthousiasme que Sanna.

Erica commença à se faire l'effet d'une pestiférée.

— Moi et deux, trois autres, essaya-t-elle de plaisanter, mais Christian n'eut pas l'air de trouver ça drôle.

— Je bosse, dit-il sans montrer le moindre signe de vouloir la laisser entrer.

— Ça ne prendra que quelques minutes.

— Tu sais toi-même comment c'est quand on est bien lancé, dit-il.

Ça s'annonçait encore pire qu'Erica ne l'avait imaginé.

— J'ai eu la visite de Gaby tout à l'heure. Elle m'a parlé de votre entrevue.

— Elle a fait tout ce chemin pour ça? soupira Christian et ses épaules s'affaissèrent.

— Elle était à une réunion à Göteborg. Mais elle est vraiment inquiète. Et elle a cru que je pourrais… Dis, on ne peut pas entrer pour parler?

Sans un mot, Christian fit un pas de côté. Le plafond était tellement bas qu'il devait baisser légèrement la tête, mais Erica pouvait se tenir droite. Il lui tourna le dos et la précéda dans la pièce donnant sur la mer. L'ordinateur allumé et les feuilles de manuscrit éparpillées sur la table devant la fenêtre indiquaient qu'il travaillait réellement.

— Bon, qu'est-ce qu'elle a dit alors?

Il s'assit, croisa ses longues jambes et croisa aussi ses bras sur sa poitrine. Tout son corps exprimait la mauvaise volonté.

— Comme je le disais, elle s'inquiète. Ou elle se fait du souci, plus exactement. Elle m'a dit que tu n'as pas l'intention de te prêter à d'autres interviews, ni de faire la promotion du livre.

— C'est exact, dit Christian en serrant davantage ses bras contre lui.

— Puis-je te demander pourquoi?

— Tu devrais le comprendre! siffla-t-il.

Erica sursauta. Il parut s'en rendre compte et eut l'air de regretter son ton.

— Tu sais pourquoi, reprit-il sourdement. Je ne peux pas… C'est impossible, avec tout ce qu'ils ont écrit.

— Tu as peur d'attirer encore plus l'attention ? C'est pour ça ? Tu as reçu d'autres menaces ? Tu sais qui en est l'auteur ?

Les questions crépitèrent.

— Je ne sais rien, dit Christian en élevant de nouveau la voix. Je ne sais absolument rien ! Tout ce que je veux, c'est qu'on me fiche la paix, que je puisse travailler et ne pas avoir à…

Il détourna le regard. Erica le contempla en silence. Il n'était pas vraiment à sa place dans ce cadre. Elle se l'était déjà dit les quelques fois où elle était venue le voir ici, et cela lui sautait encore aux yeux aujourd'hui. Il détonnait complètement dans ce décor de matériel de pêche et de filets couvrant les murs. Le petit cabanon avait tout d'une maison de poupée, où il parvenait à caser ses longs membres puis se retrouvait coincé et incapable de se dégager. Ce qui était peut-être le cas en un certain sens. Elle regarda le manuscrit sur la table. De là où elle se tenait, elle ne pouvait pas lire ce qu'il y avait écrit, mais elle estimait qu'il y avait une centaine de pages.

— C'est ton nouveau livre ?

Elle n'avait pas l'intention de lâcher le sujet qui avait tant incommodé Christian, mais elle voulut lui donner un peu de répit pour se calmer.

— Oui, dit-il et il parut se détendre.

— C'est la suite ? De *La Sirène* ?

— Il n'y a pas de suite à *La Sirène*, sourit-il en tournant les yeux vers la mer. Je ne comprends pas comment les gens osent, ajouta-t-il d'un air songeur.

— Pardon ? Osent quoi ?

— Sauter.

Erica suivit son regard. Tout à coup elle comprit ce qu'il voulait dire.

— Tu veux dire sauter du plongeoir ? Sur Badhol-men ?

— Oui.

Le regard de Christian y était rivé.

— Je n'ai jamais osé. Mais d'un autre côté, j'ai la trouille de l'eau, ce qui est un peu gênant vu que j'ai grandi ici, dit Erica.

— Moi non plus, je n'ai jamais osé.

La voix de Christian parut lointaine et rêveuse. Il y avait quelque chose entre les lignes, une tension qui semblait sur le point d'exploser. Erica ne bougeait pas, elle respirait à peine, elle attendit. Quand il reprit, il semblait ne plus se souvenir de sa présence.

— Elle osait le faire.

— Qui ça ?

Erica chuchota la question. D'abord elle crut qu'elle n'obtiendrait pas de réponse. Puis Christian finit par dire à voix basse, presque inaudible :

— La Sirène.

— Dans le livre ?

Erica était complètement déroutée. Qu'essayait-il de dire ? Et où se trouvait-il ? Pas ici en tout cas, pas maintenant, pas avec elle. Il était ailleurs, et elle aurait vraiment aimé savoir où.

La seconde d'après, tout rentra dans l'ordre. Christian prit une profonde inspiration et se tourna vers elle. Il était de retour.

— Je veux me concentrer sur mon nouveau manuscrit. Pas passer mon temps à donner des interviews ou à écrire des dédicaces.

— Ça fait partie du boulot, Christian, remarqua Erica calmement, et elle sentit une pointe d'irritation à le voir aussi arrogant.

— Je n'ai donc pas le choix ?

La voix semblait calme à présent, mais la tension était toujours là.

— Si tu n'étais pas prêt à assurer cette partie-là du boulot, tu aurais dû le dire dès le départ. La maison d'édition, le marché, les lecteurs bon sang, ce que nous avons de plus précieux, ils s'attendent à ce qu'on leur consacre un certain temps. Si on n'est pas prêt à le faire, on doit être clair là-dessus dès le début. Tu ne peux pas changer les règles du jeu du jour au lendemain.

Christian fixait le sol et elle vit qu'il écoutait attentivement et qu'il enregistrait ses paroles. Quand il releva la tête, il avait les larmes aux yeux.

— Je ne peux pas, Erica. C'est difficile à expliquer… Mais c'est impossible pour moi. Ils peuvent me poursuivre en justice, me mettre sur liste noire, je m'en fous. Je continuerai quand même à écrire, parce que je le dois. Mais je ne peux pas jouer à ce jeu.

Il se gratta violemment les avant-bras, comme s'il avait une fourmilière sous la peau. Erica le contempla avec inquiétude. Christian était comme une corde tendue qui pouvait casser à tout moment. Elle comprit qu'elle n'y pouvait rien. Il n'avait pas envie de parler avec elle. Si elle voulait résoudre son énigme, il lui faudrait chercher les réponses toute seule, sans son aide.

Il la regarda un instant, puis il tira brusquement la chaise plus près de la table où se trouvait l'ordinateur. Son visage était inexpressif. Fermé.

— Je dois bosser maintenant.

Erica se leva. Elle aurait voulu pouvoir voir à l'intérieur de son crâne, extirper ses secrets. Elle sentait qu'ils étaient la clé de tout. Mais Christian s'était retourné vers l'écran, concentré sur les mots qu'il venait d'écrire, comme s'ils étaient les derniers qu'il lirait jamais.

Elle ne dit rien en partant. Même pas au revoir.

Patrik était dans son bureau en train de lutter contre cette maudite fatigue. Il devait se concentrer, se montrer performant maintenant que l'enquête avait atteint un stade critique.

— Qu'est-ce qui va se passer ensuite ? demanda Paula en pointant la tête par la porte.

Elle remarqua le teint malsain de Patrik et la sueur qui perlait sur son front, et s'inquiéta. Il avait l'air si fatigué ces temps-ci, c'était un fait.

Patrik respira à fond et se força à penser au déroulement des événements.

— Lisbet Bengtsson a été transportée à la médicolégale à Göteborg. Je n'ai pas encore parlé avec Pedersen, mais je sais qu'on n'aura pas les résultats de l'autopsie de Magnus Kjellner avant au moins deux jours. Pour Lisbet, il ne faut donc pas compter sur une réponse avant le début de la semaine prochaine, au mieux.

— Et qu'est-ce que tu en penses ? Elle a été tuée ?

Patrik hésita.

— Pour Magnus, j'en suis certain. Il n'aurait absolument pas pu s'infliger lui-même de telles coupures, ni les recevoir autrement qu'en étant agressé. Mais Lisbet… Je ne sais pas quoi dire. Elle n'avait pas de blessures apparentes, et elle était très malade, ça peut très bien être une mort naturelle. S'il n'y avait pas eu ce petit mot. Quelqu'un est venu dans sa chambre et l'a mis entre ses mains, mais il est impossible de dire si c'était avant, pendant ou après sa mort. Il faut attendre que Pedersen nous fournisse d'autres informations.

— Et les lettres ? Qu'est-ce qu'ils ont dit, Erik et Kenneth ? Ils ont une théorie là-dessus, qui et pourquoi ?

— Non, en tout cas ils ne me l'ont pas signifié. Et pour le moment je n'ai aucune raison de ne pas les croire. Mais il paraît très improbable que les trois hommes qui ont reçu des menaces aient été choisis au hasard. Ils se connaissent, se fréquentent, il doit y avoir un dénominateur commun. Que nous ne voyons pas.

— Dans ce cas, pourquoi Magnus n'a-t-il pas reçu de lettres ? objecta Paula.

— On n'en sait rien. Il a pu en recevoir sans le dire à personne.

— Tu en as parlé avec Cia ?

— Oui, dès l'instant où j'ai appris pour Christian. Elle a soutenu qu'il n'avait rien reçu. Elle l'aurait su et nous l'aurait signalé dès le début. Mais on ne peut pas être vraiment sûrs. Magnus ne lui a peut-être pas dit pour la protéger.

— J'ai l'impression que c'est monté d'un cran, tout ça. Faire irruption chez quelqu'un en pleine nuit est bien plus sérieux qu'envoyer une lettre par la poste.

— Tu as raison, répondit Patrik. J'aurais aimé mettre Kenneth sous protection policière, mais on n'a pas assez de personnel pour ça.

— Je sais. Si on apprend que la mort de sa femme n'est pas naturelle... ?

— On avisera à ce moment-là, dit Patrik d'une voix lasse.

— D'ailleurs, tu as envoyé les lettres au labo ?

— Oui, elles sont parties tout à l'heure. J'y ai joint celle qu'Erica avait emportée de chez Christian.

— Qu'Erica avait volée, tu veux dire, dit Paula en essayant de dissimuler son sourire.

Elle s'était énormément amusée aux dépens de Patrik quand il avait essayé de défendre l'audace de sa femme.

— D'accord, volée, répliqua Patrik en piquant un fard. Mais il ne faut pas trop en espérer, à mon avis. On est déjà nombreux à les avoir touchées, et c'est pratiquement impossible de remonter la piste d'un papier blanc et d'une encre noire ordinaires. Ça s'achète n'importe où en Suède.

— Oui. Et avec un peu de malchance, on a affaire à quelqu'un qui prend soin d'effacer ses traces.

— La chance sera peut-être avec nous.

— Elle ne nous a pas beaucoup souri jusque-là, marmonna Paula.

— Je te l'accorde…

Patrik s'assit lourdement et médita un instant en silence.

— Demain on se relance. Réunion à sept heures, ça nous donnera de nouveaux repères.

— Relance demain, répéta Paula.

Elle regagna son bureau en se disant qu'une percée serait la bienvenue. Patrik semblait avoir grand besoin de repos. Elle le garderait à l'œil. Il n'avait vraiment pas l'air bien.

Son nouveau livre piétinait. Les mots s'accumulaient dans sa tête sans se laisser dompter pour former des phrases. Sur l'écran, le curseur le narguait avec son clignotement. Ce roman était beaucoup plus difficile à écrire, il y mettait franchement moins de lui-même. D'un autre côté, il en avait trop mis dans *La Sirène*. Christian était surpris que personne ne s'en soit rendu compte. Qu'ils aient lu son histoire sans aucun sens critique et l'aient considérée comme de la fiction, un conte noir. Sa plus grande crainte s'était révélée infondée. Tout au long du travail pénible, certes, mais nécessaire pour écrire son livre, il avait lutté contre la peur de ce qui arriverait quand il aurait soulevé la pierre. De ce qui allait en sortir lorsque la lumière du jour s'y déverserait.

Mais rien ne s'était passé. Les gens étaient si naïfs, si habitués à être nourris d'histoires inventées qu'ils ne reconnaissaient pas la réalité cachée sous un déguise-ment pourtant sommaire. Il regarda son écran de nou-veau. Essaya de forcer les mots à venir, de retrouver le chemin vers ce qui cette fois deviendrait réellement un conte. Ce qu'il avait dit à Erica était vrai. Il n'existait pas de suite à *La Sirène*. Le récit s'arrêtait là.

Il avait joué avec le feu et les flammes brûlaient sous ses pieds. *Elle* était tout près maintenant, il le sentait. Elle l'avait trouvé et il ne pouvait s'en prendre qu'à lui-même.

Avec un soupir, il referma son ordinateur. Il lui fallait faire du tri dans ses pensées. Il enfila sa veste et remonta la fermeture éclair jusque sous le men-ton. Les mains dans les poches, il se dirigea d'un pas rapide vers la place Ingrid-Bergman. Les rues étaient tout aussi désertes à présent qu'elles étaient animées et grouillantes de monde en été. Ça lui allait mieux.

Il ne savait pas quelle serait sa destination avant de tourner au quai du Sauvetage en mer. Ses pieds le menaient vers Badholmen et le plongeoir qui se découpait sur le ciel d'hiver gris. Le vent était violent et, quand il passa sur la petite jetée en pierre qui reliait l'îlot à la terre, une rafale s'engouffra sous sa veste et la gonfla comme une voile. Les rangées de cabines de bain offraient un abri au vent, mais dès qu'il sortit sur les rochers du côté du plongeoir, les bourrasques l'assaillirent. Il s'immobilisa. Se laissa ballotter, pendant qu'il inclinait la nuque en arrière et regardait le plongeoir en bois. On pouvait difficilement le qualifier de beau, mais il avait trouvé sa place. De la plate-forme supérieure, on voyait tout Fjällbacka et la sortie du port vers la mer. Et il gardait une sorte de dignité érodée. Comme une vieille dame qui a bien vécu et qui n'a pas honte de le montrer.

Il hésita un instant, puis il monta sur la première marche. S'accrocha à la rambarde avec sa main froide. Le bois de la vieille construction grinça et protesta. En été, il supportait les assauts d'adolescents impatients qui couraient dans l'escalier, mais aujourd'hui, le vent malmenait si violemment le plongeoir que Christian n'était pas sûr qu'il tolérerait son poids. Peu lui importait. Il fallait qu'il monte.

Il grimpa encore quelques marches. A présent, il n'y avait pas de doute. L'édifice tanguait réellement au vent. Il bougeait comme un pendule et le corps de Christian bougeait avec. Il continua son ascension et finit par arriver en haut. Un instant, il ferma les yeux, s'assit à même la plate-forme et respira. Puis il regarda en bas.

Elle était là, dans sa robe bleue. Elle dansait sur la glace, avec l'enfant dans ses bras, sans laisser de traces dans la neige. Bien qu'elle soit pieds nus, tout comme l'autre fois à la Saint-Jean, elle ne semblait pas avoir froid. L'enfant aussi était légèrement habillé, un pantalon blanc et un petit pull, mais il souriait comme si le vent d'hiver ne l'atteignait pas.

Il se remit debout sur des jambes flageolantes, le regard rivé sur elle. Il voulut lui lancer un avertissement. La glace était faible, on ne pouvait pas marcher dessus et encore moins danser. Il vit les fissures, certaines ouvertes, d'autres en train de s'élargir. Mais elle dansait avec l'enfant dans ses bras, la robe virevoltant autour de ses jambes. Elle riait et faisait des signes avec ses mains, et ses cheveux châtains formaient un cadre magnifique à son visage.

Le haut plongeoir oscillait. Mais Christian se tint droit en parant les mouvements avec ses bras tendus. Il essaya de l'appeler, mais seuls des sons rauques sortirent de sa gorge. Puis il vit la main, blanche et mouillée. Elle sortit de l'eau, essaya d'attraper les pieds de celle qui dansait, essaya de saisir sa robe, de l'attirer dans les profondeurs. Il vit la Sirène. Son visage blanc, qui dévorait des yeux la femme et l'enfant, se tendit pour attraper ce qu'il aimait par-dessus tout.

Et la femme ne la voyait pas. Elle continuait à danser, prenait la main de l'enfant et l'agitait dans sa direction. Elle tournoyait sur la glace, ses pieds parfois à seulement quelques millimètres de la main blanche qui voulait l'attraper.

Un éclair fusa dans sa tête. Il ne pouvait rien faire, il était impuissant. Christian se boucha les oreilles et ferma les yeux. Et soudain le cri monta dans sa gorge, il jaillit, fort et aigu, rebondit sur la glace et sur les rochers et raviva les plaies dans sa poitrine. Quand il eut fini de crier, il ôta les mains de ses oreilles et ouvrit les yeux. La femme et l'enfant avaient disparu. Maintenant, il en était certain. *Elle* n'abandonnerait pas avant de lui avoir tout pris.

Elle était toujours très exigeante. Mère consacrait des heures à son entraînement, à lui assouplir les articulations, à exercer son esprit à l'aide d'images et de musique. Elle avait remué ciel et terre une fois qu'elle eut accepté la réalité. Alice n'était pas tout à fait normale.

Mais cela ne le mettait plus dans tous ses états. Il ne haïssait pas sa sœur pour toutes les heures qu'elle réclamait à mère. Car le triomphe dans ses yeux avait disparu. Elle était calme et silencieuse. Elle restait en général dans un coin à tripoter un objet, répétait le même mouvement pendant des heures, regardait par la fenêtre ou fixait un mur où il n'y avait strictement rien à voir.

Elle apprenait à faire des choses. D'abord à s'asseoir, puis à se traîner à quatre pattes, puis à marcher. Comme tous les enfants. Simplement, c'était plus long pour Alice.

De temps en temps, le regard de père croisait le sien. Un très bref instant, leurs yeux se rencontraient, et dans ceux de son père apparaissait une expression qu'il n'arrivait pas à interpréter. Mais il comprenait que père le surveillait et qu'il surveillait Alice. Il aurait voulu lui dire que ce n'était pas nécessaire. Pourquoi lui ferait-il du mal? Elle était si gentille maintenant.

Il n'aimait pas sa sœur. Il n'aimait que mère. Mais il la tolérait. Elle était maintenant un élément de son monde, une petite partie de son quotidien, de la même façon que le poste de télévision avec son grésillement, le lit où il se glissait le soir ou le froissement du journal de père. Elle était un élément tout aussi évident, et qui signifiait aussi peu.

En revanche, Alice l'adorait. Il n'arrivait pas à le comprendre. Pourquoi le choisissait-elle, lui et pas leur mère si belle? Elle s'illuminait quand elle le voyait et il était le seul vers qui elle tendait les bras pour être soulevée et câlinée. Autrement, elle n'aimait pas le contact physique. Elle sursautait quand mère essayait de la caresser et se dégageait tout de suite. Il ne comprenait pas. Si mère avait voulu le toucher et le caresser de cette façon, il se serait laissé couler dans ses bras, il aurait fermé les yeux et y serait resté pour toujours.

L'amour inconditionnel d'Alice le troublait. Pourtant, savoir que quelqu'un le désirait lui donnait une certaine satisfaction. Parfois il mettait son amour à l'épreuve. Les rares moments où père oubliait de les surveiller, il testait l'étendue de son amour pour lui. Il vérifiait jusqu'où il pouvait aller avant que la lumière dans ses yeux ne s'éteigne. Il la pinçait, il lui tirait les cheveux. Une fois, il lui avait enlevé une chaussure et avait égratigné la plante de son pied avec le petit canif qu'il avait trouvé et qu'il gardait toujours dans sa poche.

En fait, il n'aimait pas lui faire mal, mais il savait combien l'amour pouvait être superficiel, combien il disparaissait facilement. A sa grande fascination, Alice ne pleurait jamais, elle ne lui lançait jamais de regard lourd de reproches. Elle acceptait son sort en silence. Muette, ses yeux clairs fixés sur lui.

Personne ne prêtait attention aux bleus et aux petites plaies sur son corps. Elle se cognait tout le temps, tombait, heurtait les meubles et se coupait. C'était comme si elle bougeait avec quelques secondes de retard, et en général elle ne réagissait pas avant d'être déjà en route pour une petite catastrophe. Mais cela non plus ne la faisait pas pleurer.

Ça ne se voyait pas sur elle. Même lui, il était obligé de reconnaître qu'elle ressemblait à un ange. Quand mère sortait avec la poussette – elle était en réalité trop grande pour être en poussette, mais mère l'utilisait quand même parce que marcher avec Alice prenait trop de temps – des inconnus dans la rue s'extasiaient devant sa fille.

— Quelle magnifique petite fille ! gazouillaient-ils. Ils se penchaient vers elle, la regardaient comme s'ils voulaient aspirer sa grâce. Et lui, il tournait les yeux vers sa mère, la voyait rayonner de fierté pendant une seconde, se redresser et hocher la tête.

Cet instant était toujours brisé. Alice se tendait vers ses admirateurs avec ses mouvements maladroits et essayait de parler, mais les mots s'altéraient et un filet de salive coulait de sa bouche. Alors ils avaient un mouvement de recul. Ils regardaient mère, d'abord avec épouvante puis avec pitié, tandis que toute la fierté dans ses yeux disparaissait.

Ils ne le regardaient jamais, lui. Il était juste quelqu'un qui marchait derrière mère et Alice, s'il avait été autorisé à venir. Une grosse masse informe qui n'attirait l'attention de personne. Mais cela lui était égal. C'était comme si toute la colère qui avait brûlé dans son cœur était morte à l'instant où l'eau s'était refermée sur le visage d'Alice. Il n'en sentait même plus l'odeur doucereuse dans ses narines. Elle était partie, comme si elle n'avait jamais existé. L'eau l'avait éliminée aussi. Ne restait que le souvenir. Pas le souvenir de quelque chose de réel, plutôt la sensation d'une expérience révolue. Il était un autre maintenant. Quelqu'un qui savait que sa mère ne l'aimait plus.

La journée de travail commença tôt. Patrik n'avait accepté aucune protestation contre la réunion fixée à sept heures du matin.

— La personne qui est derrière tout ça me paraît très ambiguë, dit-il après avoir résumé la situation. Il semble qu'on ait affaire à quelqu'un qui connaît des problèmes psychiques graves et qui, de plus, est très prudent et organisé. C'est une combinaison dangereuse.

— Mais on ne sait pas si l'assassin de Magnus est la même personne qui a écrit les lettres et qui s'est introduite chez Kenneth, objecta Martin.

— Non, mais rien ne le contredit non plus. Je propose que, pour l'instant, on parte du principe que c'est lié. Je vais appeler Pedersen quand on aura terminé la réunion pour voir si on peut enfin être fixés sur les raisons de la mort de Magnus Kjellner.

Patrik passa sa main sur son visage. Il s'était tourné et retourné dans son lit une grande partie de la nuit et était plus fatigué que jamais.

— Ça devait prendre plus de temps que ça, non ? dit Paula.

— C'est vrai, mais ça ne fait jamais de mal de les talonner un peu. On a perdu beaucoup trop de temps. Trois mois déjà depuis la disparition de Magnus, et ce n'est que maintenant qu'on a connaissance des menaces contre ces hommes.

Patrik montra le tableau sur le mur. Tous les regards se tournèrent vers les photographies qui y étaient alignées.

— On a quatre amis : Magnus Kjellner, Christian Thydell, Kenneth Bengtsson et Erik Lind. Un est mort, les trois autres ont reçu des lettres de menace d'une personne qui est probablement une femme. Malheureusement, on ignore si Magnus aussi en a reçu. En tout cas, sa femme n'est au courant de rien. Et je pense qu'il n'y aura rien de neuf de ce côté-là.

— Mais pourquoi ces quatre précisément ? demanda Paula.

— Si on le savait, on saurait probablement aussi qui en est l'auteur. Annika, est-ce que tu as trouvé quoi que ce soit d'intéressant sur leur passé ?

— Ben, pas pour l'instant. Aucune surprise en ce qui concerne Kenneth Bengtsson. Il y a pas mal de choses sur Erik Lind, mais rien qui semble pertinent pour nous. Surtout des soupçons portant sur une activité économique louche, ce genre de choses.

— Ma main à couper que cet Erik y est mêlé d'une façon ou d'une autre, dit Mellberg. C'est un mariolle ce type, je vous le dis. Il y a pas mal de bruits qui courent sur ses affaires. Et c'est un homme à femmes. C'est lui qu'il faut regarder à la loupe, ça me semble une évidence.

— Pourquoi, dans ce cas, Magnus a-t-il été tué ? demanda Patrik, qui eut droit à un regard agacé en retour.

— Je n'en suis pas encore là en ce qui concerne Christian, ajouta Annika, impassible. Mais je continue et je vous préviens évidemment à la moindre info intéressante.

— N'oublie pas qu'il a été le premier à recevoir des lettres, dit Paula en fixant le tableau d'affichage. La première est arrivée il y a un an et demi. C'est lui qui en a reçu le plus. En même temps, ça paraît bizarre que les autres soient touchés s'il n'y a qu'une cible principale. J'ai le net sentiment que quelque chose les lie directement.

— Je suis d'accord avec toi, dit Patrik. Christian a été le premier à retenir l'attention du corbeau, et ça aussi, ça doit avoir une signification.

Il faisait chaud dans la pièce et il s'essuya le front où perlaient quelques gouttes de sueur, avant de se tourner vers Annika :

— Concentre-toi sur Christian désormais.

— Moi, je trouve qu'on devrait se focaliser sur Erik, dit Mellberg. Il regarda brusquement Gösta : Qu'est-ce que tu en dis, Flygare ? Après tout, c'est toi et moi qui avons le plus d'expérience ici. Cet Erik Lind, il mérite tout de même qu'on se penche un peu plus sur lui, non ?

Gösta se tortilla. Il s'était tiré d'affaire pendant toute sa carrière de policier en appliquant la règle de la moindre résistance. Après une brève lutte avec lui-même, il finit quand même par secouer la tête :

— Mouais, je vois ce que tu veux dire, mais je suis obligé de donner raison à Hedström. A ce stade, Christian Thydell me paraît le plus intéressant.

— Bon, si vous avez envie de perdre davantage votre temps, ne vous gênez pas. J'ai mieux à faire que rester ici à donner de la confiture aux cochons, dit Mellberg d'une mine contrariée, puis il se leva et quitta la pièce.

"Mieux à faire" signifiait probablement un petit roupillon, voire un roupillon prolongé. Et Patrik n'avait pas l'intention de contrecarrer ses projets. Plus il restait à l'écart, mieux ça valait.

— Alors tu te concentres sur Christian, répéta-t-il avec un hochement de tête à l'adresse d'Annika. Quand est-ce que tu penses pouvoir nous fournir quelque chose ?

— Je devrais avoir une idée plus nette de son passé d'ici à demain.

— Super. Martin et Gösta, vous irez voir Kenneth pour essayer d'obtenir plus de détails sur ce qui s'est passé hier et sur les lettres. On va aussi entendre Erik Lind une nouvelle fois. Moi, je vais appeler Pedersen dès huit heures, dit Patrik avec un coup d'œil sur sa montre, qui n'affichait que sept heures et demie pour l'instant. Ensuite, Paula, je me disais qu'on pourrait passer chez Cia.

— Préviens-moi quand tu seras prêt à partir, répondit Paula.

— Parfait. Alors tout le monde sait ce qu'il a à faire.

Martin leva une main.

— Ne faudrait-il pas envisager une forme de protection pour Christian et les autres ?

— J'y ai pensé, évidemment. Mais on n'a pas les moyens, et on ne dispose pas d'assez d'éléments formels pour ça. Autre chose ?

Silence.

— Bon, alors on accélère.

Il s'essuya le front de nouveau. La prochaine fois, ils garderaient une fenêtre ouverte malgré le froid, pour faire entrer un peu d'oxygène.

Les autres partis, Patrik resta un instant à étudier le tableau d'affichage. Quatre hommes, quatre amis. Un mort.

Quel était le point commun entre eux ?

Elle avait l'impression de toujours marcher sur la pointe des pieds autour de lui. Ça n'avait jamais été bien entre eux, même au début. C'était difficile à admettre, mais Sanna ne pouvait plus fermer les yeux sur la vérité. Il ne l'avait jamais admise dans sa vie.

Depuis le début, il avait dit ce qu'il fallait dire, fait ce qu'il fallait faire, il l'avait courtisée et inondée de compliments. Mais au fond d'elle-même, elle ne l'avait jamais cru, même si elle avait refusé de se l'avouer. Car il était plus que ce dont elle n'avait jamais osé rêver. Son métier pouvait faire croire qu'il était ennuyeux et poussiéreux, mais il s'était révélé l'exact contraire. Beau et inaccessible, avec un regard qui semblait avoir tout vu. Quand il la fixait droit dans les yeux, elle remplissait elle-même les blancs à sa convenance. Il ne l'avait jamais aimée et elle l'avait tout le temps su. Pourtant, elle s'était leurrée, elle avait vu ce qu'elle voulait voir et ignoré ce qui sonnait faux.

A présent, elle se sentait désemparée. Elle ne voulait pas le perdre. Bien que son amour ne soit pas réciproque, elle l'aimait et cela était suffisant, pourvu qu'il ne la quitte pas. En même temps, elle se sentait toute froide de vivre ainsi, d'être la seule à éprouver de l'amour.

Elle se redressa dans le lit et le regarda. Il dormait profondément. Lentement elle tendit la main et toucha ses épais cheveux légèrement poivre et sel. Une mèche était tombée sur ses yeux et elle l'écarta doucement.

La veille au soir avait été particulièrement désagréable, et c'était de plus en plus fréquent. Elle ne savait jamais quand il allait exploser et piquer une crise, il suffisait d'un rien. Hier, les enfants avaient fait trop de bruit. Ensuite, le repas n'avait pas été à son goût, et elle avait dit quelque chose sur un ton qu'il ne fallait pas. Ça devenait intenable. Tout ce qui avait été difficile tout au long de leur vie commune avait subitement pris le dessus et il ne resterait bientôt rien des bons côtés. C'était comme s'ils se précipitaient à la vitesse de la lumière vers l'inconnu, vers l'obscurité, et elle voulait crier stop, y mettre un terme. Elle voulait que tout redevienne comme d'habitude.

Malgré tout, elle comprenait certaines choses maintenant. Il lui avait donné un petit bout de son passé. Et même si l'histoire était épouvantable, elle avait l'impression d'avoir reçu un cadeau dans un joli paquet. Il avait parlé de lui-même, partagé quelque chose avec elle qu'il n'avait partagé avec personne d'autre. C'était précieux.

Malheureusement, elle ne savait pas quoi faire de cette confidence. Elle avait envie de l'aider, qu'ils continuent à parler pour qu'elle apprenne encore des choses sur lui. Mais il ne lui donnerait plus rien. La veille, elle avait essayé de poser des questions et ça s'était mal terminé. Il était parti en claquant la porte à en faire trembler la maison. Vers onze heures il n'était toujours pas revenu et elle s'était endormie en pleurant. Lorsqu'elle avait ouvert les yeux ce matin, il était là, à ses côtés. Elle regarda le réveil. Presque sept heures. S'il voulait arriver à temps au boulot, il fallait qu'il se lève maintenant. Mais l'alarme n'était pas branchée. Devait-elle le réveiller ?

Elle hésita et resta assise sur le bord du lit. Ses yeux bougeaient vite sous ses paupières. Elle aurait donné cher pour savoir de quoi il rêvait, quelles images l'habitaient. Son corps tressaillait par moments, son visage paraissait tourmenté. Hésitante, elle leva la main et la posa doucement sur son épaule. Il se fâcherait s'il arrivait en retard au boulot parce qu'elle ne l'avait pas réveillé. Mais s'il était en congé, il se fâcherait si elle ne le laissait pas dormir. Elle aurait tant aimé savoir comment faire pour qu'il soit satisfait et peut-être heureux.

Nils l'appela dans sa chambre et elle sursauta. Il paraissait avoir peur. Sanna se leva et écouta. Pendant une seconde, elle pensa qu'elle s'était peut-être fait des idées, que la voix de Nils n'était que l'écho de ses propres rêves, où les enfants l'appelaient en permanence, où ils avaient tout le temps besoin d'elle. Mais il appela à nouveau :

— Maman !

Pourquoi était-il si effrayé ? Le cœur de Sanna se mit à battre plus vite, elle fut immédiatement debout. Tout en enfilant son peignoir, elle se précipita dans la chambre voisine que partageaient les garçons. Nils était assis dans son lit. Il avait les yeux grands ouverts et braqués sur la porte, sur elle. Ses bras étaient écartés, comme un petit Jésus sur sa croix. Sanna ressentit le choc comme un coup au ventre. Elle vit les doigts tremblants et tendus de son fils, son torse, le pyjama adoré avec l'ours Bamse, celui qu'elle avait tant lavé que les bords côtes commençaient à s'effilocher. Elle vit tout le rouge. Son cerveau peina à assimiler la scène. Puis elle leva les yeux sur le mur au-dessus de lui et un cri sortit de son gosier :

— Christian ! CHRISTIAN !

Ses poumons brûlaient. C'était une sensation étrange, alors qu'il évoluait dans une brume totale. Depuis l'après-midi de la veille, quand il avait trouvé Lisbet morte dans son lit, il avait vécu comme dans un brouillard. La maison était si silencieuse quand il était revenu du bureau où il avait accompagné les policiers. Ils l'avaient transportée ailleurs, elle n'était plus là.

Il avait envisagé de partir. Il lui avait semblé impossible de franchir la porte de leur foyer. Mais pour aller où ? Il n'avait personne chez qui se réfugier. De plus, c'était ici qu'elle se trouvait. Dans les tableaux sur les murs et les rideaux aux fenêtres, dans l'écriture sur les paquets du congélateur. Dans le choix de la station s'il allumait la radio dans la cuisine et dans tous les produits bizarroïdes qui remplissaient le garde-manger : de l'huile de truffe, des crackers d'épeautre et des conserves insolites. Des provisions qu'elle avait achetées avec une satisfaction manifeste, mais qu'elle n'avait jamais utilisées. Tant de fois, il l'avait taquinée sur ses projets ambitieux de cuisine élaborée, qui se terminaient toujours en plats beaucoup plus modestes. Il aurait tellement aimé pouvoir la taquiner encore une fois.

Kenneth allongea le pas. Erik avait dit qu'il n'avait pas besoin de venir au bureau aujourd'hui. Mais il n'aimait pas rompre la routine. Comment allait-il s'occuper à la maison ? Il s'était réveillé à l'heure habituelle dans la chambre d'amis à côté du lit de Lisbet, vide désormais. Même le mal au dos avait été bienvenu. C'était la même douleur que quand elle était là.

Dans une heure il serait au bureau. Il lui fallait quarante minutes pour boucler le parcours dans la forêt. Quelques minutes auparavant, il avait dépassé le terrain de foot, ce qui signifiait qu'il avait couru à peu près la moitié du trajet. Il augmenta la cadence. Ses poumons lui signalèrent qu'il approchait de la limite de ses capacités, mais ses pieds continuaient à marteler le sol. Tant mieux. Cette douleur dans les poumons chassait en partie celle dans son cœur. Suffisamment pour l'empêcher de se coucher par terre, de se rouler en boule et se laisser aller au désespoir.

Il ne savait pas comment il allait pouvoir vivre sans elle. Comment pouvait-on vivre sans oxygène ? C'était impossible, on étouffait. Ses pieds bougèrent de plus en plus vite. De petits points lumineux scintillèrent devant ses yeux et son champ de vision se réduisit. Il focalisa son regard sur un point au loin, une trouée dans le branchage où perça un premier soupçon de lueur matinale. La lumière crue des lampadaires qui éclairaient le circuit dominait toujours.

La piste rétrécit en un sentier et le sol devint plus irrégulier, plein de creux et de bosses. Il y avait un peu de verglas aussi, mais il connaissait le terrain et n'y prêta pas attention. Il fixait la lumière et se concentrait sur l'aube qui allait bientôt poindre.

Tout d'abord, il ne comprit pas ce qui lui arrivait. C'était comme si on avait subitement dressé un mur invisible devant lui. Il resta suspendu au milieu d'un pas, les pieds en l'air. Puis il tomba en avant. Instinctivement, il avança ses mains pour amortir la chute, et l'impact lorsque ses paumes touchèrent le sol transmit la douleur à travers ses bras, jusqu'aux épaules. Ensuite vint un autre type de douleur. Brûlante et aiguë, qui lui coupa le souffle. Il regarda ses mains. Ses deux paumes étaient recouvertes de tessons. De gros et petits morceaux de verre transparent que le sang teinta lentement de rouge, là où les éclats avaient pénétré sa peau. Il ne bougea pas. Tout était silencieux autour de lui.

Lorsqu'il finit par essayer de s'asseoir, il sentit ses pieds se prendre à quelque chose et regarda ses jambes. Là aussi, le verre s'était fiché dans sa peau, à travers le pantalon. Puis son regard continua jusqu'au sol. Et il vit la corde tendue.

— Enfin, Maja, aide-moi un peu !

Erica était en nage. Maja avait tout fait pour contrer l'habillage, depuis la petite culotte jusqu'à la combinaison, et elle était maintenant en train de crier, rouge de colère, pendant qu'Erica tentait de lui enfiler une paire de moufles.

— Il fait froid dehors. Il faut que tu mettes les moufles, essaya-t-elle encore, bien qu'aucune argumentation verbale n'ait fonctionné ce matin.

Elle sentit les larmes venir. Tous ces conflits lui donnaient mauvaise conscience. Elle aurait voulu déshabiller sa fille et la garder à la maison toute la journée au lieu de la déposer à la crèche. Mais elle savait que ce n'était pas possible. S'occuper de Maja seule pendant toute une journée était au-dessus de ses forces, et, en cédant aujourd'hui, elle rendrait les choses encore pires demain. Si c'était comme ça tous les jours pour Patrik, elle pouvait comprendre qu'il ait l'air fatigué.

Péniblement elle réussit à se relever et, sans autre forme de procès, elle prit sa fille par la main et l'entraîna dehors. Les moufles atterrirent dans sa poche. Ça irait peut-être mieux une fois arrivées à la crèche, ou bien le personnel de la crèche saurait mieux s'y prendre qu'elle.

A mi-chemin de la voiture, Maja planta les talons dans le sol et freina de toutes ses forces.

— Allez, viens maintenant. Il est hors de question que je te porte.

Erica tira un peu plus fort sur le bras de Maja et la fit tomber. Elle se mit à pleurer comme une fontaine. Aussitôt, les larmes d'Erica se mirent aussi à couler à flots. Si quelqu'un les avait vues à ce moment-là, il aurait appelé les services sociaux séance tenante.

Elle s'accroupit tout en douceur en essayant d'ignorer les organes compressés, aida Maja à se relever et dit d'une voix plus douce :

— Pardon, j'ai été bête. On se fait un câlin ?

En général, Maja ne disait jamais non à une occasion de se faire câliner, mais là, elle se contenta de jeter un regard outré à Erica et de redoubler ses pleurs. On aurait dit une corne de brume.

— Allez, ma puce, dit Erica en caressant la joue de Maja.

Sa fille sembla se calmer et ses hululements se transformèrent en sanglots. Erica fit une nouvelle tentative.

— Tu ne veux pas faire un bisou à maman ?

Maja hésita un instant, puis se jeta dans les bras d'Erica. Elle enfouit son visage dans son cou et Erica sentit ses larmes et sa morve la mouiller.

— Pardon, je ne voulais pas te faire tomber. Tu t'es fait mal ?

— Mmm, renifla Maja, l'air pitoyable.

— Tu veux que je souffle ? demanda Erica, sachant que ça marchait en général. Je souffle où ? Tu as mal où ?

Maja réfléchit un instant puis elle commença à montrer toutes les parties de son corps. Erica procéda à un soufflage généralisé et brossa la neige de la combinaison rouge de sa fille.

— Tu ne crois pas qu'ils t'attendent à la crèche ? dit Erica avant de brandir sa carte maîtresse : Ture doit être impatient de te voir.

Maja cessa de renifler. Ture était son grand amour. Il avait trois mois de plus qu'elle, de l'énergie à revendre et il nourrissait un amour ardent pour Maja.

Erica retint sa respiration. Puis un sourire radieux illumina le visage de Maja.

— Veux voir Ture.

— A tes ordres, ma puce, dit Erica. Allez, on file retrouver Ture.

Il avait dix ans quand tout changea. En réalité, il s'était assez bien adapté. Il n'était pas heureux, pas comme il avait cru qu'il le serait quand il vit sa si jolie mère la première fois, ou comme il l'avait été avant qu'Alice commence à grandir dans son ventre. Mais il n'était pas totalement malheureux non plus. Il avait une place dans la vie, se laissait emporter par le monde des livres et s'en contentait. Et le gras de son corps le protégeait, son obésité était une armure contre ce qui l'égratignait de l'intérieur.

Alice l'adorait toujours autant. Elle le suivait comme une ombre, mais elle ne parlait pas beaucoup, ce qui lui allait parfaitement. S'il avait besoin de quelque chose, elle était là. S'il avait soif, elle allait tout de suite lui chercher de l'eau, s'il voulait manger quelque chose, elle se faufilait dans le garde-manger chercher les biscuits que mère avait cachés.

Il arrivait encore à père d'avoir un regard bizarre, mais il ne le surveillait plus. Alice était grande maintenant, elle avait cinq ans. Elle avait fini par apprendre à marcher et à parler. Mais c'était seulement quand elle restait sans bouger et sans parler qu'elle ressemblait à tout le monde. Elle était tellement gracieuse alors que les gens s'arrêtaient pour la regarder, comme ils l'avaient fait quand elle était petite dans sa poussette. Mais dès qu'elle se déplaçait ou ouvrait la bouche, leurs yeux se remplissaient de pitié et ils secouaient la tête.

Le docteur avait dit qu'elle ne guérirait jamais. Certes, il ne les avait pas accompagnés chez le docteur, il n'avait jamais le droit de venir avec eux où que ce soit, mais il n'avait pas oublié comment se déplacer comme un Indien. Il savait parcourir la maison sans un bruit, et il avait toujours l'oreille tendue. Il entendait les discussions et savait tout ce qui se disait sur Alice. C'était surtout mère qui parlait. Elle emmenait Alice chez les médecins pour essayer de trouver un nouveau traitement, une nouvelle méthode ou un nouvel entraînement qui pourraient l'aider et harmoniser ses mouvements, sa diction et ses aptitudes avec son physique.

Personne ne parlait jamais de lui. Ça aussi, il le comprenait en écoutant aux portes. C'était comme s'il n'existait pas, il prenait seulement de la place. Mais il avait appris à vivre avec ça. Les rares fois où ça faisait mal, il pensait à l'odeur et à ce qui apparaissait de plus en plus comme un cruel conte de fées. Un souvenir lointain. Cela suffisait pour qu'il supporte de vivre en étant invisible pour tout le monde sauf pour Alice. Puisqu'il l'avait rendue gentille.

Un appel téléphonique vint tout changer. La Vipère était morte et la maison appartenait désormais à mère. La maison à Fjällbacka. Ils n'y étaient pas allés depuis la naissance d'Alice, depuis l'été dans la caravane où il avait tout perdu. Maintenant ils allaient vivre à Fjällbacka, avait décidé mère. Père avait tenté de protester, mais comme d'habitude, on ne l'écoutait pas.

Alice n'aimait pas le changement. Elle voulait que tout soit toujours pareil, chaque matin la même chose, la même routine. Et quand toutes leurs affaires furent rassemblées et qu'ils montèrent dans la voiture avec père au volant, Alice se retourna et appuya son nez contre la vitre arrière, regarda la maison jusqu'à ce qu'elle disparaisse derrière eux. Puis elle se retourna dans le bon sens et se serra contre lui. Elle posa la joue sur son épaule et, un instant, il envisagea de la consoler, de lui caresser la tête ou de prendre sa main. Mais il ne le fit pas.

Elle resta appuyée contre lui pendant tout le trajet jusqu'à Fjällbacka.

— Tu m'as fait passer pour un con hier, dit Erik.

Il était en train d'essayer de nouer sa cravate devant la glace dans la chambre. Louise ne répondit pas. Elle lui tourna le dos en se laissant rouler sur le côté.

— Tu as entendu ce que je viens de dire ?

Il éleva un peu la voix, en faisant attention toutefois de rester discret. Les chambres des filles se trouvaient juste en face de la leur.

— J'ai entendu, dit-elle à voix basse.

— Ne le refais jamais. Jamais ! Que tu te soûles la gueule ici à la maison, c'est une chose. Tant que tu tiens à peu près debout sur tes deux jambes quand les filles te voient, je m'en fous. Mais tu ne mets pas les pieds au bureau dans cet état-là, tu as compris ?

Pas de réponse. Elle n'offrait aucune résistance et cela l'agaça. Il préférait toujours ses commentaires sarcastiques à son silence.

— Tu me débectes. Tu sais ça ?

Le nœud de cravate se retrouva trop bas. Il jura et le défit pour le refaire aussitôt. Il jeta un regard sur Louise. Elle était toujours allongée, lui tournant le dos, mais il vit maintenant que des sanglots lui secouaient les épaules. Quel matin de merde ! Il détestait son angoisse de lendemain de cuite quand elle pleurait et s'apitoyait sur elle-même.

— Arrête ça. Il faut te ressaisir.

Il devait toujours répéter la même rengaine et sa patience en prenait un coup.

— Tu vois toujours Cecilia?

La question sortit sourdement de l'oreiller. Puis elle tourna le visage vers lui pour entendre sa réponse.

Erik la regarda avec dégoût. Sans maquillage, sans son déguisement de vêtements de luxe, elle avait l'air affreuse.

— Tu la vois toujours? dit-elle encore une fois. Tu la baises?

Elle était donc au courant. Il ne l'avait pas crue aussi dégourdie.

— Non.

Il pensa à la dernière conversation qu'il avait eue avec Cecilia. Il ne tenait pas à en parler.

— Pourquoi? Tu en as déjà eu marre?

Louise ne lâchait pas prise, comme un chien dont les mâchoires se sont coincées.

— Laisse tomber!

Il n'y avait pas de bruit dans les chambres des filles et il espérait qu'elles n'avaient rien entendu, même s'il avait parlé très fort. Mais c'était au-dessus de ses forces de penser à Cecilia et à l'enfant pour lequel il serait obligé de payer en secret.

— Je ne veux pas parler d'elle, dit-il sur un ton plus calme et il réussit enfin à nouer correctement sa cravate.

Louise le dévisagea, la bouche ouverte. Elle paraissait vieillie. Les larmes s'étaient accumulées dans les coins de ses yeux. Sa lèvre inférieure trembla et elle continua à l'observer en silence.

— Je file au boulot. Sors-toi du plumard et veille à ce que les filles partent à l'école. Si tu es en état de le faire.

Il la regarda froidement avant de lui tourner le dos. Peut-être que ça vaudrait le prix que ça coûterait d'être débarrassé d'elle après tout. Il ne manquait pas de femmes qui seraient ravies de pouvoir bénéficier de ce qu'il avait à offrir. Elle serait facile à remplacer.

— Tu crois qu'il sera suffisamment en forme pour nous parler?

Martin se tourna vers Gösta qui était au volant. Ils se rendaient chez Kenneth, mais ni l'un ni l'autre n'avait vraiment envie de le déranger si peu de temps après la mort de sa femme.

— Aucune idée, répondit Gösta laconiquement, indiquant clairement qu'il ne voulait pas en parler. Il y eut un petit silence avant qu'il reprenne : Ça se passe comment avec la petite?

— Super bien!

Le visage de Martin s'illumina. Après une suite de relations ratées, il avait presque abandonné l'espoir de fonder une famille. Mais Pia y avait remédié et l'automne dernier ils avaient eu une petite fille. La vie de célibataire lui apparaissait désormais comme un rêve lointain pas particulièrement agréable.

Nouveau silence. Gösta tambourina avec les doigts sur le volant, mais cessa après un coup d'œil agacé de la part de son collègue.

La sonnerie du portable de Martin les fit sursauter tous les deux. Il répondit, et son visage se fit de plus en plus sérieux.

— Il faut qu'on aille chez Christian Thydell, dit-il après avoir raccroché.

— Pourquoi? Qu'est-ce qu'il y a?

— C'était Patrik. Il s'est passé quelque chose chez les Thydell. Christian vient d'appeler le commissariat, mais il a été très confus. Apparemment ça concerne les enfants.

— Oh putain ! Accroche-toi ! dit Gösta en appuyant sur l'accélérateur.

Une sensation désagréable commença à se répandre dans son ventre. Il avait toujours eu du mal à gérer des affaires impliquant des enfants. Et ça ne s'améliorait pas avec le temps.

— C'est tout ce qu'il savait ?

— Oui. Apparemment, Christian était hors de lui. Impossible de lui faire dire quoi que ce soit de sensé. On verra bien sur place. Patrik et Paula sont en route, mais je pense qu'on y sera avant eux. Patrik m'a dit de ne pas les attendre.

Martin était devenu tout blanc. Arriver sur un lieu de crime quand on était préparé à ce qu'on allait trouver, c'était déjà pénible, mais là, ils ignoraient totalement ce qui les attendait.

Devant la maison des Thydell, Gösta ne se donna pas la peine de se garer correctement, il s'arrêta de biais dans un dérapage contrôlé et ils descendirent précipitamment de la voiture et allèrent sonner à la porte. Comme personne ne vint leur ouvrir, ils s'autorisèrent à entrer.

— Ohé ! Il y a quelqu'un ?

Ils entendirent du bruit à l'étage et grimpèrent l'escalier quatre à quatre.

— C'est la police !

Toujours pas de réponse, mais dans une des pièces, ils entendirent des sanglots et des cris d'enfants, mêlés à un clapotis d'eau.

Gösta retint sa respiration et regarda dans la salle de bains. Sanna était assise par terre, tout son corps secoué par des pleurs violents. Dans la baignoire, il y avait deux petits garçons. L'eau autour d'eux était vaguement rose, et Sanna les savonnait avec des mouvements brusques.

— Qu'est-ce qui s'est passé? Ils sont blessés? dit Gösta, les yeux rivés sur les enfants dans la baignoire.

Sanna se retourna et leur jeta un rapide coup d'œil, puis elle se concentra de nouveau sur ses fils et continua à les laver.

— Est-ce qu'ils sont blessés, Sanna? Est-ce qu'il faut appeler une ambulance?

Gösta s'approcha d'elle, s'accroupit et posa une main sur son épaule. Mais Sanna ne répondit pas. Elle continua de frotter, sans grand résultat. Le rouge était bien incrusté et avait plutôt tendance à s'étaler encore davantage.

Il regarda les enfants de plus près et son pouls se calma. La matière rouge n'était pas du sang.

— Qui a fait ça?

Sanna sanglota et essuya du dos de la main des gouttes d'eau roses qui avaient éclaboussé son visage.

— Ils… ils…

Elle n'arriva pas à parler et Gösta serra son épaule pour la rassurer. Du coin de l'œil, il vit Martin attendre dans l'embrasure de la porte.

— C'est de la peinture, dit-il en se tournant vers lui.

Sanna respira à fond et fit une nouvelle tentative pour parler :

— Nils m'a appelée. Il était assis dans son lit. Ils étaient… ils étaient comme ça, tous les deux. Quelqu'un a écrit sur le mur, et la peinture a giclé sur leurs lits. J'ai cru que c'était du sang.

— Vous n'avez rien entendu au cours de la nuit? Ou ce matin?

— Non, rien.

— Où est située la chambre des enfants ? demanda Gösta.

Sanna montra le couloir.

— J'y vais, dit Martin.

— J'arrive, dit Gösta et il obligea Sanna à le regarder en face. On revient tout de suite. D'accord ?

Elle hocha la tête et Gösta se leva et suivit le couloir. On entendait des voix agitées dans la chambre des enfants.

— Christian, posez ça !

— Je dois enlever…

Christian paraissait aussi décontenancé que Sanna, et quand Gösta entra dans la chambre, il le vit avec un grand seau d'eau qu'il s'apprêtait à lancer sur le mur.

— Il faut qu'on y jette un coup d'œil d'abord, dit Martin.

Il leva une main devant Christian qui ne portait qu'un slip. Sur sa poitrine s'étalaient des taches de peinture rouge qu'il avait dû se faire en aidant Sanna à porter les enfants dans la salle de bains.

Il était sur le point d'envoyer l'eau, mais Martin se précipita et lui arracha le seau des mains. Christian ne résista pas, il lâcha prise et resta à tanguer sur place.

Une fois Christian maîtrisé, Gösta put se concentrer sur ce qu'il avait voulu effacer. Sur le mur au-dessus des lits des enfants, on avait écrit : *Tu ne les mérites pas.*

De la peinture rouge avait coulé des lettres. On aurait dit qu'elles étaient tracées avec du sang. Les éclaboussures dans les lits des enfants donnaient la même impression. Gösta comprit mieux l'étendue du choc qu'avait dû ressentir Sanna en entrant dans la chambre. Et la réaction de Christian aussi. Son visage était totalement dépourvu d'expression quand il fixait les lettres sur le mur. Mais il murmurait quelque chose tout bas. Gösta s'approcha pour entendre ses paroles.

— Je ne les mérite pas. Je ne les mérite pas.

Gösta le prit doucement par le bras.

— Va te mettre quelque chose sur le dos. On parlera après.

Avec une douce violence, il le poussa en direction de la chambre voisine.

Christian se laissa guider, mais se contenta ensuite de s'asseoir sur le bord du lit. Gösta parcourut la pièce du regard et trouva une robe de chambre accrochée à la porte. Il la donna à Christian, qui l'enfila d'un mouvement lent et lourd.

— Je vais juste aller voir Sanna et les enfants. Ensuite on pourra descendre dans la cuisine pour discuter, dit Gösta.

Christian fit oui de la tête. Ses yeux étaient vides, comme couverts d'une pellicule vitreuse. Gösta l'abandonna là et rejoignit Martin qui était resté dans la chambre des enfants.

— Qu'est-ce qui est en train de se passer, à ton avis?

— C'est pervers, en tout cas, dit Martin en secouant la tête. Celui qui a fait ça n'a pas toute sa tête. Et qu'est-ce que ça signifie? "Tu ne les mérites pas." Qui ça? Les enfants?

— C'est ce qu'on va essayer de savoir. Patrik et Paula ne devraient pas tarder. Tu peux descendre les accueillir? Et appelle un médecin aussi. Je pense que les mômes n'ont rien, mais tout le monde semble en état de choc. Il vaut mieux que quelqu'un les examine. Je me suis dit que j'allais aider Sanna à nettoyer les garçons. A frotter comme elle le fait, elle va finir par les écorcher.

— On devrait faire venir les techniciens aussi.

— Exactement. Dis à Patrik de contacter Torbjörn dès qu'il arrive, pour qu'il envoie l'équipe. Et il faut qu'on arrête de piétiner partout.

— On a réussi à sauver le mur en tout cas, dit Martin.

— Oui, on a eu un sacré pot.

Ils descendirent ensemble et Gösta localisa tout de suite la porte de la cave. Une ampoule nue éclairait l'escalier et il s'y aventura. Comme la plupart des caves, celle de la famille Thydell était remplie d'un bric-à-brac invraisemblable : des cartons, des jouets, des boîtes marquées "décorations de Noël", des outils qui ne devaient pas être utilisés très souvent et une étagère avec des ustensiles de peinture, pots, flacons, pinceaux et chiffons. Gösta tendit le bras pour attraper le dissolvant, mais au moment où ses doigts se refermèrent autour de la bouteille, il aperçut quelque chose du coin de l'œil. Il y avait un chiffon par terre. Imbibé de peinture rouge.

Il passa rapidement en revue les pots sur l'étagère. Aucun ne contenait de la peinture rouge. Mais Gösta était sûr de lui. C'était la même couleur rouge que celle dans la chambre des garçons. La personne qui avait renversé la peinture et écrit sur le mur s'était peut-être tachée et était descendue ici se nettoyer. Il regarda la bouteille dans sa main. Merde, il pouvait y avoir des empreintes digitales, il ne fallait surtout pas les effacer. Mais il avait besoin du contenu. Les gamins devaient absolument être nettoyés et sortis du bain. Une bouteille de Coca vide le sauva. Sans changer sa prise, il transvasa le contenu dans la bouteille en plastique. Puis il reposa le flacon sur l'étagère. Avec un peu de chance, il n'avait pas ruiné toutes les empreintes. Le chiffon aussi pouvait fournir des pistes.

La bouteille de Coca à la main, il remonta au premier étage. Patrik et Paula ne devaient pas être loin maintenant. Quand il entra dans la salle de bains, Sanna était toujours occupée à son frottement obstiné. Les garçons poussaient des cris de détresse et Gösta s'accroupit devant la baignoire et dit d'une voix douce :

— Il te faut autre chose que du savon pour enlever la peinture. J'ai apporté du dissolvant.

Elle arrêta de frotter et le dévisagea. Gösta prit une serviette et imbiba le tissu éponge de produit. Sanna l'observa. Il lui montra la serviette et saisit ensuite le bras du plus grand des enfants. Il était impossible de les calmer maintenant, il ne lui restait qu'à opérer vite. Bien que le garçon se tortillât comme un ver de terre, Gösta réussit plus ou moins à le nettoyer.

— Regarde, ça part. Il va ressortir du bain comme un sou neuf, tu verras.

Il réalisa qu'il parlait à Sanna comme à un enfant, et ça fonctionnait, semblait-il, elle parut émerger de son état d'hébétude.

— Voilà, ça en fait un de propre.

Il posa la serviette, prit le pommeau de douche et rinça le petit corps pour faire partir le dissolvant. L'enfant se débattit sauvagement quand Gösta le souleva et le sortit de la baignoire, mais Sanna réagit et attrapa un peignoir de bain dont elle l'entoura. Elle le prit dans ses bras et le berça sur sa poitrine.

— Allez, au suivant !

L'autre garçon, qui était plus petit, parut comprendre que s'il laissait le policier le laver, il pourrait sortir de la baignoire et rejoindre les bras de sa maman. Il s'arrêta net et ne moufta pas quand Gösta versa encore du produit sur la serviette et commença à le laver. Peu après, lui aussi n'était plus que légèrement rose et il put descendre sur les genoux de Sanna, entièrement enveloppé dans un grand drap de bain.

Gösta entendit des voix au rez-de-chaussée puis des pas dans l'escalier. Patrik se montra à la porte.

— Qu'est-ce qui s'est passé ? demanda-t-il hors d'haleine. Ils n'ont rien ? Martin m'a dit qu'apparemment les enfants n'ont pas été blessés.

Le regard de Patrik plongea dans la baignoire remplie d'eau rose.

— Les enfants vont bien. Ils sont un peu secoués, c'est tout. Comme leurs parents.

Gösta se leva et sortit rejoindre Patrik dans le couloir où il lui fit un bref résumé de la situation.

— C'est complètement fou, tout ça. Qui peut faire une chose pareille ?

— C'est ce qu'on s'est demandé aussi, Martin et moi. Il y a quelque chose qui cloche, vraiment. Et je pense que Christian ne nous raconte pas tout, lâcha Gösta avant de répéter les paroles que ce dernier avait murmurées.

— Ça fait un moment que j'ai le même sentiment. Il est où maintenant ?

— Dans la chambre à coucher. Je ne sais pas s'il est en état d'être entendu.

Le téléphone de Patrik sonna ; il l'extirpa de sa poche et répondit. Puis il tressaillit.

— Qu'est-ce que tu dis ? Tu peux répéter ? dit-il avec un regard effaré sur Gösta qui essayait en vain d'entendre ce que disait la personne à l'autre bout du fil. D'accord, compris. On est chez les Thydell, il y a eu un incident ici aussi, mais on s'en occupe.

Il se tourna vers Gösta pour le mettre au courant.

— Kenneth Bengtsson a été transporté à l'hôpital d'Uddevalla. Il faisait son jogging ce matin et quelqu'un lui avait tendu un piège. Une corde en travers de la piste qui l'a fait trébucher sur un lit de verre brisé.

— Dieu de Dieu, chuchota Gösta, puis pour la deuxième fois dans la matinée : Qu'est-ce qui est en train de se passer, à ton avis ?

Erik fixait pensivement son téléphone portable après avoir raccroché. Kenneth était en route pour l'hôpital. Toujours fidèle au devoir, il avait apparemment réussi à convaincre les ambulanciers d'appeler Erik pour prévenir qu'il ne viendrait pas au bureau.

On lui avait tendu un piège sur le circuit d'entraînement. Erik n'envisagea même pas l'hypothèse que ce puisse être une erreur ou une mauvaise plaisanterie qui aurait dégénéré. Kenneth faisait toujours le même parcours. Tous les matins, exactement le même trajet. Tout le monde le savait et n'importe qui aurait pu l'apprendre. Il n'y avait aucun doute : quelqu'un voulait du mal à Kenneth. Et cela signifiait que quelqu'un lui voulait du mal à lui aussi.

Ça commençait à prendre une mauvaise tournure. Au fil des ans, il avait marché sur les pieds de beaucoup de personnes et pris beaucoup de risques. Mais jamais il n'aurait pu imaginer une telle évolution, ni la peur qu'il ressentait.

Il se tourna vers l'écran et ouvrit le site de sa banque. Il avait besoin de contrôler ses avoirs. Les pensées tournoyèrent dans sa tête, mais il essaya de se concentrer sur ses comptes et sur les sommes qui y figuraient pour canaliser sa peur en un plan, une fuite. Un instant il se permit de spéculer sur l'identité de l'auteur des lettres, la personne qui avait probablement tué Magnus et qui semblait à présent avoir déplacé son attention sur Kenneth. Pour commencer. Puis il écarta ces pensées. Ça ne servait à rien de tirer des plans sur la comète. Ça pouvait être n'importe qui. Maintenant il fallait qu'il veille à sauver sa propre peau, prendre ce qu'il pouvait et partir pour des cieux plus cléments où personne ne pouvait l'atteindre. Y rester jusqu'à ce que la tempête se soit calmée.

Bien sûr, les filles allaient lui manquer. Mais elles étaient assez grandes maintenant et ça aiderait peut-être Louise à se ressaisir si elle devait les prendre en charge seule, sans se reposer sur lui. Il n'allait évidemment pas les laisser sans le sou. Il veillerait à ce qu'il reste assez d'argent sur quelques comptes pour qu'elles s'en sortent pendant un bon bout de temps. Ensuite il faudrait que Louise se trouve un boulot. Ça lui ferait du bien. Elle ne pouvait pas s'attendre à vivre à ses crochets éternellement. Il avait parfaitement le droit d'agir ainsi, et ce qu'il avait accumulé tout au long des années lui suffirait pour démarrer une nouvelle vie. Il serait à l'abri.

Pour l'instant, il avait la situation en main, il n'avait plus qu'à organiser le côté pratique. Entre autres, il devait parler avec Kenneth. Demain, il irait à l'hôpital, en espérant que son associé serait suffisamment remis pour pouvoir vérifier quelques chiffres. C'était évidemment dur pour Kenneth d'abandonner l'entreprise si rapidement après la mort de Lisbet, et il y aurait sans doute des suites fâcheuses. Mais Kenneth était un grand garçon. Peut-être même qu'Erik lui rendrait-il un fier service en le forçant à voler de ses propres ailes. A la réflexion, ce serait un bienfait tant pour Louise que pour Kenneth s'il n'était plus là pour leur faire la courte échelle.

Restait le problème Cecilia. Mais elle lui avait déjà dit dans des termes extrêmement clairs qu'elle n'avait pas besoin de son aide, autre que financière. Et il avait effectivement les moyens de lui allouer une petite somme.

Ce serait ainsi. Cecilia aussi s'en tirerait, tout le monde s'en tirerait. Et les filles finiraient par comprendre, il en était sûr.

Il avait fallu du temps aux médecins pour ôter tous les bouts de verre. Deux étaient fichés tellement profond qu'une intervention plus importante serait indispensable. Mais il avait eu de la chance, disaient-ils. Les éclats étaient passés à côté de tous les vaisseaux sanguins essentiels. Sinon, ça aurait pu très mal se terminer. C'étaient les termes exacts du médecin, dits sur un ton enjoué.

Kenneth tourna la tête vers le mur. Ils ne comprenaient donc pas que rien ne pouvait être pire que ce qu'il vivait en ce moment. Qu'il aurait mille fois préféré qu'un morceau de verre lui sectionne l'aorte, coupe la douleur et supprime le mal dans son cœur. Elimine le mauvais souvenir. Car pendant qu'il grimaçait de douleur à la moindre secousse dans l'ambulance qui fonçait sirènes hurlantes, la lumière s'était faite en lui. D'un coup, il avait su qui les pourchassait. Qui les haïssait et leur voulait du mal. Qui lui avait pris Lisbet. Savoir qu'elle était morte avec la vérité lui résonnant dans les oreilles était insupportable.

Il regarda ses bras qui reposaient sur les draps, recouverts de bandages. Pareil pour ses jambes. Il avait couru son dernier marathon. Le médecin avait dit qu'il faudrait un miracle pour que ça cicatrise correctement. Mais ça n'avait plus aucune importance. Il ne voulait plus courir.

Il n'avait pas l'intention non plus de courir pour la semer. Elle avait déjà pris ce qu'il avait de plus précieux. Au diable le reste. Il y avait une sorte de justice biblique dont il ne pouvait pas se défendre. Œil pour œil, dent pour dent.

Kenneth ferma les yeux et revit les images qu'il avait reléguées tout au fond de sa mémoire. Avec le temps, c'était comme si ça n'avait jamais eu lieu. Une seule fois, la scène était remontée à la surface. C'était pendant cette fameuse fête de la Saint-Jean quand tout avait failli s'écrouler. Mais les murs avaient tenu bon, et il avait repoussé les souvenirs dans les recoins les plus obscurs de son cerveau.

Maintenant ils étaient de retour. *Elle* les avait ressortis au grand jour, elle l'avait forcé à se voir tel qu'il était. Et ce qu'il voyait était insupportable. Le plus insupportable était d'imaginer les dernières paroles que Lisbet avait entendues avant de mourir. Est-ce que ça avait tout changé pour elle? Etait-elle morte avec un trou noir dans le cœur, là où reposait son amour pour lui? Etait-il devenu un étranger pour elle à cet instant-là?

Il rouvrit les yeux. Fixa le plafond et sentit les larmes inonder ses joues. Elle pouvait venir le prendre maintenant. Il n'allait pas courir.

Œil pour œil, dent pour dent.

— *Pousse-toi, gros lard !*

Les autres garçons le bousculaient sciemment quand il passait dans le couloir. Il essayait toujours de les ignorer, de devenir aussi invisible qu'à la maison. Mais ça ne marchait pas. On aurait dit qu'ils ne faisaient qu'attendre quelqu'un comme lui, quelqu'un de différent, pour avoir une victime sur qui s'acharner. Il s'en rendait bien compte. Toutes les heures de lecture lui avaient permis de savoir plus de choses, de comprendre plus de choses que la plupart des jeunes de son âge. En cours, il était brillant et les profs l'adoraient. Mais à quoi bon, alors qu'il ne savait pas taper dans un ballon, ni courir vite ou cracher loin. Des aptitudes qui comptaient, des capacités qui pesaient dans la balance.

Lentement, il rentra à la maison. Il surveillait tout le temps les environs pour vérifier que personne ne lui tendait une embuscade. Heureusement, l'école n'était pas loin de chez lui. Le chemin rempli de pièges était court, c'était déjà ça. Il n'avait qu'à descendre la Håckebacke, tourner à gauche vers le quai en face de Badholmen, puis il était arrivé à la maison. Celle dont ils avaient hérité à la mort de la Vipère.

Sa mère l'appelait encore comme ça. Elle l'avait répété à chaque objet qu'elle jetait dans le conteneur qu'ils avaient fait venir en emménageant.

— Elle aurait dû voir ça, la Vipère. Voilà ce que je fais de ses saloperies de chaises, disait mère et elle nettoyait et vidait la maison comme une folle. Je jette la porcelaine de ta grand-mère, tu vois ?

On ne lui avait jamais raconté comment elle était devenue la Vipère, ni pourquoi mère était si fâchée contre elle. Une fois, il avait essayé de demander à père qui avait juste murmuré quelque chose d'inaudible en réponse.

— Tu es déjà de retour ?

Mère était en train de coiffer Alice quand il entra.

— A la même heure que d'habitude, dit-il en ignorant le sourire d'Alice. Qu'est-ce qu'on mange ?

— Toi, tu as assez mangé, ça saute aux yeux. Tu seras privé de dîner aujourd'hui. Toute cette graisse que tu as, elle te nourrira.

Il n'était que quatre heures de l'après-midi. Il pouvait d'ores et déjà sentir combien il allait avoir faim. Mais l'expression de sa mère lui dit que ça ne servirait à rien de protester.

Il monta dans sa chambre, ferma la porte et s'allongea sur le lit avec un livre. Plein d'espoir, il glissa la main sous le matelas. Avec un peu de chance, elle aurait loupé quelque chose, mais il n'y avait rien. Elle était douée. Elle trouvait toujours ses réserves de nourriture et de sucreries, quelle que soit sa cachette.

Deux heures plus tard, son ventre criait famine. Il aurait pu pleurer tellement il était affamé. D'en bas, ça sentait la pâtisserie qui sort du four et il savait que mère faisait des petits pains à la cannelle rien que pour le faire saliver d'envie. Il huma l'air, puis il se tourna sur le côté et enfouit le visage dans l'oreiller. Parfois il envisageait de faire une fugue. De toute façon, ça ne dérangerait personne. A la rigueur, il manquerait à Alice, mais il se fichait d'elle. Elle avait mère qui lui consacrait tout son temps. Pourquoi Alice ne pouvait-elle pas tourner son regard adorateur sur mère plutôt que sur lui ? Pourquoi prenait-elle pour allant de soi ce qu'il aurait payé cher pour avoir ?

Il s'assoupit et fut réveillé par un petit coup frappé à la porte. Son livre était tombé sur son visage et il avait dû baver dans son sommeil, l'oreiller était tout mouillé. Il s'essuya la joue avec la main et se leva pour aller ouvrir. C'était Alice. Elle lui tendit un petit pain. Il en eut l'eau à la bouche, mais hésita. Mère se mettrait en colère si elle se rendait compte qu'Alice lui montait des choses à manger.

Les yeux d'Alice étaient immenses quand elle le regardait. Elle voulait être vue et aimée par lui. Une image surgit. Une image et la sensation d'un corps de bébé mouillé et glissant. Alice, les yeux grands ouverts sous l'eau. Ses bras et ses jambes qui s'agitaient avant de s'immobiliser.

Il lui arracha le petit pain des mains et lui ferma la porte au nez. Mais en vain. Les images étaient toujours là.

Patrik avait envoyé Gösta et Martin à Uddevalla vérifier si Kenneth était en état de parler. L'équipe de techniciens de Torbjörn Ruud était en route et ils allaient
être obligés de se répartir les tâches entre la maison de
Christian et l'endroit où Kenneth était tombé. Gösta
avait rouspété contre le fait qu'on l'envoie à Uddevalla, il aurait préféré participer à l'entretien avec
Christian. Mais Patrik tenait à être accompagné de
Paula, estimant que c'était mieux si une femme parlait avec Sanna et les enfants. En revanche, il avait soigneusement consigné la trouvaille du chiffon dans la
cave. Patrik dut reconnaître que, sur ce coup-là, Gösta
avait été très performant. Avec un peu de chance, ça
pourrait leur donner des empreintes digitales et l'ADN
d'un malfaiteur qui jusque-là avait fait preuve d'une
grande précaution.

Patrik regarda l'homme en face de lui. Christian
avait l'air usé et vieux. C'était comme s'il avait pris
dix ans depuis la dernière fois qu'il l'avait vu. Il ne
s'était pas donné la peine de nouer correctement la
ceinture de son peignoir, et il paraissait vulnérable,
son torse nu ainsi exposé. Patrik se demanda s'il ne
devait pas lui conseiller de le fermer, mais il renonça.
Les détails vestimentaires étaient certainement le dernier des soucis de Christian en ce moment.

— Les garçons se sont calmés. Ma collègue Paula va avoir un entretien avec eux et avec ta femme, elle est très douce et elle fera attention de ne pas les effrayer davantage. D'accord?

Patrik essaya de capter le regard de Christian pour voir s'il écoutait. Il n'obtint aucune réaction et il s'apprêtait à répéter ses paroles lorsque Christian finit par hocher lentement la tête.

— J'ai pensé qu'entre-temps on discuterait un peu, toi et moi, ajouta Patrik. Je sais que tu n'as pas spécialement eu envie de nous parler jusque-là, mais je crois que tu n'as plus le choix. Quelqu'un s'est introduit chez toi, est entré dans la chambre de tes enfants et a fait quelque chose qui certes ne les a pas blessés physiquement, mais qui a dû être extrêmement traumatisant pour eux. Si tu as la moindre idée de qui est derrière tout ça, tu dois nous le dire. Tu comprends?

De nouveau, la même hésitation de la part de Christian et finalement le même hochement de tête. Il se racla la gorge comme pour dire quelque chose, mais aucune parole ne franchit ses lèvres. Patrik continua :

— Hier, nous avons appris que Kenneth et Erik ont tous les deux reçu le même type de lettres de menace que toi. Et ce matin, Kenneth a été grièvement blessé quand il faisait son jogging. Il est tombé dans un traquenard.

Christian leva vivement les yeux vers lui, puis les baissa de nouveau.

— Nous ne savons pas si Magnus a été menacé, mais nous travaillons à partir de l'hypothèse qu'il s'agit d'une seule et même personne. Et j'ai le sentiment que tu en sais beaucoup plus que ce que tu nous as dit. Il y a peut-être des éléments que tu ne veux pas mettre en lumière, ou quelque chose que tu juges sans importance, mais c'est à nous de le déterminer. Le moindre indice compte.

Christian dessinait des cercles sur la table avec son doigt. Son regard croisa brièvement celui de Patrik, qui eut l'impression qu'il s'apprêtait à raconter quelque chose. Puis il se ferma de nouveau.

— Je n'ai aucune idée de qui ça peut être. Je sais aussi peu de choses que vous.

— Est-ce que tu as conscience que toi et ta famille, vous êtes en grand danger tant que nous n'avons pas arrêté cet individu ?

Un calme sinistre s'était posé sur le visage de Christian. Son inquiétude s'était envolée. A la place, il afficha une mine que Patrik aurait qualifiée de résolue.

— Je le comprends. Et je suis sûr que vous allez faire de votre mieux pour découvrir le coupable. Mais je ne peux pas vous aider, je suis désolé. Je ne sais rien.

— Je ne te crois pas, dit Patrik sans détour.

Christian haussa les épaules.

— Qu'est-ce que tu veux que j'y fasse ? Tout ce que je peux dire c'est : Je ne sais rien.

Il parut subitement se rendre compte qu'il était pratiquement nu, et il serra le peignoir autour de lui et noua la ceinture.

De frustration, Patrik eut envie de le secouer. Il était convaincu que Christian retenait des informations. Lesquelles, il l'ignorait, et il ne savait pas non plus si elles feraient avancer l'enquête. Mais il y avait quelque chose. Il décida d'abandonner le sujet pour l'instant et d'y revenir plus tard. Il n'avait pas l'intention de laisser Christian s'en tirer à si bon compte. Il avait vu les enfants dans la salle de bains, comme ils étaient terrorisés. La prochaine fois, ce ne serait peut-être pas simplement de la peinture rouge. Il devait absolument faire comprendre à Christian le sérieux de la situation.

— A quelle heure est-ce que vous êtes allés vous coucher hier soir ?

— Je suis allé au lit tard, peu après une heure du matin. Je ne sais pas à quelle heure Sanna s'est couchée.

— Tu es resté à la maison toute la soirée ?

— Non, je suis allé faire une promenade. Sanna et moi, on a quelques… problèmes. J'avais besoin de prendre l'air.

— Tu es allé où ?

— Je ne sais pas. Nulle part en particulier. J'ai fait le tour du rocher entre autres et ensuite je me suis baladé un peu en ville.

— Tout seul ? Au milieu de la nuit ?

— Je ne voulais pas rester à la maison. Où voulais-tu que j'aille ?

— Mais tu étais de retour vers une heure ? Tu es sûr de l'heure ?

— Presque. J'ai regardé ma montre en traversant la place Ingrid-Bergman, il était une heure moins le quart. Ensuite il faut dix, quinze minutes pour venir ici. Il était donc une heure quand je suis revenu, à peu de chose près.

— Sanna dormait ?

— Oui, elle dormait. Et les enfants aussi. Tout était silencieux.

— Tu es allé voir les enfants dans leur chambre ?

— Je le fais toujours. Nils s'était découvert comme d'habitude, et je lui ai remis sa couverture.

— Et tu n'as rien vu d'inhabituel ou de bizarre ?

— Du genre grosses lettres rouges sur le mur, tu veux dire ?

Le ton était sarcastique et Patrik commença à perdre patience.

— Je répète : tu n'as rien vu d'inhabituel, rien qui t'ait fait réagir quand tu es rentré ?

— Non, répondit Christian. Je n'ai rien vu qui m'ait fait réagir. Sinon, je ne serais pas allé me coucher, n'est-ce pas ?

— J'imagine que non.

Patrik sentit qu'il transpirait de nouveau. Les gens surchauffaient toujours leur maison. Il tira un peu sur le col de sa chemise. Il avait du mal à respirer.

— Tu as fermé la porte à clé en rentrant ?

— Je ne sais pas, dit Christian, et il eut l'air de réfléchir. Je crois, je ferme toujours à clé. Mais… je ne me revois pas le faire. Je ne me souviens pas si j'ai fermé la porte à clé ou pas.

À présent, le sarcasme avait disparu. Sa voix était basse, presque un chuchotement.

— Et vous n'avez rien entendu au cours de la nuit, ni Sanna ni toi ?

— Non, rien. On a plutôt le sommeil profond, tous les deux. Je ne me suis réveillé que quand Sanna a hurlé ce matin. Je n'ai même pas entendu Nils…

Patrik décida de faire encore une tentative :

— Tu n'as donc aucune théorie qui expliquerait pourquoi quelqu'un a fait ça et pourquoi quelqu'un t'envoie des lettres de menace depuis un an et demi ? Pas le moindre soupçon ?

— Putain, tu écoutes ce que je te dis, oui ou non ?!

L'explosion surgit de nulle part, et Patrik sursauta. Christian avait crié tellement fort que Paula demanda depuis l'étage au-dessus :

— Tout va bien ?

— Pas de problème, lui répondit Patrik en espérant avoir raison.

Christian parut sur le point de s'effondrer. Il était écarlate et se grattait frénétiquement les paumes, tellement fort que sa peau fut entamée.

— Je ne sais rien, répéta-t-il en faisant manifestement un gros effort pour ne pas élever la voix.

Patrik attendit un moment que le visage de Christian reprenne une teinte normale, qu'il ait l'air plus détendu. Quand il eut fini de se gratter, il regarda les marques dans ses paumes, tout étonné, comme s'il ne comprenait pas d'où elles venaient.

— Est-ce qu'il y a un endroit où vous pourriez aller pendant quelque temps, en attendant que nous ayons davantage d'éléments ? demanda Patrik.

— Sanna et les garçons peuvent aller chez la sœur de Sanna à Hamburgsund.

— Et toi ?

— Je reste ici, dit Christian sur un ton déterminé.

— Ça ne me paraît pas une bonne idée, dit Patrik avec tout autant de détermination. Nous n'avons pas les capacités de t'offrir une protection jour et nuit. Je préférerais te savoir ailleurs, dans un lieu où tu te sentirais plus en sécurité.

— Je reste ici.

Le ton de Christian ne laissait aucune place à la discussion.

— Très bien, dit Patrik à contrecœur. Fais en sorte que ta famille parte au plus vite. Nous allons essayer de surveiller la maison le plus possible, mais nous n'avons pas assez de ressources pour…

— Je n'ai pas besoin de surveillance, trancha Christian. Je me débrouille.

Patrik le regarda droit dans les yeux.

— Il y a un individu sérieusement dérangé qui court les rues, qui a déjà assassiné une, voire deux personnes, et qui semble fermement décidé à vous faire prendre le même chemin, toi, Kenneth et sans doute Erik. Ce n'est pas un jeu. On dirait que tu ne le comprends pas, dit-il lentement et distinctement pour être sûr que son message soit compris.

— Je le comprends parfaitement. Mais je reste ici.

— Si tu changes d'avis, tu sais où me trouver. Et comme je viens de le dire : je ne te crois pas un seul instant quand tu affirmes que tu ne sais rien. J'espère que tu es conscient de ce que tu risques en ne disant pas la vérité. Nous finirons par coincer le coupable. La question est juste de savoir si d'autres personnes seront blessées avant qu'on le trouve.

— Comment va Kenneth? murmura Christian en évitant le regard de Patrik.

— Je sais seulement qu'il est blessé, c'est tout.

— Que s'est-il passé?

— Quelqu'un avait tendu une corde en travers du sentier d'entraînement et étalé une bonne couche de tessons de verre. Tu comprends peut-être pourquoi je te demande de collaborer avec nous.

Christian ne répondit pas. Il détourna la tête et regarda par la fenêtre. Sa peau était aussi blanche que la neige dehors et ses mâchoires crispées. Mais sa voix était froide et dépourvue d'émotion quand il répéta, les yeux perdus dans le lointain :

— Je ne sais rien. Je. Ne. Sais. Rien.

— C'est douloureux? demanda Martin en regardant les bras couverts de bandages sur la couverture.

Kenneth hocha la tête. Gösta avança une chaise et fit signe à Martin de l'imiter.

— Vous vous sentez en état de répondre à quelques questions ? dit-il.

— Vu que vous êtes déjà installés, l'affaire est entendue, sourit Kenneth faiblement.

Martin eut du mal à détacher ses yeux des bras enveloppés de bandes. Ça avait dû faire un mal de chien. D'abord quand il était tombé sur les tessons, ensuite quand on les lui avait retirés.

Il jeta un regard incertain sur Gösta. Parfois, il avait l'impression qu'il n'aurait jamais assez d'expérience et de bagage pour agir correctement dans toutes les situations auxquelles son métier le confrontait. Devait-il faire celui qui s'y connaît et commencer à poser des questions ? Ou bien fallait-il faire preuve de respect envers son collègue plus âgé et le laisser mener l'entretien ? Toujours ce juste dosage à trouver. Il était le plus jeune, celui qu'on pouvait balader d'un côté et de l'autre. Lui aussi aurait aimé rester chez Christian, comme Gösta, qui n'avait cessé de le rabâcher pendant tout le trajet pour Uddevalla. Lui aussi aurait aimé poser des questions à Christian et à sa femme, parler avec Torbjörn et son équipe, se trouver dans le feu de l'action.

Patrik choisissait en général de travailler avec Paula, mais Martin était plus ancien au commissariat et il vivait assez mal ce choix-là. D'accord, elle avait l'expérience de Stockholm alors que lui n'avait connu que Tanumshede pendant sa courte carrière dans la police. Mais ce n'était pas forcément un handicap. Il connaissait la région, il connaissait tous les voyous du coin, il savait comment les gens pensaient, comment la société fonctionnait. Il avait été en classe avec quelques-uns des pires spécimens. En outre, depuis que les rumeurs sur la vie privée de Paula s'étaient répandues comme une traînée de poudre dans la localité, beaucoup se méfiaient d'elle. Personnellement, Martin n'avait rien contre le fait que des gens du même sexe vivent ensemble. Mais beaucoup de leurs interlocuteurs n'avaient pas sa largesse d'esprit. Il trouvait donc un peu bizarre que Patrik choisisse toujours de mettre Paula en avant. Tout ce que Martin demandait, c'était un peu de confiance. Qu'ils cessent de le traiter comme un bleu. Il n'était plus si jeune que ça. Il était même devenu père maintenant.

— Pardon?

Il était tellement plongé dans ses ruminations qu'il n'avait pas entendu Gösta.

— J'ai dit, tu veux peut-être commencer?

Martin jeta un regard étonné sur son collègue. Pouvait-il lire dans les pensées? Ravi, il saisit l'occasion qui s'offrait à lui :

— Est-ce que vous pouvez nous raconter ce qui s'est passé?

Kenneth essaya de prendre un verre d'eau sur la table de chevet avant de se rappeler que ses mains étaient hors d'usage.

— Attendez, je vous le donne, dit Martin.

Il prit le verre et l'aida à boire avec la paille. Puis Kenneth se laissa aller contre les oreillers et raconta calmement et en détail le déroulement des événements, à partir du moment où il avait lacé ses chaussures pour aller courir comme il le faisait tous les matins.

— Il était quelle heure quand vous êtes parti? demanda Martin qui avait sorti bloc-notes et stylo.

— Sept heures moins le quart, répondit Kenneth, et Martin nota.

Il avait l'impression que si Kenneth disait qu'il était sept heures moins le quart, c'est que c'était le cas.

— Vous courez à la même heure tous les jours ? demanda Gösta.

— Oui, à dix minutes près environ.

— Vous n'aviez pas envisagé de… compte tenu de…, bégaya Martin.

— Vous n'aviez pas envisagé de laisser tomber votre entraînement compte tenu de la mort de votre femme, compléta Gösta gentiment, sans que cela ressemble à un reproche.

Kenneth ne répondit pas tout de suite. Il avala une gorgée, puis dit à voix basse :

— S'il y avait un matin où j'avais vraiment besoin de me défouler, c'était bien aujourd'hui.

— Je comprends, dit Gösta. Vous faites toujours le même trajet ?

— Oui, à part le week-end où je fais deux tours. Je crois que je suis une personne assez routinière. Je n'aime pas les surprises, les aventures ou les changements.

Il se tut. Gösta et Martin comprirent tous les deux ce qu'il voulait dire. Kenneth se détourna pour cacher les larmes qui avaient inondé ses yeux. Puis il essaya de stabiliser sa voix en se raclant la gorge :

— Donc, j'aime les habitudes. Ça fait plus de dix ans que je cours de la même façon.

— Je suppose que beaucoup de personnes le savent, dit Martin en levant les yeux de son bloc-notes où il avait écrit "dix ans" entouré d'un cercle.

— Il n'y avait aucune raison d'en faire un secret, sourit Kenneth, mais son sourire disparut aussi vite qu'il était apparu.

— Vous n'avez croisé personne ce matin sur le sentier?

— Non, pas un chat. Comme d'habitude, d'ailleurs. Quelques rares fois je rencontre des gens qui promènent leur chien, ou quelqu'un qui est sorti pour une balade matinale avec des gamins qui se réveillent tôt. Mais c'est exceptionnel. La plupart du temps, je suis seul sur la piste. Comme ce matin.

— Vous n'avez pas remarqué de voiture garée dans les environs? demanda Martin, et Gösta hocha la tête pour montrer que c'était une question pertinente.

Kenneth réfléchit un instant.

— Non, je ne crois pas. Je ne peux pas le jurer, il a pu y en avoir une sans que je la remarque. Mais non, en fait je l'aurais vue, j'en suis quasi certain.

— Donc, rien qui sorte de l'ordinaire? insista Gösta.

— Non, c'était comme tous les matins. A part…

Les mots restèrent suspendus dans l'air et ses larmes se remirent à couler.

Martin eut honte de se sentir gêné de voir Kenneth pleurer. Il se sentit maladroit, ne sachant pas quelle attitude adopter, mais Gösta se pencha calmement pour prendre une serviette sur la table de chevet. Doucement, il essuya les joues de Kenneth puis il reposa la serviette.

— Vous avez appris quelque chose? chuchota Kenneth. Au sujet de Lisbet?

— Non, c'est beaucoup trop tôt. Ça peut être assez long avant d'avoir le rapport du médecin légiste, dit Martin.

— C'est elle qui a tué Lisbet, dit Kenneth, et il sembla rétrécir et s'affaisser, tout en regardant fixement devant lui.

— Pardon, qu'est-ce que vous dites ? demanda Gösta en se penchant en avant. C'est qui, "elle" ? Vous savez qui vous a fait ça, à vous et à votre femme ?

Martin entendit Gösta retenir son souffle et se rendit compte qu'il en faisait autant.

Il y eut une étincelle dans les yeux de Kenneth.

— Je n'en ai pas la moindre idée, affirma-t-il.

— Vous venez de dire "elle", remarqua Gösta.

— On dirait l'écriture d'une femme sur les lettres. Je suppose donc qu'il s'agit d'une femme, dit Kenneth en évitant de le regarder.

— Hmm, dit Gösta, signalant ainsi à Kenneth qu'il ne le croyait pas, mais sans le dire directement. Il y a forcément quelque chose qui a fait de vous des cibles, vous quatre justement. Magnus, Christian, Erik et vous. Quelqu'un a un compte à régler avec vous. Et vous dites tous – à part Magnus, évidemment – que vous ignorez totalement qui et pourquoi. Il y a toujours une haine féroce derrière des actes de ce type, et la question est de savoir ce qui a attisé cette haine. J'ai beaucoup de mal à croire que vous ne soyez au courant de rien, ou que vous n'ayez aucune théorie.

— Ça doit être un malade mental. Je n'ai pas d'autre explication, dit Kenneth, et il détourna la tête et serra les lèvres.

Martin croisa le regard de Gösta par-dessus le lit d'hôpital. Ils comprenaient tous les deux qu'ils ne tireraient rien de plus de Kenneth. Pour le moment.

Erica fixa le téléphone d'un air incrédule. Patrik venait d'appeler du commissariat pour la prévenir qu'il rentrerait tard. Il lui avait brièvement expliqué les circonstances, et elle avait du mal à en croire ses oreilles.

Quelqu'un s'en était pris aux enfants de Christian. Et à Kenneth. Une corde en travers de la piste d'entraînement, simple et génial.

Son cerveau se mit tout de suite au travail. Il devait être possible d'avancer à un rythme plus soutenu. Elle avait entendu la frustration de Patrik et elle le comprenait. Les événements s'étaient enchaînés et la police était bien loin de résoudre l'affaire.

Elle soupesa le téléphone dans sa main d'un air préoccupé. Patrik serait fou furieux si elle se mêlait de son travail. Mais elle avait l'habitude de faire des recherches pour ses livres. Certes, il était question d'enquêtes criminelles déjà terminées, mais ça ne pourrait pas être très différent de se pencher sur une enquête en cours. Et surtout, elle s'ennuyait terriblement à la maison. L'envie de se rendre utile la démangeait.

De plus, elle possédait un certain instinct. Il l'avait déjà guidée plusieurs fois auparavant. Maintenant, il lui disait que la réponse se trouvait chez Christian. Plusieurs éléments l'indiquaient : il était le premier à avoir reçu des lettres, il restait secret sur son passé et il était manifestement très nerveux. Des détails certes, mais des détails importants. Depuis qu'ils s'étaient parlé dans la cabane de pêcheur, elle avait le net sentiment que Christian savait quelque chose, qu'il dissimulait des faits.

Rapidement, avant d'avoir eu le temps de changer d'avis, elle commença à donner des coups de fil. Elle aurait aimé avoir le numéro de Sécurité sociale de Christian, mais elle se débrouilla avec son nom et le petit détail que Sanna avait mentionné une fois : Christian habitait à Göteborg quand ils s'étaient rencontrés. May, à la bibliothèque, avait aussi parlé de

Trollhättan et ça la titillait encore, mais elle décida que Göteborg était malgré tout le point de départ le plus logique. C'était là qu'il avait habité avant de venir à Fjällbacka, et c'était par là qu'elle allait commencer. Avec un peu de chance, elle pourrait ensuite remonter dans le temps, s'il le fallait. La vérité se trouvait dans le passé de Christian, elle n'avait plus le moindre doute.

Après quatre conversations téléphoniques, elle tenait une piste : l'adresse de Christian avant qu'il s'installe avec Sanna.

Elle enfila son manteau. Elle appellerait Anna de la voiture pour lui demander de récupérer Maja à la crèche ; elle ne serait jamais de retour à temps pour aller chercher sa fille elle-même. Il fallait une heure et demie pour aller à Göteborg, un long trajet pour une lubie. Si elle ne trouvait rien, elle pourrait toujours profiter de l'occasion pour rendre visite à Göran, le demi-frère dont Anna et elle venaient de faire la connaissance.

Elle avait toujours du mal à croire qu'elle avait un grand frère. Ça l'avait bien secouée de découvrir que, pendant la Seconde Guerre mondiale, sa mère avait secrètement mis au monde un fils. Elle n'était qu'une adolescente à l'époque, et ses parents l'avaient forcée à abandonner son enfant et à le donner en adoption. Les événements dramatiques de l'été dernier avaient malgré tout eu cela de positif. Depuis, Anna et elle avaient construit une relation solide avec Göran et sa mère adoptive, qui les accueillaient toujours les bras ouverts.

Anna répondit oui sans hésiter. Les enfants d'Anna et de Dan adoraient la petite Maja. Elle allait certainement rentrer totalement épuisée, et gavée de sucreries.

Erica s'arrêta à une station-service avant Göteborg pour acheter un plan de la ville, et profita de l'arrêt pour aller aux toilettes et étirer ses jambes. Conduire avec deux bébés entre elle et le volant était d'un grand inconfort, et son dos et ses jambes en souffraient terriblement.

Alors qu'elle venait à peine de se glisser derrière le volant de nouveau, son téléphone piailla. Un gobelet de café en carton en équilibre dans une main, elle attrapa son portable de l'autre pour regarder l'écran. Patrik. Mieux valait le laisser aboutir au répondeur. Elle lui expliquerait plus tard. Surtout si elle revenait avec des informations qui les aideraient à avancer. Elle serait peut-être dispensée alors de quelques-uns des reproches auxquels elle aurait droit à tous les coups.

Après une dernière vérification sur le plan, elle démarra et reprit l'autoroute. Christian avait habité à l'adresse où elle se rendait un peu plus de sept ans auparavant. Subitement, elle hésita. Quelles étaient les chances de retrouver des traces de son passage ? Les gens déménageaient tout le temps, sans rien laisser derrière eux.

Erica soupira. Si elle ne trouvait rien, Göran lui offrirait un café, le voyage ne serait pas totalement vain.

Le portable piailla encore. Patrik avait laissé un message.

— Où ils sont tous ?

Mellberg jeta un regard endormi autour de lui. Il s'était seulement assoupi un petit moment et, à son réveil, il trouva le commissariat vide. Les autres étaient-ils partis au troquet sans lui proposer de venir ? Il se précipita à l'accueil où il trouva Annika.

— Qu'est-ce qui se passe ici ? Ils ont déjà pris leur week-end ? Pourquoi personne ne travaille ? Si jamais ils sont allés prendre un pot, ils vont voir ce qu'ils vont voir. Cette commune a besoin que nous soyons prêts à tout moment, c'est notre devoir d'être là quand le citoyen nous appelle, claironna-t-il en agitant un doigt en l'air.

Mellberg adorait le son de sa propre voix. Il avait toujours trouvé que le ton autoritaire lui allait bien.

Annika le dévisagea sans rien dire et il commença à se tortiller. Il s'était attendu à ce qu'elle l'inonde d'excuses et de justifications pour couvrir ses collègues. Au lieu de cela, il sentit une vague de malaise monter en lui.

Au bout d'un petit moment, Annika dit calmement :

— Ils sont en intervention. A Fjällbacka. Il s'en est passé des choses pendant que tu travaillais dans ton bureau.

Le mot "travaillais" fut prononcé sans sarcasme apparent, mais quelque chose lui dit qu'Annika était parfaitement au courant de son petit roupillon. Il ne restait plus qu'à sauver les apparences.

— Pourquoi personne ne m'a prévenu ?

— Patrik a essayé. Il a frappé à ta porte pendant un bon moment. Mais tu avais fermé à clé et tu ne répondais pas. Il a été obligé d'y aller.

— Je… parfois je suis tellement absorbé par le travail que je deviens sourd et aveugle.

Mellberg jura intérieurement. Pas de chance, il avait le sommeil vraiment lourd, ce qui était à la fois un avantage et un inconvénient.

— Mmm…, répondit Annika et elle se remit à son ordinateur.

— Bon, mais dis-moi ce qui s'est passé ! dit-il hargneusement, toujours avec le sentiment de s'être fait avoir.

Annika fit un bref résumé des derniers épisodes survenus concernant Christian et Kenneth. Mellberg en resta bouche bée. Cette affaire devenait de plus en plus singulière.

— Ils ne vont pas tarder à revenir, en tout cas Patrik et Paula, ils te brieferont un peu plus. Martin et Gösta sont partis à Uddevalla s'entretenir avec Kenneth à l'hôpital, ils mettront probablement plus de temps à rentrer.

— Dis à Patrik de venir dans mon bureau dès qu'il arrive.

— D'accord. Et j'insisterai pour qu'il frappe plus fort. Des fois que tu serais de nouveau complètement absorbé par le boulot.

La mine d'Annika était parfaitement sérieuse, mais Mellberg n'arriva pas à se défaire du sentiment qu'elle se moquait de lui.

— Je t'en prie, viens avec nous. Pourquoi veux-tu absolument rester là ? dit Sanna en jetant au hasard quelques pulls dans la valise.

Christian ne répondit pas, ce qui l'énerva encore plus.

— Mais réponds ! Tu vas rester seul à la maison ? C'est complètement idiot, ça dépasse…

De rage, elle lança un jean en direction de la valise, mais sans l'atteindre, et le pantalon atterrit aux pieds de Christian. Elle s'avança pour le ramasser, puis se ravisa et posa ses mains autour du visage de son mari. Elle essaya de capter son regard, mais il refusa de laisser leurs yeux se croiser.

— Christian, mon chéri, s'il te plaît. Je ne comprends pas. Pourquoi tu ne viens pas avec nous ? Tu n'es pas en sécurité ici.

— Il n'y a rien à comprendre, dit-il en ôtant ses mains. Je reste ici, c'est comme ça. Je n'ai pas l'intention de fuir.

— Fuir qui ? Fuir quoi ? Je te préviens, si jamais tu sais qui c'est et que tu ne me le dis pas…

Les larmes ruisselaient sur ses joues et elle sentait encore la chaleur du visage de Christian dans ses mains. Quelle constatation amère : il ne lui permettait même pas de l'approcher. Dans des situations comme celle-ci, ils auraient dû s'épauler. Mais il lui tournait le dos, ne voulait pas d'elle. Elle rougit d'humiliation, détourna les yeux et continua à faire sa valise.

— Combien de temps il faut qu'on reste là-bas, à ton avis ? dit-elle en prenant une poignée de petites culottes et une autre de chaussettes dans un des tiroirs.

— Comment veux-tu que je le sache ?

Christian avait ôté le peignoir, essuyé la peinture rouge de son torse et enfilé un jean et un tee-shirt. Pour elle, c'était encore le plus bel homme qu'elle ait jamais vu. Elle l'aimait tellement que ça faisait mal.

Sanna referma le tiroir et jeta un coup d'œil dans le couloir où les garçons étaient en train de jouer. Ils étaient plus silencieux que d'ordinaire. Sérieux. Nils faisait rouler ses petites voitures et Melker laissait ses Action Man se battre entre eux. Tous deux sans les effets sonores habituels, et sans se disputer, ce qui en temps normal ne manquait pas d'arriver.

— Tu crois qu'ils…, essaya-t-elle, mais les pleurs prirent le dessus et elle dut recommencer : Tu crois qu'ils ont été blessés ?

— Ils n'ont pas une égratignure.

— Je ne veux pas dire physiquement.

Sanna ne comprenait pas comment il pouvait être si froid et impassible. Ce matin, il avait eu l'air aussi choqué, aussi désorienté et effrayé qu'elle. Maintenant, on aurait dit que rien de grave n'était arrivé, tout juste une broutille.

Quelqu'un s'était introduit chez eux pendant leur sommeil, était entré dans la chambre de leurs enfants et les avait peut-être traumatisés pour toujours en leur faisant connaître la peur et la sensation d'insécurité. Sans doute avaient-ils déjà perdu la certitude rassurante que rien ne pouvait leur arriver quand ils étaient chez eux, dans leur lit. Que rien ne pouvait arriver quand maman et papa se trouvaient à quelques mètres seulement. Cette sécurité-là était vraisemblablement anéantie pour toujours. Pourtant leur papa restait calme, imperturbable, comme s'il n'était pas concerné. Et là, à cet instant précis, elle le détesta.

— Les enfants oublient si vite, dit Christian en regardant ses mains.

Elle vit qu'il avait de grosses marques de griffures dans la paume et se demanda d'où il tenait ça. Mais elle ne fit pas de commentaires. Pour une fois, elle ne dit rien. Est-ce que c'était la fin ? Si Christian n'arrivait même pas à l'approcher et à la réconforter quand quelque chose de terrible les menaçait, il était sans doute temps de baisser les bras.

Elle continua à jeter des affaires dans la valise sans se soucier du choix. Les larmes troublaient sa vision, elle arrachait sans discernement les vêtements des cintres. La valise finit par déborder, elle dut s'asseoir dessus pour la fermer.

— Attends, laisse-moi t'aider. Je la descends.

Christian se leva et avec son poids il réussit à maintenir le couvercle suffisamment en place pour que Sanna puisse tirer la fermeture éclair. Il attrapa la valise par la poignée et l'emporta, en passant devant les garçons.

— Pourquoi il faut qu'on aille chez tante Agneta maintenant ? Pourquoi on emporte toutes ces affaires ? On va y rester longtemps ?

L'angoisse dans la voix de Melker arrêta Christian au milieu de l'escalier. Puis il continua de descendre, sans rien dire.

Sanna s'approcha de ses fils et s'accroupit à côté d'eux. Elle fit de son mieux pour paraître rassurante :

— On va faire semblant d'être en vacances. Mais sans partir très loin, seulement chez tante Agneta et vos cousins. Vous aimez bien y aller d'habitude. Ce soir, on fera un peu ce qu'on veut. Comme c'est les vacances, vous aurez le droit de manger des bonbons, même si on n'est pas samedi.

Les garçons la regardèrent avec méfiance, mais bonbons était manifestement un mot magique.

— On y va tous ensemble ? demanda Melker.

Son frère répéta en zézayant :

— On y va touz enzemble ?

Sanna prit une profonde inspiration.

— Non, seulement nous trois. Papa est obligé de rester ici.

— Oui, papa est obligé de rester ici et de se battre contre les méchants.

— Quels méchants ? dit Sanna en caressant la joue de Melker.

— Ceux qui ont mis la pagaille dans notre chambre, dit-il en croisant les bras sur sa poitrine et en prenant un air fâché. S'ils reviennent, mon papa va les battre !

— Papa ne va pas se battre avec des méchants. Personne ne reviendra plus ici.

Elle passa sa main sur la tête de Melker en maudissant Christian. Pourquoi ne venait-il pas avec eux ? Pourquoi se taisait-il ? Elle se releva.

— Ça va être super sympa. Une vraie aventure. Attendez-moi ici, je vais aider papa à mettre nos affaires dans la voiture, ensuite je viens vous chercher. D'accord?

— D'accord.

Ils ne semblaient pas spécialement emballés et elle sentit leurs regards dans son dos en descendant l'escalier. Christian était en train de mettre la valise dans le coffre. Elle s'approcha et le prit par le bras.

— C'est ta dernière chance, Christian. Si tu sais quelque chose, si tu as la moindre idée de qui nous fait ça, je te supplie de me le dire. Pour nous. Si j'apprends que tu le savais depuis le début et que tu as gardé le silence, ce sera fini entre nous. Tu comprends ça? Fini!

Christian suspendit son mouvement, la valise à moitié dans le coffre. Un instant, elle crut qu'il allait parler. Puis il se dégagea de sa main et enfourna la valise.

— Je ne sais rien. Arrête de me harceler!

Il claqua violemment le hayon arrière.

Annika arrêta Patrik quand il revint au commissariat avec Paula.

— Mellberg s'est réveillé pendant votre absence. Il était un peu en pétard de ne pas avoir été informé.

— Mais j'ai frappé à sa porte pendant je ne sais combien de temps, et il n'a pas ouvert.

— Oui, c'est ce que j'ai dit, mais il prétend qu'il était tellement plongé dans son travail qu'il ne t'a pas entendu.

— Tu parles, Charles.

Patrik sentit encore une fois à quel point il en avait marre de son chef incompétent. En vérité, il avait été très content de ne pas l'avoir dans les pattes. Il jeta un coup d'œil sur sa montre.

— Bon, je vais mettre notre distingué chef et maître au courant. Rassemblement dans la cuisine pour un rapide exposé dans un quart d'heure. Tu peux prévenir Gösta et Martin, s'il te plaît? Ils ne vont pas tarder à arriver.

Il alla tout droit à la porte de Mellberg et frappa. Fort.

— Entre, dit Mellberg qui prit l'air profondément absorbé par une pile de documents. J'ai appris que les événements se précipitent, et je dois dire que, aux yeux de la population, ce n'est pas bon que des interventions d'une telle envergure se fassent sans la présence du commandant en chef.

Patrik ouvrit la bouche pour répondre, mais Mellberg leva la main. Manifestement, il n'avait pas encore fini.

— Nous nous devons de prendre ce genre de situation au sérieux, autrement, on renvoie une mauvaise image aux citoyens.

— Mais…

— Pas de mais. J'accepte tes excuses. Mais ne le refais pas.

Patrik sentit son sang battre dans ses oreilles. Vieux con! Il serra les poings, puis les rouvrit et respira à fond. Il fallait qu'il fasse abstraction de Mellberg et se concentre sur le plus important. L'enquête.

— Raconte-moi maintenant. Qu'est-ce que vous avez trouvé? demanda Mellberg, tout excité.

— Je m'étais dit qu'on pourrait se réunir dans la cuisine. Si ça te va? dit Patrik entre ses dents.

— Oui, c'est peut-être une bonne idée. Inutile de tout retracer deux fois. Bon, on y va alors, Hedström?

Tu sais, le temps, ça compte dans une enquête comme celle-ci.

Patrik tourna le dos à son chef et quitta la pièce. Sur un point, Mellberg avait indéniablement raison. Le temps comptait beaucoup.

Tout n'était qu'une question de survie. Mais chaque année qui passait signifiait davantage d'efforts. Le déménagement avait plu à tout le monde, sauf à lui. Son père avait trouvé un nouveau travail qui lui allait bien, et sa mère était contente d'habiter dans la maison de la Vipère, de la transformer, de la rendre méconnaissable et d'effacer toutes ses traces. Alice paraissait profiter du calme et de l'ambiance paisible qui régnaient au moins pendant neuf mois de l'année.

Mère se chargeait de l'enseignement d'Alice à la maison. Père y avait été opposé au début, il disait qu'elle avait besoin de sortir et de voir des enfants de son âge, qu'elle avait besoin des autres. Mère l'avait fixé et lui avait répondu d'une voix froide :

— Alice n'a besoin que de moi.

La discussion était close.

Pour sa part, il était devenu encore plus gros, il mangeait tout le temps. C'était comme si l'instinct de se nourrir s'était emballé et vivait sa propre vie. Comme sous une contrainte, il avalait tout ce qui se trouvait à sa portée. Cela ne lui procurait pas pour autant l'attention de sa mère. Parfois elle lui jetait un regard dégoûté, mais la plupart du temps, elle l'ignorait. Il était révolu, le temps où il pensait à elle comme à sa si jolie mère et réclamait son amour. Il avait renoncé, pour accepter de ne pas être quelqu'un qu'on aime, de ne pas mériter d'être aimé.

La seule qui l'aimait était Alice. Mais elle était, comme lui, une sorte d'erreur de la nature. Ses mouvements étaient saccadés, elle bafouillait en parlant et n'arrivait pas à faire les choses les plus élémentaires. Elle avait huit ans et ne savait pas nouer ses lacets toute seule. Sans cesse, elle marchait sur ses talons, elle le suivait comme une ombre. Le matin, quand il partait pour prendre le bus scolaire, elle restait à la fenêtre et le regardait, les mains posées sur la vitre et les yeux remplis d'envie. Il n'y comprenait rien, mais il la laissait faire.

L'école était un tourment. Chaque matin, il avait l'impression qu'on le conduisait en prison. Il aimait bien les leçons, c'est vrai, mais il avait les récréations en horreur. Si l'école primaire avait été épouvantable, le collège l'était encore plus. Ils en avaient toujours après lui, le taquinaient et le bousculaient, ils vandalisaient son casier et lui criaient des obscénités dans la cour. Il n'était pas bête, il comprenait qu'il était une victime parfaite. Son corps obèse lui faisait commettre le pire des péchés : sortir du lot. Il le comprenait, mais ça ne rendait pas les choses plus faciles.

— T'arrives à trouver ta bite pour pisser, avec cette grosse bedaine ?

Erik. Nonchalamment perché sur une des tables dans la cour de récréation, il était entouré de sa bande habituelle de supporters zélés. C'était lui, le pire. Le mec le plus populaire du bahut, beau et sûr de lui, impertinent avec les profs, qui avait toujours assez de cigarettes pour lui et ses partisans. Il ne savait pas qui il méprisait le plus : Erik qui semblait poussé par la méchanceté pure et cherchait toujours de nouvelles façons de le blesser, ou les imbéciles autour de lui qui ricanaient, les admirateurs qui se doraient à son auréole.

Il aurait pourtant donné n'importe quoi pour être l'un d'eux. Pouvoir rester assis sur la table avec Erik, dire oui quand il proposait une cigarette, faire des commentaires sur les nanas qui passaient, avec pour récompense des rires étouffés et des joues enflammées.

— Hé toi ! Je te parle. Réponds-moi quand je te pose une question !

Erik se leva et les deux autres le contemplèrent, surexcités. Le mec sportif, Magnus, croisa son regard. Parfois il avait l'impression d'entrapercevoir un soupçon de sympathie chez lui, mais pas suffisamment grande pour que Magnus se risque à tomber en disgrâce auprès d'Erik. Quant à Kenneth, ce n'était qu'un lâche qui évitait toujours de le regarder dans les yeux. Il fixait Erik, dans l'attente de ses directives.

Mais Erik n'avait apparemment pas assez d'énergie aujourd'hui pour lui chercher querelle, parce qu'il se rassit en rigolant :

— Tire-toi gros lard, tu me débectes ! Si tu cours un peu, tu échapperas à la raclée aujourd'hui.

Il souhaitait ardemment tenir tête à Erik et lui dire d'aller se faire foutre. Avec précision et force, il lui filerait une dérouillée, tandis que tous ceux qui s'étaient rassemblés autour d'eux comprendraient lentement que leur héros était en train de tomber. Et Erik lèverait péniblement la tête du sol et le regarderait avec respect, le nez en sang. Après cela, sa place à lui, dans la bande, serait évidente. Il en ferait partie.

Mais il se contenta de pivoter et de prendre ses jambes à son cou. Aussi vite qu'il le pouvait, il traversa la cour de récré de son pas de course lourdingue. Ses poumons brûlaient et la graisse de son corps adipeux tremblait. Derrière lui, il entendit leurs rires fuser.

Erica passa le rond-point de Korsvägen en suant à grosses gouttes. La circulation de Göteborg la rendait toujours nerveuse, et ce giratoire en particulier la terrorisait. Mais elle s'en tira saine et sauve et remonta lentement Eklandagatan tout en guettant la rue où elle devait tourner.

Rosenhillsgatan. L'immeuble était situé au bout de la rue, avec vue sur Korsvägen et le parc d'attractions de Liseberg. Elle vérifia le numéro, se gara juste devant le portail et regarda sa montre. Son plan était de sonner en priant qu'il y ait quelqu'un. Sinon, elle avait prévu avec Göran de venir passer une heure ou deux chez sa mère avant de réessayer. Dans ce cas-là, elle rentrerait très tard à la maison... Elle croisa les doigts pour trouver le locataire actuel du premier coup. Elle avait mémorisé son nom quand elle passait ses coups de fil, et elle le trouva tout de suite sur l'interphone. Janos Kovács.

Elle sonna. Pas de réponse. Elle appuya de nouveau sur la sonnette : le haut-parleur se mit à crépiter et une voix avec un fort accent se fit entendre.

— C'est qui ?

— Je m'appelle Erica Falck. J'aimerais vous poser quelques questions sur une personne qui a occupé votre appartement il y a quelques années, Christian Thydell.

Elle attendit, l'esprit tendu. Son explication paraissait louche à ses propres oreilles, mais elle espérait que l'homme serait suffisamment curieux pour la faire entrer. Le petit clic de la serrure lui donna raison.

L'ascenseur s'arrêta au deuxième étage et elle se retrouva dans un couloir avec trois portes dont l'une était entrouverte. Un petit homme assez gros d'une soixantaine d'années la contemplait par la fente. Quand il aperçut son énorme ventre, il défit la chaîne de sécurité et ouvrit grande la porte.

— Entrez, entrez, se dépêcha-t-il de dire.

— Merci.

Une odeur puissante de cuisine épicée mijotée pendant de nombreuses années atteignit ses narines et lui souleva le cœur. En réalité, ce n'était pas une odeur désagréable, mais avec la grossesse, son odorat était devenu particulièrement sensible aux sensations intenses.

— J'ai du café, du bon café bien fort.

L'homme montra une petite cuisine, et Erica le suivit. Elle jeta un regard dans le salon qui paraissait être l'unique pièce de l'appartement, faisant office à la fois de pièce à vivre et de chambre.

C'était donc ici que Christian avait vécu avant de déménager à Fjällbacka. Erica sentit l'espoir accélérer les battements de son cœur.

— Asseyez-vous.

Janos Kovács la força plus ou moins à prendre place et lui servit du café. Avec une petite exclamation triomphante, il lui présenta une grande assiette.

— Des biscuits au pavot. C'est une spécialité hongroise. Ma mère m'en envoie souvent, elle sait que je les adore. Servez-vous.

Elle prit un biscuit dont elle croqua prudemment un petit bout. Un goût absolument inconnu mais bon. Elle réalisa alors qu'elle n'avait rien avalé depuis le petit-déjeuner, et son estomac gronda de satisfaction lorsque la première bouchée y atterrit.

— Vous mangez pour deux. Prenez-en encore un, prenez-en deux, prenez-en autant que vous voulez, dit Janos Kovács avec un scintillement dans les yeux. Gros bébé, sourit-il en pointant un doigt sur son ventre.

Erica sourit en retour. La bonne humeur de l'homme était extrêmement communicative.

— Ben, il se trouve que j'en ai deux là-dedans.

— Ah, des jumeaux ! Quelle bénédiction ! dit-il en applaudissant, tout content.

— Vous avez des enfants ? demanda Erica, la bouche remplie de biscuit.

— J'ai deux fils magnifiques, dit fièrement Janos Kovács. Adultes maintenant. Tous les deux ont de bons boulots. Chez Volvo. Et j'ai cinq petits-enfants.

— Et votre femme ?

Erica regarda autour d'elle dans l'appartement. Rien n'indiquait la présence d'une femme. Janos Kovács souriait toujours, mais son sourire devint un peu plus pâle.

— Il y a sept ans environ, elle est rentrée un jour et a dit : "Je m'en vais aujourd'hui." Puis elle est partie, dit-il en écartant les mains. C'est alors que j'ai pris cet appartement. On habitait déjà l'immeuble, un trois-pièces à l'étage au-dessous. Mais quand j'ai été en pré-retraite et que ma femme m'a quitté, je n'ai pas pu le garder. Et comme Christian venait de rencontrer une fille et lâchait son appartement, eh bien, je l'ai pris. Comme quoi, tout finit toujours par s'arranger, s'exclama-t-il et il eut l'air de vraiment le penser.

— Alors vous connaissiez Christian avant qu'il déménage?

— Ben, je ne le connaissais pas vraiment. Mais on se croisait assez souvent dans l'escalier. Je suis assez doué pour le bricolage, et je donne volontiers un coup de main. Et Christian, il savait à peine changer une ampoule.

— Oui, je vois ce que vous voulez dire, sourit Erica.

— Vous le connaissez? Pourquoi vous me posez des questions sur lui? Ça fait des années qu'il n'habite plus ici. J'espère qu'il ne lui est rien arrivé?

— Je suis journaliste, dit Erica en se servant du prétexte qu'elle avait mûri dans la voiture. Christian est écrivain maintenant et je dois écrire un article sur lui. J'essaie donc de rassembler un peu de matériel sur son passé.

— Christian est devenu écrivain? Pas mal. C'est vrai qu'il avait toujours un bouquin à la main. Et un mur entier de l'appartement était couvert de livres.

— Vous savez quel était son métier quand il habitait ici? Où il travaillait?

Janos Kovács secoua la tête.

— Non, je ne sais pas. Et je n'ai jamais demandé. Il faut avoir un certain respect pour ses voisins. Ne pas se mêler de leurs affaires. Si quelqu'un veut raconter, il raconte.

Ça semblait une saine philosophie et Erica aurait bien aimé que plus d'habitants de Fjällbacka partagent cette opinion.

— Il recevait beaucoup de visites?

— Jamais. Parfois, je le plaignais. Il était toujours seul. L'être humain n'est pas fait pour être seul. On a besoin de compagnie.

Erica se dit qu'il avait tout à fait raison et elle espéra que Janos Kovács recevait lui-même quelques visites, de temps en temps.

— Est-ce qu'il a laissé quelque chose en partant? Au grenier, dans la cave?

— Non, c'était vide partout quand j'ai emménagé. Il ne restait rien.

Erica décida d'abandonner la partie. Janos Kovács ne paraissait pas détenir d'autres informations sur la vie de Christian. Elle le remercia et déclina aimablement mais fermement le sachet de biscuits qu'il voulait lui offrir.

Juste quand elle franchissait la porte, Janos Kovács l'arrêta.

— Mais attendez un instant! Comment est-ce que j'ai pu oublier ça? Je dois commencer à perdre un peu la tête.

Il se tapota la tempe avec l'index et retourna dans la pièce. Au bout d'une minute, il revint avec quelque chose à la main.

— Quand vous croiserez Christian, est-ce que vous pouvez lui donner ça? Dites-lui que j'ai fait ce qu'il m'a demandé, j'ai jeté tout le courrier qui est arrivé pour lui. Mais celles-ci… eh bien, j'ai eu un peu de mal à m'en débarrasser. Je veux dire, il y en a eu une ou deux chaque année depuis son départ, ça doit être quelqu'un qui veut entrer en contact avec lui. Il ne m'a jamais donné sa nouvelle adresse, alors je les ai conservées. Donnez-les-lui, avec les amitiés de Janos.

Avec un sourire joyeux, il lui tendit un paquet d'enveloppes blanches.

Erica sentit ses mains trembler quand elle s'en empara.

La maison résonna d'un silence soudain. Il s'assit à la table de la cuisine et posa sa tête dans ses mains. Le pouls battait dans ses tempes et les démangeaisons avaient repris. Tout son corps brûlait et il ressentit une douleur cuisante quand il gratta les plaies dans ses paumes. Il ferma les yeux et glissa sa joue sur la table. Il aurait voulu pénétrer le silence et repousser l'impression que quelque chose était en train de traverser sa peau.

Une robe bleue. Elle passa dans un scintillement fugace derrière ses paupières. Disparut puis revint. L'enfant sur son bras. Pourquoi ne voyait-il jamais le visage de l'enfant ? Il était vide et dépourvu de contours, il n'arrivait pas à le distinguer. L'avait-il jamais pu ? Ou bien l'enfant avait-il toujours été éclipsé par son immense amour pour elle ? Il ne s'en souvenait plus, cela faisait tellement longtemps maintenant.

Les pleurs vinrent doucement, et une petite flaque se forma sur la table. Puis ils s'amplifièrent, gonflèrent dans sa poitrine et jaillirent jusqu'à faire trembler tout son corps. Christian leva la tête. Il fallait qu'il se débarrasse de ces images, qu'il se débarrasse d'elle. Sinon, il exploserait en mille morceaux. Il laissa sa tête retomber lourdement contre la table, laissa sa joue heurter violemment le plateau. Il sentit le bois sous sa peau, puis il leva la tête encore et encore. La cogna contre la surface dure. Comparée à la démangeaison et au feu dans son corps, la douleur était presque agréable. Mais elle ne pouvait rien contre les images. Elle se tenait toujours aussi nette, aussi vivante devant lui. Elle sourit et lui tendit la main, elle était si près qu'elle aurait presque pu le toucher.

N'y avait-il pas un bruit à l'étage ? Il se figea, la tête à une dizaine de centimètres au-dessus de la table, comme si quelqu'un avait subitement appuyé sur le bouton pause dans le film de sa vie. Il écouta, complètement immobile. Oui, il entendait quelque chose en haut. Comme des pas légers.

Christian se redressa lentement. Tout son corps était tendu, en attente. Il se mit debout et, le plus silencieusement possible, avança vers l'escalier, puis monta en prenant appui sur la rampe et en se tenant près du mur où les marches craquaient le moins. Du coin de l'œil, il aperçut un mouvement, quelque chose qui passait furtivement sur le palier. Ou bien se faisait-il des idées? Il n'y avait plus rien, la maison était calme et silencieuse.

Une marche grinça et il retint son souffle. Si *elle* était là-haut, elle savait maintenant qu'il arrivait. Est-ce qu'elle l'attendait? Il sentit un calme étrange l'envahir. Sa famille était partie désormais. Elle ne pouvait plus leur faire de mal. Il n'y avait plus que lui, c'était entre eux deux que ça se jouait, comme depuis le début.

Un enfant gémit. Etait-ce un enfant? Il entendit le son à nouveau, cette fois un bruit comme tous ceux qu'une vieille maison peut produire. Christian fit lentement quelques pas supplémentaires et arriva sur le palier de l'étage. Le couloir était vide. Tout ce qu'il entendit, ce fut sa propre respiration.

La porte de la chambre des garçons était ouverte, sur un désordre sans nom. Les techniciens avaient aggravé la pagaille : à présent il y avait aussi des marques noires de poudre à empreintes digitales partout. Il s'assit au milieu de la pièce, le visage tourné vers les lettres sur le mur. A première vue, la peinture ressemblait toujours à du sang. *Tu ne les mérites pas*.

Il savait qu'elle avait raison, il ne les méritait pas. Christian continua à fixer le texte, le laissa s'insinuer dans sa conscience. Il allait tout arranger. Il était le seul à pouvoir le faire. En silence, il lut les mots encore une fois. C'était lui qu'elle cherchait à atteindre. Et il comprit où elle voulait le rencontrer. Il allait lui donner ce qu'elle exigeait.

— Eh bien, on se retrouve plus vite que prévu.

Patrik attrapa le rouleau d'essuie-tout sur la paillasse et s'essuya le front. Qu'est-ce qu'il transpirait ! Il était vraiment en petite forme en ce moment.

— Voici donc la situation : Kenneth Bengtsson est à l'hôpital. Gösta et Martin vous en diront plus tout à l'heure. Quelqu'un s'est introduit chez Christian Thydell cette nuit. L'intrus n'a certes blessé personne physiquement, mais il a écrit un message à la peinture rouge sur le mur dans la chambre des enfants. Toute la famille est bien évidemment sous le choc. On doit désormais partir du principe qu'on a affaire à un individu que rien n'arrête et qui peut par conséquent être dangereux.

— Il est évident que j'aurais aimé participer à l'intervention de ce matin, dit Mellberg en se raclant la gorge. Mais je n'en ai malheureusement pas été informé.

Patrik choisit de l'ignorer et poursuivit en regardant Annika :

— As-tu dégoté d'autres informations sur le passé de Christian ?

Annika hésita.

— Peut-être, mais je voudrais revérifier quelques trucs d'abord.

— Très bien, dit Patrik, puis il se tourna vers Gösta et Martin : Qu'avez-vous appris de Kenneth ? Comment va-t-il ?

Du regard, Martin interrogea Gösta qui lui fit signe de commencer.

— Le pronostic vital n'est pas engagé, mais d'après le médecin il a une chance de cocu d'être encore en vie. Les éclats de verre ont causé de sérieuses coupures sur ses bras et ses jambes, et si une grosse artère avait été touchée, il serait probablement mort sur le sentier.

— Reste à savoir quelle était l'intention de celui qui a fait ça. Voulait-il, ou elle, seulement blesser Kenneth, ou s'agit-il d'une tentative d'assassinat ? dit Patrik.

La question était purement rhétorique, et Martin poursuivit :

— Kenneth nous a dit qu'il faisait le même trajet tous les matins à la même heure à peu de chose près et que ce n'était un secret pour personne. En partant de ce constat, on peut considérer toute la population de Fjällbacka comme suspecte.

— Mais le coupable n'habite pas forcément ici. Ça peut être quelqu'un d'extérieur à la ville, objecta Gösta.

— Dans ce cas, il ne pouvait pas connaître les habitudes de Kenneth. A mon avis, ça indique clairement que c'est quelqu'un du coin, dit Martin.

— Je crois qu'on ne peut pas exclure que ce soit quelqu'un d'extérieur, trancha Patrik. Il suffit d'observer Kenneth pendant quelques jours pour constater qu'il est réglé comme une horloge. Qu'est-ce qu'il en dit lui-même ? ajouta-t-il. Est-ce qu'il a une idée de ce que toute cette histoire signifie ?

Gösta et Martin se regardèrent de nouveau, et Gösta prit la parole :

— Il dit qu'il l'ignore. Mais on a tous les deux l'impression qu'il ment. Il sait quelque chose, mais, pour

338

une raison ou une autre, il le garde pour lui. Il a mentionné une "elle".

— Ah bon? dit Patrik et une ride profonde se creusa entre ses sourcils. J'ai la même impression chaque fois que je parle avec Christian. Il cache quelque chose. Mais quoi? Ils ont pourtant tout intérêt à nous voir résoudre le mystère. Dans le cas de Christian, sa famille aussi semble être exposée. Et Kenneth est persuadé que sa femme a été assassinée, même si nous n'avons pas encore de preuves. Alors pourquoi ne veulent-ils pas coopérer avec nous?

— Christian n'a rien dit, lui non plus? demanda Gösta en séparant soigneusement les deux parties d'un biscuit fourré.

Il lécha le chocolat, puis il glissa les bouts de biscuit nettoyés à Ernst qui était couché sur ses pieds sous la table.

— Non, je n'ai rien pu en tirer, dit Patrik. Il était en état de choc, manifestement. Mais il maintient mordicus qu'il ne sait pas qui ni pourquoi, et je n'ai rien pour prouver le contraire. Seulement un sentiment, comme vous l'avez eu avec Kenneth. Il s'obstine à vouloir rester chez lui. Heureusement, il a envoyé sa femme et ses enfants à Hamburgsund chez la sœur de Sanna. Espérons qu'ils seront en sécurité là-bas.

— Et les techniciens, ils ont trouvé quoi? Tu leur as dit pour le chiffon avec la peinture, et la bouteille de solvant? demanda Gösta.

— Ils y ont passé un certain temps, mais pour le moment je ne sais rien. Ils ont emporté les affaires que tu as trouvées dans la cave. Bien vu, Torbjörn m'a chargé de te le dire. Comme toujours, il faut attendre d'avoir des précisions là-dessus. En revanche, je vais activer Pedersen. Je n'ai pas pu le joindre ce matin.

J'espère qu'ils vont revoir leurs priorités, pour qu'on ait les résultats des autopsies bientôt. Vu la tournure des événements, on ne peut plus perdre de temps inutilement.

— Si tu veux, je peux l'appeler. Comme ça, la demande aura un peu plus de poids, dit Mellberg.

— Merci, mais je vais essayer de me débrouiller. Ça sera difficile, mais je vais faire de mon mieux.

— Oui, mais tu sais que je suis là. Comme un soutien, dit Mellberg.

— Paula, tu as vu la femme de Christian. Qu'est-ce qu'elle a dit?

Patrik se tourna vers sa collègue. Ils étaient revenus de Fjällbacka ensemble, mais il n'avait pas pu en parler, son téléphone n'ayant pas arrêté de sonner.

— Je crois qu'elle ne sait absolument rien, dit Paula. Elle est désespérée, en pleine confusion. Et elle a peur. Elle a dit que Christian ne savait rien non plus, mais elle a hésité un peu, je dirais qu'elle n'est pas tout à fait certaine. Ce serait bien d'avoir un autre entretien avec elle dans des conditions plus sereines, quand elle se sera remise du choc. D'ailleurs, j'ai enregistré notre conversation, tu pourras l'écouter quand tu auras un moment. La cassette est sur ton bureau. Tu remarqueras peut-être quelque chose qui m'a échappé.

— Merci, lui répondit Patrik.

Il était content d'avoir Paula dans son équipe, elle était toujours fiable. Il regarda sa petite troupe.

— Bon, alors on a terminé. Annika, tu continues avec le passé de Christian, et on refait un topo dans quelques heures. Pour ma part, je pense retourner voir Cia avec Paula. On n'a pas obtenu grand-chose la dernière fois qu'on l'a rencontrée. Après ce qui s'est passé ce matin, ça me semble urgent de retenter le coup. La mort de Magnus est liée aux autres événements d'une façon ou d'une autre, j'en suis convaincu.

Erica s'installa dans un café pour examiner les lettres sans être dérangée. Elle n'avait aucun scrupule à ouvrir le courrier de quelqu'un d'autre. Si Christian avait tenu à le recevoir, il aurait laissé sa nouvelle adresse à Janos Kovács ou il aurait fait suivre son courrier.

Elle avait mis des gants en cuir souple qu'elle gardait toujours dans la voiture et ses mains tremblèrent légèrement quand elle ouvrit la première lettre. Elle n'avait pas reconnu l'écriture sur l'enveloppe. Ce n'était pas celle des lettres de menace, et elle penchait plutôt pour l'écriture d'un homme. Elle sortit la feuille et la déplia. Surprise. Elle s'était attendue à une lettre, mais c'était un dessin d'enfant. Il était à l'envers et elle le retourna pour voir ce qu'il représentait. Deux personnages, un grand et un petit. Le grand tenait la main du petit et tous les deux avaient l'air joyeux. Ils étaient entourés de fleurs et le soleil brillait dans le coin en haut à droite. Ils se tenaient sur une ligne verte qui devait sans doute représenter de l'herbe. Au-dessus du grand personnage, on avait écrit Christian avec des lettres maladroites et au-dessus du petit : Moi.

Erica prit son verre de *latte* et but une gorgée. La mousse épaisse lui laissa une jolie moustache blanche qu'elle essuya distraitement avec sa manche. Qui était "Moi"? Qui était le petit personnage à côté de Christian?

Elle repoussa son verre, prit les autres enveloppes et les ouvrit les unes après les autres. Elle finit par se retrouver avec une petite liasse de dessins d'enfant devant elle. Pour autant qu'elle puisse en juger, ils étaient l'œuvre d'une même personne. Chaque dessin montrait deux personnages : le grand Christian et le petit Moi. Pour le reste, les motifs variaient. Sur l'un d'entre eux, le grand se tenait sur une sorte de plage, tandis que la tête et les bras du petit sortaient de l'eau. Sur un autre, il y avait des bâtiments dans le fond, entre autres une église. C'était seulement sur le dernier dessin que d'autres personnages apparaissaient, mais il était difficile de déterminer leur nombre. Ils formaient un tout, un méli-mélo de jambes et de bras. Ce dessin était plus sombre que les autres. Il n'y avait pas de soleil, pas de fleurs. Le grand personnage était relégué dans le coin gauche. Il n'avait plus sa bouche souriante et le petit personnage non plus n'était pas content. Dans l'autre coin, on ne distinguait qu'une multitude de traits noirs. Erica plissa les yeux pour essayer de les interpréter, mais c'était maladroitement dessiné et il lui fut impossible de comprendre ce que cela représentait.

Elle regarda sa montre et eut subitement envie de se retrouver chez elle. Quelque chose dans ce dernier dessin lui donnait la nausée. Elle n'aurait pu dire exactement pourquoi, mais cela la touchait profondément.

Elle se releva péniblement et décida de laisser tomber la rencontre avec Göran aujourd'hui. Il serait certainement déçu, mais ils se rattraperaient une autre fois.

Pendant tout le trajet du retour, elle resta plongée dans ses pensées. Les images voletaient comme des papillons sur sa rétine. Le grand personnage Christian et le petit Moi. Elle sentait instinctivement que Moi était la clé. Et une seule personne pouvait dire de qui il s'agissait. Demain, avant toute chose, elle irait voir Christian. Cette fois-ci, il serait obligé de répondre.

— J'allais justement t'appeler. Etonnant, non?

Le ton de Pedersen était aussi sec et professionnel que d'habitude, mais Patrik savait que sous la surface perçait l'humour. Il l'avait déjà entendu plaisanter à quelques reprises, certes rares.

— Ah bon, et moi je pensais vous activer un peu. On a besoin de savoir. N'importe quoi qui pourrait nous aider à avancer.

— Eh bien, je ne sais pas si je vais vous être très utile. Mais j'ai pris l'initiative de reprogrammer les autopsies de vos enquêtes. On a terminé avec Magnus Kjellner tard hier soir, et je viens juste de boucler Lisbet Bengtsson.

Patrik visualisa Pedersen en train de lui parler dans ses habits de bloc ensanglantés et tenant le combiné dans sa main gantée.

— Alors, qu'avez-vous trouvé?

— D'abord, ce qui est évident: Kjellner a été tué. C'est une conclusion qu'on pouvait tirer à la simple observation visuelle du cadavre, mais on ne sait jamais. J'ai connu quelques cas au fil des ans où des personnes étaient mortes pour des raisons tout à fait naturelles mais avaient reçu des blessures *post mortem*.

— Ce n'est donc pas le cas ici?

— Non, absolument pas. La victime a une multitude de lésions sur la cage thoracique et sur le ventre, causées par un objet tranchant, probablement un couteau. C'est la cause du décès, aucun doute là-dessus. Il a été attaqué frontalement et il présente aussi des blessures de défense classiques sur les mains et les avant-bras.

— Peux-tu préciser quelle sorte de couteau ?

— Je ne peux rien affirmer. Mais au vu des plaies, je dirais qu'il s'agit d'un couteau à lame lisse. Je miserais sur…, fit Pedersen en marquant une pause oratoire,… une sorte de couteau de pêcheur.

— Tu en es sûr ? Il doit exister des milliers de modèles de couteau.

— C'est vrai, et en fait je ne peux garantir à cent pour cent que ce soit un couteau de pêcheur. Mais c'est un couteau qui a été utilisé pour vider des poissons.

— Comment le sais-tu ?

L'impatience le démangeait et Patrik aurait préféré que le médecin légiste n'ait pas ce penchant pour les effets théâtraux. Son attention lui était déjà entièrement acquise.

— J'ai repéré des écailles de poisson.

— Mais où ça ? Comment peuvent-elles être encore là alors que le corps est resté aussi longtemps dans l'eau ?

Patrik sentit son pouls s'accélérer. Il avait tellement envie d'apprendre du nouveau, n'importe quoi qui leur fournirait une piste…

— La plupart ont en effet sûrement disparu dans l'eau. Mais j'en ai trouvé quelques-unes bien enfouies dans les plaies. Je les ai envoyées aux analyses, ils pourront peut-être déterminer l'espèce de poisson. J'espère que ça vous sera utile.

— Oui, sans doute, dit Patrik.

Il comprit cependant que cette information aurait une portée limitée. Après tout, on parlait de Fjällbacka. Une localité qui grouillait d'écailles de poisson.

— Autre chose sur Kjellner ?

— Rien de particulier, dit Pedersen, visiblement déçu que sa trouvaille ne déclenche pas plus d'enthousiasme chez Patrik. Il a été poignardé et il est probablement mort sur le coup. Il a beaucoup saigné. Ça a dû être une véritable boucherie sur le lieu du crime.

— Et il s'est retrouvé dans l'eau tout de suite après ?

— Impossible à affirmer. Tout ce que je sais, c'est qu'il est resté longtemps dans l'eau. Il est probable qu'on l'y ait jeté tout de suite, mais cela tient plus de la spéculation que de la science. Ce sera votre boulot d'établir ce qu'il en est. Je vous faxe le rapport comme d'habitude.

— Et pour Lisbet ? Qu'est-ce que tu as trouvé ?

— Elle est morte de mort naturelle.

— Tu es sûr ?

— J'ai fait une autopsie extrêmement minutieuse.

Pedersen parut offusqué et Patrik se dépêcha d'ajouter :

— Tu dis donc qu'elle n'a pas été tuée ?

— Tu m'as bien compris, dit Pedersen, toujours avec un peu de raideur. Pour être tout à fait franc, c'est un miracle qu'elle ait vécu aussi longtemps. Le cancer avait envahi pratiquement tous les organes vitaux. Lisbet Bengtsson était une femme très malade. Elle est simplement morte dans son sommeil.

— Alors Kenneth s'est trompé, dit Patrik pour lui-même.

— Pardon ?

— Non, rien. Je pensais à haute voix. Merci d'avoir donné la priorité à tout ça. Toute aide est la bienvenue en ce moment.

— Vous êtes aussi mal barrés que ça ? demanda Pedersen.

— Oui. On est vraiment très mal barrés.

Alice et lui avaient une chose en commun. Ils ado-
raient l'été. Lui, parce que c'étaient les vacances et
qu'il était débarrassé de l'école et de ses tortionnaires.
Alice, parce qu'elle pouvait nager dans la mer. Elle
passait chaque minute qu'elle pouvait dans l'eau.
Allait et venait en nageant et faisait des galipettes.
Toute la maladresse de son corps et de ses gestes sur
terre disparaissait à l'instant où elle se glissait dans
l'eau. Elle y évoluait avec habileté et sans entrave.

Mère pouvait la regarder pendant des heures.
Applaudir ses acrobaties dans l'eau et encourager
ses exercices de nage. Elle l'appelait sa petite sirène.

Mais Alice se fichait bien de l'enthousiasme de sa
mère. C'était lui qu'elle regardait en criant :

— Regarde-moi !

Elle plongea d'un rocher et, en ressortant, elle
sourit.

— Tu m'as vue ? Tu as vu ce que j'ai fait ?

Sa voix était impatiente et elle posa sur lui son
regard affamé. Mais il ne répondait jamais. Levait
seulement rapidement les yeux du livre qu'il lisait,
assis sur une serviette qu'il avait étalée sur la dalle
rocheuse. Il ne comprenait pas ce qu'elle voulait de lui.

En général, mère répondait à sa place, après lui
avoir d'abord jeté un regard irrité et perplexe. Elle

non plus ne comprenait pas. Elle, qui consacrait tout son temps et son amour à Alice.

— Je t'ai vue, ma chérie ! C'est très bien ! cria-t-elle en réponse.

Mais c'était comme si Alice n'entendait pas la voix de mère, et elle lui cria de nouveau :

— Regarde-moi ! Regarde ce que je sais faire !

Et elle partit en crawlant vers l'horizon. Les mouvements de ses bras étaient coordonnés et rythmés. Mère se releva, inquiète, et mit sa main en visière.

— Elle nage trop loin. Va la chercher !

Il fit d'abord la sourde oreille. Il tourna lentement les pages de son livre et se concentra sur les mots et les caractères noirs sur le papier blanc. Puis il sentit une vive douleur au cuir chevelu. Mère l'avait attrapé par les cheveux et le tirait de toutes ses forces. Il se leva immédiatement.

— Va chercher ta sœur. Bouge-moi toute cette graisse et ramène-la.

Un instant il se rappela la main de mère autour de la sienne le jour où ils avaient nagé ensemble. Elle l'avait lâchée et il avait coulé. Depuis ce jour-là, il n'aimait pas se baigner. L'eau l'effrayait. Il y avait des choses sous la surface qu'il ne voyait pas, et dont il se méfiait.

Mère attrapa le bourrelet autour de sa taille et pinça fort.

— Va la chercher. Tout de suite. Sinon je te laisserai ici quand on rentrera.

Son ton ne lui laissait aucun choix. Il savait qu'elle était sérieuse. S'il ne faisait pas ce qu'elle disait, elle l'abandonnerait ici, sur l'île.

Le cœur battant, il s'approcha de l'eau. Il lui fallut mobiliser toute sa volonté pour prendre son élan, pousser avec les pieds et sauter. Il n'osait pas plonger tête la première comme Alice le faisait, et il tomba dans l'univers bleu et vert les pieds d'abord. Il eut de l'eau dans les yeux et cilla pour voir clair. Sentit la panique arriver, sa respiration devenir courte, superficielle. Il plissa les paupières. Au loin, en route pour le soleil, il vit Alice. Avec des mouvements pataudos, il commença à nager vers elle. Il sentit la présence de mère derrière lui, debout sur le rocher, les mains sur les hanches.

Il ne savait pas nager le crawl. Ses rotations de bras étaient brèves et expéditives. Mais il poursuivit, tout le temps conscient de la profondeur de l'eau. Le soleil lui piquait les yeux et il ne voyait plus Alice. Seulement la lumière blanche et aveuglante qui lui faisait monter les larmes aux yeux. Il aurait voulu faire demi-tour, mais il n'en avait pas le droit. Il devait à tout prix atteindre Alice et la ramener à mère. Car mère aimait Alice, et, lui, il aimait mère. Malgré tout, il l'aimait.

Il sentit soudain quelque chose autour de son cou. Quelque chose qui serrait fort et poussait sa tête sous l'eau. Il céda à la panique et agita les bras, puis tenta de remonter à la surface. La pression contre son cou disparut aussi vite qu'elle était arrivée, et il inspira profondément en sentant l'air sur son visage à nouveau.

— Idiot, c'est moi.

Alice faisait du sur-place sans effort et le regardait avec une expression lumineuse. Ses cheveux châtains qu'elle tenait de mère brillaient au soleil et les gouttes d'eau dans ses cils scintillaient.

Il revit les yeux. Ceux qui le fixaient sous l'eau. Le corps mou et inanimé qui reposait au fond de la baignoire. Il secoua la tête, il ne voulait pas voir ces images.

— Mère veut que tu reviennes, dit-il hors d'haleine.

Il ne savait pas faire du sur-place aussi facilement qu'Alice, et son gros corps s'enfonçait dans l'eau comme s'il avait des poids attachés à ses membres.

— Tu n'as qu'à me remorquer, dit Alice avec sa manière particulière de parler, comme si sa langue s'égarait dans sa bouche.

— Arrête tes conneries, j'en suis incapable.

— Je viens que si tu me remorques, rit-elle en faisant danser ses longs cheveux mouillés.

— Tu nages mille fois mieux que moi, pourquoi est-ce que je devrais te remorquer ?

Mais il savait qu'il avait perdu. Il lui fit signe de mettre les bras autour de son cou à nouveau et se mit à nager. C'était lourd mais faisable. Les bras d'Alice étaient forts autour de son cou. Elle avait tellement nagé pendant tout l'été que ses biceps s'étaient nettement développés. Elle laissa son corps traîner dans l'eau et se fit remorquer comme une petite barque. Elle reposa la joue contre son dos.

— Je suis ta petite sirène, dit-elle. Pas celle de maman.

— Mais je te dis que je ne sais pas…

Cia fixait un point loin derrière l'épaule de Patrik et ses pupilles étaient dilatées. Il se dit qu'elle devait prendre des médicaments qui contribuaient à la rendre si absente.

— Je suis consciente qu'on vous a déjà posé ces questions, et plus d'une fois, dit Paula d'une voix suppliante. Mais il faut qu'on trouve le lien entre la mort de Magnus et ce qui s'est passé aujourd'hui. C'est encore plus important maintenant que nous avons la confirmation que Magnus a été assassiné. Ça peut être un tout petit détail qui vous paraît insignifiant, mais qui pourrait nous être utile.

Ludvig arriva dans la cuisine et s'assit à côté de Cia. Il était probablement resté à écouter à la porte.

— On veut vous aider, dit-il.

Son ton était grave et l'expression dans ses yeux le faisait paraître bien plus âgé que ses treize ans.

— Comment vont Sanna et les enfants ? demanda Cia.

— Ils sont sous le choc, évidemment.

Tout au long du trajet pour Fjällbacka, Patrik et Paula avaient discuté l'éventualité de ne pas raconter à Cia ce qui était arrivé. *A priori*, elle n'avait pas besoin d'autres mauvaises nouvelles en ce moment.

En même temps, ils étaient bien obligés de le lui dire. Elle ne tarderait pas à l'apprendre par l'intermédiaire de ses amis. Et peut-être que ces événements pourraient l'aider à se rappeler quelque chose.

— Qui peut faire une telle chose ? A des enfants…, dit-elle.

Son ton était à la fois compatissant et creux. Les médicaments l'abrutissaient, atténuaient ses émotions, ses impressions, les rendant moins douloureuses.

— On ne sait pas, dit Patrik, et il eut l'impression d'entendre l'écho de ses paroles résonner dans la cuisine.

— Et Kenneth…, dit-elle en secouant la tête.

— C'est justement pour ça qu'on doit vous poser encore toutes ces questions. Quelqu'un s'est focalisé sur Kenneth, Christian et Erik. Et vraisemblablement sur Magnus, dit Paula.

— Mais Magnus n'a jamais reçu de lettres de menace.

— Non, pas à notre connaissance. Nous pensons quand même que sa mort est liée aux menaces adressées aux autres, dit Paula.

— Et Erik et Kenneth, ils en disent quoi ? Ils ne comprennent pas que c'est grave, tout ça ? Et Christian ? L'un d'eux doit bien piger, dit Ludvig, qui avait mis un bras protecteur autour de sa mère.

— On pourrait raisonnablement le penser, dit Patrik. Mais ils affirment ne rien savoir.

— Alors comment moi, je pourrais…, commença Cia puis sa voix s'éteignit.

— Il ne s'est jamais rien passé de particulier pendant toutes ces années où vous vous êtes fréquentés ? Quelque chose qui t'aurait fait réagir ? N'importe quoi, dit Patrik.

— Non, on était comme tout le monde, je l'ai déjà dit. Magnus, Kenneth et Erik sont copains depuis l'école. Ces trois-là se voyaient depuis le début. J'ai toujours pensé que Magnus n'avait pas grand-chose en commun ni avec l'un ni avec l'autre, mais j'imagine qu'ils ont continué à se voir par habitude. Il n'y a pas tant de nouvelles têtes que ça à Fjällbacka.

— A quoi ressemblait leur relation ?

— Comment ça ?

— Toute relation possède une sorte de dynamique, où chacun tient un rôle bien déterminé. Quelle était la relation de l'un à l'autre, avant que Christian arrive dans le groupe ?

Cia réfléchit, l'air sérieux, avant de répondre :

— Erik a toujours été le leader. Celui qui décide. Kenneth était… le chien de compagnie. C'est affreux, dit comme ça, mais il a toujours obéi à Erik au doigt et à l'œil, je l'ai toujours vu comme un petit chien qui tourne autour de son maître pour mendier son attention.

— Quelle était l'attitude de Magnus vis-à-vis de ça ? demanda Patrik.

— Il trouvait Erik arrogant parfois, il est même arrivé qu'il lui reproche d'aller trop loin. Contrairement à Kenneth, Magnus savait parler franchement et Erik l'écoutait.

— Ils ne se fâchaient jamais entre eux ?

Patrik sentit que la clé se trouvait quelque part dans le passé des quatre hommes, dans leur relation interne. Simplement, tout cela semblait profondément enfoui et difficile à exhiber à la lumière du jour, et ce constat le rendait fou.

— Eh bien, je suppose qu'ils se chamaillaient un peu comme tous ceux qui se connaissent depuis longtemps. Erik peut être assez véhément. Mais Magnus était toujours calme. Je ne l'ai jamais vu s'emporter ou élever la voix. Pas une seule fois pendant toutes nos années en commun. Ludvig tient de son père.

Elle se tourna vers son fils et lui caressa la joue. Il lui fit un petit sourire, mais avec un air songeur.

— J'ai vu papa se disputer une fois. Avec Kenneth.

— Ah bon ? Quand ça ? dit Cia, tout étonnée.

— Tu te souviens de l'été où papa avait acheté la caméra et où je passais mon temps à vous filmer ?

— Oh oui, mon Dieu. Une vraie plaie. Tu es même entré aux toilettes pour filmer Elin. Je n'aurais pas donné cher de ta vie quand elle t'a attrapé.

Les yeux de Cia s'animèrent un peu, un sourire éclaira son visage. Ludvig se leva si brusquement que sa chaise faillit se renverser.

— Venez, je vais vous montrer quelque chose ! Allez au salon, j'arrive ! dit-il, et il avait déjà quitté la cuisine.

Ils l'entendirent monter l'escalier quatre à quatre, et Patrik et Paula se levèrent pour aller au salon. Cia finit par les suivre.

— Je l'ai !

Ludvig revint avec une petite cassette dans une main et une caméra vidéo dans l'autre. Il brancha un câble entre la caméra et la télévision. Les autres l'observaient en silence, et Patrik sentit son pouls s'accélérer.

— Qu'est-ce que tu vas nous montrer ? dit Cia en s'asseyant sur le canapé.

— Tu verras.

Ludvig mit la cassette et appuya sur *play*. Subitement le visage de Magnus envahit l'écran. Derrière eux, Cia cessa de respirer, et Ludvig se retourna, l'air préoccupé.

— Ça ira, maman ? Tu peux retourner dans la cuisine si tu ne veux pas regarder.

— Non, ça va aller, dit-elle, mais ses yeux se remplirent de larmes pendant qu'elle fixait la télé.

Magnus faisait le fou, grimaçait et parlait avec celui qui tenait la caméra.

— J'ai filmé pendant toute la soirée, c'était la Saint-Jean, tu te souviens ? dit Ludvig à voix basse, et ses yeux aussi brillaient maintenant. Regarde, c'est Erik et Louise.

On voyait Erik sortir par la porte de la terrasse et agiter la main en direction de Magnus. Louise et Cia se disaient bonjour et Louise tendait un paquet à la maîtresse de maison.

— Attendez. C'est plus loin, ce que je cherche.

Ludvig appuya sur le bouton avance rapide de la caméra, et la fête de la Saint-Jean se déroula sur un tempo de plus en plus rapide.

— Vous pensiez qu'on était au lit, dit Ludvig. Mais on s'était relevés et on vous écoutait discuter. Vous étiez complètement pétés, ça partait dans tous les sens et, nous, on trouvait ça génial.

— Ludvig ! fit Cia tout de suite.

— C'est normal, puisque vous étiez soûls, objecta son fils.

Ludvig s'était manifestement appliqué à les filmer dans cet état. Les voix s'élevaient, les rires fusaient dans le crépuscule d'été, et tout le monde semblait bien s'amuser.

Cia s'apprêtait à dire quelque chose, mais Ludvig posa son doigt sur ses lèvres.

— Chut, ça arrive.

Tout le monde fixa l'écran et le salon fut plongé dans le silence. On n'entendait plus que le brouhaha de la fête. Deux personnes se levaient, prenaient leur assiette et partaient vers la maison.

— Vous étiez cachés où ? demanda Patrik.

— Dans la cabane de jeux. C'était parfait. Je pouvais filmer par la fenêtre. Ecoutez ça.

Deux voix, un peu à l'écart des autres. Deux hommes qui semblaient un peu en colère. Patrik interrogea Ludvig du regard.

— Papa et Kenneth, précisa Ludvig sans détacher son regard de l'écran. Ils se sont éclipsés pour fumer.

— Mais ton père ne fumait pas ! dit Cia en se penchant en avant pour mieux voir.

— Il fumait en cachette, parfois, dans les fêtes. Tu ne t'en es jamais rendu compte ?

Ludvig avait mis sur pause, le temps de parler.

— Ah bon ? dit Cia, toute dépitée. Je ne l'ai jamais su.

— En tout cas, ici il s'est sauvé avec Kenneth pour fumer une clope, dit Ludvig, puis il pointa la télécommande et redémarra le film.

Deux voix de nouveau. C'était tout juste si on distinguait ce qu'elles disaient.

— Il t'arrive encore d'y penser ? faisait la voix de Magnus.

— De quoi tu parles ? bredouillait Kenneth.

— Tu sais très bien.

Magnus aussi était manifestement assez imbibé.

— Je ne veux pas en parler.

— Il faudra bien qu'on le fasse un jour ou l'autre, disait Magnus.

Il y avait quelque chose de suppliant et de nu dans sa voix qui fit se dresser les cheveux sur la tête de Patrik.

— Qui dit qu'il le faut? Ce qui est fait est fait.

— Je ne comprends pas comment vous pouvez vivre avec ça. Merde, on devrait quand même…

La phrase disparut dans un murmure indistinct. Puis Kenneth de nouveau. Il semblait irrité. Mais pas seulement. Empli de peur aussi.

— Réfléchis, Magnus! Ça ne sert à rien d'en parler. Pense à Cia et aux enfants. Et moi, j'ai Lisbet.

— Je sais, mais c'est plus fort que moi. Parfois, tout me revient, et alors je le sens ici, en moi…

Il faisait trop sombre pour distinguer son geste.

Ensuite, la conversation se perdait dans un murmure inaudible, puis ils allaient rejoindre le reste du groupe. Ludvig mit sur pause et figea l'image sur les dos des deux ombres.

— Ton père a vu ça? demanda Patrik.

— Non, je l'ai gardé pour moi. En principe, c'était lui qui gérait la caméra, et comme j'avais filmé en cachette, j'ai préféré planquer la cassette dans ma chambre. J'en ai plusieurs dans mon placard.

— Et vous non plus, vous ne l'avez jamais visionnée? demanda Paula à Cia qui fixait la télé, la bouche légèrement ouverte.

— Non, dit-elle. Non.

— Vous savez de quoi ils parlent? dit Paula en posant sa main sur celle de Cia.

— Je… Non. Je n'en ai aucune idée.

Son regard était rivé sur les dos sombres de Magnus et Kenneth. Patrik la crut. Quel qu'ait été l'objet de leur conversation, Magnus l'avait soigneusement dissimulé à sa femme.

— Mais Kenneth, lui, le sait, dit Ludvig.

Il appuya sur stop, sortit la cassette et la remit dans son boîtier.

— Est-ce que je peux te l'emprunter ? demanda Patrik.

Ludvig hésita un instant avant de la poser dans la main tendue de Patrik.

— Vous n'allez pas la détruire ?

— Je te promets qu'on fera attention. On va te la rendre dans le même état.

— Vous allez parler avec Kenneth, alors ?

— Oui, on va lui parler.

— Mais pourquoi n'a-t-il rien dit ? demanda Cia, confondue.

— C'est la question qu'on se pose, répondit Paula. Et on va trouver la réponse.

— Merci, Ludvig, dit Patrik en brandissant la cassette. Elle pourrait bien s'avérer capitale.

— Pas de quoi. J'y ai pensé uniquement parce que vous avez demandé s'ils ne s'étaient jamais disputés.

Ludvig piqua un fard jusqu'à la racine des cheveux.

— On y va alors ? dit Patrik, et Paula se leva. Occupe-toi bien de ta maman et appelle-moi s'il y a quoi que ce soit, dit-il à voix basse à Ludvig en lui glissant sa carte dans la main.

Du perron, l'adolescent regarda longuement la voiture de police s'éloigner avant de refermer la porte.

Le temps paraissait long à l'hôpital. La télé était allumée et diffusait une sitcom américaine. L'aide-soignante était entrée pour lui demander s'il voulait qu'elle change de chaîne, mais il n'avait pas eu assez de force pour répondre et elle était repartie.

Jamais il n'aurait imaginé que la solitude le ferait autant souffrir. Le manque était tellement grand que la seule chose qu'il parvenait à faire, c'était se concentrer sur sa respiration.

Il savait qu'elle allait venir. Elle avait attendu longtemps, et maintenant il n'avait nulle part où fuir. Mais il n'avait pas peur, il l'appelait même de tous ses vœux. Cela le sauverait de l'isolement et du chagrin qui le déchiraient à présent. Il voulait rejoindre Lisbet pour pouvoir lui expliquer ce qui s'était passé. Peut-être comprendrait-elle qu'il était un autre à l'époque, que, grâce à elle, il avait changé. Il ne supportait pas l'idée qu'elle soit morte pendant qu'on déposait dans le creux de son oreille les péchés de son mari. Cela lui pesait plus que tout et le simple fait de respirer devenait un calvaire.

On frappa à la porte, et le policier, Patrik Hedström, arriva dans son champ de vision. Derrière lui entra sa petite collègue brune.

— Bonjour Kenneth. Comment ça va?

Le policier avait l'air sérieux. Il prit deux chaises qu'il tira près du lit.

Kenneth ne répondit pas. Il continua à regarder la télé où des comédiens surjouaient leur rôle dans un décor mal installé. Patrik répéta la question et Kenneth finit par tourner son visage vers eux.

— J'ai connu mieux.

Que pouvait-il dire d'autre? Comment décrire ce qu'il ressentait réellement, la brûlure qui le dévorait de l'intérieur, son cœur sur le point d'exploser? Toutes les réponses ressembleraient à des clichés.

— Nos collègues sont déjà venus aujourd'hui. Gösta et Martin, dit Patrik.

Kenneth vit qu'il observait ses bandages comme s'il essayait d'imaginer la sensation produite par des centaines de tessons de verre vous transperçant la peau.

— Oui, répondit Kenneth avec indifférence.

Il n'avait pas parlé lors de leur visite, et il n'avait pas l'intention de parler maintenant non plus. Il allait seulement attendre. Attendre qu'elle vienne.

— Vous leur avez dit ignorer qui vous a tendu le piège de ce matin, dit Patrik en le dévisageant, et Kenneth soutint son regard.

— C'est exact.

Le policier s'éclaircit la gorge.

— Nous pensons que ce n'est pas exact.

Qu'avaient-ils appris ? Tout à coup, Kenneth s'affola. Il ne voulait pas qu'ils sachent, qu'ils la trouvent. Il fallait qu'elle puisse terminer le travail. C'était son seul salut. S'il payait le prix de ses actes, il pourrait tout expliquer à Lisbet.

— Je ne sais pas de quoi vous parlez.

Il détourna le regard, mais comprit qu'ils avaient vu la peur dans ses yeux. Les deux policiers réagirent, interprétant cela comme une faiblesse, une possibilité de le coincer. Ils avaient tort. Il avait tout à gagner et rien à perdre en continuant à se taire. Un instant, il pensa à Erik et à Christian. Surtout à Christian. Qui y avait été mêlé sans se rendre coupable de quoi que ce soit. Ce qui n'était pas le cas d'Erik. Mais il ne pouvait rien pour eux. Seule Lisbet comptait.

— Nous venons de chez Cia. Nous avons vu une vidéo d'une fête de la Saint-Jean.

Patrik attendait manifestement une réaction, mais Kenneth ignorait de quoi il parlait. La vie d'autrefois, avec des fêtes et des amis, lui paraissait bien loin.

— Magnus est soûl et, tous les deux, vous vous êtes éloignés pour fumer. Vous semblez tenir à ce que personne ne puisse entendre votre conversation.

Kenneth ne comprenait toujours pas ce qu'insinuait Patrik. Tout n'était que brume et brouillard. Sans contours, sans visibilité aucune.

— Ludvig, le fils de Magnus, vous a filmés à votre insu. Magnus semble hors de lui. Il veut que vous parliez de quelque chose qui s'est passé. Vous vous énervez contre lui et vous lui dites que ce qui est fait est fait. Qu'il ferait mieux de penser à sa famille. Vous vous en souvenez?

Oui, maintenant il s'en souvenait. C'était toujours un peu flou, mais il se rappelait ce qu'il avait ressenti en voyant la panique dans les yeux de Magnus. Pourquoi le sujet était-il revenu sur le tapis ce soir-là justement? Il n'avait jamais réussi à élucider cette question. Magnus bouillonnait d'envie de tout raconter, de se racheter. Et ça lui avait fait peur. Il avait pensé à Lisbet, à ce qu'elle allait dire, comment elle allait le regarder. Il avait finalement réussi à calmer Magnus, il se souvenait au moins de ça. Mais à partir de ce jour-là, il s'était attendu à ce que tout s'écroule. Et c'est ce qui venait de se passer, mais pas comme il l'avait imaginé. Car même dans les pires scénarios, Lisbet était en vie pour l'accabler de reproches. Une mince possibilité de se défendre avait existé. A présent, il en allait tout autrement, et il fallait que justice soit faite pour qu'il puisse s'expliquer. Il ne pouvait pas les laisser empêcher ça.

Il secoua donc la tête. Prit l'air de celui qui réfléchit.

— Non, je ne m'en souviens absolument pas.

— On peut vous faire visionner la vidéo, pour vous rafraîchir la mémoire, dit Paula.

— Bien sûr, je veux bien la regarder. Mais j'ai du mal à croire qu'il s'agisse de quelque chose d'important. Ce ne sont sans doute que des propos de fêtards alcoolisés. Magnus était souvent comme ça quand il avait bu. Théâtral et sentimental. Il faisait une montagne de la moindre petite chose.

Il voyait bien qu'ils ne le croyaient pas, ni l'un ni l'autre. Mais peu lui importait, ils ne pouvaient quand même pas lire ses pensées. En temps voulu, le secret serait dévoilé, il le savait. Ils n'abandonneraient pas avant d'avoir tout découvert. Mais d'abord il fallait qu'elle vienne et lui inflige ce qu'il méritait.

Ils restèrent encore un moment, sans parvenir toutefois à le déstabiliser avec leurs questions. Il n'avait pas l'intention de leur mâcher le boulot, Lisbet et lui passaient avant. Tant pis pour Erik et Christian.

Avant de partir, Patrik le regarda avec gentillesse.

— On voulait vous dire aussi qu'on a reçu les résultats de l'autopsie de Lisbet. Elle n'a pas été assassinée. Elle est morte de mort naturelle.

Kenneth détourna le visage. Il savait qu'ils se trompaient.

Il faillit s'endormir au volant en rentrant d'Uddevalla. Un bref instant, ses paupières se fermèrent et il passa de l'autre côté de la route.

— Qu'est-ce que tu fous ? s'écria Paula en attrapant le volant pour redresser la voiture.

Patrik sursauta, le souffle coupé.

— Putain. Je ne sais pas ce qui s'est passé. Je suis mort de fatigue.

— On va directement chez toi. Et tu restes à la maison demain. Tu n'as pas l'air bien du tout, dit Paula, l'air préoccupé.

— Impossible. J'ai un tas de trucs à vérifier.

Il cilla et essaya de se concentrer sur la route.

— C'est pourtant ce qu'on va faire, trancha Paula. Arrête-toi à la station-service là-bas et passe-moi le volant. Je te ramène chez toi, après je file au commissariat chercher tout le matériel que tu veux et je te l'apporte. Je veillerai à faire envoyer la cassette pour analyse aussi. Si seulement tu promets de faire attention à toi. Tu as trop bossé ces jours-ci, et je parie que ce n'est pas facile à la maison non plus. Je sais combien c'était fatigant pour Johanna quand elle était enceinte de Leo. Tu es sûrement obligé de mettre les bouchées doubles ces temps-ci.

Patrik s'exécuta de mauvaise grâce. Il bifurqua vers la station-service de Hogstorp et descendit de la voiture. Il était tout simplement trop épuisé pour la contredire. Prendre un congé d'un jour ou même seulement quelques heures, c'était impossible, mais tout son corps réclamait un peu de répit. S'il pouvait seulement se reposer, tout en travaillant sur certains documents, il reprendrait peut-être les forces nécessaires pour continuer l'enquête.

Patrik inclina la tête contre la vitre du passager et s'endormit avant même que Paula reprenne l'autoroute. Quand il rouvrit les yeux, la voiture était garée devant sa maison. Il en sortit, encore dans les vapes.

— Va te coucher maintenant. Je serai de retour dans un petit moment. Laisse la porte ouverte, comme ça je déposerai les dossiers sans te déranger, dit Paula.

— D'accord. Merci.

Il n'eut pas la force d'en dire plus. Il ouvrit la porte et entra chez lui.

— Erica !

Pas de réponse. Il l'avait appelée sur son portable dans la matinée, en vain. Elle était peut-être chez Anna. Il prit la précaution de lui mettre un petit mot sur la commode de l'entrée, pour qu'elle ne s'alarme pas si elle entendait des bruits en arrivant. Puis il grimpa l'escalier sur des jambes raides et s'effondra sur le lit. Il s'endormit dès que sa tête toucha l'oreiller. Mais d'un sommeil superficiel et agité.

Quelque chose était en train de changer. Elle ne pouvait pas prétendre aimer sa vie telle qu'elle avait été ces dernières années, mais elle avait au moins le mérite d'être familière. Le froid, l'indifférence, les échanges de répliques pointues et bien rodées.

A présent, elle pouvait sentir le sol trembler sous ses pieds et les fissures s'élargir. Au cours de leurs dernières disputes, elle avait vu une sorte d'irrévocabilité dans le regard d'Erik. Son aversion n'avait rien de nouveau et ne la dérangeait pas en général. Mais cette fois, elle semblait de nature différente. Cela lui fit plus peur qu'elle ne l'aurait jamais imaginé. Car, au fond d'elle, elle avait toujours cru qu'ils allaient continuer à exécuter leur danse de la mort avec de plus en plus d'élégance.

Il avait réagi bizarrement quand elle avait mentionné Cecilia. D'habitude, il ne bronchait pas à l'évocation de ses maîtresses. Il faisait comme s'il n'entendait pas. Pourquoi s'était-il tant emporté ce matin ? Etait-ce un signe que Cecilia comptait vraiment pour lui ?

Louise termina son verre. Ses idées commençaient déjà à s'éparpiller. Tout allait s'enfouir dans l'agréable tiédeur molletonnée de ses membres. Elle se servit encore du vin. Regarda par la fenêtre, contempla la glace qui cernait les îles, tandis que sa main portait toute seule le verre à sa bouche.

Elle devait à tout prix savoir ce qu'il en était. Si la fissure sous ses pieds était imaginaire ou réelle. Une chose était sûre : si la danse devait prendre fin, ce ne serait pas sur une toute petite pirouette. Elle avait l'intention de virevolter en tapant des pieds et en agitant les bras jusqu'à ce qu'il ne reste que des miettes de leur mariage. Elle ne voulait pas de lui, mais cela ne signifiait pas qu'elle avait l'intention de le laisser partir.

Maja ne l'avait pas suivie sans protester quand Erica était venue la chercher chez Anna. C'était beaucoup trop sympa de jouer avec les cousins pour vouloir rentrer à la maison. Après quelques négociations, Erica avait toutefois réussi à lui enfiler sa combinaison et à l'installer dans la voiture. Elle trouvait un peu étrange que Patrik n'ait pas essayé de la joindre à nouveau, mais d'un autre côté, elle ne l'avait pas rappelé non plus. Elle n'avait pas encore inventé d'explication à son escapade. Il fallait cependant qu'elle lui en parle, pour pouvoir lui donner les dessins. Son intuition lui disait qu'ils étaient importants, que la police devait les voir. Il fallait surtout qu'ils en parlent avec Christian. Elle aurait bien aimé le faire elle-même, dès à présent, mais elle savait que son excursion à Göteborg était déjà une faute en soi. Elle ne pouvait pas agir dans le dos de Patrik encore une fois.

En s'arrêtant devant chez elle, elle vit dans le rétroviseur une voiture de police arriver. C'était sûrement Patrik, mais pourquoi ne conduisait-il pas sa propre voiture ? Elle dégagea Maja de son siège tout en observant le véhicule se garer derrière elle. Toute surprise, elle vit que c'était Paula qui était au volant.

— Salut, qu'est-ce que tu as fait de Patrik ? dit Erica.

— Il est déjà à la maison. Il était tellement fatigué que je lui ai donné l'ordre de se reposer. J'ai outrepassé ma compétence, mais toujours est-il qu'il m'a obéi.

Elle rit, mais le rire ne put chasser l'inquiétude dans ses yeux.

— Il s'est passé quelque chose ? demanda Erica.

La crainte la saisit. A sa connaissance, il n'était jamais arrivé que Patrik rentre du boulot de cette façon.

— Non, non. Simplement, je crois qu'il a franchement trop bossé ces temps-ci. Il a l'air épuisé. J'ai réussi à le persuader qu'il ne nous sert à rien s'il ne récupère pas.

— Et il a accepté ? Comme ça, sans rien dire ?

— Ben, on a fait un compromis. Il était d'accord à condition que je lui apporte les dossiers de l'enquête. Je devais les déposer dans l'entrée, mais comme tu es là, tu peux tout aussi bien les prendre, dit Paula en lui tendant un sac en papier.

— Ça ressemble plus à mon Patrik, ça.

Erica se sentit tout de suite rassurée. S'il n'arrivait pas à lâcher le boulot, c'est qu'il était encore en bonne santé.

Elle remercia Paula et porta le sac dans l'entrée, Maja sur ses talons. Erica sourit en apercevant le petit mot de Patrik sur la commode. C'est vrai qu'elle aurait eu la frousse de sa vie si elle avait entendu quelqu'un bouger à l'étage sans savoir que Patrik était là.

Maja se mit à hurler parce qu'elle n'arrivait pas à enlever ses chaussures, et Erica se dépêcha de la calmer.

— Chuut, ma puce. Papa est en train de dormir dans la chambre. Il ne faut pas le réveiller.

Maja ouvrit grands les yeux, posa un doigt sur ses lèvres et fit "Chuut" en regardant l'escalier. Erica l'aida à ôter ses chaussures et son manteau, puis Maja partit en courant retrouver ses jouets disséminés dans tout le salon.

Erica enleva sa veste et jeta un coup d'œil en haut de l'escalier. Puis elle regarda le sac que Paula lui avait confié. Elle mena une brève lutte intérieure, tout en sachant pertinemment qu'elle était perdue d'avance. Une telle tentation était tout simplement irrésistible.

Une heure plus tard, elle avait examiné tous les dossiers du sac. Et elle ne se sentait pas plus avancée. Au contraire, les questions s'accumulaient, plus nombreuses encore. Parmi les documents, il y avait de petites notes de Patrik : Quel est le lien entre les quatre ? Pourquoi Magnus est-il mort le premier ? Pourquoi était-il en colère ce matin-là ? Pourquoi a-t-il appelé pour dire qu'il serait en retard ? Pourquoi Christian a-t-il commencé à recevoir des lettres avant les autres ? Magnus en a-t-il reçu ? Sinon – pourquoi ?

Des pages et des pages de questions, et elle ne connaissait pas la réponse d'une seule, ce qui l'énervait au plus haut point. Elle en avait même quelques-unes à ajouter : Pourquoi Christian a-t-il déménagé sans laisser sa nouvelle adresse ? Qui lui a envoyé les dessins ? Qui est le petit personnage sur les dessins ? Et surtout : Pourquoi Christian est-il si discret sur son passé ?

Erica s'assura que Maja était toujours occupée avec ses jouets avant de retourner aux dossiers. La seule chose qui lui restait à explorer était une cassette audio sans étiquette. Elle se leva et alla chercher son magnétophone. Elle jeta un regard inquiet vers le premier étage avant d'appuyer doucement sur *play*. Elle baissa le volume autant que possible et approcha le magnétophone de son oreille.

La cassette durait vingt minutes et elle écouta, tous sens en éveil. Ce qui s'y disait ne révélait globalement rien de nouveau. Pourtant, une chose la fit se figer, et elle rembobina pour réécouter le passage.

Quand elle eut tout entendu, elle sortit doucement la cassette et la remit dans le boîtier qui alla ensuite rejoindre le reste du matériel dans le sac en papier. Après toutes ces années passées à interviewer des gens pour ses livres, elle était devenue très douée dans l'art de saisir les détails et les nuances d'une conversation. Ce qu'elle venait de détecter était important, elle en était convaincue.

Elle s'y mettrait dès le lendemain matin. Elle entendit Patrik bouger dans la chambre, et avec plus de rapidité qu'elle n'en avait déployé depuis de nombreux mois, elle remit le sac dans le vestibule, retourna sur le canapé du salon et fit mine de participer activement aux jeux de Maja.

L'obscurité s'était installée dans la maison. Il n'avait pas allumé de lampes, ça n'aurait servi à rien. Quand on est arrivé au bout du chemin, on n'a pas besoin d'éclairage.

Christian était assis à moitié nu par terre et fixait le mur. Il avait recouvert les mots qu'elle avait écrits. Il avait trouvé un pot de peinture noire et un pinceau dans la cave et avait passé trois couches sur le rouge, effaçant le verdict qu'elle avait prononcé. Pourtant, il lui semblait voir le texte aussi nettement qu'avant.

Il était barbouillé de peinture. Noire comme la poix. Il regarda sa main droite. Elle en était pleine et il l'essuya sur sa poitrine, mais le noir sembla s'étaler encore davantage.

Elle l'attendait maintenant. Il le savait depuis le début. Il avait repoussé l'échéance, s'était leurré et avait failli entraîner ses enfants dans sa chute. Le message était clair. *Tu ne les mérites pas.*

Il revit l'enfant sur le bras. Et la femme qu'il avait aimée. Tout à coup, il se dit qu'il aurait bien voulu savoir aimer Sanna. Il ne lui avait jamais voulu de mal. Pourtant il l'avait trompée. Pas avec d'autres femmes, comme le faisait Erik, mais de la pire façon. Car il savait que Sanna l'aimait et il lui avait toujours donné juste ce qu'il fallait pour qu'elle se raccroche à l'espoir qu'il pourrait l'aimer en retour. Alors que c'était impossible. Sa capacité à aimer avait disparu avec une robe bleue.

Les garçons, c'était différent. Ils étaient la chair de sa chair et la raison pour laquelle il devait la laisser s'emparer de lui. C'était la seule façon de les sauver, il aurait dû le comprendre avant que tout ça n'aille aussi loin. Il n'aurait pas dû se convaincre lui-même que ce n'était qu'un mauvais rêve et qu'il était en sécurité. Qu'ils étaient en sécurité.

Ça avait été une erreur de revenir ici, d'essayer de refaire sa vie. Mais il n'avait pas su résister à la tentation. L'envie avait été trop forte dès lors que la possibilité s'était présentée. Il avait cru qu'une seconde chance lui était accordée. Une chance d'avoir une famille à nouveau. Si seulement il les maintenait à distance et choisissait un être qui ne l'émouvait pas. Il s'était trompé.

Les mots sur le mur disaient la vérité. Il adorait ses fils, mais il ne les méritait pas. Il n'avait pas mérité l'autre enfant non plus, ni celle dont les lèvres avaient le goût des fraises ; ils en avaient tous les deux payé le prix. Cette fois, il veillerait à régler la note lui-même.

Christian se releva lentement et jeta un regard autour de lui dans la chambre. Un nounours malmené dans un coin. Nils l'avait eu à sa naissance, et l'aimait si passionnément que la pauvre peluche était complètement pelée. Les Action Man de Melker étaient soigneusement rangés dans une boîte. Il les bichonnait, et gare au petit frère s'il s'avisait de les toucher. Christian se sentit chanceler. Le doute commençait à s'installer, et il comprit qu'il devait partir d'ici. Il devait la retrouver avant de perdre courage.

Il entra dans sa chambre pour enfiler quelques vêtements. N'importe quoi, ça n'avait plus d'importance. Il descendit l'escalier, prit sa veste et regarda sa maison une dernière fois. Sombre et silencieuse. Il ne se donna pas la peine de fermer à clé.

Durant la courte promenade, il garda les yeux rivés au sol, pour ne voir personne, ne parler à personne. Il avait besoin de se concentrer sur ce qu'il allait faire, sur celle qu'il allait rencontrer. Ses paumes le démangeaient à nouveau, mais il parvint à les ignorer. C'était comme si son cerveau avait coupé toute communication avec son corps. Seul comptait désormais ce qu'il y avait dans sa tête, les images et les souvenirs. Il ne vivait plus dans le présent. Ne voyait que le passé, tel un film au ralenti, tandis que la neige grinçait sous ses pieds.

Une légère brise souffla quand il passa sur la jetée menant à Badholmen. Il devait avoir froid, puisqu'il tremblait, et pourtant il ne le sentait pas. L'endroit était désert. Il faisait nuit, tout était calme, personne en vue. Mais il sentait sa présence, comme il l'avait toujours sentie. C'était ici que la dette serait réglée. Il n'y avait pas d'autre endroit. Du haut du plongeoir, il l'avait vue dans l'eau, il avait su qu'elle essayait de l'attraper. A présent, il venait la rejoindre.

Après avoir dépassé le bâtiment en bois qui marquait l'entrée de la baignade, le film dans sa tête s'accéléra. Les images le frappèrent comme un couteau dans le ventre, tant la douleur était vive. Il se força à regarder plus loin, droit devant lui.

Il posa un pied sur la première marche du plongeoir et sentit le bois fléchir sous son poids. Il respirait mieux maintenant, il n'y avait pas de retour possible. Il regarda vers le haut tout en montant l'escalier. La neige rendait les marches glissantes et il se tint à la rambarde en fixant le sommet et le ciel noir. Pas d'étoiles. Il ne méritait pas d'étoiles. A mi-chemin, il sut qu'elle le suivait de près. Il ne se retourna pas pour vérifier, mais il entendit ses pas dans les siens. Le même rythme, la même souplesse. Elle était ici.

Sur la plate-forme supérieure, il glissa la main dans sa poche et sortit la corde qu'il avait emportée. La corde qui allait supporter son poids et régler la dette. Elle attendit dans l'escalier pendant qu'il préparait tout. Il déroula la corde, fit des nœuds, l'attacha à la rambarde. Un instant, il eut un doute. Le plongeoir était vieux et bancal, le bois avait subi les assauts du temps. Et s'il ne résistait pas ? Mais sa présence le rassura. Elle ne permettrait pas d'échec. Pas après avoir attendu si longtemps et nourri sa haine pendant tant d'années.

Quand il fut prêt, il se tint dos à l'escalier, le regard fixé sur les contours de la ville. Il ne se retourna que lorsqu'il la sentit juste derrière lui.

Dans ses yeux, il ne vit aucune joie. Seulement la certitude qu'enfin, après tout ce qui s'était passé, il était prêt à expier son crime. Elle était exactement aussi belle que dans ses souvenirs. Ses cheveux étaient mouillés et il s'étonna qu'ils ne gèlent pas. Mais avec elle, rien n'était jamais normal. Rien ne pouvait être normal avec une sirène.

La dernière chose qu'il vit avant de sauter le pas vers la mer fut une robe bleue qui voletait dans la brise d'été.

— Comment tu vas ? demanda Erica lorsque Patrik descendit l'escalier, les cheveux ébouriffés après sa sieste.

— Un peu fatigué encore, c'est tout, répondit Patrik, mais il était tout pâle.

— Tu es sûr ? Tu n'as pas l'air très en forme.

— Eh ben merci. Paula m'a dit la même chose. Vous seriez sympas, les filles, d'arrêter de me parler de ma mine de déterré. Ça commence à me les casser.

Il sourit, pas encore tout à fait éveillé. Il se pencha et attrapa Maja qui arrivait en courant.

— Salut ma puce. Toi au moins, dis-moi que tu trouves que j'ai l'air d'aller bien ? Que ton papa est le plus beau du monde ?

Il lui chatouilla le ventre, et elle hoqueta de rire.

— Mmm, fit-elle en hochant la tête d'un air entendu.

— Dieu soit loué, enfin quelqu'un qui a du goût.

Il se tourna vers Erica et lui posa un baiser sur la bouche. Maja prit son visage entre ses mains et fit la moue, signe qu'elle aussi voulait participer à la fête des bisous.

— Installe-toi avec elle, faites-vous des mamours, je vais sortir de quoi grignoter un peu, dit Erica en partant dans la cuisine. Au fait, Paula t'a déposé un sac avec des trucs, il est dans l'entrée, lança-t-elle en essayant de paraître aussi naturelle que possible.

— Merci !

Elle l'entendit se lever pour la rejoindre.

— Tu vas bosser ce soir? demanda-t-elle pendant qu'elle versait de l'eau bouillante dans deux mugs avec des sachets de thé.

— Non, je crois que je vais passer une soirée calme et douillette avec ma chère et tendre épouse, me coucher tôt et rester à la maison demain matin pour dépouiller tout ça. Parfois, l'ambiance est un peu stressante au commissariat, soupira-t-il, et il vint se mettre derrière Erica pour l'entourer de ses bras. Je ne peux même plus faire le tour, murmura-t-il en enfouissant le visage dans sa nuque.

— Je crois que je vais bientôt éclater.

— Ça t'inquiète?

— Je mentirais si je répondais non.

— On est deux, on s'en sortira ensemble, dit-il en la serrant encore plus fort.

— Je le sais. Et Anna dit la même chose. Je pense que ça ira mieux cette fois, maintenant que je connais le truc. C'est juste qu'ils sont deux.

— Deux fois plus de bonheur, sourit Patrik.

— Deux fois plus de travail, dit Erica et elle se retourna pour se caler dans ses bras.

Elle ferma les yeux et posa sa joue contre celle de Patrik. Elle avait réfléchi au meilleur moment d'évoquer son escapade à Göteborg et s'était dit qu'elle devrait le faire dès ce soir. Mais Patrik avait l'air trop fatigué, et il serait de toute façon à la maison le lendemain matin aussi. Ça pouvait attendre jusque-là. Et puis, ça lui laisserait le temps de faire ce qu'elle avait en tête depuis qu'elle avait écouté la cassette. C'était décidé. Si elle réussissait à dégager une piste qui pourrait servir l'enquête, Patrik lui en voudrait peut-être moins d'avoir encore fourré son nez dans ce qui ne la regardait pas.

En réalité, au départ, il ne souffrait pas tant que ça de ne pas avoir d'amis. Il avait ses livres. Mais plus il grandissait, plus il ressentait le manque de ce que, de toute évidence, tout le monde possédait. Les relations, l'appartenance, la complicité. Il était toujours seul. La seule qui voulait bien être avec lui était Alice.

Parfois, quand il descendait du car de ramassage scolaire, ils le pourchassaient jusqu'à la maison. Erik, Kenneth et Magnus. Ils hurlaient de rire en courant derrière lui, plus lentement que ce dont ils étaient réellement capables, le seul but étant de le faire galoper.

— Allez, plus vite, tas de graisse !

Et il courait et se méprisait de le faire. Au fond de lui, il espérait un miracle, qu'un jour ils arrêteraient, qu'ils le verraient et comprendraient qu'il était quelqu'un. Mais il savait que ce n'était qu'un rêve. Personne ne le voyait. Alice ne comptait pas. Elle était mongole. C'était comme ça que les mecs l'appelaient, surtout Erik. Il s'amusait à rouler le mot sur sa langue dès qu'il la voyait. "Mongooole..."

Alice l'attendait souvent à l'arrêt du bus. Il détestait ça. Elle avait l'air normal, debout dans l'abribus avec ses longs cheveux coiffés en queue de cheval. Des yeux bleus et joyeux qui le guettaient parmi les collégiens qui revenaient de Tanumshede. Il lui arrivait parfois de ressentir une certaine fierté quand le car s'arrêtait et qu'il l'apercevait par la vitre. Cette beauté brune aux jambes interminables, c'était sa sœur.

Mais ensuite venait toujours l'instant où elle le voyait sortir du bus et venait à sa rencontre avec ses mouvements maladroits, comme si elle avait des fils invisibles attachés à ses bras et ses jambes sur lesquels quelqu'un tirait au hasard. Puis elle bafouillait son nom, et les mecs hurlaient de rire. "Mongooole!"

Alice ne comprenait rien et c'était presque ça qui l'embarrassait le plus. Elle ne faisait que sourire, tout heureuse, parfois elle agitait la main dans leur direction. Alors il se mettait à courir de lui-même, sans être poursuivi, pour fuir le hurlement d'Erik qui résonnait partout. Mais il n'arrivait jamais à distancer Alice. Elle croyait que c'était un jeu. Sans grand effort, elle le rattrapait et parfois elle se jetait en riant à son cou, tellement vite qu'elle le faisait presque tomber.

Dans ces moments-là, il la haïssait autant que lorsqu'elle était petite et criait en lui prenant sa mère. Il avait envie de lui donner des claques pour qu'elle cesse de lui mettre la honte. On ne lui laisserait jamais une place tant qu'Alice l'attendrait à l'abribus, qu'elle crierait son nom et se jetterait à son cou.

Il avait si désespérément envie d'être quelqu'un. Pas seulement pour Alice.

Quand elle ouvrit un œil, Patrik dormait à poings fermés à côté d'elle. Il était sept heures et demie et Maja dormait aussi, alors qu'elle avait l'habitude de se réveiller bien plus tôt. Erica ne tenait pas en place. Elle avait passé une mauvaise nuit à ressasser ce qu'elle avait entendu sur la cassette, impatiente de prendre les choses en main.

Elle se leva, s'habilla et descendit à la cuisine préparer du café. Après cette indispensable première dose de caféine, elle vérifia l'heure. Peut-être étaient-ils déjà debout. Avec des enfants en bas âge, c'était même fort probable.

Elle laissa un petit mot à Patrik pour expliquer dans des termes flous qu'elle partait régler un truc. Il allait se poser des questions, mais tant pis. De toute façon, elle lui raconterait tout à son retour.

Dix minutes plus tard, elle arriva à Hamburgsund. Elle avait appelé les renseignements pour obtenir l'adresse de la sœur de Sanna et trouva du premier coup. C'était une grande maison en brique blanche. Elle retint sa respiration en engageant la voiture dans la longue allée d'accès entre deux poteaux en pierre assez serrés. La marche arrière pour sortir risquait d'être ardue, se dit-elle, mais chaque chose en son temps, elle verrait ça tout à l'heure.

Il y avait du mouvement à l'intérieur et Erica comprit avec un certain soulagement qu'elle ne s'était pas trompée. Ils étaient réveillés. Elle appuya sur la sonnette et entendit des pas dans un escalier. Une femme qui devait être la sœur de Sanna ouvrit la porte.

— Bonjour, dit Erica et elle se présenta. Sanna est-elle déjà debout? J'aimerais lui parler.

La sœur eut l'air étonnée, mais elle ne posa aucune question.

— Oui, Sanna et les monstres sont réveillés. Entrez. Je suis Agneta.

Erica la suivit en haut d'un escalier raide et arriva dans un autre vestibule avant de bifurquer à gauche dans une grande pièce ouverte, à la fois cuisine, salle à manger et salon.

Sanna et les garçons prenaient leur petit-déjeuner avec deux enfants qui étaient manifestement les cousins : un garçon et une fille de quelques années de plus que les fils de Sanna.

— Je suis désolée de te déranger comme ça, dit Erica. Mais il y a une chose dont j'aimerais te parler.

Sanna ne fit pas un mouvement pour se lever. Assise, la cuillère à mi-chemin entre son bol et sa bouche, ses pensées semblaient tourbillonner dans sa tête. Finalement, elle posa la cuillère et se redressa.

— Vous n'avez qu'à vous installer en bas, dans la véranda, comme ça vous aurez la paix, dit Agneta, et sa sœur hocha la tête.

Il fallait redescendre l'escalier, traverser encore quelques pièces au rez-de-chaussée avant d'arriver dans une véranda vitrée qui donnait sur la pelouse et le petit centre de Hamburgsund.

— Comment vous sentez-vous? demanda Erica en s'asseyant.

— Pas trop mal, je crois. Les garçons n'arrêtent pas de réclamer leur père et je ne sais pas quoi répondre. Je ne sais pas non plus si je dois essayer de les faire parler de ce qui s'est passé. Je crois que je vais appeler un pédopsychiatre aujourd'hui pour avoir un peu d'aide.

Sanna avait l'air pâle et rongée, et de toute évidence en manque de sommeil.

— Ça me semble une bonne idée, dit Erica. Mais les enfants sont forts en général. Ils supportent plus qu'on ne croit.

— Oui, tu as sans doute raison, dit Sanna en fixant le vide devant elle. Puis elle se tourna vers Erica : De quoi voulais-tu me parler?

Comme tant de fois déjà, Erica ne savait par où commencer. Elle n'avait pas de mission, rien qui justifie ses questions. Si ce n'était sa curiosité. Et sa sollicitude. Elle réfléchit un instant. Puis elle se pencha et sortit les dessins de son sac à main.

Il se levait toujours aux aurores. C'était une chose dont il était très fier et qu'il s'efforçait de mettre en avant. "Rester au lit, c'est s'entraîner pour le mouroir", disait-il d'un air satisfait avant d'expliquer qu'il était debout au plus tard à six heures. Sa belle-fille le taquinait parfois parce qu'il allait se coucher dès neuf heures du soir. "Tu ne t'entraînes pas pour le mouroir, là?" disait-elle avec un sourire. Mais il ignorait ce genre de commentaires avec beaucoup de dignité, car la journée entière lui appartenait.

Après un solide petit-déjeuner de porridge, il se cala dans son fauteuil préféré et lut scrupuleusement le journal pendant que le jour se levait lentement dehors. Quand il eut fini, il faisait assez clair pour qu'il puisse s'adonner à son inspection matinale. C'était devenu un véritable rite au fil des ans.

Il se leva, alla chercher les jumelles accrochées à un clou, puis s'installa confortablement devant la fenêtre. Sa maison était située sur les hauteurs, au-dessus des cabanes de pêcheurs, avec l'église dans le dos, et il avait une vue dégagée sur toute l'entrée du port de Fjällbacka. Il approcha les jumelles de ses yeux et commença sa vérification de gauche à droite. D'abord la maison d'à côté. Mais oui, on était debout chez eux aussi. Ils n'étaient plus très nombreux à habiter ici en hiver, mais il avait la chance d'avoir pour voisins deux des rares résidents permanents du quartier. Comme un bonus, la maîtresse de maison avait pour coutume de se balader en sous-vêtements le matin. Elle avait la cinquantaine, mais une silhouette du tonnerre, nota-t-il avant de laisser ses jumelles poursuivre leur exploration.

Des maisons vides, rien que des maisons vides. Certaines étaient plongées dans le noir, d'autres avaient des systèmes d'éclairage automatiques, des lampes étaient allumées par-ci, par-là. Il soupira, comme à son habitude. C'était tout de même un malheur, la tournure qu'avaient prise les choses. Il se rappelait encore quand toutes les maisons étaient habitées et la ville animée hiver comme été. Désormais, les estivants auraient bientôt tout acheté et ne daignaient venir que trois mois par an. Ensuite ils retournaient chez eux dans les grandes villes, avec un joli bronzage qu'ils commenteraient tout au long de l'automne dans les soirées et les dîners : "On a passé l'été dans notre maison à Fjällbacka. Si seulement on pouvait y rester toute l'année, quelle paix, quel calme ! C'est vraiment l'endroit idéal pour décompresser." Evidemment, pas un mot n'était sincère. Ils ne supporteraient pas de passer vingt-quatre heures ici en hiver, quand tout était fermé et figé et qu'on ne pouvait pas faire bronzette sur les dalles rocheuses au bord de l'eau.

Les jumelles balayèrent la place Ingrid-Bergman. Elle était déserte. Il avait entendu dire que les gens qui s'occupaient du site Internet de Fjällbacka y avaient installé une caméra, on pouvait se connecter à tout moment et voir ce qui s'y passait. Il fallait tout de même être assez désœuvré pour prendre plaisir à ça, se dit-il. Il n'y avait vraiment pas grand-chose à voir.

Il déplaça les jumelles, les laissa glisser vers Södra Hamngatan, passer devant la quincaillerie en direction du parc. Il marqua un arrêt devant la vedette de la Société de sauvetage en mer et l'admira, comme toujours. Racée en diable. Il adorait les bateaux depuis toujours, et le *MinLouis* ne déparait jamais le quai auquel il était amarré.

Puis il suivit le chemin qui menait à Badholmen. Comme toujours, des souvenirs de jeunesse l'assaillirent à la vue des bâtiments en bois, de la haute palissade derrière laquelle on se changeait. Les messieurs d'un côté et les dames de l'autre. Quand il était petit, ils cherchaient toujours à épier les dames. Avec très peu de succès, d'ailleurs.

Il vit les dalles rocheuses et le trampoline sur lequel les enfants sautaient comme des fous l'été. Puis le plongeoir, un peu délabré depuis quelque temps. Pourvu qu'ils le retapent et ne se mettent pas en tête de le démolir. Cette vieille tour faisait intégralement partie de Fjällbacka.

Il la dépassa, regarda la mer en direction de l'île de Valön. Puis il sursauta et revint rapidement sur le plongeoir. Nom d'une pipe ! Il tourna la molette de mise au point et plissa les paupières. S'il ne se trompait pas, quelque chose pendait du plongeoir. Quelque chose de sombre qui bougeait au vent. Est-ce que les jeunes avaient monté un canular et suspendu un mannequin ou quelque chose ? Il ne voyait pas très bien.

La curiosité prit le dessus. Il enfila son blouson, mit ses chaussures équipées de crampons antiglisse, puis sortit. Il avait oublié de sabler son escalier, et il s'agrippait à la rampe pour ne pas tomber. Arrivé sur la route, la marche était plus aisée et il se dirigea vers Badholmen d'un pas rapide.

Le village était plongé dans le silence quand il traversa la place Ingrid-Bergman. Il se demanda s'il allait faire signe à une voiture de s'arrêter, s'il en passait une, mais décida de s'en abstenir. Inutile de rameuter toute la population avant d'en savoir plus.

En s'approchant, il augmenta la cadence. Il faisait une longue promenade deux fois par semaine et avait une bonne condition physique pour son âge, ce qui ne l'empêchait pas d'être hors d'haleine en arrivant aux bâtiments sur Badholmen.

Il s'arrêta un instant pour reprendre son souffle. En tout cas, c'est ce qu'il se dit. En réalité, il hésitait, il avait un mauvais pressentiment depuis qu'il avait aperçu la silhouette sombre dans ses jumelles. Il respira à fond et entra dans la zone de baignade. Il ne put se résoudre à regarder le plongeoir. Il gardait le regard rivé sur ses pieds qu'il posait sur les rochers avec précaution pour ne pas glisser. A quelques mètres de la tour en bois, il leva la tête et laissa lentement ses yeux grimper le long de la construction en bois.

Patrik se réveilla en sursaut. Quelque chose bourdonnait. Il regarda autour de lui, tout d'abord incapable de s'orienter et d'identifier le bruit, puis il retrouva sa lucidité et tendit la main vers son téléphone portable. Il avait coupé le son, mais le vibreur faisait sautiller l'appareil sur la table de chevet et l'écran lumineux éclairait la pénombre de la chambre.

— Allô !

Toute sensation de sommeil s'évanouit immédiatement, il attrapa ses vêtements tout en écoutant et en posant des questions. En quelques minutes, il fut habillé. Il s'apprêtait à partir quand il vit le petit mot d'Erica et réalisa que, effectivement, il avait été seul dans le lit en se réveillant. Il poussa un juron et remonta. Dans sa chambre, Maja était sortie de son lit et jouait paisiblement par terre. Merde alors, qu'est-ce qu'il allait faire maintenant ? Il ne pouvait pas la laisser seule à la maison. Passablement énervé, il essaya de joindre Erica sur son portable. Les sonneries se succédèrent jusqu'à ce que son répondeur s'enclenche. Où pouvait-elle être si tôt le matin ?

Il raccrocha et composa le numéro d'Anna et Dan. Anna répondit et il poussa un soupir de soulagement avant d'expliquer rapidement son problème. Puis il resta à piétiner d'impatience dans le vestibule pendant les dix minutes qu'il fallut à sa belle-sœur pour sauter dans sa voiture et arriver.

— Ça vous en fait des urgences ces temps-ci, dis donc. D'abord l'excursion d'Erica à Göteborg hier, et aujourd'hui toi. Il y a le feu quelque part ? rigola Anna en passant devant Patrik.

Il la remercia expéditivement puis courut à la voiture. Le commentaire d'Anna ne fit son chemin que lorsqu'il fut installé derrière le volant. Excursion à Göteborg ? Hier ? Il ne comprenait rien. Mais ça attendrait. Il avait d'autres chats à fouetter.

Quand il arriva à Badholmen, la mobilisation était à son comble. Il se gara devant la vedette du Sauvetage en mer et partit sur l'îlot au petit trot. Torbjörn Ruud et ses techniciens étaient déjà sur place.

— A quelle heure vous avez été prévenus ? demanda Patrik à Gösta qui l'avait rejoint.

Torbjörn et son équipe, partis d'Uddevalla, n'auraient logiquement pas eu le temps d'arriver avant lui. Ni Gösta et Martin, qui venaient de Tanumshede. Pourquoi ne l'avait-on pas appelé plus tôt ?

— Annika t'a appelé plusieurs fois. Et hier soir aussi, apparemment. Mais tu n'as pas répondu.

Patrik tira vivement son portable de sa poche, prêt à démontrer le contraire. Mais son écran indiquait cinq appels en absence. Trois hier soir, deux ce matin. Il se maudit d'avoir coupé le son du téléphone pour avoir la paix un seul soir. Il aurait dû se douter qu'il se passerait quelque chose juste le premier jour où, depuis une éternité, il s'autorisait à ne pas penser au boulot.

— Tu sais ce qu'elle voulait hier ?

— Aucune idée. Mais ce matin, c'était bien entendu pour ça.

Gösta fit un geste vers le plongeoir et Patrik tressaillit. La vue de l'homme qui balançait au vent, la corde autour du cou, avait quelque chose d'un drame antique.

— Quelle horreur ! s'exclama-t-il en pensant à Sanna et aux enfants, et à Erica. Qui l'a trouvé ?

Il essaya de reprendre son rôle de policier, de s'abriter derrière le travail qui devait être fait et de refouler dans un coin de son crâne les considérations d'ordre émotionnel. En cet instant, il ne devait pas penser à Christian en tant qu'individu, avec sa femme, ses enfants, ses amis, sa vie. Il était face à une victime, une

énigme à résoudre. Un drame était survenu et son boulot, c'était de comprendre pourquoi.

— Le vieux là-bas. Sven-Olov Rönn. Il habite la
maison blanche, dit Gösta en montrant une des maisons situées dans la montée au-dessus de l'enfilade de
cabanes de pêcheurs. Apparemment, il a l'habitude de
jeter un coup d'œil tous les matins à la jumelle et il a
vu une masse suspendue au plongeoir. Il a d'abord cru
que c'était une sorte de canular monté par des jeunes,
mais il est quand même descendu vérifier et il a vu
que c'était pour de vrai.

— Il va bien?

— Un peu secoué, naturellement, mais il semble
avoir les reins solides.

— Ne le laisse pas partir avant que j'aie eu le temps
de lui parler, dit Patrik, puis il se dirigea vers Torbjörn,
qui était en train d'organiser la zone à délimiter autour
de la tour en bois.

— Avec vous, le moins qu'on puisse dire, c'est
qu'on chôme pas, constata Torbjörn.

— Crois-moi, on préférerait avoir la paix.

Il se prépara à regarder Christian de nouveau. Avec
sa nuque brisée, qui faisait pencher la tête en avant, et
ses yeux ouverts, on aurait dit qu'il fixait l'eau. Patrik
eut un frisson.

— Combien de temps est-ce qu'il va rester là?

— Pas trop longtemps. On a juste des photos à
prendre et ensuite on le descend.

— Le transport?

— Il est en route, répliqua Torbjörn sur un ton bref,
indiquant qu'il était pressé de s'y mettre.

— Bon, je te laisse travailler, dit Patrik.

Torbjörn commença tout de suite à donner des instructions à son équipe.

Patrik retourna voir Gösta et le vieil homme, qui manifestement avait froid.

— Patrik Hedström de la police de Tanumshede, dit-il en tendant la main.

— Sven-Olov Rönn, dit l'homme qui se mit presque au garde-à-vous.

— Comment vous sentez-vous ?

Patrik examina son visage à la recherche de signes d'un choc psychologique. Sven-Olov Rönn était effectivement bien pâle, mais il paraissait assez maître de lui.

— Ce n'est pas très agréable comme expérience, c'est vrai, dit-il lentement, mais une fois chez moi, je me prendrai un petit remontant et ça ira mieux.

— Vous ne voulez pas voir un médecin ?

L'homme en face de Patrik prit une expression effarée. Il était apparemment de la vieille école, qui préférerait s'amputer un bras plutôt que de consulter un médecin.

— Non, non, dit-il, ça ne sera pas nécessaire.

— D'accord, répondit Patrik. Je sais que vous avez déjà parlé avec mon collègue, mais j'aimerais que vous me disiez comment vous avez trouvé… l'homme du plongeoir.

— Vous comprenez, je me lève toujours avec les poules, commença Sven-Olov Rönn.

Il raconta ensuite ce que Gösta avait déjà rapporté à Patrik, mais avec plus de détails. Après quelques questions supplémentaires, Patrik décida de renvoyer Rönn chez lui pour qu'il se réchauffe.

— Eh bien Gösta, qu'est-ce que tu en dis ?

— La première chose à faire, c'est de découvrir s'il l'a fait lui-même. Ou si c'est l'autre…

Il ne termina pas sa phrase, mais Patrik comprit à quoi il faisait allusion.

— Vous avez remarqué des traces de lutte ou de résistance ou quelque chose comme ça ? lança Patrik à Torbjörn qui s'arrêta à mi-chemin dans l'escalier du plongeoir.

— Rien pour l'instant. Mais on n'a pas encore eu le temps de faire grand-chose. On va commencer par les photos, dit-il en agitant un gros appareil, et on verra ensuite ce qu'on peut trouver. Je te tiens au courant, ne t'inquiète pas.

— Bien. Merci.

Patrik comprit qu'il ne pouvait rien faire d'autre ici pour le moment. Et il avait une autre mission à accomplir.

Martin Molin vint les rejoindre, aussi blême que toujours quand il se trouvait en présence d'un cadavre.

— Mellberg et Paula sont en route, annonça-t-il.

— Super, répondit laconiquement Patrik.

Gösta et Martin savaient tous les deux que son manque d'enthousiasme ne visait pas Paula.

— Qu'est-ce que tu veux qu'on fasse maintenant ? demanda Martin.

Mentalement, Patrik essaya de structurer un plan. Il était tenté de se décharger de la tâche qui l'attendait et qu'il avait en horreur. Mais son caractère responsable prit le dessus et après une profonde inspiration, il dit :

— Martin, tu attends l'arrivée de Mellberg et Paula. On ne tiendra pas compte du chef, il va glandouiller comme d'habitude et se mettre dans les pattes des techniciens. Tu prendras Paula avec toi et vous irez frapper aux portes de tous ceux qui habitent du côté de l'accès à Badholmen. La plupart des maisons sont vides à cette époque de l'année, ça ne devrait donc pas être une mission impossible. Gösta, tu viens avec moi, on va voir Sanna.

Le regard de Gösta se fit grave.

— Bien sûr, on y va quand ?

— Tout de suite.

Patrik voulait se débarrasser de la tâche tout de suite. Un instant, il envisagea d'appeler Annika et de lui demander pourquoi elle avait cherché à le joindre la veille. Mais ça pouvait attendre.

En quittant Badholmen, tous les deux s'efforcèrent de ne pas se retourner sur la silhouette qui oscillait toujours au vent.

— Mais je ne comprends pas. Qui a pu envoyer ça à Christian ?

Déconcertée, Sanna regarda les dessins sur la table devant elle. Elle en prit un et Erica se félicita d'avoir pensé à glisser chaque dessin dans une pochette plastique, pour qu'on puisse les manipuler sans détruire d'éventuelles preuves.

— Je ne sais pas. J'avais espéré que tu aurais une théorie à me donner.

— Aucune idée. D'où tu les tiens ?

Erica raconta sa visite à l'ancienne adresse de Christian à Göteborg et sa rencontre avec Janos Kovács qui avait gardé les enveloppes pendant toutes ces années.

— Pourquoi tu t'intéresses tant à la vie de Christian ?

Erica réfléchit un instant. Comment justifier ses agissements alors qu'elle-même peinait à se les expliquer ?

— Depuis que j'ai entendu parler des lettres de menace, je me fais du souci pour lui. Et comme je suis comme je suis, je n'arrive pas à abandonner la partie. Christian ne dit rien, j'ai donc commencé à fouiller un peu de mon côté.

— Tu les as montrés à Christian ? demanda Sanna en prenant un autre dessin qu'elle étudia attentivement.

— Non, je voulais voir avec toi d'abord, dit Erica, et elle marqua un petit silence. Qu'est-ce que tu sais sur le passé de Christian ? Sur sa famille et son enfance ?

Sanna afficha un sourire triste.

— Pratiquement rien. Tu n'as pas idée. Je n'ai jamais rencontré quelqu'un qui se livre aussi peu. Tout ce que j'ai voulu savoir sur ses parents, comment ils vivaient, ce qu'il faisait quand il était petit, qui étaient ses copains… tout ce qu'on demande quand on fait connaissance avec quelqu'un… Christian est toujours resté secret là-dessus. Il m'a juste répondu que ses parents étaient morts, qu'il n'avait pas de frères et sœurs, que son enfance a été comme celle de tout le monde, que ça n'avait aucun intérêt.

— Ça ne t'a pas paru bizarre ? demanda Erica, et une note de pitié se glissa dans sa voix quand elle vit Sanna lutter contre les larmes.

— Je l'aime. Et ça l'agaçait toujours tellement quand je posais toutes ces questions que j'ai vite arrêté. Je voulais seulement… Je voulais seulement qu'il reste avec moi, chuchota-t-elle, le regard rivé sur ses genoux.

Erica voulut s'asseoir à côté d'elle et la prendre dans ses bras. Elle avait l'air si jeune et vulnérable tout à coup ! Ça ne devait pas être facile de vivre dans une telle relation, de se sentir perpétuellement en position d'infériorité. Car Erica comprit ce que Sanna disait entre les lignes. Elle avait toujours aimé Christian, mais n'avait pas reçu le même amour en retour.

— Alors tu ne sais pas qui est le petit personnage à côté de Christian ? dit Erica doucement.

— Non, je l'ignore, mais c'est forcément un enfant qui l'a dessiné. Il a peut-être un enfant illégitime quelque part que je ne connais pas…

Elle essaya de rire, mais le rire resta coincé dans sa gorge. Elle était manifestement sur le point de s'effondrer et Erica eut subitement peur de lui compliquer les choses.

— Ne tire pas de conclusions trop hâtives, dit-elle rapidement.

— Non, mais je m'interroge moi aussi. Je l'ai harcelé de questions au sujet de ces lettres. Il affirme qu'il ne sait pas qui les envoie, mais je ne suis pas sûre de le croire.

— Il n'a jamais fait allusion à d'ex-copines ? Une autre femme qu'il aurait eue dans sa vie ?

Erica comprit qu'elle se montrait trop insistante, mais Christian avait peut-être mentionné un détail à un moment donné qui s'était enfoui dans l'inconscient de Sanna. Celle-ci secoua la tête avec un rire amer :

— Crois-moi, je m'en souviendrais s'il avait mentionné une autre femme. J'ai même cru que…

Elle s'interrompit et parut regretter de s'être laissée aller.

— Qu'as-tu cru ? demanda Erica, mais Sanna se ferma.

— Rien. Des bêtises. J'ai des problèmes de jalousie, disons.

Rien d'étonnant, pensa Erica. Vivre avec un étranger pendant tant d'années, aimer sans être aimée en retour. Normal d'être jalouse dans ces conditions. Mais elle ne fit pas de commentaires. Elle préféra guider l'entretien sur ce qui occupait ses pensées depuis la veille.

— Tu as vu une des collègues de Patrik hier, Paula Morales.

— Oui, elle est vraiment gentille. Et j'ai bien aimé Gösta aussi. Il m'a aidée à laver les enfants. Dis à Patrik de le remercier de ma part. Je n'ai sans doute pas eu la présence d'esprit de le faire hier.

— Pas de problème, dit Erica. Elle marqua une petite pause avant de poursuivre : Il y avait un truc dans votre entretien... que Paula a peut-être loupé.

— Comment tu sais ça ? dit Sanna, perplexe.

— Paula a enregistré votre conversation, et Patrik l'a écoutée hier soir à la maison. Je n'ai pas pu éviter de l'entendre.

— Ah bon, dit Sanna et elle parut avaler le demi-mensonge d'Erica. Et c'est quoi que tu...

— Tu as dit un truc, comme quoi ça n'a pas été facile pour Christian. Tu semblais penser à quelque chose de spécifique.

Le visage de Sanna se figea. Elle évita le regard d'Erica et se mit à tripoter la nappe.

— Je ne sais pas ce que...

— Sanna, supplia Erica. Ce n'est vraiment pas le moment de garder des secrets et de te taire pour protéger Christian. Toute votre famille est en danger et vous n'êtes pas les seuls, mais on peut empêcher qu'il ne vous arrive la même chose qu'à Magnus. Je ne sais pas ce que tu caches ni pourquoi. Ça n'a peut-être rien à voir avec cette histoire, du moins c'est ce que tu crois. Sinon, tu me l'aurais dit, j'en suis persuadée. Surtout après ce qui s'est passé avec les enfants hier. Mais en es-tu aussi sûre à présent ?

Sanna regarda par la fenêtre un point au loin, au-delà des bâtiments du centre-ville, vers la mer gelée et les îles. Elle garda longtemps le silence et Erica ne dit rien, la laissant livrer le combat avec elle-même.

— J'ai trouvé une robe au grenier. Une robe bleue, finit-elle par dire.

Puis elle se mit à raconter. Comment elle avait confronté Christian à sa trouvaille. Elle parlait de sa colère et de son incertitude. De ce qu'il avait fini par raconter. L'horreur.

Quand Sanna eut terminé, elle s'effondra. Vidée. Erica resta totalement immobile et essaya de digérer ce qu'elle venait d'entendre. Mais c'était impossible. Il existe certaines choses que le cerveau humain ne peut tout simplement pas assimiler. Elle ne put que tendre la main pour la poser sur celle de Sanna.

Pour la première fois, Erik sentit la panique prendre le dessus. Christian était mort. Il pendouillait comme une poupée de chiffon au plongeoir de Badholmen.

C'était une policière qui avait appelé pour le mettre au courant. Elle lui avait conseillé de rester prudent, et avait précisé qu'il pouvait les contacter à tout moment. Il l'avait remerciée et dit que ce ne serait sans doute pas nécessaire. Il ne savait vraiment pas qui essayait de les atteindre. Mais il n'avait pas l'intention de rester là, à attendre son tour. Cette fois, comme toutes les autres fois, il allait reprendre le contrôle.

La transpiration imbibait sa chemise, signe qu'il n'était pas aussi calme qu'il essayait de s'en convaincre. Le téléphone était resté dans sa main et avec des doigts maladroits il composa le numéro de Kenneth. Cinq sonneries avant que le répondeur ne s'enclenche. Agacé, il raccrocha et balança son portable sur le bureau. Il devait absolument procéder rationnellement et réfléchir à tout ce qu'il avait à faire maintenant.

Son téléphone sonna. Il tressaillit et vérifia sur l'écran. Kenneth.

— Allô ?

— Je ne peux pas répondre quand ça sonne, dit Kenneth. J'ai besoin d'aide pour mettre en place l'écouteur. Je ne peux pas tenir le téléphone, expliqua-t-il sans une once d'autocompassion.

Un instant, Erik se dit qu'il aurait dû se donner la peine de lui rendre visite à l'hôpital. Ou au moins de lui envoyer des fleurs. Bon, d'un autre côté, il ne pouvait pas penser à tout, et quelqu'un devait s'occuper du bureau aussi, Kenneth le comprenait sûrement.

— Comment tu vas ? demanda-t-il et il essaya de paraître vraiment intéressé par la réponse.

— Bien, dit Kenneth, laconique, connaissant le peu de sollicitude d'Erik.

— J'ai de mauvaises nouvelles, dit-il sans tourner autour du pot. Christian est mort. Je viens de l'apprendre, la police m'a appelé. Il est pendu au plongeoir sur Badholmen.

Erik tira sur le col de sa chemise. La transpiration ne s'était pas calmée, il sentit la moiteur dans la main qui tenait le téléphone. Kenneth n'avait toujours pas réagi.

— Allô ? Tu as entendu ce que j'ai dit ? Christian est mort. La policière qui m'a appelé n'a pas voulu me donner de détails, mais n'importe quel idiot comprendrait que c'est le même psychopathe qui a fait tout le reste.

— Oui, effectivement, c'est elle, finit par lâcher Kenneth d'une voix calme et glaciale.

— Comment ça ? Tu sais qui c'est ? s'exclama Erik.

Alors Kenneth savait qui c'était et ne lui avait rien dit ? Si personne ne lui volait la place, il veillerait à tuer lui-même cet abruti.

— Elle viendra s'occuper de nous aussi.

Sa sérénité sinistre fit se dresser les poils sur les avant-bras d'Erik. Un instant, il se demanda si Kenneth n'avait pas aussi pris un coup sur la tête.

— Est-ce que tu aurais la gentillesse de me mettre au courant de ce que tu sais?

— Je pense qu'elle te gardera pour la fin.

— De qui tu parles? dit Erik qui dut faire un gros effort pour garder son calme.

— Tu n'as vraiment pas compris? Tu as blessé et humilié tellement de gens que tu n'arrives pas à la distinguer dans la masse? Pour moi, ça a été très simple. C'est le seul être humain à qui j'ai fait du tort dans ma vie. J'ignore si Magnus savait qu'elle lui en voulait. Mais je sais qu'il souffrait. Ce qui n'a jamais été ton cas, Erik, pas vrai? Tu n'as jamais souffert ou perdu le sommeil à cause de ce que tu as fait.

Kenneth ne semblait ni indigné ni accusateur, il était toujours aussi maître de lui.

— De quoi tu parles? siffla Erik pendant que ses pensées fusaient.

Un vague souvenir, une image, un visage. Quelque chose était en train de se réveiller. Quelque chose qui avait été enterré au plus profond et qui n'aurait jamais dû remonter à la surface.

Il serra fort le téléphone. Est-ce que ça…?

Kenneth se taisait. Erik n'eut pas besoin de confirmer qu'il venait de comprendre lui aussi. Son silence était éloquent. Sans dire au revoir, il mit fin à la conversation, mit fin à Kenneth et à la révélation qui lui avait été infligée.

Puis il ouvrit sa boîte mail et commença rapidement à faire ce qui devait être fait. Dans une urgence absolue.

Dès qu'il vit la voiture d'Erica devant la maison de la sœur de Sanna, il eut un mauvais pressentiment. Erica avait tendance à se mêler de choses qui ne la regardaient pas, et même s'il admirait souvent sa femme pour sa curiosité et sa capacité à obtenir des résultats, il n'aimait pas qu'elle s'immisce dans son travail de policier. Il avait surtout envie de les protéger, Erica, Maja et les jumeaux à naître, du mal de ce monde. Mais ce n'était pas de tout repos quand il était question de sa femme. Elle avait le don de toujours se retrouver au centre des événements, et il comprit qu'elle avait probablement mis son nez dans cette affaire aussi à son insu.

— Ce n'est pas la voiture d'Erica? dit Gösta laconiquement quand ils se garèrent derrière la Volvo beige.

— Si, répondit Patrik, et Gösta se contenta de lever un sourcil.

Ils n'eurent pas besoin de sonner. La sœur de Sanna avait déjà ouvert la porte d'entrée et les attendait, le visage marqué par l'inquiétude.

— Il s'est passé quelque chose? demanda-t-elle, et les fines rides autour de sa bouche se tendirent.

— Nous aimerions parler à Sanna, dit Patrik sans répondre à sa question.

Il aurait aimé avoir la femme pasteur avec lui cette fois aussi, mais il n'avait pas réussi à la joindre et il ne voulait pas retarder l'annonce difficile qu'il avait à faire.

Agneta s'effaça et les fit entrer.

— Elle est dans la véranda.

— Merci. Vous pouvez faire en sorte que les enfants restent à l'écart un moment? demanda Patrik.

— Oui, bien sûr, je vais m'occuper d'eux, dit-elle en avalant sa salive.

Ils trouvèrent leur chemin jusqu'à la véranda et Sanna et Erica levèrent la tête en les entendant arriver. Erica prit son air coupable et Patrik lui fit un geste signifiant qu'ils en parleraient plus tard. Il s'assit à côté de Sanna.

— J'ai de très mauvaises nouvelles à t'annoncer, dit-il calmement. Christian a été retrouvé mort tôt ce matin.

Sanna chercha sa respiration et ses yeux se remplirent de larmes.

— Nous ne savons pas grand-chose pour l'instant. Mais nous faisons notre possible pour découvrir ce qui s'est passé, ajouta-t-il.

— Comment… ? dit Sanna, et tout son corps se mit à trembler.

Patrik hésita, ne sachant pas trop comment formuler sa réponse.

— On l'a retrouvé pendu. Au plongeoir sur Badholmen.

— Pendu ?

Sa respiration se fit brève et saccadée, ses yeux se couvrirent d'un voile. Patrik posa la main sur son bras pour la calmer.

— C'est tout ce que nous savons pour le moment.

Patrik se tourna vers Erica et dit à voix basse :

— Est-ce que tu pourrais aller remplacer sa sœur ? Tu prends le relais avec les enfants et tu lui demandes de descendre.

Erica se leva tout de suite et quitta la véranda après un regard à Sanna. Peu après ils entendirent la sœur descendre l'escalier et Gösta alla à sa rencontre. Patrik lui sut gré de sa discrétion. C'était effectivement bien d'informer Agneta en aparté de la mort de Christian pour que Sanna n'ait pas à l'entendre une deuxième fois.

En arrivant, Agneta prit tout de suite sa sœur dans ses bras. Patrik demanda si elles voulaient qu'il appelle quelqu'un, si elles voulaient parler avec un pasteur. Toutes les questions habituelles auxquelles il s'accrochait pour ne pas devenir fou à la pensée des deux petits garçons qui venaient de perdre leur père.

Puis il fut obligé de partir. Il avait un travail à accomplir, un travail qu'il faisait pour eux. Surtout pour eux. C'étaient les victimes et leurs proches qu'il avait devant les yeux pendant les longues et nombreuses heures qu'il passait au commissariat à tenter de résoudre des affaires plus ou moins compliquées.

Sanna pleurait sans retenue et il croisa le regard de sa sœur. Elle hocha presque imperceptiblement la tête en réponse à sa question muette, et il se leva.

— Vous êtes sûres que vous ne voulez pas qu'on appelle quelqu'un ?

— J'appellerai maman et papa dans un petit instant, dit Agneta.

Elle était pâle, mais faisait preuve d'un calme qui rassura Patrik.

— Tu peux nous contacter quand tu veux, Sanna, dit-il en s'arrêtant dans l'embrasure de la porte. Et nous…

Il ne savait pas dans quelle mesure il pouvait faire des promesses. Car le pire qui puisse arriver à un policier au cours d'une enquête pour meurtre venait de s'abattre sur lui. Il était en train de perdre espoir. L'espoir de trouver un jour le coupable de tout ce gâchis.

— N'oublie pas les dessins, sanglota Sanna en montrant quelques papiers sur la table.

— Qu'est-ce que c'est ?

— Erica les a apportés. Quelqu'un les a envoyés à l'ancienne adresse de Christian à Göteborg.

Patrik fixa les dessins avant de les ramasser avec précaution. Qu'est-ce qu'elle était encore allée fouiner? Il fallait qu'il ait une discussion avec sa femme au plus vite, il avait besoin d'une explication détaillée. En même temps, il ne pouvait nier qu'il sentait l'espoir renaître. Si ces dessins se révélaient importants, ce ne serait pas la première fois qu'Erica déterrait quelque chose de déterminant.

— Ça en fait du baby-sitting ces temps-ci, dit Dan.

Il était venu rejoindre Anna chez Erica et Patrick à Sälvik.

— Oui, je ne sais pas trop ce qu'elle fabrique, Erica, et je ne suis pas sûre de vouloir le savoir, répondit Anna en levant la tête vers Dan pour qu'il l'embrasse.

— C'est bon si je tape l'incruste?

Dan faillit se faire renverser par Maja qui se jeta dans ses bras.

— Salut petiote! Comment va ma petite copine? T'es bien ma copine, hein? Tu n'as pas trouvé un nouveau garçon pour me remplacer, j'espère? dit Dan en prenant une expression sévère.

Maja hoqueta de rire et frotta son nez contre le sien, confirmant ainsi qu'il était toujours le premier sur la liste.

— Tu es au courant? dit Anna, sérieuse tout à coup.

— Non, de quoi? dit Dan.

Il leva Maja à bout de bras puis la laissa tomber; comme il était très grand, ce fut une chute vertigineuse, au grand ravissement de la petite fille.

— Je ne sais pas où est Erica, mais Patrik est parti pour Badholmen. On y a trouvé Christian Thydell ce matin, pendu.

Dan s'arrêta au milieu d'un mouvement, Maja suspendue la tête en bas. Elle crut que ça faisait partie du jeu et rit encore plus fort.

— Qu'est-ce que tu dis?

Il reposa lentement Maja sur le tapis.

— Je n'en sais pas plus. Patrik m'a dit ça avant de se sauver. Mais Christian est mort, c'est certain.

Anna ne connaissait pas très bien Sanna Thydell, mais elle la croisait de temps en temps, c'était inévitable dans une toute petite ville comme Fjällbacka. Elle eut une pensée pour ses deux enfants.

Dan s'installa lourdement à la table de cuisine et Anna essaya de chasser les images sur sa rétine.

— Merde alors, dit-il en regardant fixement par la fenêtre. D'abord Magnus Kjellner et ensuite Christian. Et Kenneth Bengtsson qui est à l'hôpital. Patrik doit être débordé.

— Oui. Mais je préférerais qu'on parle d'autre chose.

Elle se sentait toujours mal à l'aise quand il arrivait malheur aux gens, et la grossesse décuplait sa sensibilité. Elle ne supportait pas d'entendre parler de quelqu'un qui vivait un drame.

Dan comprit les signaux et l'attira contre lui. Il ferma les yeux, posa la main sur son ventre, les doigts écartés.

— Bientôt ma chérie. Bientôt il sera là.

Anna s'illumina. Chaque fois qu'elle pensait à l'enfant, elle avait l'impression qu'aucun mal ne pouvait l'atteindre. Elle aimait Dan à la folie, et le petit être dans son ventre qui les unissait la faisait presque éclater de bonheur. Elle caressa la tête de Dan et murmura dans sa chevelure :

— Il faut que tu arrêtes de dire "il". Moi je crois que c'est une petite princesse qu'on attend. Ce sont des coups de pied de ballerine que je sens, j'en suis sûre.

Elle aimait bien le taquiner, sachant qu'après trois filles Dan désirait ardemment un fils. Mais elle ne doutait pas qu'une nouvelle petite fille ferait tout autant son bonheur. Puisque c'était leur enfant.

Patrik déposa Gösta à Badholmen, puis il rentra à la maison après avoir réfléchi un instant. Il lui fallait parler avec Erica. Découvrir ce qu'elle savait.

Arrivé chez lui, il respira à fond. Anna était toujours là et il ne voulait pas l'entraîner dans la dispute qui s'annonçait. Elle avait la mauvaise habitude de faire alliance avec sa sœur en toute circonstance et il ne tenait pas à en avoir deux dans le coin opposé du ring. Après avoir remercié Anna – et Dan, venu en renfort – il essaya de leur faire comprendre qu'il fallait le laisser seul avec Erica. Anna comprit le message et partit avec Dan, qui dut lutter un peu pour que Maja le lâche.

— Je suppose que Maja n'ira pas à la crèche aujourd'hui, dit Erica sur un ton guilleret en regardant sa montre.

— Qu'est-ce que tu foutais chez Sanna Thydell? Et qu'est-ce que tu foutais à Göteborg hier? dit Patrik d'une voix tranchante.

— Eh bien, je…

Erica inclina la tête et essaya de prendre son air le plus adorable. Quand elle se rendit compte que ça ne prenait pas, elle soupira et admit qu'il était plus sage de tout avouer. D'ailleurs, elle en avait bien eu l'intention, simplement Patrik l'avait prise de court.

Ils s'installèrent dans la cuisine. Patrik croisa ses mains sur la table et planta ses yeux dans ceux de sa femme. Erica réfléchit un instant avant de choisir par quel bout commencer.

Elle expliqua s'être toujours demandé pourquoi Christian faisait tant mystère de son passé. Elle avait décidé de remonter le temps et elle était allée à Göteborg à l'adresse où il avait habité avant de venir vivre à Fjällbacka. Elle parla du gentil Hongrois, des lettres qui étaient arrivées pour Christian mais qu'il n'avait jamais reçues puisqu'il n'avait pas laissé sa nouvelle adresse. Elle prit ensuite une profonde inspiration avant d'avouer avoir lu en douce les dossiers de l'enquête et n'avoir pas résisté à la tentation d'écouter la cassette. Elle avait alors été frappée par un détail qu'elle avait voulu approfondir. Et elle fit part à Patrik de ce que Sanna lui avait raconté. La robe bleue et le reste, presque trop épouvantable pour être concevable. Quand elle eut terminé, elle était hors d'haleine et osait à peine regarder Patrik qui n'avait pas bougé d'un millimètre depuis le début de son récit.

Il ne dit rien pendant un long moment et elle avala sa salive, prête à recevoir le savon du siècle.

— Je voulais seulement t'aider, ajouta-t-elle. Tu semblais tellement fatigué ces temps-ci.

Patrik se leva.

— On reparlera de tout ça plus tard. Il faut que j'aille au commissariat. J'emporte les dessins.

Erica regarda longuement la porte fermée. C'était la première fois, depuis qu'ils se connaissaient, qu'il quittait la maison sans l'embrasser.

Ça ne ressemblait pas à Patrik de ne pas donner de nouvelles. Annika l'avait appelé plusieurs fois depuis la veille, mais avait dû se contenter de laisser des messages sur son répondeur, lui demandant de la rappeler. Elle tenait à lui faire part de vive voix de ce qu'elle avait trouvé.

Quand il arriva enfin au commissariat et qu'elle vit sa mine ravagée, elle s'inquiéta de nouveau. Paula lui avait raconté qu'elle avait ordonné à Patrik de rester chez lui et de se reposer, et Annika avait applaudi en silence. Elle avait pensé faire la même chose plus d'une fois ces derniers temps.

— Tu as cherché à me joindre, dit Patrik en entrant dans son espace de travail derrière la vitre de l'accueil.

Annika fit pivoter sa chaise de bureau.

— Oui, et tu n'as pas été spécialement rapide à me rappeler.

Elle l'observa par-dessus le bord de ses lunettes. Sa voix ne contenait aucun reproche, seulement de la sollicitude.

— Je sais, dit Patrik, et il s'assit sur la chaise des visiteurs. J'ai été un peu débordé.

— Il faut que tu fasses attention à toi. J'ai une amie qui a explosé en plein vol il y a quelques années et elle n'a toujours pas récupéré. Le chemin pour remonter est très long quand on a touché le fond.

— Oui, je sais. Mais je n'en suis pas là. Beaucoup de pain sur la planche, c'est tout. Qu'est-ce que tu voulais ?

Il passa la main dans ses cheveux et se pencha en avant, les coudes sur les genoux.

— J'ai fini mes recherches sur Christian, dit-elle, puis elle se tut en se rappelant subitement où Patrik s'était rendu ce matin. Comment ça s'est passé, d'ailleurs ? ajouta-t-elle à voix basse. Comment Sanna l'a-t-elle pris ?

— Comment veux-tu qu'on prenne ce genre de choses ?

Il lui fit signe de continuer, il ne voulait pas parler de l'annonce de décès tout juste passée. Annika s'éclaircit la gorge.

— D'accord. Pour commencer, Christian ne figure pas dans nos registres. Il n'a jamais été condamné ni soupçonné de quoi que ce soit. Avant de venir à Fjällbacka, il a habité plusieurs années à Göteborg. Il y a fait ses études à l'université, et ensuite par correspondance pour devenir bibliothécaire. Cette école-là se trouve à Borås.

— Mmm…, fit Patrik, impatient.

— Il n'a jamais été marié auparavant et n'a pas d'autres enfants que ceux qu'il a eus avec Sanna.

Annika se tut.

— C'est tout ?

Patrik eut du mal à cacher sa déception.

— Non, j'y viens, aux trucs intéressants. J'ai assez vite découvert que Christian a perdu ses parents quand il n'avait que trois ans. Il est né à Trollhättan, et c'est là qu'il habitait quand sa mère est morte. Le père ne figure nulle part. J'ai creusé un peu de ce côté-là.

Elle prit une feuille et commença à lire à voix haute, sous l'oreille attentive de Patrik. Elle vit que ses pensées fusaient en tous sens quand il s'efforça de relier la nouvelle information au peu qu'ils savaient déjà.

— Il a donc repris le nom de famille de sa mère quand il a eu dix-huit ans, dit Patrik. Thydell.

— Oui, j'ai trouvé certaines informations sur elle aussi.

Elle tendit une feuille à Patrik qui lut à toute vitesse, pressé d'approcher des réponses.

— Tu vois, ça nous fait quelques ouvertures, dit Annika quand elle vit l'enthousiasme de Patrik.

Elle adorait fouiller, passer en revue des registres et rechercher de tout petits détails à juxtaposer pour former un tout. Des détails qui, dans le meilleur des cas, les feraient avancer.

— Oui, et moi je sais par quel bout commencer, dit Patrik en se levant. Je vais commencer par une robe bleue.

Interloquée, Annika le dévisagea quand il partit. De quoi parlait-il au juste ?

Cecilia ne fut nullement surprise en ouvrant la porte et en découvrant qui se tenait là. En fait, elle avait attendu sa visite. Fjällbacka était une toute petite ville et les secrets finissaient toujours par se savoir.

— Entre Louise, dit-elle en faisant un pas de côté.

Elle dut refréner l'envie de poser la main sur son ventre, un geste qu'elle avait commencé à adopter depuis qu'elle se savait enceinte.

— Erik n'est pas là, j'espère ? dit Louise, la langue pâteuse.

Cecilia ressentit une pointe de compassion. Elle comprit quel enfer ça devait être de vivre avec Erik, une fois envolé l'amour des débuts. Peut-être aurait-elle, elle aussi, cherché du réconfort dans la bouteille.

— Non, il n'est pas là. Entre, répéta-t-elle et elle la précéda dans la cuisine.

Louise était comme toujours vêtue avec élégance, des vêtements coûteux de style classique, et des bijoux en or discrets. Cecilia se sentit négligée dans son jogging d'intérieur. La première cliente ne serait là qu'à une heure, si bien qu'elle s'était offert une matinée de détente à la maison. De plus, elle avait constamment mal au cœur et n'arrivait pas à maintenir le même rythme qu'auparavant.

— Il y en a eu tellement avant toi. Ça finit par lasser.

Cecilia se retourna vers Louise, étonnée. Ce n'était pas l'ouverture qu'elle attendait. Elle s'était plutôt préparée à de la colère et des accusations. Mais Louise avait seulement l'air triste. Et quand Cecilia s'assit à côté d'elle, elle découvrit les fissures dans la façade raffinée. Les cheveux étaient ternes et les ongles rongés sous le vernis écaillé. Sa chemise était mal boutonnée et pas complètement rentrée dans le pantalon.

— Je lui ai dit d'aller se faire foutre, annonça Cecilia, et elle sentit que ça lui faisait du bien.

— Pourquoi ? dit Louise sans entrain.

— J'ai obtenu ce que je voulais de lui.

— Et c'est quoi ?

Les yeux de Louise étaient vides et absents. Cecilia ressentit soudain une empathie si profonde qu'elle en eut le souffle coupé. Elle ne serait jamais comme Louise, elle était bien trop forte pour ça. Mais peut-être que Louise avait été forte aussi un jour. Peut-être avait-elle été portée par l'attente et le désir de voir tout s'arranger. Cette attente avait disparu maintenant. Ne restaient que le vin et des années de mensonges.

Un instant, Cecilia envisagea de lui mentir, ou au moins de taire la vérité. Elle finirait par l'apprendre. Puis elle comprit qu'elle devait raconter. Etre honnête envers cette femme qui avait perdu tout ce qui comptait.

— Je suis enceinte. C'est l'enfant d'Erik, dit-elle, et il y eut un silence. Je lui ai très clairement précisé que tout ce que je veux, c'est qu'il contribue financièrement. J'ai menacé de tout te raconter.

Louise renifla. Puis elle se mit à rire. Son rire devint de plus en plus fort et aigu. Les larmes commencèrent à couler et Cecilia la regarda, fascinée. Ce n'était pas non plus la réaction qu'elle avait attendue. Louise était décidément pleine de surprises. Cecilia l'avait toujours bien aimée. Mais pas suffisamment pour s'abstenir de baiser avec son mari.

— Merci, dit Louise quand son rire se fut calmé.

— De quoi?

— De m'avoir botté le cul. C'est exactement ce qu'il me fallait. Regarde-moi, tu vois à quoi je ressemble.

Elle montra sa chemise où elle avait boutonné dimanche avec lundi et elle arracha presque les boutons dans son impatience à réparer son étourderie. Ses doigts tremblaient.

— Il n'y a pas de quoi, dit Cecilia et elle rit un peu du comique de la situation. Qu'est-ce que tu as l'intention de faire?

— Ce que tu as fait. Lui dire d'aller se faire foutre, répondit Louise d'un ton ferme, et sa voix n'était plus vide.

Le sentiment d'avoir encore un peu d'emprise sur sa vie l'avait emporté sur la résignation.

— Simplement, fais attention à ne pas te faire avoir, répliqua Cecilia sans état d'âme. C'est vrai que j'ai été assez amoureuse d'Erik, mais je connais ce genre d'homme. Il va te plumer si tu le quittes. Ces types-là n'acceptent pas d'être abandonnés.

— Ne t'inquiète pas. Je veillerai à lui soutirer un max, dit Louise en glissant sa chemise correctement boutonnée dans son pantalon. Je suis comment, là? Le maquillage a coulé?

— Un peu. Attends, je vais t'aider.

Cecilia se leva, prit de l'essuie-tout qu'elle mouilla sous le robinet et se mit en face de Louise. Doucement elle essuya le mascara sur ses joues. Elle s'arrêta en sentant la main de Louise sur son ventre. Le silence régna un instant, puis Louise chuchota :

— J'espère que ce sera un garçon. Les filles ont toujours voulu un petit frère.

— Quelle horreur, dit Paula. J'ai rarement entendu quelque chose d'aussi épouvantable.

Patrik venait de lui raconter ce qu'Erica avait appris par Sanna, et elle lui lança un rapide coup d'œil sur le siège passager. Après l'expérience de la veille, quand il avait failli les tuer tous les deux, elle n'avait pas l'intention de lui laisser le volant tant qu'il n'aurait pas une mine plus reposée.

— Mais quel rapport avec notre enquête ? Ça fait tout de même un paquet d'années que c'est arrivé.

— Oui, trente-sept plus précisément. Je ne sais pas si ça a un rapport avec quoi que ce soit, mais tout semble tourner autour de Christian. A mon avis, la réponse se trouve dans son passé, tout comme son lien avec les trois autres. Si ce lien existe, je veux dire, ajouta-t-il. Peut-être n'ont-ils été que des observateurs innocents, qu'on a punis juste parce qu'ils se trouvaient dans la proximité de Christian. C'est ce qu'on doit déterminer, et autant commencer par le commencement.

Paula doubla un camion, elle conduisait très vite et faillit louper la sortie pour Trollhättan.

— Tu es sûre que tu ne veux pas que je conduise ? dit Patrik en s'agrippant à la poignée au-dessus de la portière.

— Non, c'est à toi maintenant de sentir ce que ça fait, rit Paula. Après hier, tu n'es plus digne de confiance. D'ailleurs, tu as réussi à te reposer ?

— Oui, j'ai pu dormir quelques heures et j'ai passé la soirée peinard avec Erica. Ça m'a fait du bien.

— Il faut que tu fasses attention à toi.

— C'est exactement ce qu'Annika vient de me dire. Vous êtes pires que des mamans poules, toutes les deux.

Le regard de Paula alla du plan des Pages Jaunes qu'ils avaient imprimé aux panneaux indicateurs le long de la route, et elle faillit heurter un cycliste qui arrivait sur la droite.

— Laisse-moi lire le plan. Vous, les filles, vous êtes incapables de faire deux choses à la fois, c'est bien connu, rigola Patrik.

— Fais bien gaffe à toi, dit Paula.

— Si tu prends à droite ici, on ne sera plus très loin. Ça va être intéressant, cette histoire. Les documents existent apparemment encore, et la femme que j'ai eue au téléphone a tout de suite reconnu l'affaire en question. J'imagine que ce sont des choses qui ne s'oublient pas facilement.

— En tout cas, je suis contente qu'on n'ait pas eu de problème avec le procureur. Ce n'est pas toujours facile d'avoir accès à ce type de dossiers.

— Oui, c'est vrai.

— Là ! s'exclama Paula en montrant l'immeuble qui abritait les services sociaux de Trollhättan.

Quelques minutes plus tard, on les fit entrer dans un bureau où les accueillit Eva-Lena Skog, la femme que Patrik avait eue au téléphone.

— On est nombreux à se souvenir encore de tout ça, dit-elle, puis elle posa un classeur avec des papiers jaunis sur la table. Ça s'est passé il y a longtemps, mais ce genre d'histoire reste forcément gravée dans les mémoires.

Elle écarta une mèche grise de son front. C'était l'archétype même de l'institutrice, avec des cheveux longs coiffés en un chignon soigné.

— Les autorités ne s'étaient donc pas doutées que la situation était aussi dramatique ? demanda Paula.

— Oui et non. On nous avait signalé quelques incidents et nous avions fait… Elle ouvrit le dossier et laissa courir son index sur la première feuille : Nous avions fait deux visites à domicile.

— Mais rien qui aurait justifié une intervention ? dit Patrik.

— C'est difficile à expliquer… C'était une autre époque, dit Eva-Lena Skog avec un soupir. Aujourd'hui nous serions intervenus bien plus tôt, mais en ces temps-là… on ne savait pas, tout simplement. Apparemment, c'était par périodes, et les visites ont dû avoir lieu dans les moments où elle allait mieux.

— Il n'y avait pas de membres de la famille ou d'amis pour donner l'alarme ?

Paula avait du mal à comprendre comment une telle chose pouvait se produire sans que ça se sache.

— Il n'y avait pas de famille. Pas d'amis non plus, j'imagine. Ils vivaient de façon assez isolée, c'est pour ça que ça a pu arriver. S'il n'y avait pas eu l'odeur… Nous avons fait du chemin depuis. Aujourd'hui, ça ne pourrait pas arriver.

— Il faut l'espérer, dit Patrik.

— J'ai compris que vous aviez besoin de ces renseignements dans le cadre d'une enquête pour meurtre, dit Eva-Lena Skog et elle poussa le classeur vers eux. Ce matériel est à manipuler avec prudence. Nous n'ouvrons ce genre de dossier que dans des circonstances très particulières.

— Vous pouvez compter sur notre absolue discrétion, dit Patrik. Et je suis sûr que ces documents vont nous aider à avancer.

Eva-Lena Skog eut du mal à cacher sa curiosité.

— Quel lien peut-il encore y avoir ? Après tant d'années ?

— Je n'ai pas le droit de vous le révéler, dit Patrik.

En vérité, il n'en avait pas l'ombre d'une idée. Mais il fallait bien commencer quelque part.

— Maman ?

Il essaya de nouveau de la secouer, mais elle ne bougeait pas. Il ne savait pas combien de temps elle était restée ainsi. Il n'avait que trois ans et ne savait pas encore lire l'heure. Mais la nuit était tombée deux fois. Il n'aimait pas le noir, maman n'aimait pas le noir non plus. Ils gardaient une lampe allumée quand ils dormaient, et il l'avait allumée lui-même quand il avait commencé à ne plus rien voir dans l'appartement. Ensuite il s'était glissé près d'elle. C'est comme ça qu'ils se couchaient toujours, serrés tout près l'un de l'autre. Il appuya son visage contre son corps souple. Maman n'avait rien d'anguleux, rien qui pointait ou qui était dur. Seulement de la douceur, de la chaleur et de la sécurité.

Mais cette nuit-là, elle n'avait plus cette chaleur. Il lui avait donné des coups de coude et s'était blotti plus près contre elle, sans qu'elle réagisse. Il était allé chercher la couverture supplémentaire dans le placard, bien qu'il ait peur de poser les pieds par terre quand il faisait sombre, peur des monstres sous le lit. Il ne voulait pas qu'ils aient froid, maman et lui. Soigneusement, il avait étalé sur elle la couverture rayée qui sentait bizarre. Pourtant, elle ne s'était pas réchauffée, et lui non plus. Il avait grelotté toute *la nuit en attendant le matin et la fin de ce rêve étrange.*

Quand il avait commencé à faire jour, il s'était levé. Lui avait remis la couverture qui avait glissé pendant la nuit. Pourquoi ne se réveillait-elle pas ? D'habitude elle ne dormait pas si longtemps. Parfois elle pouvait passer toute une journée au lit, mais elle était réveillée par moments. Elle lui parlait et lui demandait d'aller chercher de l'eau ou quelque chose. Elle parlait bizarrement ces jours-là, quand elle restait au lit. Disait des choses qui lui faisaient peur. Elle pouvait même lui crier dessus. Mais il aimait mieux ça, plutôt que de la voir si immobile et si froide.

Il sentit la faim lui déchirer le ventre. Maman trouverait peut-être qu'il s'était bien débrouillé si en se réveillant elle voyait qu'il avait préparé le petit-déjeuner. L'idée lui remonta le moral et il attrapa son nounours pour ne pas être seul. En le traînant par terre, il se dirigea vers la cuisine. Tartine. C'est ce que lui préparait maman en général. Tartine à la confiture.

Il ouvrit le réfrigérateur. Le pot de confiture était là, avec son couvercle rouge et des fraises sur l'étiquette. Le beurre. Puis il tira une chaise jusqu'au plan de travail et grimpa dessus. C'était un peu comme une aventure, et il se pencha vers la boîte à pain et en prit deux tranches. Ouvrit le tiroir du haut et trouva un couteau à tartiner en bois. Maman ne le laissait pas utiliser de vrais couteaux. Avec une grande minutie, il étala du beurre sur une tranche et de la confiture sur l'autre. Puis il les mit l'une sur l'autre et sa tartine fut prête.

Il rouvrit le frigo et trouva une brique de jus d'orange dans la porte. Il la sortit précautionneusement et la posa sur la table. Il savait où se trouvaient les verres : dans le placard au-dessus de la boîte à pain. De nouveau il monta sur la chaise, ouvrit le placard et sortit un verre. Il ne devait pas le faire tomber. Maman se fâcherait s'il cassait un verre.

Il le posa sur la table à côté de la tartine et repoussa la chaise à sa place. Il y grimpa et se mit à genoux pour pouvoir verser le jus. La brique était lourde et il lutta pour la tenir bien au-dessus du verre. Mais il en versa autant à l'extérieur que dedans, si bien qu'il approcha sa bouche de la toile cirée et aspira le jus qui avait coulé sur la table.

La tartine était divine. C'était la première tartine qu'il avait préparée tout seul et il la dévora en quelques bouchées voraces. Puis il sentit qu'il avait de la place pour une autre et maintenant il savait comment faire. Comme elle allait être fière de lui, maman, en se réveillant et en découvrant qu'il savait préparer ses propres tartines !

Patrik était au téléphone avec Martin.

— Quelqu'un a vu quelque chose ? Non, d'accord, je ne m'y attendais pas non plus. Mais continue, on ne sait jamais.

Il raccrocha et s'attaqua à son Big Mac. Ils s'étaient arrêtés dans un McDonald's pour déjeuner tout en discutant de la suite des événements.

— Donc, rien ? dit Paula qui avait écouté pendant qu'elle mangeait ses frites.

— Pour l'instant, rien. Peu de gens habitent là-bas en hiver. Pas étonnant que le résultat soit maigre.

— Comment ça s'est passé sur Badholmen ?

— Ils ont emporté le corps. Torbjörn et ses hommes auront bientôt terminé. Il a promis de m'appeler s'ils trouvaient quoi que ce soit.

— Qu'est-ce qu'on fait maintenant ?

Avant d'entamer leur déjeuner, ils avaient parcouru les copies des documents mis à leur disposition par les services sociaux. Tout semblait concorder parfaitement avec ce que Sanna avait raconté à Erica.

— On persévère. On sait que Christian a été placé chez un couple du nom de Lissander assez peu de temps après. Ici, à Trollhättan.

— Je me demande s'ils y habitent encore, dit Paula.

Patrik s'essuya soigneusement les mains, feuilleta les documents jusqu'à la bonne page et mémorisa les données. Puis il appela les renseignements.

— Bonjour, je cherche le numéro de Ragnar et Irène Lissander à Trollhättan. D'accord, merci.

Puis il s'illumina et hocha la tête en direction de Paula pour confirmer qu'il avait une touche.

— Vous pouvez m'envoyer leur adresse par SMS ?

— Ils habitent toujours là ? dit Paula en fourrant encore quelques frites dans sa bouche.

— On dirait. Qu'est-ce que tu en dis, on y va, histoire de discuter un peu avec eux ?

Patrik se leva et regarda Paula, impatient.

— On devrait peut-être les appeler avant ?

— Non, je veux profiter de l'effet de surprise. Il doit bien y avoir une raison pour que Christian change de nom à nouveau et reprenne celui de sa mère biologique. Et il n'a jamais mentionné leur existence, même pas à sa femme.

— Il n'est peut-être pas resté très longtemps chez eux ?

— C'est possible, mais il se peut quand même que…, commença Patrik, en essayant de formuler pourquoi il sentait si fort que la piste était prometteuse. Il a attendu d'avoir dix-huit ans pour changer de nom. Pourquoi si tard ? Pourquoi conserver le nom de gens chez qui il aurait vécu peu de temps ?

— C'est vrai, tu as raison, dit Paula, pas vraiment convaincue.

Ils ne tarderaient pas à savoir. Dans un petit moment, un des morceaux manquants du puzzle Christian Thydell allait trouver sa place. Ou du puzzle Christian Lissander.

Erica hésita, le téléphone à la main. Allait-elle appeler ou pas ? De toute façon, ce serait bientôt officiel. Autant que Gaby l'apprenne par elle.

— Salut, c'est Erica.

Elle ferma les yeux pendant que Gaby l'inondait de ses habituelles phrases exubérantes, attendit un moment avant d'interrompre son verbiage.

— Christian est mort, Gaby.

Il y eut un silence au bout du fil. Puis Gaby reprit son souffle.

— Quoi ? Comment ? bégaya-t-elle. C'est la même personne qui… ?

— Je ne sais pas. Il a été retrouvé pendu ce matin. La police ne peut rien dire de plus. Ils ne savent pas s'il l'a fait lui-même ou si c'est…

Elle ne termina pas sa phrase. Les mots étaient terribles et ils paraissaient si définitifs quand on les prononçait.

— Pendu ? Je n'arrive pas à y croire !

Erica se tut un instant. Elle savait que l'information devait lentement faire son chemin avant de devenir réelle. Elle avait vécu le même phénomène quand Patrik lui avait annoncé la nouvelle.

— Je te rappelle si j'apprends quelque chose, dit-elle. Cela dit, je verrais d'un bon œil que tu ne préviennes pas les médias. C'est suffisamment difficile pour sa famille comme ça.

— Bien sûr, bien sûr, dit Gaby qui sembla sincère pour une fois. Mais tiens-moi au courant des événements.

— Je te le promets, dit Erica et elle raccrocha.

Même si Gaby arrivait à s'abstenir d'appeler la presse, Erica savait qu'il ne faudrait pas longtemps avant que la mort de Christian fasse la une des journaux.

Il était devenu une vedette en une nuit et ils avaient très vite compris qu'il serait rentable pour la vente en kiosque. Sa mort mystérieuse allait certainement dominer les titres pour les jours à venir. Pauvre Sanna, pauvres enfants.

Erica avait eu du mal à regarder les enfants quand elle les avait aperçus chez la sœur de Sanna. Ils étaient installés par terre avec un énorme tas de Lego. Insouciants, ils jouaient, s'interrompant juste pour de petites chamailleries entre frères. L'expérience traumatisante de la veille semblait ne pas avoir laissé de trace. Mais peut-être qu'ils la gardaient en eux ? Quelque chose pouvait se détraquer à l'intérieur sans que personne ne le voie ? Et maintenant, leur père était décédé. Quel effet cela aurait-il sur leur vie ?

Elle était restée immobile sur le canapé avant de finalement se forcer à les contempler. Les têtes rapprochées, ils discutaient de l'endroit où placer le gyrophare sur l'ambulance. Ils ressemblaient tant à Christian et à Sanna. Voilà tout ce qui resterait de lui. Eux et le livre. *La Sirène*.

Subitement, Erica eut très envie de lire l'histoire une nouvelle fois, comme une sorte d'hommage rendu à Christian. D'abord, une petite visite à Maja, qui dormait. La matinée avait été trop mouvementée pour l'emmener à la crèche aujourd'hui. Tendrement, elle passa la main sur sa tête blonde. Puis elle alla chercher le livre, s'installa confortablement et l'ouvrit à la première page.

L'enterrement de Magnus était dans deux jours. Dans deux jours, il serait mis dans un trou dans la terre.

Cia n'était pas sortie depuis que son mari avait été retrouvé. Elle ne supportait pas que les gens la dévisagent, ne supportait pas les regards chargés de pitié mais aussi de spéculations sur l'éventuelle responsabilité de la victime dans son propre assassinat. On se demandait ce que Magnus avait bien pu faire pour mériter ça.

Dans une petite ville comme Fjällbacka, les gens jasaient, elle le savait. Ça faisait des années qu'elle entendait ce genre de ragots. Elle n'y avait jamais vraiment pris part, mais il lui était arrivé d'écouter sans protester.

"Pas de fumée sans feu." "Je me demande comment ils peuvent s'offrir ce voyage en Thaïlande, il doit travailler au noir." "Tu as vu les décolletés qu'elle met, elle cherche à impressionner qui à ton avis?"

Des rumeurs éparses sorties de leur contexte et patiemment assemblées en un mélange de réalité et de fiction. Et qui finalement faisait office de vérité.

Elle devinait quelles histoires on racontait en ville. Mais ça n'avait aucune importance, tant qu'elle pouvait rester ici à la maison. Il y avait cette vidéo que Ludvig avait montrée aux policiers hier. Elle arrivait à peine à y penser. Elle n'avait pas menti en disant qu'elle n'était pas au courant de son existence. Mais ça l'avait fait réfléchir. Bien sûr, elle avait senti parfois qu'il y avait quelque chose que Magnus ne lui disait pas. A moins que ce ne soit une invention de son esprit, maintenant que tout était chamboulé et confus? Elle croyait quand même se souvenir de ses interrogations lorsqu'un étrange abattement venait accabler son mari autrement si gai. Ça se posait sur lui comme une ombre, comme une éclipse de Soleil. A quelques reprises, elle lui en avait parlé. Oui, ça lui revenait à présent. Avec une caresse sur la joue, elle lui demandait à quoi il pensait. Et alors son visage s'éclairait de nouveau. Il chassait l'ombre avant qu'elle puisse en apercevoir davantage.

— A toi, ma chérie, évidemment, répondait-il en se penchant pour l'embrasser.

Il lui était arrivé d'avoir cette intuition même sans signes apparents. Chaque fois, elle l'avait chassée de son esprit. Ça n'arrivait pas très souvent, et sur quoi aurait-elle pu se fonder ?

Depuis la veille, cependant, elle se perdait en conjectures. Etait-ce à cause de cette ombre en lui qu'il n'était plus là ? Quelle en était l'origine ? Pourquoi ne lui en avait-il pas parlé ? Elle avait cru qu'ils se disaient tout, qu'elle savait tout de lui, comme il savait tout d'elle. Et si elle s'était trompée, si elle avait vécu dans une totale ignorance ?

L'ombre prenait de l'ampleur dans son esprit. Elle revit le visage de Magnus. Pas le visage gai, chaud et aimant qu'elle avait eu le privilège de voir à ses côtés chaque matin au cours de ces vingt dernières années. Mais le visage de la vidéo. Désespéré, et douloureux.

Cia enfouit son visage dans ses mains et pleura. Elle était perdue. C'était comme si Magnus était mort une deuxième fois, et elle ne survivrait pas à l'épreuve de le perdre à nouveau.

Patrik appuya sur la sonnette et, au bout d'un instant, la porte s'ouvrit. Un petit homme sec comme un coup de trique pointa la tête.

— Oui ?

— Patrik Hedström de la police à Tanumshede. Et voici ma collègue, Paula Morales.

L'homme les examina attentivement.

— Tanumshede, ce n'est pas la porte à côté. Qu'est-ce que je peux faire pour vous ? dit-il sur un ton léger, mais empreint d'une réserve tranchante.

— Vous êtes Ragnar Lissander ?

— Oui, c'est moi.

— Nous aimerions avoir un entretien avec vous. Et avec votre femme, si elle est là.

Bien que la formulation soit polie, on ne pouvait pas se méprendre sur l'injonction contenue dans sa voix. L'homme parut hésiter un instant, puis il s'effaça et les laissa entrer.

— Ma femme est un peu fatiguée, elle se repose. Mais je vais voir si elle peut descendre un petit moment.

— Ce serait bien, dit Patrik.

Il se demanda si Ragnar Lissander avait l'intention de les laisser mariner longtemps dans le vestibule.

— Entrez vous installer, nous serons là dans une minute, dit-il en réponse à la question informulée de Patrik.

Patrik et Paula suivirent des yeux son bras tendu et aperçurent un salon à gauche. Ils profitèrent de l'absence de Ragnar Lissander pour jeter un coup d'œil sur la pièce.

— Pas terrible comme déco, chuchota Paula.

Patrik ne put qu'acquiescer. Le salon ressemblait davantage à un local d'exposition qu'à un lieu de vie. Tout était lustré, et les habitants de la maison semblaient avoir une prédilection pour les figurines en tout genre. Le canapé était en cuir marron et assorti de l'immanquable table basse en verre. Pas une trace sur la surface. Patrik frémit en pensant à la même table chez eux, aux doigts crasseux de Maja jamais bien loin.

Le plus frappant était le manque d'objets personnels. Pas de photographies, pas de dessins faits par des petits-enfants, pas de cartes postales avec le bonjour d'amis.

Patrik posa une fesse sur le canapé et Paula s'installa à côté de lui. De l'étage au-dessus, des voix s'élevèrent, un vif échange verbal sans qu'ils puissent distinguer de mots. Après quelques minutes d'attente, ils entendirent des pas dans l'escalier, cette fois en provenance de deux paires de pieds.

Ragnar Lissander apparut dans l'embrasure de la porte. Véritable incarnation du vieux croûton, se dit Patrik. Gris, tassé sur lui-même, invisible. Il en allait autrement avec la femme derrière lui. Elle ne marchait pas vers eux, elle flottait au-dessus du sol, vêtue d'un déshabillé abricot qui semblait fait uniquement de volants. Elle laissa échapper un profond soupir en tendant la main à Patrik.

— J'espère vraiment que c'est important, parce que, là, vous me dérangez en plein repos.

Patrik eut l'impression de se retrouver dans un film muet des années 1920.

— Nous avons quelques questions à vous poser, dit-il en se rasseyant.

Irène Lissander prit place dans le fauteuil en face de lui. Elle ne se donna pas la peine de saluer Paula.

— Bon, Ragnar m'a dit que vous êtes de… Elle se tourna vers son mari : De Tanumshede, c'est ça ?

Il murmura un oui et s'assit au bord du canapé. Ses mains pendaient entre ses genoux et ses yeux restaient rivés sur le plateau en verre lisse de la table.

— Je ne comprends pas ce que vous nous voulez, dit-elle d'un air hautain.

Patrik lança un regard rapide sur Paula qui eut une moue exaspérée.

— Nous menons une enquête pour meurtre, dit-il. Et nous sommes tombés sur des données relatives à un événement survenu ici, à Trollhättan, il y a trente-sept ans.

Du coin de l'œil, il vit Ragnar sursauter.

— Vous avez recueilli un enfant chez vous à cette époque-là.

— Christian, dit Irène en balançant son pied.

Elle portait des mules à talons hauts et à bouts ouverts. Les ongles étaient soigneusement vernis dans une nuance de rouge criard qui jurait avec la robe de chambre.

— C'est ça. Christian Thydell, qui ensuite a porté votre nom de famille. Lissander.

— Après, il a repris son vrai nom, dit Ragnar doucement.

Un regard assassin de la part de sa femme le fit taire et il s'affaissa de nouveau.

— Vous l'avez adopté ?

— Non, absolument pas, dit Irène en écartant une mèche de ses cheveux châtains, de toute évidence teints. Il habitait chez nous, c'est tout. Notre nom, c'était juste… par commodité.

Patrik fut effaré. Combien d'années Christian avait-il passé dans cette famille, considéré comme une sorte de résident inférieur, à en juger par le ton froid employé par sa mère d'accueil.

— Je vois. Et combien de temps est-il resté avec vous ?

Il entendit la désapprobation suinter de sa question, mais Irène Lissander ne parut pas la noter.

— Eh bien, combien ça faisait, Ragnar ?

Ragnar ne répondit pas, et elle se retourna vers Patrik. Elle n'avait toujours pas gratifié Paula d'un regard. Patrik eut le sentiment que les autres femmes n'existaient pas dans l'univers d'Irène.

— On devrait pouvoir le calculer. Il avait un peu plus de trois ans en arrivant. Et quel âge il avait quand il est parti, Ragnar? Dix-huit, je crois, non? dit-elle avec un sourire de regret. Il est parti chercher le bonheur ailleurs. Et depuis, on n'a plus eu de ses nouvelles. Pas vrai, Ragnar?

— Oui, c'est ça, dit Ragnar Lissander à voix basse. Il a simplement… disparu.

Patrik ressentit de la compassion pour le petit homme. Avait-il toujours été ainsi? Mortifié et soumis? Ou bien étaient-ce les années avec Irène qui lui avaient ôté toute volonté?

— Vous ne savez pas ce qu'il est devenu?

— Aucune idée, pas la moindre, fit Irène en faisant de nouveau balancer sa mule.

— Pourquoi voulez-vous savoir tout ça? demanda Ragnar. De quelle manière Christian est-il mêlé à une enquête pour meurtre?

Patrik hésita avant de dire :

— J'ai le regret de vous annoncer qu'il a été retrouvé mort ce matin.

Ragnar ne put dissimuler sa douleur et Patrik se dit que quelqu'un s'était malgré tout soucié de Christian, ne l'avait pas juste considéré comme un simple locataire.

— Il est mort comment? dit-il d'une voix fragile.

— On l'a retrouvé pendu. C'est tout ce que nous savons pour le moment.

— Il avait une famille?

— Oui, deux fils et une femme qui s'appelle Sanna. Il a vécu à Fjällbacka ces dernières années, il était

421

bibliothécaire. La semaine dernière il avait publié son premier roman, *La Sirène*. Il a reçu un accueil formidable.

— Donc, c'était bien lui, dit Ragnar. J'ai lu ça dans le journal et j'ai noté le nom. Mais sur la photo il ne ressemblait pas du tout au Christian qui vivait ici avec nous.

— Je ne l'aurais jamais cru. Qu'il allait devenir quelqu'un, celui-là, dit Irène, et son visage était dur comme de la pierre.

Patrik se mordit la langue pour ne pas lui renvoyer une réplique cinglante. Il se devait de rester professionnel et concentré sur son objectif. Il recommençait à transpirer abondamment et il tira sur son pull pour se rafraîchir un peu.

— Il a eu un début difficile dans la vie, Christian. Est-ce que vous l'avez ressenti dans son comportement ?

— Il était si petit. On oublie vite ces choses à cet âge-là, dit Irène en balayant le sujet de la main.

— Il faisait des cauchemars de temps en temps, dit Ragnar.

— Comme tous les enfants. Non, on n'a rien remarqué. Il était plutôt étrange, mais avec un passé pareil, on ne peut pas...

— Que savez-vous sur sa mère biologique ?

— Une souillon issue des classes populaires. Elle n'avait pas toute sa tête, dit Irène avec un soupir en se tapotant la tempe avec l'index. Mais je ne comprends vraiment pas ce que vous imaginez trouver ici comme informations. Si vous n'avez rien d'autre à nous dire, j'aimerais retourner m'allonger. Je ne suis pas en très bonne santé.

— Juste une ou deux questions encore, dit Patrik. Y a-t-il autre chose de son enfance que vous aimeriez mentionner? Nous recherchons une personne, probablement une femme, qui a menacé Christian, entre autres.

— Eh bien, on ne peut pas dire que les filles lui tournaient autour, dit Irène pour éluder la question.

— Je ne pense pas uniquement aux amourettes. Il n'y avait pas d'autres femmes dans son entourage proche?

— Non, qui voulez-vous qu'il y eût? Il n'avait que nous.

Patrik était sur le point de conclure, lorsque Paula glissa une autre question.

— Une dernière chose. Un autre homme a été retrouvé mort à Fjällbacka. Magnus Kjellner, un ami de Christian. Et deux autres de ses amis semblent faire l'objet des mêmes menaces que lui : Erik Lind et Kenneth Bengtsson. Est-ce que vous reconnaissez ces noms?

— Comme je le disais, on n'a pas eu de ses nouvelles depuis son départ, dit Irène en se levant brusquement. Et maintenant, je vous prie de m'excuser. Votre annonce a été un choc pour moi, j'ai le cœur fragile et il faut que j'aille me reposer.

Elle s'en alla et ils l'entendirent monter l'escalier.

— Est-ce que vous soupçonnez quelqu'un? dit Ragnar à voix basse.

— Non, pas encore. Mais je pense que Christian est le personnage central de tous ces événements. Et je n'ai pas l'intention de renoncer. Je découvrirai comment et pourquoi. Je viens d'annoncer sa mort à sa femme aujourd'hui.

— Je comprends, dit Ragnar lentement.

Puis il ouvrit la bouche comme pour dire autre chose, mais la referma aussitôt. Il se leva et regarda Patrik et Paula.

— Je vous raccompagne.

Devant la porte d'entrée, Patrik sentit qu'il ne fallait pas partir maintenant. Il devait rester et secouer cet homme jusqu'à ce qu'il dise ce qu'il avait failli leur dire. Mais il se contenta de glisser sa carte de visite dans la main de Ragnar et partit.

Une semaine plus tard, il n'y avait plus rien à manger. Il avait fini tout le pain quelques jours auparavant, après il avait pris des céréales dans le grand paquet. Sans lait, il l'avait déjà bu, ainsi que tout le jus d'orange, mais il y avait de l'eau au robinet et, s'il mettait une chaise devant, il pouvait y grimper et boire directement.

Mais, là, il n'y avait vraiment plus rien. Le réfrigérateur n'était déjà pas très rempli au départ, et dans le garde-manger, seules restaient les boîtes de conserve qu'il ne pouvait pas ouvrir. Il avait même eu l'intention de sortir faire des courses lui-même. Il savait où maman gardait l'argent, dans le sac qui était toujours posé dans l'entrée. Mais il n'arrivait pas à ouvrir la porte. La serrure ne voulait pas se tourner, malgré tous ses efforts. Autrement, maman aurait sûrement été vraiment fière de lui. Aller faire les courses pendant qu'elle dormait, c'était encore mieux que de préparer ses propres tartines.

Il avait commencé à se dire qu'elle était peut-être malade. Mais quand on est malade, on a de la fièvre et on est tout chaud. Maman était toute froide. Et elle avait une odeur bizarre. Il devait se pincer le nez chaque soir quand il se glissait contre elle pour dormir. Elle était devenue toute gluante aussi. Il ne savait pas ce que c'était, mais elle s'était forcément levée sans qu'il s'en rende compte pour s'enduire de cette chose collante. Elle allait peut-être se réveiller bientôt ?

Il jouait tout seul toute la journée. Restait dans sa chambre avec les jouets autour de lui. Il savait comment allumer la télé aussi. Avec le gros bouton. Parfois c'étaient des émissions pour les enfants. C'était amusant de les regarder quand il avait passé la journée à jouer tout seul.

Mais maman allait sûrement se fâcher en voyant le désordre qu'il avait mis. Il allait faire le ménage. Seulement, il avait faim. Tellement, tellement faim.

Quelquefois, il avait regardé le téléphone et soulevé le combiné. Il avait écouté la tonalité. Mais qui pouvait-il appeler ? Il ne connaissait aucun numéro de téléphone. Et personne ne les appelait jamais.

De toute façon, maman n'allait pas tarder à se réveiller. Elle allait se lever et prendre un bain pour enlever cette odeur affreuse qui lui donnait mal au cœur. Elle allait sentir maman de nouveau.

Le ventre criant famine, il grimpa dans le lit et se blottit à côté d'elle. L'odeur lui piqua le nez, mais il dormait toujours à côté de maman. Il n'arrivait pas à dormir autrement.

Il tira les couvertures sur eux. Derrière les fenêtres, la nuit tombait.

Gösta se leva immédiatement en entendant Patrik et Paula arriver. L'ambiance au commissariat était pesante. Tous se sentaient impuissants. Ils avaient besoin de s'appuyer sur des faits concrets pour avancer dans l'enquête.

— Rassemblement dans la cuisine dans cinq minutes, dit Patrik avant de se glisser dans son bureau.

Gösta se rendit tout de suite dans la cuisine et s'assit à sa place préférée devant la fenêtre. Cinq minutes plus tard les autres vinrent le rejoindre, l'un après l'autre, Patrik en dernier. Il alla s'adosser à la paillasse et croisa les bras sur la poitrine.

— Comme vous le savez tous, Christian Thydell a été retrouvé mort ce matin. En l'état actuel des choses, nous ne pouvons pas dire s'il s'agit d'un meurtre ou d'un suicide. Nous devons attendre les résultats de l'autopsie. J'ai parlé avec Torbjörn et lui non plus n'avait malheureusement pas grand-chose à me dire. Mais il m'a confié qu'il ne semblait pas y avoir eu de lutte sur les lieux.

Martin leva la main.

— Des empreintes de pas ? Quelque chose qui indique que Christian n'était pas seul ? S'il y avait de la neige sur les marches par exemple, il serait peut-être possible de les relever ?

— Je lui ai demandé. Mais, d'une part, on ne pourrait pas établir à quel moment d'éventuelles empreintes de chaussures ont été faites, et, d'autre part, toute la neige sur les marches a été balayée par le vent. Ils ont en revanche relevé des empreintes digitales, surtout sur la rambarde, qui vont bien entendu être analysées. Nous aurons les résultats dans quelques jours. Et le porte-à-porte ? Ça a donné quelque chose ? demanda-t-il en se versant un verre d'eau qu'il but à grandes goulées.

— Non, répondit Martin. *A priori*, on a frappé à toutes les portes dans la partie basse de Fjällbacka. Personne n'a rien vu.

— Il faut qu'on retourne chez Christian passer la maison au peigne fin. Essayer de trouver quelque chose qui indiquerait qu'il y a d'abord rencontré l'assassin.

— L'assassin ? dit Gösta. Tu penses donc que c'est un assassinat et pas un suicide ?

— Je ne sais pas ce que je crois en ce moment, répliqua Patrik en s'essuyant le front d'un geste las. Mais je propose qu'on parte du principe que Christian aussi a été tué, jusqu'à ce qu'on en sache un peu plus. Qu'en dis-tu, Bertil ? dit-il en se tournant vers Mellberg.

En général, ça facilitait les choses d'au moins faire semblant d'inclure le chef dans les délibérations.

— Oui, le raisonnement se tient, dit Mellberg.

— On va avoir la presse sur le dos aussi. Dès qu'ils auront vent de l'histoire, ça va être médiatisé un max. La consigne est de ne pas parler aux journalistes. Vous leur dites de s'adresser à moi.

— Là, je proteste, dit Mellberg. En tant que chef de ce commissariat, c'est quand même à moi de tenir les rênes d'un élément aussi important que les rapports avec les médias.

Patrik envisagea les choix qui s'offraient à lui. Laisser Mellberg parler sans discernement avec les journalistes relevait du cauchemar. Mais essayer de le persuader de ne pas le faire demanderait probablement trop d'énergie.

— D'accord, on fait comme ça, tu t'occupes des contacts avec les médias. Mais si je peux me permettre un petit conseil, mieux vaut leur en dire le moins possible pour l'instant.

— Ne t'en fais pas. Avec mon expérience, je sais les mener par le bout du nez, dit Mellberg en se laissant aller contre le dossier de la chaise.

— Paula et moi sommes allés à Trollhättan, comme vous le savez.

— Vous avez appris quelque chose ? demanda Annika tout excitée.

— Je ne suis pas encore sûr. Mais je crois qu'on est sur la bonne voie, on va continuer à creuser.

Il but encore une gorgée d'eau. Le moment était venu de raconter à ses collègues ce que lui-même avait eu tant de mal à digérer.

— Et c'est quoi, alors ?

Martin manifestait son impatience en tambourinant du stylo contre la table. Un regard irrité de Gösta le stoppa net.

— Christian est devenu orphelin quand il était tout petit, exactement comme Annika l'a déniché. Il vivait seul avec sa mère, Anita Thydell. Il est de père inconnu. D'après les services sociaux, Anita menait une vie très isolée, et par périodes elle avait du mal à s'occuper de Christian, à cause de problèmes psychiques combinés à différents abus. Ils gardaient un œil sur la petite famille après avoir reçu quelques appels des voisins. Mais d'une façon ou d'une autre, les visites des autorités tombaient apparemment toujours au moment où la mère avait la situation en main. C'est en tout cas l'explication qu'on nous a donnée. Et que "c'était une autre époque", ajouta-t-il sans parvenir à refréner un ton ironique. Un jour, un voisin a signalé au gérant de l'immeuble que ça puait dans l'appartement d'Anita Thydell. Le gérant a ouvert la porte avec son passe et a trouvé Christian seul avec sa mère décédée. Il avait trois ans. Elle était morte depuis à peu près une semaine, et Christian avait survécu en mangeant ce qu'il trouvait et en buvant directement au robinet. Les réserves de nourriture n'avaient duré que quelques jours, la police et les ambulanciers l'ont trouvé affamé et épuisé. Il était couché, blotti contre le corps de sa mère, pratiquement sans connaissance.

— Seigneur Dieu, dit Annika, et ses yeux se remplirent de larmes.

Gösta aussi dut cligner des yeux, et Martin qui était verdâtre paraissait lutter contre des haut-le-cœur.

— Mais les malheurs de Christian ne s'arrêtent pas là. Il a été assez rapidement placé dans une famille d'accueil, chez un couple du nom de Lissander. Nous sommes allés les voir aujourd'hui, Paula et moi.

— Ça n'a pas dû être facile pour lui, dit Paula doucement. Très sincèrement, Mme Lissander ne m'a pas semblé tout à fait normale.

Gösta sentit un éclair lui traverser l'esprit. Lissander. Où avait-il déjà entendu ce nom? Sans savoir pourquoi, il l'associa à Ernst Lundgren, leur ancien collègue qui avait été renvoyé du commissariat. Gösta fit un effort pour se souvenir et se demanda s'il devait dire aux autres que le nom lui paraissait familier. Mais il décida d'attendre que ça veuille bien surgir tout seul dans sa tête.

— Ils disent qu'ils n'ont pas eu de contact avec Christian depuis ses dix-huit ans. A ce moment-là, il a rompu toute relation avec eux et a disparu, poursuivit Patrik.

— Vous pensez qu'ils disent la vérité ? demanda Annika.

— Oui. Ou alors ils mentent très bien.

— Et ils ne voyaient pas de femme qui pouvait avoir un compte à régler avec lui ? dit Gösta.

— Apparemment, non. Mais là, je ne suis pas certain qu'ils nous aient dit la vérité.

— Il n'avait pas de frères ou de sœurs ?

— Ils n'en ont pas parlé, mais tu peux peut-être t'en assurer, Annika. Ça ne devrait pas être difficile. Si je te donne les noms complets, tu pourrais aller vérifier maintenant ?

— Bien sûr, répondit-elle, ce sera vite fait.

— Sur mon bureau, tu trouveras un classeur avec un post-it où sont marqués tous les renseignements dont tu auras besoin.

— D'accord, je reviens tout de suite.

— Ne devrait-on pas cuisiner Kenneth un peu plus ? Maintenant que Christian est mort, il va peut-être se décider à parler, dit Martin.

— Tu as raison. Autrement dit, voici ce que nous avons à faire : avoir un entretien avec Kenneth et passer la maison de Christian au peigne fin. Nous devons aussi cartographier la vie de Christian avant Fjällbacka dans ses moindres détails. Gösta et Martin, vous vous chargez de Kenneth ? Parfait, dit Patrik en se tournant vers Paula. Alors on retourne chez Christian, toi et moi. Et si on trouve quelque chose d'intéressant, on fait appel aux techniciens.

— Très bien.

— Mellberg, tu restes ici pour répondre aux questions éventuelles des médias, poursuivit Patrik. Et Annika continue à creuser le passé de Christian. Ça nous fait pas mal d'éléments nouveaux pour avancer.

— Plus que tu n'imagines, dit Annika dans l'embrasure de la porte.

— Tu as trouvé quelque chose ?

— Affirmatif ! dit-elle tout excitée. Le couple Lissander a eu une fille deux ans après avoir accueilli Christian. Il a donc une sœur. Alice Lissander.

— Louise ? appela-t-il dans le vestibule.

Aurait-il la chance inouïe qu'elle ne soit pas là ? Dans ce cas, il serait dispensé d'inventer un prétexte pour qu'elle quitte la maison un petit moment. Parce qu'il devait faire ses bagages. Il se sentait fiévreux, tout son corps hurlait qu'il devait partir maintenant.

Tous les détails pratiques étaient réglés. Un vol était réservé à son nom au départ de l'aéroport de Göteborg. Il n'avait pas estimé nécessaire de prendre une fausse identité. Cela aurait probablement été beaucoup trop long et, pour tout dire, il ignorait totalement comment faire. Il n'y avait aucune raison de croire que quelqu'un l'empêcherait de partir. Et une fois qu'il serait arrivé à destination, ce serait de toute façon trop tard.

Erik hésita devant les portes des filles au premier étage. Il aurait aimé entrer dans leurs chambres, faire ses adieux. Mais il ne put s'y résoudre. Mieux valait mettre des œillères et se concentrer sur ce qui devait être fait.

Il posa la grande valise sur le lit. Elle était toujours rangée dans la cave, et quand Louise découvrirait qu'elle manquait, il serait déjà loin. Il partirait dès ce soir. Ce qu'il avait appris en parlant avec Kenneth l'avait ébranlé, pas question de rester ici une minute de plus. Il laisserait un petit mot à Louise expliquant qu'il avait été obligé de partir d'urgence en voyage professionnel, puis il se rendrait à l'aéroport en voiture et passerait la nuit à l'hôtel. Et le lendemain, il serait dans l'avion en route pour le soleil. Hors d'atteinte.

Erik lança ses vêtements dans la valise. Il ne pouvait pas emporter trop d'affaires. Si ses tiroirs et ses placards étaient vides, Louise comprendrait ce qui se tramait. Il prit ce qu'il estima raisonnable. Il se referait une garde-robe sur place, il avait assez d'argent pour ça.

Il était tendu comme un arc, guettant une éventuelle arrivée de Louise. Si elle le surprenait, il repousserait la valise sous le lit, et ferait semblant de mettre quelques affaires dans la petite valise cabine qu'il gardait dans le placard de la chambre et utilisait pour ses déplacements professionnels.

Un instant, il s'arrêta. Le souvenir remonté à la surface refusait de retomber dans l'oubli. Il ne pouvait pas dire que cela le mettait vraiment mal à l'aise. Tout le monde commettait des erreurs, c'était humain. Mais une telle détermination vengeresse le fascinait. Après tout, il y avait si longtemps que c'était arrivé.

Puis il se secoua. A quoi bon se tourmenter avec ça ? Dans un jour, il serait en sécurité.

Les canards se précipitèrent vers lui en l'apercevant. Ils étaient de vieux amis. Il s'arrêtait toujours ici, avec un sachet de pain sec. Maintenant ils se bousculaient, impatients, autour de ses pieds.

Ragnar pensa à l'entretien avec les deux policiers. Il pensa à Christian. Il aurait dû faire plus que ça. Il le savait déjà à l'époque. Toute sa vie, il avait été un simple passager, faible et silencieux, qui n'intervenait jamais. Elle conduisait, il était le passager. Ils avaient vécu comme ça depuis le début. Ni l'un ni l'autre n'avaient su rompre les schémas qu'ils avaient créés.

Irène avait toujours été accaparée par sa propre beauté. Elle avait apprécié ce que la vie offrait de bon, les fêtes et les cocktails, les hommes qui l'admiraient. Il savait tout cela. Il s'était caché derrière sa propre insuffisance, mais cela ne signifiait pas pour autant qu'il ignorait ses aventures avec d'autres hommes.

A aucun moment, elle n'avait laissé une chance à ce pauvre garçon. Il n'avait jamais suffi à ses demandes, n'avait jamais su donner ce qu'elle exigeait. Le môme avait sans doute cru qu'Irène aimait Alice, mais il se trompait. Irène n'était pas capable d'amour. Elle s'était seulement contemplée dans la beauté de sa fille. Il aurait tant aimé l'avoir dit au gamin avant qu'ils ne le chassent comme un malpropre. Il n'était pas très sûr de ce qui s'était passé, où était la vérité. Pas comme Irène, qui avait à la fois prononcé le jugement et appliqué la peine.

Le doute l'avait rongé et le rongeait encore. Mais avec les années, les souvenirs s'étaient estompés. Ils avaient poursuivi leur vie. Lui en second plan, et Irène gardant foi en sa beauté. Personne ne lui avait dit que ce temps-là était révolu. Elle vivait comme si elle allait de nouveau se trouver au centre de la fête. La belle et désirable Irène.

Il était temps d'y mettre un terme. A l'instant même où il avait compris le but de leur visite, il avait su qu'il avait commis une grosse erreur. Une erreur fatale. Et maintenant, l'heure était venue de la corriger.

Ragnar sortit la carte de visite de sa poche. Puis il prit son téléphone portable et composa le numéro de Patrik.

— On commence à le connaître, ce chemin, dit Gösta en dépassant Munkedal.

— Exact, dit Martin.

Il jeta un regard à Gösta qui était resté bizarrement silencieux depuis leur départ de Tanumshede. Certes, ce n'était pas un moulin à paroles en général, mais il n'était jamais taciturne à ce point-là.

— Il y a un problème ? dit-il après un moment quand l'absence de conversation, même futile, lui devint insupportable.

— Quoi ? Non, non, pas de problème.

Martin laissa tomber. On ne pouvait pas forcer Gösta à partager ce qu'il n'avait pas envie de partager. Avec le temps, il finirait par vider son sac.

— Quelle sale histoire, tout de même. Tu parles d'un mauvais démarrage dans la vie, dit Martin.

Il pensa à sa fille, et à ce qui arriverait si elle devait connaître un sort pareil. C'était vrai, ce qu'on disait à propos de devenir parent. On devenait mille fois plus sensible à tout ce qui touchait à la détresse des enfants.

— Oui, pauvre gosse, dit Gösta, et il eut tout à coup l'air beaucoup plus présent.

— Il vaudrait pas mieux attendre d'en savoir plus sur cette Alice avant d'interroger Kenneth ?

— Ne t'inquiète pas, Annika va tout vérifier et contre-vérifier entre-temps. Il faut qu'on la localise, pour commencer.

— Il suffirait de demander aux Lissander, dit Martin.

— Ils n'ont même pas révélé son existence à Patrik et Paula. Je suppose que Patrik soupçonne qu'il y a anguille sous roche. Ça ne fait jamais de mal d'avoir un maximum de données.

Martin savait qu'il avait raison. Il se sentit ridicule d'avoir demandé.

— Tu crois que ça peut être elle ?

— Aucune idée. Il est trop tôt pour spéculer là-dessus.

Ils gardèrent le silence jusqu'à l'hôpital. La voiture garée, ils montèrent directement dans le service où Kenneth était hospitalisé.

— C'est encore nous, dit Gösta en entrant dans la chambre.

Kenneth ne répondit pas, les regarda seulement, comme si leur présence lui était totalement indifférente.

— Comment vous vous en sortez ? Ça cicatrise bien ? demanda Gösta, et il s'assit sur la même chaise que la dernière fois.

— Ben, ça ne va pas si vite que ça, dit Kenneth en bougeant un peu ses bras emmaillotés. On me donne des antalgiques. Je ne sens pratiquement rien.

— Vous avez appris pour Christian ?

— Oui.

— On dirait que ça ne vous fait pas grand-chose, dit Gösta, sans se montrer désagréable.

— Tout ne se voit pas à l'extérieur.

Gösta l'observa un instant, surpris.

— Comment va Sanna ? demanda Kenneth.

Pour la première fois, une lueur apparut dans son regard. De la compassion. Il savait ce que c'était que de perdre quelqu'un.

— Pas très bien, dit Gösta en secouant la tête. Nous sommes allés la voir ce matin. C'est triste pour les gamins aussi.

— Oui, c'est vrai, dit Kenneth, et son regard se troubla.

Martin commença à se sentir de trop. Il était resté debout, et décida de tirer une chaise de l'autre côté du lit, face à Gösta. Il regarda son collègue qui l'encouragea d'un signe à poser ses propres questions.

— Nous pensons que les événements de ces dernières semaines sont avant tout liés à Christian et nous avons fait quelques recherches sur son passé. Entre autres, nous avons appris qu'il avait un autre nom tout au long de sa jeunesse : Lissander. Il avait aussi une sœur adoptive. Alice Lissander. Est-ce que ça vous dit quelque chose ?

Kenneth tarda à répondre :

— Non. J'ignorais tout ça.

Gösta darda ses yeux sur lui, comme s'il avait voulu entrer dans sa tête pour y lire la vérité.

— Je l'ai déjà dit et je le redis : si vous savez quelque chose que vous ne nous racontez pas, ce n'est pas seulement vous-même que vous mettez en danger, mais aussi Erik. Maintenant que Christian est mort, vous devez comprendre que c'est sérieux ?

— Je ne sais rien, dit Kenneth calmement.

— Si vous nous cachez quoi que ce soit, nous finirons quand même par l'apprendre, sachez-le.

— Je suis sûr que vous allez faire un travail méticuleux, dit Kenneth.

Il avait l'air petit et frêle dans son lit, les bras reposant sur la couverture bleue d'hôpital.

Gösta et Martin échangèrent un regard. Ils comprirent tous les deux qu'ils n'obtiendraient rien. Mais aucun des deux ne croyait les affirmations de Kenneth.

Erica referma le livre. Ça faisait plusieurs heures qu'elle lisait, seulement interrompue par Maja qui de temps à autre venait réclamer quelque chose. Dans des cas comme celui-ci, elle était plus que reconnaissante à sa fille de savoir jouer toute seule.

Le roman lui avait paru encore meilleur à la deuxième lecture. Il était fantastique. Pas un livre à vous remonter le moral, certes – il avait plutôt tendance à vous remplir la tête de sombres ruminations. Mais d'une étrange façon, ce n'était pas désagréable. Il abordait des sujets auxquels il était essentiel de réfléchir de temps en temps. Sur lesquels il convenait de prendre position pour déterminer qui on était.

A ses yeux, le livre parlait de la culpabilité. De la façon dont elle peut grignoter quelqu'un de l'intérieur. Pour la première fois, elle se demanda ce que Christian avait réellement voulu raconter et ce que cette histoire cherchait à transmettre.

Elle posa le livre sur ses genoux avec le sentiment de rater quelque chose qu'elle avait là, sous les yeux. Quelque chose qu'elle était trop bête ou trop aveugle pour discerner. Elle regarda la quatrième de couverture. Le portrait de Christian, en noir et blanc, une pose d'auteur classique derrière ses lunettes à la monture d'acier. Il possédait une sorte de beauté inaccessible. Il y avait une solitude dans ses yeux qui le rendait étrangement absent, comme s'il avait l'esprit ailleurs. Même en compagnie d'autres personnes, il avait toujours paru seul. Comme dans une bulle. Paradoxalement, cette solitude agissait tel un aimant sur autrui. On veut toujours ce qu'on ne peut pas avoir. Avec Christian, ça s'était toujours passé ainsi.

Erica se hissa du fauteuil. Elle avait mauvaise conscience de s'être absorbée dans sa lecture en laissant sa fille jouer toute seule. Péniblement, elle s'assit par terre à côté de Maja, qui fut aux anges que sa maman la rejoigne.

Mais dans un coin de sa tête, la Sirène continuait à vivre. Elle voulait dire quelque chose. Christian voulait dire quelque chose, Erica en était sûre. Et elle aurait donné cher pour savoir quoi.

Patrik ne pouvait s'empêcher de sortir sans arrêt le téléphone de sa poche pour vérifier les appels.

— Arrête, rit Paula. Annika ne va pas t'appeler plus vite seulement parce que tu vérifies ton portable toutes les dix secondes. Je te promets que tu entendras la sonnerie.

— Oui, je sais, dit Patrik avec un sourire embarrassé. Mais je sens qu'on est tout près du but maintenant.

Il continua à ouvrir des tiroirs et des placards chez Christian et Sanna. Ils avaient très rapidement obtenu une autorisation pour entrer dans la maison. Seul problème, ils ne savaient pas ce qu'ils cherchaient.

— Ça ne devrait pas être très difficile de localiser Alice Lissander, dit Paula pour lui remonter le moral. Annika va te fournir une adresse d'une minute à l'autre.

— Oui, je sais.

Patrik examina l'évier. Aucune trace d'une visite que Christian aurait pu recevoir. Ils n'avaient rien trouvé non plus indiquant qu'il aurait été contraint de partir ou qu'un individu serait entré par effraction.

— Pourquoi nous ont-ils caché qu'ils ont une fille ? lança-t-il.

— On ne va pas tarder à le savoir. Mais autant faire nos propres recherches sur Alice avant de leur en parler.

— Oui, c'est mieux. Mais après, ils devront répondre à une flopée de questions.

Ils montèrent à l'étage. Ici aussi, tout était comme la veille. Sauf dans la chambre des enfants. Les lettres rouge sang sur le mur avaient été remplacées par de la peinture noire épaisse.

Ils restèrent sur le pas de la porte.

— Christian a dû les recouvrir hier, dit Paula.

— Je crois que j'aurais fait pareil.

— Qu'est-ce que tu en penses réellement ?

Paula alla dans la chambre d'à côté. Elle mit ses mains sur ses hanches et laissa son regard balayer la pièce avant de commencer un examen plus en détail.

— De quoi ? dit Patrik en venant la rejoindre pour fouiller les placards.

— Est-ce que Christian a été tué ? Ou est-ce qu'il s'est suicidé ?

— J'ai parlé de meurtre lors de la réunion, mais je n'exclus rien. Christian était un homme complexe. Les quelques fois où je l'ai croisé, j'ai senti qu'il se passait des choses dans sa tête qu'on ne pouvait pas comprendre. Quoi qu'il en soit, il n'a pas laissé de lettre d'adieu ici.

— Les gens qui se suicident n'en laissent pas forcément, tu le sais aussi bien que moi, dit Paula en ouvrant les tiroirs et en tâtant doucement parmi les vêtements.

— Oui, mais si on en trouvait une, la question ne se poserait plus.

Patrik redressa le dos et chercha sa respiration un instant. Son cœur battait fort de nouveau et il s'essuya le front.

— Il n'y a rien ici qui me semble digne d'un examen plus poussé, dit Paula en fermant le dernier tiroir. On s'en va ?

Patrik hésita. Il ne voulait pas abandonner, mais Paula avait raison.

— On retourne au commissariat voir si Annika a déniché quelque chose. Espérons que Gösta et Martin aient eu plus de chance avec Kenneth.

Ils quittaient la maison lorsque le téléphone de Patrik sonna. Il l'arracha de sa poche avec des doigts malhabiles. Déception. Ce n'était pas le poste de police, mais un numéro de portable inconnu.

— Patrik Hedström, police de Tanumshede, dit-il en espérant que la ligne serait très vite à nouveau disponible pour Annika.

Puis il se figea.

— Bonjour Ragnar.

Il fit de grands gestes à Paula qui était presque arrivée à la voiture.

— Oui ? Ah bon. Oui, nous aussi, nous avons appris certaines choses… Bien sûr, on en parlera quand on se verra. On peut venir tout de suite. Je viens chez vous ? Ah bon. Oui, je vois où c'est. On se retrouve là-bas alors. Absolument, on se met en route tout de suite. Il nous faut quarante-cinq minutes à peu près pour arriver. A tout à l'heure alors.

Il termina la conversation et regarda Paula.

— C'était Ragnar Lissander. Il a quelque chose à nous raconter. Et à nous montrer.

Le nom lui avait tourné dans la tête pendant tout le trajet du retour d'Uddevalla. Lissander. Tout de même, que ça soit si difficile de se rappeler où il l'avait déjà entendu ! D'une drôle de façon, le nom était lié à Ernst Lundgren, qui surgissait sans cesse dans son esprit. A l'embranchement de Fjällbacka, il se décida. Il tourna résolument le volant à droite et quitta l'autoroute.

— Qu'est-ce que tu fais ? dit Martin. Je croyais qu'on retournait directement au commissariat ?

— On va d'abord faire une petite visite.

— Une visite ? Chez qui ?

— Chez Ernst Lundgren.

— Ernst ? Qu'est-ce qu'on va foutre chez lui ?

Gösta rétrograda et tourna à gauche, puis il raconta à Martin ce qui le turlupinait.

— Et tu ne sais pas du tout où tu as entendu ce nom ?

— Je vous l'aurais dit, non ? siffla Gösta, en s'imaginant que Martin mettait sans doute ses incertitudes sur le compte de l'âge.

— Du calme, du calme. Allons chez Ernst voir s'il peut te rafraîchir la mémoire. Qu'il se rende un peu utile.

— Pour une fois, ça ne lui ferait pas de mal.

Gösta ne put s'empêcher de sourire. Comme les autres au commissariat, il n'avait pas une très haute opinion des compétences et de la personnalité d'Ernst. Mais en même temps, il n'arrivait pas à le détester aussi cordialement que la plupart d'entre eux – Mellberg mis à part, peut-être. Quand on travaille ensemble pendant si longtemps, on finit par s'habituer. Il ne pouvait pas non plus oublier toutes les parties de rigolade qu'ils avaient partagées au fil des ans. En revanche, Ernst avait plus d'une fois fait des gaffes monumentales. Surtout dans la dernière enquête à laquelle il avait participé avant d'être renvoyé de la police. Peut-être pourrait-il se rattraper un peu sur ce coup.

— En tout cas, il a l'air d'être chez lui, dit Martin quand ils arrivèrent devant la maison.

Ernst vint ouvrir avant même qu'ils aient eu le temps de sonner. Il avait dû les voir par la fenêtre.

— Tiens, tiens, en voilà du beau monde, dit-il en les faisant entrer.

Martin regarda la pièce. Contrairement à Gösta, il n'avait jamais mis les pieds chez Ernst, et il fut assez impressionné. Si son propre appartement du temps où il était célibataire n'était pas un modèle de rangement, il n'aurait cependant pas pu rivaliser avec celui-ci. Des piles de vaisselle sale dans l'évier, des vêtements éparpillés dans tous les coins et une table dans la cuisine qui semblait n'avoir jamais connu d'éponge.

— Je n'ai pas grand-chose à vous offrir, dit Ernst. Juste un petit coup de gnôle si ça vous dit.

Il tendit la main vers une bouteille d'aquavit sur le plan de travail.

— Je conduis, dit Gösta.

— Et toi? Tu as l'air d'avoir besoin d'un petit re-montant.

Ernst brandit la bouteille devant Martin qui déclina l'offre.

— Bon, si c'est comme ça, je boirai tout seul, bande de rabat-joie.

Il se versa un verre qu'il siffla d'un seul trait, puis il se laissa tomber sur une chaise, et ses ex-collègues suivirent son exemple.

— Bien, c'est pour quoi alors?

— J'ai un truc qui me taraburte, et je pense que tu pourrais m'aider, dit Gösta.

— Tiens donc, je fais l'affaire maintenant.

— Il s'agit d'un nom. J'ai l'impression de le con-naître et, sans savoir pourquoi, je l'associe à toi.

— C'est normal, on a quand même bossé ensemble pendant un certain nombre d'années, toi et moi, dit Ernst.

Son ton était presque sentimental. Ça ne devait pas être son premier verre de la journée.

— Effectivement. Et aujourd'hui j'ai besoin de ton aide. Tu joues le jeu ou non ?

Ernst réfléchit un instant, puis il soupira et agita son verre vide.

— C'est bon, vas-y.

— Il faut que tu me donnes ta parole que ça restera entre nous, dit Gösta en dardant le regard sur Ernst qui hocha la tête à contrecœur.

— OK, vas-y, pose-les tes questions.

— On est en train d'enquêter sur le meurtre de Magnus Kjellner, tu en as sûrement entendu parler. On est plusieurs fois tombés sur le nom de Lissander. Je ne sais pas pourquoi, mais il m'est familier. Et pour une raison que j'ignore, il me fait penser à toi. Est-ce que ce nom te dit quelque chose ?

Ernst tanguait légèrement sur sa chaise. On aurait entendu une mouche voler pendant qu'il réfléchissait. Tant Gösta que Martin avaient les yeux rivés sur l'ancien policier.

Puis un sourire éclata sur le visage d'Ernst.

— Lissander. Bien sûr que je le connais, ce nom. Putain, ça alors !

Ils s'étaient donné rendez-vous au seul endroit de Trollhättan que Patrik et Paula connaissaient. Le McDo près du pont, où ils avaient mangé quelques heures auparavant.

Ragnar Lissander les attendait à l'intérieur, et Paula s'installa avec lui pendant que Patrik allait leur chercher des cafés. Ragnar avait l'air encore plus insignifiant que tout à l'heure. Un petit homme aux cheveux rares dans un manteau beige. Sa main trembla légèrement quand il prit le gobelet de café et il avait du mal à les regarder dans les yeux.

— Vous vouliez nous parler, dit Patrik.

— Nous... nous n'avons pas tout dit.

Patrik garda le silence. Il était curieux d'entendre comment l'homme allait expliquer le fait d'avoir passé leur fille sous silence.

— Ça n'a pas toujours été très facile, vous comprenez. Nous avons eu une fille. Alice. Christian avait environ cinq ans et ça a été très perturbant pour lui. J'aurais dû...

Sa voix s'éteignit et il prit une gorgée de café avant de poursuivre :

— Je pense qu'il a été traumatisé à vie par ce qu'il a vécu. Je ne sais pas si vous connaissez tout de son histoire, mais il était resté seul pendant plus d'une semaine avec sa mère morte. Elle avait des troubles psychiques et elle était incapable de s'occuper de lui, et d'elle-même aussi d'ailleurs. Pour finir elle est morte dans son lit et Christian ne pouvait alerter personne. Il croyait qu'elle dormait.

— Oui, nous sommes au courant. Nous avons été en contact avec les services sociaux ici, ils nous ont fourni le dossier.

Patrik se rendit compte du côté formel de son langage, mais c'était la seule façon de conserver une certaine distance.

— Elle est morte d'une overdose ? demanda Paula, qui n'avait pas encore eu le temps de lire le dossier en détail.

— Non, elle ne se droguait pas. Parfois, dans ses mauvaises périodes, elle buvait trop, et elle prenait des médicaments, évidemment. C'est son cœur qui a flanché.

— Quel est le rapport ? demanda Patrik qui avait du mal à comprendre le lien.

— Elle ne prenait pas soin d'elle-même, et l'alcool et les médicaments étaient constamment là. De plus, elle était obèse. Elle pesait plus de cent cinquante kilos.

L'inconscient de Patrik commença à s'agiter, quelque chose clochait. Il se dit qu'il y réfléchirait plus tard.

— Et ensuite il est arrivé chez vous ? dit Paula.

— Oui, ensuite il est arrivé chez nous. C'est Irène qui s'était mis en tête d'adopter un enfant. On n'arrivait pas à en avoir.

— Mais l'adoption ne s'est jamais concrétisée ?

— Je pense qu'on l'aurait adopté si Irène n'était pas tombée enceinte si peu de temps après.

— Apparemment, ce n'est pas inhabituel, glissa Paula.

— C'est ce qu'a dit le docteur. Et quand notre fille est arrivée, c'était comme si Christian n'intéressait plus Irène. J'aurais peut-être dû l'écouter, ça aurait été mieux pour le pauvre garçon.

Ragnar Lissander regarda par la fenêtre et serra fort le gobelet dans sa main.

— Qu'est-ce qu'elle voulait faire ?

— Le rendre. Elle trouvait qu'on n'avait pas besoin de le garder puisqu'on avait notre propre enfant, dit Ragnar avec un sourire oblique. Je sais ce que vous pensez. Irène est comme elle est, parfois ça déraille un peu. Mais elle n'a pas toujours de mauvaises intentions.

Ça déraille un peu ? Patrik faillit s'étrangler. Ils parlaient d'une femme qui voulait rendre son enfant adoptif parce qu'elle en avait eu un à elle, et ce vieux con était en train de la défendre !

— Mais vous ne l'avez donc pas rendu, dit-il froidement.

— Non. C'est une des rares fois où j'ai élevé la voix. D'abord elle n'a pas voulu l'entendre de cette oreille, mais je lui ai expliqué de quoi on aurait l'air, et elle a accepté de le garder. Mais je ne devrais sans doute pas…

De nouveau, sa voix s'éteignit. On pouvait lire sur son visage à quel point c'était difficile pour lui de parler de tout ça.

— Quelle était la relation de Christian et Alice pendant leur enfance ? demanda Paula, mais Ragnar ne sembla pas entendre sa question, il parut à dix mille lieues de là quand il dit à voix basse :

— J'aurais dû mieux la surveiller. Pauvre garçon, il ne pouvait pas savoir.

— Qu'est-ce qu'il ne pouvait pas savoir ?

Ragnar tressaillit et se réveilla de ses pensées. Il regarda Patrik.

— Vous voulez rencontrer Alice ? Il faut la voir pour comprendre.

— Oui, j'ai très envie de la rencontrer. On peut la voir quand ? Où est-elle ? dit Patrik, incapable de dissimuler son excitation.

— On peut y aller tout de suite, dit Ragnar et il se leva.

Patrik et Paula échangèrent un regard en se dirigeant vers la voiture. Alice était-elle la femme qu'ils cherchaient ? Allaient-ils enfin mettre un terme à cette histoire ?

Elle était assise, leur tournant le dos, quand ils entrèrent. Ses longs cheveux tombaient presque jusqu'aux reins. Châtains et bien brossés.

— Bonjour Alice. C'est papa.

La voix de Ragnar résonna dans la pièce. Quelqu'un avait fait une timide tentative de l'égayer, sans grande réussite. Une plante verte assoiffée à la fenêtre, l'affiche du film *Le Grand Bleu*, un lit étroit avec une couverture fatiguée. Un petit bureau et une chaise. C'est là qu'elle était assise. Ses mains bougeaient, mais Patrik ne put voir ce qu'elle faisait. Elle n'avait pas réagi à la voix de son père.

— Alice, dit-il de nouveau, et cette fois elle se retourna lentement.

Patrik fut stupéfait. La femme devant lui était d'une beauté surnaturelle. Il avait rapidement calculé qu'elle devait avoir autour de trente-cinq ans, mais elle en faisait dix de moins. Le visage ovale était lisse, presque enfantin, avec des yeux bleus énormes aux cils noirs épais. Il ne put détacher son regard d'elle.

— Elle est belle, notre Alice.

Ragnar s'approcha d'elle. Il posa la main sur son épaule et elle appuya la tête contre sa taille. Comme un chaton qui se serre contre son maître. Ses mains reposaient mollement sur ses genoux.

— Nous avons de la visite. Je te présente Patrik et Paula, dit-il, puis après une petite hésitation : Ce sont des amis de Christian.

Il y eut une petite étincelle dans ses yeux quand elle entendit le nom de son frère, et Ragnar passa une main tendre sur ses cheveux.

— Maintenant vous savez. Maintenant vous avez fait la connaissance d'Alice.

— Depuis combien de temps ?

Patrik la dévisageait toujours. Sur un plan purement objectif, elle ressemblait énormément à sa mère. Pourtant elle était totalement différente. Toute la cruauté gravée dans les traits d'Irène manquait chez cet être… magique. C'était une façon un peu ridicule de la décrire, mais il ne trouva pas d'autres mots.

— Longtemps. Elle n'habite plus à la maison depuis l'été de ses treize ans. Ceci est le quatrième foyer. Je n'aimais pas les autres institutions, mais ici, ça va.

Il se pencha en avant et déposa un baiser sur la tête de sa fille. On ne vit aucune réaction sur son visage, mais elle se serra plus fort contre lui.

— Qu'est-ce que…? commença Paula, mais elle ne sut pas comment formuler sa question.

— Qu'est-ce qui cloche? dit Ragnar. Si vous me posez la question à moi, je vous répondrai qu'elle n'a rien qui cloche. Elle est parfaite. Mais je comprends ce que vous voulez dire. Et je vais vous raconter.

Il s'accroupit devant Alice et lui parla doucement. Ici, avec sa fille, il n'était plus insignifiant. Il avait plus de prestance, son regard s'illuminait. Il était quelqu'un. Il était le père d'Alice.

— Ma chérie, papa ne peut pas rester très longtemps aujourd'hui. Je voulais juste que tu rencontres les amis de Christian.

Elle le regarda. Puis elle se retourna et prit quelque chose sur le bureau. Un dessin. Elle le brandit devant lui.

— C'est pour moi?

Elle secoua la tête et les épaules de Ragnar retombèrent un peu.

— C'est pour Christian? dit-il à voix basse.

Elle hocha la tête et agita le dessin devant lui.

— Je vais le lui envoyer. C'est promis.

L'ombre d'un sourire. Puis elle se réinstalla et ses mains se mirent en mouvement. Elle commença un nouveau dessin.

Patrik jeta un coup d'œil sur la feuille que tenait Ragnar Lissander. Il reconnut le trait de crayon.

— Vous avez tenu vos promesses. Vous avez envoyé ses dessins à Christian.

— Pas tous. Elle en fait tant. Mais de temps en temps, pour qu'il sache qu'elle pense à lui. Malgré tout.

— Comment avez-vous su où les envoyer ? Si j'ai bien compris, il a rompu tout contact avec vous quand il a eu dix-huit ans ? dit Paula.

— Vous avez bien compris. Mais Alice tenait tant à ce que Christian ait ses dessins que je me suis renseigné sur son adresse. Je suppose que j'étais curieux aussi. D'abord j'ai fait des recherches sur notre nom de famille, mais je n'ai rien trouvé. Puis j'ai essayé avec le nom de sa mère et j'ai trouvé une adresse à Göteborg. Un moment je l'ai perdu de vue, il a déménagé et les lettres me sont revenues, mais ensuite je l'ai à nouveau localisé. Dans Rosenhillsgatan. Mais je ne savais pas qu'il était revenu vivre à Fjällbacka. Je croyais qu'il était toujours à Göteborg, puisque les lettres ne m'étaient pas retournées.

Ragnar dit au revoir à Alice, et quand ils furent dans le couloir, Patrik lui parla de l'homme qui avait gardé les lettres pour Christian. Ils s'installèrent pour discuter dans une grande pièce claire qui faisait office de salle à manger et de cafétéria. Une pièce impersonnelle avec des palmiers en pot qui manquaient d'eau et de soin, tout comme la plante verte d'Alice. Toutes les tables étaient vides.

— Elle criait beaucoup, dit Ragnar en passant la main sur la nappe couleur pastel. Des coliques, probablement. Déjà pendant sa grossesse, Irène avait commencé à perdre tout intérêt pour Christian, et quand Alice s'est révélée être un bébé aussi exigeant, toute son attention s'est concentrée sur sa fille. De toute façon, Christian était déjà meurtri avant d'arriver chez nous.

— Et vous ? dit Patrik, et à l'expression de Ragnar, il comprit qu'il avait touché un point très douloureux.

— Moi ? Je fermais les yeux, je ne voulais pas voir. Irène a toujours été celle qui décide. Et je l'ai laissée faire. C'était plus simple comme ça.

— Donc, Christian n'aimait pas sa sœur ?

— Il restait souvent à la regarder dans son berceau. Je voyais le noir dans ses yeux, mais jamais je n'aurais cru… Je suis juste allé ouvrir la porte quand ça a sonné. Je ne suis resté absent que deux minutes.

Ragnar semblait ailleurs, il fixait un point derrière eux. Paula ouvrit la bouche pour poser une question mais la referma aussitôt. Il fallait le laisser parler à son rythme. C'était manifestement difficile pour lui de trouver les mots. Son corps était tendu et ses épaules remontées.

— Irène était allée se reposer un petit moment, et pour une fois elle m'avait laissé m'occuper d'Alice. Autrement, Irène ne la lâchait pas d'une semelle. Elle était si mignonne, malgré ses pleurs continuels. C'était comme si Irène avait une nouvelle poupée. Une poupée qu'elle ne prêtait à personne.

Encore un moment de silence et Patrik dut faire un effort pour ne pas le brusquer.

— Je ne me suis absenté que quelques minutes…, répéta-t-il.

On aurait dit un disque rayé. Comme si ce qui allait venir était impossible à exprimer en mots.

— Où était Christian ? demanda Patrik calmement pour le mettre sur la voie.

— Dans la salle de bains. Avec Alice. J'allais lui donner un bain. On avait une de ces petites nacelles où on installe le bébé pour avoir les mains libres. Je l'avais mise dans la baignoire et j'avais fait couler l'eau. Alice était dans le bain.

Paula hocha la tête, elle savait de quoi il parlait. Elles avaient un de ces petits sièges astucieux pour Leo.

— Quand je suis revenu dans la salle de bains. Alice… elle ne bougeait pas. Sa tête était entièrement sous l'eau. Ses yeux… ils étaient ouverts, grands ouverts.

Ragnar se balança sur sa chaise, parut se forcer à poursuivre, à se confronter au souvenir et aux images. Puis il fixa son regard sur Paula et Patrik, comme s'il était revenu dans le présent.

— Christian, il était assis là, appuyé contre la baignoire, à la regarder. Complètement immobile. Et il souriait.

— Mais vous l'avez sauvée ? dit Patrik, et il sentit les poils se dresser sur ses bras.

— Oui, je l'ai sauvée. Je lui ai fait reprendre sa respiration. Et j'ai vu… Il se racla la gorge : J'ai vu la déception dans les yeux de Christian.

— Vous avez raconté ça à Irène ?

— Non, ça n'aurait jamais… Non !

— Christian a essayé de noyer sa petite sœur, et vous n'avez rien dit à votre femme ? dit Patrik d'une voix incrédule.

— J'avais l'impression de lui devoir quelque chose, après tout ce qu'il avait vécu. Si je l'avais dit à Irène, elle l'aurait renvoyé immédiatement. Il n'y aurait pas survécu. Et le mal était déjà fait. Je ne savais pas alors l'étendue des dégâts. Mais quoi qu'il en soit, je ne pouvais rien y changer. Renvoyer Christian n'aurait pas amélioré les choses, n'est-ce pas, dit-il et il parut les implorer de le comprendre.

— Et vous avez fait comme si rien ne s'était passé?

Ragnar soupira en s'affaissant encore davantage sur sa chaise.

— Oui, j'ai fait comme si rien ne s'était passé. Mais je ne l'ai plus jamais laissé seul avec elle. Jamais.

— Il a fait d'autres tentatives? demanda Paula d'une voix pâle.

— Non, je ne crois pas. Il paraissait satisfait en quelque sorte. Alice a cessé de crier. Elle restait tranquille dans son berceau, elle n'était plus aussi exigeante.

— Quand vous êtes-vous rendu compte que quelque chose clochait?

— C'est arrivé progressivement. Elle n'apprenait pas au même rythme que les autres enfants. Quand j'ai fini par contraindre Irène à l'admettre et qu'on l'a fait examiner… eh bien, ils ont constaté qu'elle avait une sorte de lésion au cerveau et qu'elle resterait probablement au niveau intellectuel d'un enfant toute sa vie.

— Irène ne s'est doutée de rien?

— Non. Le médecin a même avancé qu'Alice était probablement née avec, mais que les séquelles n'étaient devenues visibles qu'à un certain âge.

— Et ensuite, quand ils ont grandi, comment ça s'est passé?

— Vous n'êtes pas pressés? sourit Ragnar, mais c'était un sourire triste. Irène n'avait d'yeux que pour Alice. C'était l'enfant la plus jolie que j'aie jamais vue, et je ne dis pas ça parce que c'est ma fille. Vous l'avez vue vous-mêmes.

Patrik pensa aux immenses yeux bleus. Oui, il avait vu.

— Irène a toujours aimé la beauté. Elle-même était belle quand elle était jeune et je pense qu'en Alice elle a trouvé une sorte de confirmation. Elle donnait toute son attention à notre fille.

— Et Christian?

— Christian? C'était comme s'il n'existait pas.

— Ça a dû être terrible pour lui, dit Paula.

— Evidemment. Mais il a trouvé sa propre petite révolte. Il adorait manger et il prenait facilement du poids. Il devait tenir ça de sa mère. Quand il s'est rendu compte que ça agaçait Irène, il s'est mis à manger comme quatre et à grossir toujours plus, rien que pour l'énerver. Et il a réussi. Il y avait une lutte constante entre eux au sujet de la nourriture, mais pour une fois, Christian a eu le dessus.

— Christian était gros dans sa jeunesse?

Patrik essaya d'imaginer le Christian adulte et mince en gamin potelé, mais en vain.

— Il n'était pas gros, il était obèse. Vraiment obèse.

— Et Alice, qu'est-ce qu'elle pensait de lui? demanda Paula.

Ragnar sourit et, cette fois, son sourire atteignit ses yeux :

— Alice aimait Christian. C'était de l'adoration. Elle était toujours dans ses pattes, comme un petit chiot.

— Comment réagissait-il à ça?

— Je n'ai pas l'impression que ça l'embêtait vraiment. Il la laissait faire. Parfois il paraissait même étonné de tout cet amour dont elle l'inondait. Comme s'il ne comprenait pas pourquoi.

— C'était sans doute le cas, dit Paula. Et ensuite? Comment a réagi Alice quand il est parti?

Un rideau tomba sur le visage de Ragnar.

— Il s'est passé plusieurs choses en même temps. Christian a disparu et nous ne pouvions plus nous occuper d'Alice comme il fallait.

— Pourquoi? Vous voulez dire qu'elle ne pouvait plus vivre avec vous?

— Elle avait atteint l'âge où elle avait besoin de plus de soutien et d'aide que nous ne pouvions lui en donner.

L'état d'esprit de Ragnar Lissander avait changé, mais Patrik n'arrivait pas à dire comment.

— Elle n'a jamais appris à parler? glissa-t-il, se souvenant qu'Alice n'avait pas dit un mot pendant leur visite.

— Elle sait parler, mais elle ne veut pas, répondit Ragnar avec la même expression fermée.

— Y aurait-il une raison pour laquelle elle en voudrait à Christian? Serait-elle capable de lui faire du mal? Ou aux personnes de son entourage?

Patrik la revit, la jeune femme aux longs cheveux châtains. Les mains qui couraient sur la feuille blanche et faisaient des dessins dignes d'un enfant de cinq ans.

— Non, Alice n'a jamais fait de mal à une mouche. C'est pour ça que j'ai voulu que vous la voyiez. Elle ne pourrait faire de tort à personne. Et elle aime… elle aimait Christian.

Il prit le dessin qu'elle lui avait donné et le posa sur la table devant eux. Un grand soleil en haut, de l'herbe verte et des fleurs en bas. Deux personnages : un grand et un petit, tout joyeux, qui se tiennent par la main.

— Elle aimait Christian, répéta-t-il.

— Mais elle se souvient encore de lui? Ça fait des années qu'ils ne se sont pas vus, fit remarquer Paula.

Ragnar se contenta de montrer le dessin. Deux personnages. Alice et Christian.

— Demandez au personnel si vous ne me croyez pas. Alice n'est pas la femme que vous cherchez. Je ne sais pas qui voulait du mal à Christian. Il a disparu de notre vie l'année de ses dix-huit ans. Beaucoup de choses ont pu se passer depuis, mais Alice l'aimait. Elle l'aime toujours.

Patrik regarda le petit homme. Il savait qu'il allait suivre le conseil de Ragnar. Demander au personnel. En même temps, il était certain que le père d'Alice avait raison. Elle n'était pas la femme qu'ils recherchaient. Ils étaient de retour à la case départ.

Mellberg interrompit Patrik juste au moment où celui-ci allait leur faire part des derniers développements de l'enquête.

— J'ai une information importante à vous communiquer. Pendant quelques semaines, je vais passer à mi-temps. Je viens de réaliser que j'ai rempli ma fonction de dirigeant à la perfection et que je peux maintenant vous déléguer certaines de mes tâches. Ma sagesse et mon expérience sont réclamées ailleurs.

Tous le regardèrent, complètement ébahis.

— L'heure est venue pour moi de m'investir dans la ressource la plus importante de notre société : la nouvelle génération. Ceux qui vont nous mener vers le futur, dit Mellberg en glissant ses pouces sous ses bretelles.

— Il va travailler dans une MJC ? chuchota Martin à Gösta, qui haussa simplement les épaules.

— Par ailleurs, c'est important de donner une chance aux femmes aussi. Et à la minorité étrangère, dit

Mellberg avec un regard sur Paula. Donc, voilà, Johanna et toi, je sais que vous avez eu du mal à vous organiser avec le congé parental. Et le gamin a besoin d'une image masculine forte dès son plus jeune âge. Je vais donc travailler à temps partiel, c'est validé par notre direction, et le reste du temps, je vais me consacrer au môme.

Mellberg regarda l'assemblée, il s'attendait manifestement à des applaudissements. Mais seul un silence médusé emplit la pièce. La plus étonnée de tous fut Paula. C'était une étrange nouvelle pour elle, mais à mesure que l'information faisait son chemin, l'idée lui paraissait bonne. Johanna pourrait reprendre un travail, et elle-même pourrait combiner boulot et congé maternité. Elle ne pouvait pas nier non plus que Mellberg s'en sortait à merveille avec Leo. Jusque-là, il s'était révélé un baby-sitter de rêve, à part la mésaventure de la couche scotchée, peut-être.

Une fois la surprise surmontée, Patrik ne put que partager son enthousiasme. Dans la pratique, cela signifiait que le temps de présence de Mellberg au commissariat serait divisé par deux. Ce qui était assurément une bonne chose.

— Très bonne initiative, Mellberg. J'aurais bien aimé en voir d'autres raisonner comme toi, dit-il en appuyant sur les mots. Cela étant dit, je voudrais maintenant qu'on revienne à l'enquête. La journée a été riche en événements.

Il rendit compte du deuxième déplacement à Trollhättan entrepris avec Paula, de la conversation avec Ragnar Lissander et de leur visite à Alice.

— Il n'y a aucun doute alors qu'elle est innocente ? dit Gösta.

— Aucun. J'ai vérifié avec le personnel. Elle a le niveau intellectuel d'un enfant.

— Vous vous rendez compte, se regarder dans la glace tous les jours après avoir fait ça à sa sœur, dit Annika.

— Oui, et ça n'a pas dû améliorer les choses de voir qu'elle l'adorait, dit Paula. Il a porté un sacré fardeau. A supposer qu'il ait eu conscience de son acte.

— Nous aussi, on a quelque chose à raconter, dit Gösta en se raclant la gorge et en regardant Martin. Ce nom, Lissander, ne m'était pas inconnu, simplement je n'arrivais pas à trouver où je l'avais entendu. Je n'étais pas très sûr de moi non plus. Je ne peux plus faire entièrement confiance à cette foutue mécanique qui prend de l'âge, dit-il en se tapotant la tête.

— Et ? dit Patrik, impatient d'entendre la suite.

— Eh bien, en partant de l'hôpital après avoir vu Kenneth Bengtsson, qui par ailleurs soutient fermement qu'il ne sait rien et qu'il n'a jamais entendu le nom de Lissander, nous sommes passés chez Ernst Lundgren que, bizarrement, mon cerveau associait au nom Lissander.

— Vous êtes allés voir Lundgren ? dit Patrik. Pourquoi ?

— Ecoute ce que Gösta a à dire, dit Martin, et Patrik se tut.

— Bon, alors je lui ai fait part de mes réflexions. Et Ernst a trouvé.

— Il a trouvé quoi ?

— Pourquoi je connaissais ce nom. Ils ont habité ici pendant quelque temps.

— Qui ? dit Patrik, désorienté.

— Le couple Lissander, Irène et Ragnar. Avec leurs enfants Christian et Alice.

— Mais c'est impossible, dit Patrik en secouant la tête. Dans ce cas, pourquoi personne n'a reconnu Christian ? Tu dois te tromper.

— Non, il ne se trompe pas, dit Martin. Christian tenait apparemment de sa mère biologique. Il était franchement gros dans sa jeunesse. Enlevez-lui soixante kilos, ajoutez vingt ans et une paire de lunettes, et il devient quasi impossible de voir que c'est la même personne.

— Comment Ernst les a-t-il connus ? Et toi, comment as-tu connu la famille ?

— Ernst courait après Irène. Ils avaient apparemment flirté dans une fête à un moment donné, et ensuite Ernst voulait systématiquement passer devant leur maison dès que l'occasion se présentait. On a fait pas mal de détours devant chez les Lissander.

— Ils habitaient où ? demanda Paula.

— Dans une des maisons du côté du Sauvetage en mer.

— Devant Badholmen ?

— Oui, pas loin. C'était la maison de la mère d'Irène au départ. Une véritable mégère, d'après ce qu'on m'a dit. Elle et sa fille n'ont eu aucun contact pendant de nombreuses années, mais quand la vieille est morte, Irène a hérité de la bicoque et ils ont quitté Trollhättan pour venir vivre ici.

— Ernst sait-il pourquoi ils sont repartis ensuite ? demanda Paula.

— Non, il n'en a aucune idée. Mais ça s'est apparemment fait dans l'urgence.

— Alors Ragnar ne nous a pas tout raconté, dit Patrik.

Il commençait à en avoir assez de tous ces gens qui gardaient leurs secrets et refusaient de dire clairement les choses. Si tout le monde avait collaboré, ils auraient probablement résolu cette affaire depuis longtemps.

— Bon boulot, dit-il à l'adresse de Gösta et Martin. Je vais avoir une nouvelle conversation avec Ragnar Lissander. Il a forcément une raison de nous cacher cet épisode de leur vie. Il aurait pourtant dû se douter que ce n'était qu'une question de temps avant qu'on l'apprenne.

— Mais ça ne répond toujours pas à la question de la femme qu'on recherche. On serait tenté de croire que c'est quelqu'un de la période où Christian vivait à Göteborg. Entre le moment où il a quitté ses parents adoptifs et le moment où il est revenu à Fjällbacka avec Sanna, dit Martin.

— Et d'ailleurs, pourquoi il est revenu? glissa Annika.

— Il faut qu'on se renseigne davantage sur ses années à Göteborg, trancha Patrik. Pour l'instant, on ne connaît que trois femmes qui ont figuré dans la vie de Christian : Irène, Alice et sa mère biologique.

— Pourquoi pas Irène? Elle avait toutes les raisons de se venger de Christian après ce qu'il avait fait à Alice, dit Martin.

— J'ai pensé à elle, et on ne peut pas encore l'exclure, dit Patrik après un bref silence. Mais je n'y crois pas. D'après Ragnar, elle n'a jamais su ce qui était arrivé. Et même si elle le savait : pourquoi se serait-elle aussi attaquée à Magnus et aux autres?

Il revit l'image de cette femme antipathique et leur rencontre dans la villa à Trollhättan. Entendit ses réflexions méprisantes sur Christian et sa mère. Et subitement, une pensée le frappa. C'était ça qui lui avait trotté dans le crâne depuis leur deuxième entrevue avec Ragnar, le détail qui ne collait pas. Il sortit son portable et composa rapidement un numéro. Tous le regardèrent, surpris, mais il leva un doigt pour imposer le silence.

— Bonjour, c'est Patrik Hedström. En fait je cherche à joindre Sanna. D'accord, je comprends. Est-ce que vous pouvez juste lui poser une question. C'est important. Demandez-lui si la robe bleue qu'elle a trouvée pourrait lui aller. Oui, je sais, c'est bizarre comme question. Mais ça nous serait d'une grande aide si vous pouviez le lui demander. Merci.

Patrik attendit un moment, puis la sœur de Sanna revint au bout du fil.

— Alors ? D'accord. Bon. Eh bien, merci mille fois. Et transmettez mon bonjour à Sanna.

Le visage de Patrik prit une expression pensive.

— La robe bleue est de la taille de Sanna.

— Et ? dit Martin, interloqué, traduisant le sentiment de tout le monde.

— C'est un peu bizarre en considérant que la mère de Christian pesait cent cinquante kilos. Cette robe a forcément appartenu à quelqu'un d'autre. Christian a menti à Sanna en disant qu'elle était à sa mère.

— Ça ne peut pas être une robe d'Alice ? tenta Paula.

— Possible. Mais je ne le pense pas. Il y a eu une autre femme dans la vie de Christian.

Erica regarda l'heure. Patrik avait manifestement une journée chargée. Elle n'avait pas eu de ses nouvelles depuis qu'il était parti, mais elle ne voulait pas non plus l'appeler et le déranger. La mort de Christian avait dû semer le chaos au poste. Qu'il rentre donc quand il pourrait.

Elle espérait qu'il ne lui en voulait plus. Il ne s'était jamais mis vraiment en colère contre elle auparavant, et la dernière chose qu'elle souhaitait, c'était le décevoir ou lui faire de la peine.

Erica se caressa le ventre. Il grossissait sans qu'elle n'y puisse rien et parfois l'avenir l'angoissait tellement qu'elle avait du mal à respirer. En même temps, il lui tardait d'être le jour J. Tant de sentiments contradictoires. Bonheur et inquiétude ; panique et attente. Anna devait vivre la même chose. Erica avait mauvaise conscience de ne pas être assez attentive à sa sœur. Après son passé avec Lucas, son ex-mari et père de ses deux enfants, beaucoup d'émotions se bousculaient sans doute en elle maintenant qu'elle était enceinte. D'un autre homme. Erica eut honte de son égocentrisme. Elle n'avait fait que parler d'elle et de ses problèmes. Demain matin, elle appellerait Anna et lui proposerait un café ou une balade. Comme ça, elles auraient tout le temps de bavarder.

Maja arriva et grimpa sur ses genoux. Elle avait l'air fatiguée alors qu'il n'était que six heures du soir.

— Papa ? dit-elle en posant la joue sur le ventre d'Erica.

— Il rentrera bientôt, dit Erica. Mais, toi et moi, on a faim, on devrait aller se préparer quelque chose à manger. Qu'est-ce que tu en dis, ma puce ? On se fait un dîner entre filles ?

Maja hocha la tête.

— Saucisse pâtes ? Et des tonnes de ketchup ?

Maja hocha la tête encore une fois. Sa maman était vraiment la championne des dîners entre filles.

— On fait comment ? dit Patrik en rapprochant sa chaise de celle d'Annika.

Il faisait nuit noire dehors et tout le monde aurait dû être chez soi depuis belle lurette, mais personne n'avait esquissé le moindre mouvement de départ. A part Mellberg, qui s'était sauvé en sifflotant un quart d'heure plus tôt.

— On commence avec les archives accessibles au public. Mais je doute qu'on y trouve quoi que ce soit. Je les ai déjà épluchées, et j'ai du mal à croire que j'aie pu louper quelque chose, dit Annika presque en s'excusant et Patrik posa une main sur son épaule.

— Je sais que tu es la minutie incarnée. Mais parfois on ne voit plus rien à force d'ouvrir les yeux. Si on les examine ensemble, quelque chose va peut-être nous sauter aux yeux. Je pense que Christian a vécu avec une femme pendant ses années à Göteborg, ou en tout cas entretenu une relation stable. Il faut qu'on trouve quelque chose qui nous mettra sur la bonne piste.

— On peut toujours espérer, dit Annika, et elle tourna l'écran pour qu'il puisse voir aussi. Pas d'autres mariages, donc.

— Et des enfants ?

Annika pianota un instant, puis elle montra de nouveau l'écran.

— Non, il n'est pas déclaré père d'autres enfants que Melker et Nils.

— Merde alors. Je ne sais pas pourquoi je continue d'imaginer qu'on a négligé quelque chose. Après tout, les réponses ne se trouvent peut-être pas là.

Il se leva et alla dans son bureau. Il y resta sans bouger un long moment, le regard vide rivé sur le mur.

La sonnerie du téléphone le tira brusquement de ses réflexions.

— Patrik Hedström, dit-il sur un ton assez résigné.

Mais lorsque son interlocuteur se fut présenté et eut expliqué l'objet de son appel, il se redressa immédiatement. Vingt minutes plus tard, il se précipita dans le bureau d'Annika.

— Maria Sjöström !

— Maria Sjöström ?

— Christian avait une compagne à Göteborg. Elle s'appelait Maria Sjöström.

— Comment tu sais… ? demanda Annika, mais Patrik ignora sa question.

— Il y a un enfant aussi. Emil Sjöström. Ou plus exactement, il y avait un enfant.

— Qu'est-ce que tu veux dire ?

— Ils sont morts. Maria et Emil sont morts tous les deux. Et il y a eu une enquête pour meurtre qui n'a jamais abouti.

— Qu'est-ce qui se passe ?

Martin arriva au pas de course en entendant la voix excitée de Patrik dans le bureau d'Annika. Même Gösta rappliqua avec un empressement inhabituel. Ils se disputèrent la place sur le seuil de la porte.

— Je viens de parler avec un certain Sture Bogh, commissaire de police à la retraite à Göteborg, dit Patrik, puis il marqua une pause pour entretenir l'effet avant de poursuivre. Il a lu des articles dans le journal sur Christian et les menaces qui pesaient contre lui et il a reconnu son nom. Il pensait détenir des informations qui pourraient nous être utiles.

Patrik relata sa conversation téléphonique avec le vieux commissaire. Bien que tant d'années se soient écoulées, Sture Bogh n'avait jamais pu oublier ces morts tragiques, et il avait rendu compte avec une grande finesse de tous les faits importants de l'enquête.

Tous restèrent bouche bée.

— On peut avoir accès au dossier ? dit Martin, bouillonnant.

— Ça m'étonnerait, c'est un peu tard maintenant, répondit Patrik.

— On peut toujours essayer, dit Annika. J'ai le numéro, là.

— Erica va croire que je me suis cassé à Rio de Janeiro avec une blonde pulpeuse si je ne rentre pas bientôt.

— Appelle-la d'abord, ensuite on essaiera de trouver quelqu'un à Göteborg.

Patrik capitula. Personne n'avait l'air pressé de rentrer, et il ne voulait pas non plus abandonner avant d'avoir fait le maximum.

— D'accord, vous vous occupez comme des grands pendant que j'appelle. Je ne veux pas vous avoir dans les pattes.

Il prit le téléphone, gagna son bureau et ferma la porte. Erica se montra tout à fait compréhensive. Maja et elle avaient dîné en tête à tête, et subitement il eut tellement envie de se trouver avec ses deux nanas qu'il aurait pu en pleurer. Il ne se rappelait pas avoir jamais été aussi fatigué. Mais il respira profondément et composa le numéro qu'Annika lui avait donné.

Patrik n'entendit même pas qu'on lui répondait à l'autre bout. Une voix lança des "allô" plusieurs fois, et il sursauta en réalisant que c'était à lui qu'on s'adressait. Il se présenta puis dit ce qu'il désirait, et à sa surprise, on ne l'envoya pas promener. Son collègue à Göteborg était aimable, serviable et proposa d'essayer de localiser le dossier de l'enquête.

Ils terminèrent la conversation et Patrik croisa les doigts. Après un bon quart d'heure d'attente, l'homme rappela.

— C'est vrai ?

Il eut du mal à en croire ses oreilles lorsque le collègue lui annonça qu'ils avaient retrouvé les documents. Il le remercia chaleureusement et le pria de les garder au chaud. Il ferait en sorte de les récupérer le lendemain. Au pire, il irait chercher le dossier lui-même, ou il prendrait sur le budget du commissariat et le ferait venir par coursier.

Patrik resta assis un moment après avoir raccroché. Il savait que les autres attendaient. Mais il avait besoin de rassembler ses pensées d'abord. Tous les détails, tous les morceaux de puzzle… ça tournoyait dans sa tête. Il était sûr qu'ils étaient liés d'une façon ou d'une autre. La question était de savoir comment.

S'en aller ainsi le rendit bizarrement triste. Bien sûr que c'était difficile de prendre congé de ses filles de cette manière, un simple bisou, comme s'il devait rentrer dans quelques jours. Il fut surpris aussi de constater qu'il éprouvait de la réticence à faire ses adieux à la maison et à Louise, qui se tenait dans le vestibule et l'observait d'un regard insondable.

Initialement, son idée avait été de se sauver en laissant un mot. Puis il avait ressenti le besoin d'une sorte d'au revoir. Par précaution, il avait déjà mis la grosse valise dans le coffre de la voiture, si bien que pour Louise il partait en voyage d'affaires avec peu de bagages.

— C'est quoi comme affaires ? dit Louise.

Quelque chose dans son intonation le fit réagir. Pourvu qu'elle ne soit pas au courant ! Erik écarta cette pensée. Même si elle soupçonnait quelque chose, elle n'avait aucun moyen d'agir.

— Je dois rencontrer un nouveau fournisseur, répondit-il en tripotant les clés de voiture dans sa main.

En réalité, il se trouvait très réglo. Il allait prendre la petite voiture et lui abandonner la Mercedes. Et ce qu'il avait laissé sur le compte en banque suffirait pour leur permettre de vivre, elle et les filles, pendant un an – y compris les traites de la maison. Ça leur laisserait suffisamment de temps pour se retourner.

Erik se redressa. Il n'avait aucune raison d'avoir l'impression d'être un salaud. Si ses agissements blessaient quelqu'un, ce n'était pas son problème. Sa vie était en péril et il ne pouvait pas se contenter d'attendre que le passé le rattrape.

— Je serai de retour dans deux jours, dit-il sur un ton léger.

Il hocha la tête en direction de Louise. Il ne la prenait plus dans ses bras depuis longtemps, pas plus qu'il ne l'embrassait avant de partir.

— Tu rentres quand tu veux, dit-elle avec un haussement d'épaules.

De nouveau, il la trouva bizarre. Il devait se faire des idées. Et après-demain, quand elle commencerait à attendre son retour, il serait déjà en sécurité.

— Bon, alors salut, dit-il, et il lui tourna le dos.

— Salut, dit Louise en retour.

En démarrant, il regarda une dernière fois dans le rétroviseur. Puis il mit la radio et fredonna sur la musique qui se déversait des haut-parleurs. Il était en route maintenant.

Erica fut effarée en voyant la tête de Patrik ce soir-là. Maja dormait depuis un moment déjà et elle-même s'était installée avec une tasse de thé.

— Rude journée? demanda-t-elle doucement en se levant pour aller le serrer dans ses bras.

Patrik enfouit le visage dans son cou et resta complètement immobile.

— Je crois que j'ai bien besoin d'un verre de vin.

Il alla dans la cuisine et Erica retourna à sa place dans le canapé. De la cuisine, elle l'entendit déboucher une bouteille et sortir un verre. Elle aurait bien aimé boire un peu de vin, elle aussi, mais elle dut se contenter de son thé. C'était un des grands inconvénients de la grossesse et ensuite de l'allaitement. Il lui arrivait parfois de craquer et de prendre une petite gorgée dans le verre de Patrik.

— Ah, comme c'est bon d'être à la maison!

Patrik se laissa tomber à côté d'elle, l'entoura de son bras et posa les pieds sur la table basse.

— Je suis contente que tu sois rentré, dit Erica.

Elle se blottit tout près de lui et ils restèrent ainsi en silence pendant quelques minutes. Patrik sirota un peu de vin.

— Christian a une sœur.

Erica sursauta.

— Une sœur? Je n'en ai jamais entendu parler. Il a toujours dit qu'il n'avait pas de famille.

— Ce n'était pas tout à fait la vérité. Je vais probablement regretter de te le raconter, mais je suis épuisé à un point que tu n'imagines pas. Tout ce que j'ai appris aujourd'hui ne cesse de tourner dans ma tête et il faut que je parle à quelqu'un. Mais ça doit rester entre nous. D'accord? dit-il en lui lançant un regard sévère.

— Je promets. Raconte maintenant.

Patrik lui rendit compte de tout ce qu'il avait appris. Le salon n'était éclairé que par la lueur de la télé. Erica se taisait et écoutait, le souffle coupé lorsque Patrik expliqua comment Alice avait eu son traumatisme cérébral et comment Christian avait vécu avec ce secret tandis que Ragnar le protégeait tout en le surveillant. Quand il eut raconté tout ce qu'il savait sur Alice, sur l'enfance de Christian dans une absence d'amour quasi totale et sur son départ de la famille, Erica secoua la tête.

— Pauvre Christian.

— Ce n'est pas tout.

— Comment ça?

Les jumeaux dans son ventre lui donnèrent un bon coup de pied en plein plexus solaire. Ils étaient en forme ce soir.

— Christian a rencontré une femme quand il faisait ses études à Göteborg. Maria. Elle avait un fils qui venait pratiquement de naître, et elle n'avait aucun contact avec le père de l'enfant. Elle et Christian se sont mis en ménage assez rapidement, dans un appartement à Partille. Le garçon, Emil, est devenu comme un fils pour Christian. Apparemment, ils étaient très heureux.

— Que s'est-il passé?

Erica n'était pas très sûre de vouloir savoir. Ce serait peut-être plus facile de se boucher les oreilles et de barrer le chemin à ce qui à tous les coups allait être difficile à entendre.

— Un mercredi d'avril, Christian est rentré de l'université, dit Patrik d'une voix atone, et Erica prit sa main. La porte n'était pas fermée à clé et ça l'a alarmé. Il a appelé Maria et Emil, sans recevoir de réponse. Il a fait le tour de l'appartement. Tout était comme d'habitude. Leurs manteaux étaient suspendus dans l'entrée, selon toute apparence ils n'étaient pas sortis. La poussette d'Emil était dans la cage d'escalier.

— Je ne sais pas si je veux en entendre davantage, chuchota Erica, mais Patrik regardait dans le vide, comme perdu dans ses pensées.

— Il a fini par les trouver. Dans la salle de bains. Noyés tous les deux.

— Oh mon Dieu !

— Le garçon était sur le dos dans la baignoire, tandis que sa mère avait la tête dans l'eau et le reste du corps à l'extérieur. L'autopsie a révélé des traces de doigts sur sa nuque. Quelqu'un avait maintenu de force sa tête sous l'eau.

— Qui… ?

— Je ne sais pas. La police n'a jamais trouvé l'assassin. Bizarrement, Christian n'a pas été soupçonné, bien qu'il soit la famille la plus proche. C'est pour ça que cette affaire n'a pas surgi quand on a cherché son nom dans nos archives.

— Pourquoi n'a-t-il pas été soupçonné ?

— Je ne sais pas trop. Tout le monde dans leur entourage a certifié qu'ils formaient un couple particulièrement heureux. Même la mère de Maria était de son côté, et une voisine a vu une femme sortir de l'appartement à peu près à l'heure correspondant à leur mort, selon le médecin légiste.

— Une femme ? La même que… ?

— Je ne sais pas ce que je dois croire. Cette affaire est en train de me rendre fou. Dans tout ce qui est arrivé à Christian, il y a une logique. Quelqu'un aurait nourri une haine tellement forte envers lui que le temps n'aurait pas réussi à l'altérer.

— Et vous n'avez aucune idée de qui ça peut être ?

Erica sentit une pensée prendre forme, mais elle ne réussit pas à la saisir. L'image était floue. Elle était sûre d'une chose : Patrik avait raison. Tout s'imbriquait, d'une façon ou d'une autre.

— Ça t'ennuie si je vais me coucher maintenant ? demanda Patrik en posant une main sur le genou d'Erica.

— Non, pas du tout, mon chéri, dit-elle distraitement. Je viens te rejoindre dans un petit moment.

— D'accord.

Il l'embrassa et peu après elle l'entendit monter l'escalier.

Elle resta dans la pénombre. La télé diffusait les informations, mais elle coupa le son et écouta ses propres pensées. Alice. Maria et Emil. Il y avait quelque chose qu'elle devait voir, qu'elle devait comprendre. Elle porta son regard sur le livre posé sur la table basse. Toujours songeuse, elle le prit et contempla la couverture et le titre. *La Sirène.* Elle pensa à la noirceur et à la culpabilité. A ce que Christian avait voulu communiquer. Elle savait que c'était là, dans les mots et les phrases qu'il avait laissés. Et elle allait le trouver.

Les cauchemars le poursuivaient chaque nuit désormais. C'était comme s'ils avaient attendu que sa conscience se réveille. En fait, c'était étrange que ça arrive si soudainement. Il avait toujours su, s'était toujours vu en train d'enlever la nacelle et de laisser Alice s'enfoncer dans l'eau. Il avait vu le petit corps s'agiter, suffoquer et finir par s'immobiliser. Ses yeux bleus qui le fixaient en dessous de la surface de l'eau sans le voir. Il avait toujours su, mais il n'avait pas compris.

Ce fut un petit incident, un petit détail, qui ouvrit son esprit. Un jour, le dernier été. Il savait déjà qu'il ne pouvait plus rester. Il n'y avait jamais eu de place pour lui, mais la certitude était venue graduellement. Il devait quitter la famille.

Les voix avaient dit la même chose. Elles étaient venues, elles aussi, un jour. Pas désagréables ou horribles, plutôt comme des amis et des confidents qui s'adressaient à lui en chuchotant.

Les seuls moments où il s'interrogeait sur sa décision étaient quand il pensait à Alice. Mais son hésitation ne durait jamais longtemps. Les voix s'en trouvaient fortifiées et il décida de ne rester que jusqu'à la fin de l'été. Ensuite, il partirait sans un regard en arrière. Il laisserait derrière lui tout ce qui touchait à ses parents.

Ce jour-là, Alice voulut manger une glace. Elle voulait toujours de la glace et quand l'envie lui en prenait, il l'accompagnait au kiosque sur la place. Elle demandait invariablement la même chose : un cornet avec trois boules de glace à la fraise. Parfois il la taquinait, faisait semblant d'avoir mal compris et achetait de la glace au chocolat. Alors elle secouait violemment la tête, lui tirait le bras et articulait "fraise".

Alice était aux anges quand elle recevait sa glace. Son visage rayonnait de bonheur et elle la léchait méthodiquement, avec volupté. Partout tout autour pour qu'elle ne coule pas. Ce jour-là aussi. Elle eut d'abord sa glace et commença lentement à s'éloigner pendant qu'il recevait son cornet et payait. Quand il se retourna pour la suivre, il se figea sur place. Erik, Kenneth et Magnus. Ils étaient assis là et ils le regardaient. Erik ricana.

Il sentit que la glace avait déjà commencé à couler le long du cornet, sur sa main. Mais il fallait qu'il passe devant eux. Il essaya de fixer un point droit devant lui, en direction de la mer. D'ignorer leurs regards, d'ignorer son cœur qui martelait de plus en plus vite dans sa poitrine. Il fit un pas, puis encore un. Ensuite, il se sentit tomber en avant de tout son long. Erik avait avancé la jambe juste quand il passait. Au dernier moment, il réussit à se protéger avec les mains. L'onde de choc se propagea dans ses poignets. La glace fut propulsée sur le bitume, dans le gravier et la poussière.

— Oups, dit Erik.

Kenneth poussa un rire nerveux, mais Magnus jeta un regard réprobateur sur Erik.

— Putain, c'était vraiment nécessaire, ça ?

Erik ne sembla pas s'en faire. Ses yeux brillaient.

— *Bah, t'as mangé assez de glace comme ça.*

Péniblement, il se releva. Ses bras lui faisaient mal et de petits cailloux s'étaient fichés dans ses paumes. Il brossa ses vêtements et s'en alla en boitillant aussi vite qu'il put, le rire d'Erik résonnant dans ses oreilles.

Alice l'attendait un peu plus loin. Il ne lui prêta aucune attention, continuant son chemin. Du coin de l'œil, il vit qu'elle le suivait en courant presque, mais ce ne fut que lorsqu'ils furent presque arrivés à la maison qu'il s'arrêta pour reprendre son souffle. Alice s'arrêta aussi. D'abord elle resta silencieuse, écouta sa respiration sifflante. Puis elle lui tendit sa glace.

— *Tiens, Christian. Prends la mienne. Elle est à la fraise.*

Il regarda sa main tendue, regarda la glace. La glace à la fraise, qu'Alice aimait par-dessus tout. Ce fut l'instant où il comprit l'étendue de ce qu'il lui avait fait. Les voix se mirent à crier. Elles faillirent faire exploser sa tête. Il tomba à genoux, les mains sur ses oreilles. Il fallait qu'elles cessent, il devait les faire cesser. Puis il sentit les bras d'Alice autour de lui, et le silence se fit.

Il avait dormi d'un sommeil profond toute la nuit, comme s'il avait perdu connaissance. Pourtant il ne se sentait pas reposé.

— Chérie ?

Pas de réponse. Il vérifia l'heure et poussa un juron. Huit heures et demie. Il fallait qu'il s'active, ils avaient du pain sur la planche aujourd'hui.

— Erica ?

Il fit le tour du rez-de-chaussée, mais ne trouva aucune trace de sa femme ni de sa fille. Dans la cuisine, le café était préparé et un petit mot de la main d'Erica était posé sur la table.

Chéri, je dépose Maja à la crèche. J'ai pensé à ce que tu m'as raconté et je dois vérifier un truc. Je te tiens au courant dès que j'en sais plus. Pourrais-tu te renseigner sur deux points : 1. Est-ce que Christian avait un petit nom pour Alice ? 2. Quelle était la maladie mentale dont souffrait la mère biologique de Christian ? Bisous, Erica.

P.-S. Ne t'énerve pas.

Qu'est-ce qu'elle pouvait bien encore manigancer ? Il aurait dû savoir que ce serait plus fort qu'elle. Il attrapa le téléphone fixe et l'appela sur son portable.

Répondeur, évidemment. Il se calma et comprit que pour l'instant il ne pouvait pas faire grand-chose. Il devait partir au boulot au plus vite, et, de toute façon, il ignorait totalement où elle était allée.

Mais ses questions avaient éveillé sa curiosité. Avait-elle trouvé quelque chose ? Erica était futée, c'était indéniable. Et plus d'une fois, elle avait vu des choses qu'il avait loupées. Simplement, il aurait aimé qu'elle ne se précipite pas toute seule comme ça.

Il but un café debout dans la cuisine et, après une brève hésitation, il remplit aussi la tasse isotherme qu'Erica lui avait offerte pour Noël. Il lui faudrait beaucoup de caféine aujourd'hui, et dès son arrivée au commissariat, il fonça dans la cuisine prendre son troisième café de la journée.

Dans le couloir, il entra presque en collision avec Martin, qui lui demanda :

— Qu'y a-t-il au programme aujourd'hui ?

— Il faut qu'on examine tout le dossier du meurtre de la compagne de Christian et de l'enfant. J'appelle Göteborg pour voir s'il y a un moyen de nous le faire parvenir. Je vais peut-être leur demander de l'envoyer par porteur spécial, j'essaierai de feinter avec les dépenses pour que Mellberg ne s'en aperçoive pas. Ensuite il faut vérifier avec Ruud s'ils ont eu une réponse du labo central par rapport au chiffon et au pot de peinture de la cave de Christian. Je ne crois pas que ce soit encore terminé, mais autant les activer un peu. Tu peux commencer par ça ?

— Bien sûr, je m'en occupe. Autre chose ?

— Pas pour le moment. Je dois vérifier un truc avec Ragnar Lissander, je t'en parlerai quand j'en saurai plus.

— Bien, tu sais où me trouver, dit Martin.

Patrik alla dans son bureau. Bizarre quand même qu'il soit aussi fatigué. Aujourd'hui, même le café ne lui faisait aucun effet. Il respira à fond pour mobiliser ses forces, puis appela le père d'accueil de Christian.

— Je ne peux pas vous parler, là, chuchota Ragnar.

Patrik comprit qu'Irène était dans les parages.

— J'ai juste deux questions.

Involontairement, Patrik baissa aussi la voix. Peut-être devait-il demander à Ragnar pourquoi il n'avait pas mentionné qu'ils avaient habité à Fjällbacka. Mais il décida d'attendre de pouvoir parler plus librement. Il sentit aussi que la question soufflée par Erica était plus importante à ce stade.

— D'accord, dit Ragnar, mais faites vite.

Patrik lui posa les questions d'Erica. Les réponses le laissèrent perplexe. Comment fallait-il interpréter cela ? Et où était-elle allée ?

— Erica !

Thorvald Hamre se pencha et l'engloutit entre ses bras. Malgré son mètre soixante-dix et ses kilos en trop, Erica se sentit comme une naine à côté de lui.

— Salut Thorvald ! Merci de me recevoir aussi rapidement.

— Tu es toujours la bienvenue, tu le sais.

On n'entendait qu'un soupçon d'accent norvégien. Il vivait en Suède depuis bientôt trente ans et, avec le temps, il était devenu plus attaché à sa ville d'adoption que les natifs, fait attesté par un énorme drapeau du club de foot de Göteborg sur le mur.

— Qu'est-ce que je peux faire pour toi cette fois ? Tu travailles sur quelque chose d'excitant ? demanda-t-il en tirant sur son énorme moustache grise.

Les yeux de Thorvald scintillèrent. Ils s'étaient connus quand Erica cherchait quelqu'un pour l'aider sur les pans psychologiques de ses livres. Thorvald avait un cabinet en ville qui ne désemplissait pas, mais il consacrait tout son temps libre à approfondir sa connaissance des versants sombres de l'homme. Il avait même suivi un stage au FBI. Erica préférait ne pas savoir quels moyens il avait utilisés pour y être admis. Le principal, c'est qu'il était un psychiatre hors pair qui partageait volontiers son savoir.

— Je cherche la réponse à quelques questions, mais je ne peux pas te dire pourquoi. J'espère que tu voudras m'aider quand même.

— Bien entendu. Je suis toujours disponible pour toi.

Erica le remercia du regard et se demanda par quel bout commencer. Elle n'avait pas encore réussi à lier entre eux tous les éléments dont elle disposait. Le schéma changeait tout le temps, comme les couleurs et les formes dans un kaléidoscope. Mais il devait malgré tout exister une sorte de structure, et Thorvald allait peut-être pouvoir l'aider à la mettre au jour. Elle avait écouté le message de Patrik juste avant d'arriver à Göteborg. Elle avait même entendu son appel, mais choisi sciemment de se soustraire à ses questions. Les données qu'il lui fournissait ne l'étonnaient pas, elles confirmaient ses soupçons.

Après avoir rassemblé ses idées, Erica commença son récit. D'un seul trait, sans pause, elle raconta tout ce qu'elle savait. De temps à autre, son ventre se nouait quand elle prononçait les mots et réalisait à nouveau combien son histoire était terrible. Thorvald écouta d'une oreille attentive, les coudes sur le bureau et les bouts des doigts appuyés les uns contre les autres.

Quand elle eut fini, il observa un silence. Erica se sentait presque hors d'haleine, comme si elle venait de courir un marathon. L'un des bébés lui donna un coup violent comme pour lui rappeler qu'il existait aussi des choses bonnes et pleines d'amour.

— Qu'en penses-tu, toi-même ? finit par dire Thorvald.

Erica hésita un instant avant d'exposer la théorie qui s'était imposée à elle cette nuit tandis qu'elle fixait le plafond, Patrik dormant à poings fermés à côté d'elle. Son hypothèse avait continué à prendre forme quand elle roulait sur l'E6 en direction de Göteborg. Elle avait très vite compris qu'elle devait en débattre avec Thorvald. Lui seul était en mesure de déterminer si sa théorie était aussi farfelue qu'elle en avait l'air et de lui confirmer que son imagination était partie au triple galop.

Mais il ne dit rien de tel. Il la regarda droit dans les yeux et dit :

— C'est tout à fait possible. Ce que tu dis là est de l'ordre du possible.

Ses paroles ouvrirent une soupape en elle, et elle poussa un soupir mêlé de terreur et de soulagement. Maintenant, elle était certaine d'avoir raison. Mais les conséquences en étaient presque inconcevables.

Ils parlèrent pendant près d'une heure. Erica posa des questions et se renseigna sur tous les points qui lui semblaient obscurs. Si elle voulait mener son hypothèse à son terme, tous les faits devaient trouver leur place. Autrement, ça pourrait totalement dérailler. Et certains morceaux du puzzle lui manquaient encore. Elle en avait assez pour distinguer le motif, mais par endroits les trous étaient béants. Avant de pouvoir raconter son scénario, il fallait qu'elle les remplisse.

De nouveau installée dans la voiture, elle appuya la tête sur le volant. Il était tout frais contre son front. Elle appréhendait la prochaine visite qu'elle devait faire, les questions qu'il faudrait poser et ce qu'elle allait entendre. Elle n'était pas sûre d'avoir envie d'insérer ce morceau-là à sa place dans le puzzle. Mais elle n'avait pas le choix.

Elle démarra et prit la direction d'Uddevalla. Un coup d'œil sur son téléphone lui indiqua qu'elle avait loupé deux appels de Patrik. Tant pis, il attendrait.

Elle téléphona dès l'ouverture de la banque. Erik l'avait toujours sous-estimée. Elle était particulièrement douée pour amadouer les gens et leur soutirer les informations qui l'intéressaient. De plus, elle disposait de toutes les données nécessaires afin de poser les bonnes questions : numéros de compte et numéro SIREN. Grâce à sa voix efficace et autoritaire, l'employé de la banque n'eut même pas l'idée de remettre en question son habilitation à vérifier ces comptes.

Après avoir raccroché, Louise resta assise à la table de la cuisine. Tout avait disparu. Bon, pas tout à fait tout. Il avait été suffisamment généreux pour en laisser un peu, pour qu'elles s'en sortent pendant quelque temps. A part ça, il avait vidé les comptes, aussi bien le privé que celui de l'entreprise.

Une fureur noire s'empara d'elle. Il la prenait pour une imbécile, mais elle n'avait pas l'intention de le laisser s'en tirer comme ça. Cet abruti avait réservé un billet sous son vrai nom et il ne lui fallut pas beaucoup d'appels téléphoniques pour savoir exactement quelle était sa destination et quel vol il allait prendre.

Louise se leva, prit un verre dans le placard, le plaça sous le robinet du Bag-in-Box et regarda le merveilleux liquide rouge le remplir. Aujourd'hui, elle en avait besoin plus que jamais. Elle approcha le verre de ses lèvres, mais stoppa net son mouvement en sentant l'odeur du vin. En réalité, non, ce n'était pas le bon moment. Elle fut surprise qu'une telle pensée surgisse dans son esprit, car, ces dernières années, tous les moments avaient été bons. Mais pas maintenant. Il fallait qu'elle soit lucide et forte. Il fallait qu'elle soit déterminée.

Elle avait l'information requise, elle pouvait pointer sa baguette magique et faire *poff,* comme Miss Tick. Elle sourit d'abord, puis elle éclata de rire. Elle rit en posant le verre sur le plan de travail, rit en apercevant sa propre image dans la porte lisse du réfrigérateur. Elle avait repris le pouvoir sur sa vie. Et bientôt, ça ferait *poff.*

Tout était arrangé. Le porteur avec le dossier de Göteborg était en route. Patrik aurait dû exulter, mais la véritable satisfaction ne se présenta pas. Il n'arrivait toujours pas à joindre Erica, et l'idée qu'elle se baladait, enceinte jusqu'aux yeux, à faire Dieu sait quoi, l'inquiétait au plus haut point. Il savait qu'elle était parfaitement capable de prendre soin d'elle-même. C'était une des nombreuses raisons pour lesquelles il l'aimait. Mais il s'inquiétait, c'était plus fort que lui.

— Il sera là dans une demi-heure ! cria Annika qui s'était occupée de faire venir le dossier.

— Super ! cria-t-il en retour.

Puis il se leva et enfila sa veste. Il marmonna un truc indistinct à Annika en passant devant elle, avant de partir au petit trot dans le vent cinglant en direction de Hedemyrs. Il s'en voulait. Il aurait dû le faire bien avant, mais pour être tout à fait honnête, cela ne lui était même pas venu à l'esprit. Pas avant d'entendre le surnom qu'avait donné Christian à sa sœur. La Sirène.

Le rayon librairie se trouvait au rez-de-chaussée, et il le localisa tout de suite. Des titres d'auteurs du coin étaient mis en avant, et il sourit en voyant un présentoir rempli des livres d'Erica et une affiche d'elle en taille réelle.

— C'est affreux que ça se termine comme ça, dit la caissière quand il paya son achat.

Il n'était pas d'humeur à bavarder et se contenta d'un hochement de tête. Il garda le livre tout juste acquis sous sa veste en revenant au commissariat. Annika leva les yeux quand il entra, mais ne dit rien.

Il ferma sa porte, s'assit derrière son bureau et essaya de s'installer confortablement. Il ouvrit le bouquin et commença à lire. Il avait beaucoup à faire, des détails d'ordre pratique à régler. Mais quelque chose lui dit que cette tâche était importante. Et pour la première fois dans sa carrière, Patrik Hedström s'installa pour lire un livre pendant son temps de travail.

Il ne savait pas exactement quand il allait pouvoir quitter l'hôpital, et cela lui était égal. Qu'il reste ici ou qu'il rentre à la maison, elle le trouverait, où qu'il soit.

Peut-être que ce serait malgré tout mieux si elle le trouvait à la maison, où flottait encore l'esprit de sa femme. Il voulait d'abord régler quelques petites choses. L'enterrement de Lisbet, par exemple. Il n'y aurait que les plus proches. Pas de vêtements de deuil, pas de musique funèbre. Elle porterait son foulard jaune, elle avait été très précise là-dessus.

Un coup frappé à la porte le tira de ses réflexions, et il tourna la tête. Erica Falck. Que pouvait-elle bien lui vouloir ? En fait, cela ne l'intéressait pas vraiment.

— Je peux entrer ?

Son regard, comme celui de tout le monde, se posa sur ses bandages. Il fit un geste qui pouvait être interprété d'une façon ou d'une autre. Entre ou va-t'en. Il ne savait pas lui-même ce qu'il voulait dire.

Mais elle entra dans la chambre, tira une chaise et s'assit à côté de lui, tout près de sa tête. Elle le regarda avec gentillesse.

— Vous savez qui était Christian, n'est-ce pas ? Pas Christian Thydell. Christian Lissander.

Il se dit d'abord qu'il allait lui mentir, comme il avait tranquillement menti aux policiers qui étaient venus. Mais le ton d'Erica était différent, son expression aussi. Elle savait, elle possédait déjà les réponses, ou au moins certaines d'entre elles.

— Oui, je le sais, dit Kenneth. Je sais qui il était.

— Parlez-moi de lui.

C'était comme si elle le clouait au matelas avec ses questions.

— Il n'y a pas grand-chose à raconter. Il était le souffre-douleur de l'école. Et nous… on était les pires. Erik en tête.

— Vous le persécutiez ?

— Ce n'est pas le mot qu'on aurait utilisé. Mais on lui pourrissait la vie dès qu'on en avait l'occasion.

— Pourquoi ? dit-elle, et le mot resta suspendu dans l'air.

— Pourquoi ? Comment savoir ? Il était différent, il venait d'arriver. Il était gros. Je suppose que l'être humain a toujours besoin de quelqu'un à piétiner, quelqu'un qui a le dessous.

— Je peux comprendre le rôle d'Erik dans tout ça. Mais vous? Et Magnus?

Il n'y avait aucun reproche dans sa voix, mais ça faisait quand même mal. Il s'était posé la même question tant de fois. Quelque chose faisait défaut à Erik. Difficile de dire exactement quoi, peut-être s'agissait-il d'empathie. Ce n'était pas une excuse, seulement une explication. Magnus et lui-même en revanche avaient le discernement nécessaire. Cela rendait-il leurs péchés plus grands ou plus petits? Il ne pouvait y répondre.

— On était jeunes et bêtes, dit-il.

Il se rendit très vite compte que cela ne suffisait pas. Il avait continué à suivre Erik, s'était laissé diriger par lui, oui, il l'avait même admiré. On avait affaire à la bêtise humaine ordinaire. A la peur et à la lâcheté.

— Vous ne l'avez jamais reconnu adulte?

— Non, jamais. Croyez-moi ou pas, je n'ai jamais fait le lien. Ni Erik et Magnus, j'en suis sûr. Christian était devenu quelqu'un d'autre. Pas seulement physiquement, c'était… ce n'était pas la même personne. Même maintenant, quand je sais…

— Et Alice? Parlez-moi d'Alice.

Il fit une grimace. Il ne voulait pas. Parler d'Alice, c'était comme mettre la main dans un brasier de son plein gré. Au fil des ans, il l'avait repoussée tellement loin dans son esprit que c'était comme si elle n'avait jamais existé. Mais ce temps-là était révolu. Qu'il se brûle donc, il devait tout révéler.

— Elle était tellement belle qu'on en restait babas quand on la croisait. Mais dès qu'elle bougeait ou prononçait le moindre mot, on se rendait compte qu'elle n'était pas normale. Elle ne lâchait pas Christian d'une semelle. On n'a jamais vraiment compris s'il aimait ça ou pas. Parfois ça paraissait l'agacer, parfois il semblait presque content de la voir.

— Est-ce que vous parliez avec Alice ?

— Non, à part les insultes qu'on lui lançait.

Il eut honte. Il s'en souvenait si nettement à présent, tout ce qu'ils avaient dit, tout ce qu'ils avaient fait. Ça aurait pu être hier, c'était hier. Non, c'était bien longtemps auparavant. Il sentit la confusion le gagner. Les souvenirs qu'il avait tant refoulés jaillirent soudain avec une force qui emportait tout sur son chemin.

— Quand Alice avait treize ans, ils ont déménagé de Fjällbacka et Christian a quitté la famille. Quelque chose s'était passé, et je pense que vous savez quoi.

La voix d'Erica était calme, elle ne jugeait pas. Cela lui donna envie de raconter. De toute façon, elle n'allait pas tarder à venir. Et il serait bientôt auprès de Lisbet.

— C'était au mois de juillet, dit-il et il ferma les yeux.

Christian sentit l'agitation dans son corps. Celle qui ne faisait que croître et qui l'empêchait de dormir la nuit. Celle qui lui faisait voir des yeux sous l'eau.

Il devait partir, il le savait. S'il voulait se trouver une place dans l'existence, il fallait qu'il s'en aille. Loin de ses parents, loin d'Alice. Bizarrement, c'était ça qui lui faisait le plus mal. Se séparer d'Alice.

— Eh oh ! Toi là !

Surpris, il se retourna. Comme d'habitude, ses pieds l'avaient mené à Badholmen. Il aimait bien rester là et regarder la mer et Fjällbacka.

— Par ici !

Christian ne sut que penser. Devant le vestiaire des messieurs se trouvaient Erik, Magnus et Kenneth. Et Erik l'appelait. Christian les regarda avec méfiance. Quoi qu'ils lui veuillent, ça ne pouvait pas être bon. Mais la tentation était trop grande, et en jouant la décontraction, il glissa ses mains dans ses poches et alla les rejoindre.

— Tu veux une clope ? demanda Erik et il lui tendit une cigarette.

Christian secoua la tête. Il attendait la catastrophe à venir, que tous les trois lui tombent dessus. N'importe quoi d'autre que cette… bienveillance.

— *Assieds-toi*, dit Erik en tapotant le sol à côté d'eux.

Comme dans un rêve, il s'assit. Tout semblait irréel. Il avait imaginé la scène tant de fois, il l'avait visualisée. Et maintenant, cela arrivait. Il était assis ici comme l'un d'eux.

— *Qu'est-ce que tu fais ce soir ?* dit Erik en échangeant des regards avec Kenneth et Magnus.

— *Rien de particulier. Pourquoi ?*

— *On pensait faire la fête ici. Une bringue privée, pour ainsi dire*, rit Erik.

— *Ah bon*, dit Christian en se poussant un peu pour trouver une position confortable.

— *Tu veux venir ?*

— *Moi ?* dit Christian, pas très sûr d'avoir bien entendu.

— *Oui, toi. Mais il faut un ticket d'entrée*, dit Erik avec un nouveau regard pour Magnus et Kenneth.

Il y avait donc un hic. Quelle humiliation avaient-ils imaginée pour lui ?

— *C'est quoi ?* dit-il, sachant qu'il aurait mieux fait de ne pas demander.

Ils chuchotaient entre eux. Puis Erik le regarda de nouveau et dit sur un ton de défi :

— *Une bouteille de whisky.*

Ouf, seulement ça. Le soulagement l'inonda. Il pourrait en piquer une à la maison sans le moindre problème.

— *Bien sûr, c'est cool. A quelle heure ?*

Erik tira quelques taffes sur sa cigarette. Il semblait plein de savoir-vivre en fumant ainsi. Comme un adulte.

— *Il faut qu'on soit sûrs qu'on nous foute la paix. Après minuit. Disons minuit et demi ?*

Christian sentit qu'il hochait la tête avec trop d'empressement.

— D'accord, minuit et demi. Je serai là.

— Bien, répondit Erik.

Christian se dépêcha de partir. Ses pieds étaient plus légers qu'ils ne l'avaient été depuis longtemps. Le moment était peut-être venu où sa chance tournerait, où il pourrait enfin prendre part à la vie.

Le reste de la journée avança lentement. L'heure d'aller au lit arriva, mais il n'osa pas fermer les yeux de crainte de s'endormir. Il resta allongé à fixer les aiguilles de sa montre qui s'approchaient tout doucement de minuit. A minuit et quart il se leva et s'habilla en silence. Il se faufila au rez-de-chaussée et ouvrit le meuble-bar. Il y avait là plusieurs bouteilles de whisky et il choisit la plus remplie. Les bouteilles s'entrechoquèrent quand il la saisit et il se figea sur place. Mais le bruit ne sembla réveiller personne.

En arrivant près de Badholmen, il les entendit. On aurait dit qu'ils étaient là depuis un moment déjà, que la fête avait commencé sans lui. Une seconde, il envisagea de faire demi-tour. De refaire le court trajet jusqu'à la maison, de rentrer, remettre la bouteille à sa place puis se glisser dans son lit. Mais il entendit le rire d'Erik, et il voulut prendre part à ce rire, être un de ceux avec qui Erik échangeait des regards complices. Il continua donc à marcher, la bouteille de whisky serrée sous son bras.

— Tiens, salut, bredouilla Erik. C'est le roi de la fête qui arrive.

Il pouffa et Kenneth et Magnus se joignirent à lui. Magnus semblait être le plus ivre, il tanguait même assis et avait du mal à fixer son regard.

— Tu as apporté ton ticket d'entrée ? demanda Erik en lui faisant signe d'avancer.

Christian lui tendit la bouteille en s'attendant au pire. Est-ce que l'humiliation allait s'abattre sur lui ?

*Allaient-ils le chasser, maintenant qu'ils avaient ob-
tenu ce qu'ils voulaient ?*

*Mais rien ne se passa. A part qu'Erik dévissa le
bouchon, but une bonne goulée et tendit la bouteille
à Christian, qui la fixa du regard. Il en avait envie,
mais ne savait pas s'il oserait. Erik l'exhorta à boire,
et Christian comprit qu'on devait exécuter les ordres
d'Erik si on voulait faire partie de la bande. Il s'assit
avec la bouteille à la main et l'approcha lentement de
sa bouche. Il faillit s'étouffer quand le whisky coula
dans sa gorge.*

*— Ça ira, mon vieux ? rit Erik en lui donnant une
tape dans le dos.*

*— Oui, ça va, dit-il, et il but une autre lampée pour
le prouver.*

*La bouteille circula dans le groupe, et il com-
mença à sentir une agréable chaleur se répandre
dans son corps. Son angoisse se calma. L'alcool refoula tout ce qui dernièrement l'avait empêché de
dormir la nuit. Les yeux. L'odeur de chair pourris-
sante. Il but encore.*

*Magnus s'était allongé sur le dos et contemplait le
ciel étoilé, les yeux grands ouverts. Kenneth ne disait
pas grand-chose, se contentant d'être d'accord avec
Erik sur tout. Christian aimait se trouver là. Il était
quelqu'un, il faisait partie d'un groupe.*

— Christian ?

*Une voix du côté de l'entrée. Il se retourna vive-
ment. Qu'est-ce qu'elle faisait là ? Pourquoi fallait-
il qu'elle vienne tout gâcher ? La vieille colère se
réveilla.*

*— Tire-toi, siffla-t-il, et il vit le visage d'Alice se
contracter.*

— Christian ? répéta-t-elle, la gorge nouée.

Il se leva pour la chasser, mais Erik posa une main sur son bras.

— Laisse-la venir.

Christian fut tout surpris, mais il se rassit. Obéissant.

— Viens ! dit Erik en faisant signe à Alice d'approcher.

Du regard elle interrogea Christian, mais il se contenta de hausser les épaules.

— Assieds-toi, dit Erik. On fait la fête.

— Fête ! dit Alice, et son visage s'illumina.

— C'est bien que tu sois venue, il nous manquait une jolie nana.

Erik l'entoura de son bras et caressa une mèche de ses cheveux châtains. Alice rit. Elle aimait entendre qu'elle était jolie.

— Tiens. Pour participer à la fête, il faut boire.

Il retira la bouteille à Kenneth qui biberonnait au goulot, et la tendit à Alice.

De nouveau, elle jeta un regard à Christian, mais il se fichait de ce qu'elle faisait. Maintenant qu'elle l'avait suivi, il fallait qu'elle joue le jeu.

Elle se mit à tousser et Erik passa sa main dans son dos.

— Voilà, tu es une bonne petite. Ne t'en fais pas, on s'y habitue. Il faut essayer plusieurs fois.

En hésitant, elle leva la bouteille et but une autre gorgée. Cette fois, ça passait mieux.

— Bien. J'aime les filles comme ça. Mignonnes et qui savent boire du whisky, dit Erik avec un sourire.

Christian sentit l'inquiétude qui lui tenaillait le ventre. Il aurait voulu prendre Alice par la main et la conduire à la maison. Mais Kenneth s'assit à côté de lui, posa son bras sur ses épaules et bafouilla :

— Putain, Christian, dire qu'on est là avec toi et ta frangine. Tu n'aurais jamais imaginé ça, hein ? Mais nous, on a pigé que tu es un putain de mec réglo là sous toute la graisse.

Kenneth enfonça un doigt dans son ventre, et Christian ne sut pas s'il devait prendre ça comme un compliment ou pas.

— Elle est vraiment jolie, ta sœur.

Erik s'approcha encore davantage d'Alice. Il l'aida à lever la bouteille, la fit boire encore quelques goulées. Ses yeux brillaient et elle affichait un large sourire.

Subitement, pour Christian, tout se mit à tournoyer. Tout Badholmen tournait, la terre entière tournait. Il pouffa de rire et s'allongea sur le dos à côté de Magnus, fixant les étoiles qui virevoltaient dans le ciel.

Un bruit émis par Alice le poussa à se redresser. Il eut des difficultés à focaliser son regard, mais il vit Erik et Alice. Et il lui sembla qu'Erik avait la main sous le pull d'Alice. Il n'était pas sûr, ça tournait tellement. Il se rallongea.

— Chuut...

La voix d'Erik et le même gémissement d'Alice. Christian roula sur le côté et reposa la tête sur son bras tendu. Il contempla Erik et sa sœur. Elle ne portait plus son pull. Ses seins étaient petits et parfaits. Ce fut sa première pensée. Que ses seins étaient parfaits. Il ne les avait jamais vus auparavant.

— Ne t'inquiète pas. Je vais juste les tâter un peu...

Erik pétrit les seins d'une main et sa respiration se fit plus lourde. Kenneth avait les yeux rivés sur la poitrine nue d'Alice. Erik lui adressa un signe de tête.

— Viens toucher, toi aussi.

Christian vit qu'elle avait peur, qu'elle essayait de se protéger les seins avec ses bras. Mais sa tête était si lourde, il n'arrivait pas à la lever.

Kenneth s'installa à côté d'Alice. Après avoir reçu le feu vert d'Erik, il tendit la main et commença à toucher le sein gauche. Il serra doucement d'abord, puis de plus en plus fort, et Christian put voir la bosse de son short grossir.

— Je me demande si le reste est aussi bien roulé, murmura Erik. Qu'est-ce que tu en dis, Alice ? Est-ce que ta chatte est aussi jolie que tes nichons ?

Les yeux d'Alice étaient écarquillés de peur. Mais on aurait dit qu'elle ne savait pas comment opposer une résistance. Sans volonté, elle laissa Erik lui enlever sa petite culotte. Il la laissa garder sa jupe. La releva seulement pour montrer à Kenneth.

— Qu'est-ce que tu en penses ? C'est du terrain vierge, non ?

Il écarta les genoux d'Alice, et elle obéit, incapable de protester.

— Putain, mate-moi ça, un morceau de choix. Magnus, réveille-toi ! Tu es en train de louper quelque chose.

Magnus ne proféra qu'un gémissement. Un vague murmure éthylique.

Christian sentit la boule dans son ventre gonfler. La fête dégénérait. Il vit Alice le fixer, implorer son aide sans un mot. Mais ses yeux étaient comme quand ils l'avaient regardé du fond de la baignoire, et il ne put bouger, ne put l'aider. Il ne put que rester allongé sur le côté et laisser l'univers tournoyer.

— Je suis prem's, dit Erik et il déboutonna son short. Tiens-la si elle se braque.

Kenneth hocha la tête. Il était pâle, mais il ne pouvait détacher ses yeux des seins d'Alice qui brillaient, tout blancs au clair de lune. Erik la força à se mettre sur le dos, la força à rester immobile et à regarder le ciel. Christian fut tout d'abord soulagé que ses yeux disparaissent. Qu'ils regardent les étoiles et pas lui. Puis la boule grandit encore, et avec un gros effort il se mit en position assise. Les voix criaient en lui et il sut qu'il devait faire quelque chose, mais il ignorait quoi. Alice ne protestait pas. Elle était simplement allongée là, laissant Erik lui écarter les jambes, s'allonger sur elle et s'introduire en elle.

Il sanglota. Pourquoi fallait-il qu'elle vienne tout détruire ? Qu'elle prenne ce qui était à lui, qu'elle le colle, qu'elle l'aime ? Il ne lui avait pas demandé de l'aimer. Il la détestait. Et elle, elle ne faisait que rester là sans bouger.

Erik se figea et poussa un gémissement. Se retira et reboutonna sa braguette. Il alluma une cigarette à l'abri de sa main courbée, puis regarda Kenneth.

— A toi maintenant.

— M... moi ? bégaya Kenneth.

— Oui, c'est à ton tour, dit Erik sur un ton qui ne souffrait aucun refus.

Kenneth hésita. Puis il regarda les seins, les seins fermes avec les tétons roses qui s'étaient dressés dans la brise d'été. Il déboutonna lentement son short, puis de plus en plus vite. Pour finir, il se jeta pratiquement sur Alice et se mit à bouger sauvagement le bas-ventre. Il ne fallut pas longtemps avant qu'il gémisse lui aussi, et que son corps soit parcouru de spasmes.

— Impressionnant, dit Erik en tirant sur sa cigarette. A toi, Magnus.

Il pointa la cigarette sur Magnus qui dormait. Un filet de salive pendait au coin de sa bouche.

— Magnus ? Il ne va jamais y arriver. Il est trop pété, rigola Kenneth.

Il ne regardait plus Alice.

— On va lui donner un coup de main, dit Erik, et il commença à tirer Magnus par les bras. Aide-moi, dit-il à Kenneth qui se précipita aussitôt.

Ensemble, ils traînèrent Magnus jusqu'à Alice, et Erik commença à déboutonner son pantalon.

— Baisse son calcif ! ordonna-t-il à Kenneth, qui obéit aux ordres avec une petite moue de dégoût.

Magnus n'était pas en état de faire quoi que ce soit, et un instant, Erik eut l'air énervé. Il distribua quelques coups de pied au garçon, qui se réveilla vaguement.

— On a qu'à le poser sur elle. Putain, faut qu'il la baise, lui aussi.

Les voix s'étaient tues maintenant et ça résonnait dans sa tête. Christian avait l'impression de regarder un film, une chose qui n'avait pas de réalité, à laquelle il ne participait pas. Il les vit pousser et hisser Magnus sur le corps d'Alice, il le vit se réveiller suffisamment pour proférer des sons bestiaux, immondes. Il n'arriva pas aussi loin que les deux autres, et s'endormit à mi-chemin, lourdement allongé sur Alice.

Mais Erik était satisfait. Il repoussa Magnus, il était prêt à nouveau. La vue d'Alice, belle et absente, parut l'exciter. De plus en plus violemment, il la laboura, ses longs cheveux roulés autour de sa main et il tira si fort qu'il en arracha des mèches.

Alors elle se mit à crier. Le son arriva brusquement et de façon inattendue. Il perça la nuit et Erik s'arrêta net. Il la regarda. Sentit la panique. Il devait absolument la faire taire, faire cesser ce hurlement.

Christian entendit le cri pénétrer son silence. Il se boucha les oreilles avec ses mains, mais ça ne servait à rien. C'était le même cri que quand elle était petite, quand elle lui prenait tout. Il vit Erik assis à califourchon sur elle, Erik qui leva la main et frappa, essayant lui aussi de faire cesser le cri. La tête d'Alice rebondissait et cognait contre le caillebotis à chaque coup. Puis il y eut un craquement quand le poing d'Erik s'abattit sur les os de son visage. Christian vit Kenneth, tout blanc, qui fixait Erik. Le cri avait réveillé Magnus. Il se redressa tout étourdi, regarda Erik et Alice, regarda son pantalon déboutonné.

Puis le cri s'arrêta. Tout devint silencieux. Et Christian s'enfuit. Il se leva et courut, loin d'Alice, loin de Badholmen. Il courut à la maison, franchit la porte et monta l'escalier, se précipita dans sa chambre où il se coucha dans son lit et tira la couverture sur lui, et sur les voix.

Lentement, le monde cessa de tourner.

— On l'a abandonnée là, dit Kenneth sans réussir à regarder Erica. On l'a simplement abandonnée sur place.

— Que s'est-il passé ensuite ?

La voix d'Erica était toujours dépourvue du moindre reproche, et il se sentit encore plus monstrueux.

— J'ai eu la trouille de ma vie. Le matin, quand je me suis réveillé, j'ai d'abord cru que ce n'était qu'un cauchemar, mais quand j'ai compris que ça avait réellement eu lieu, qu'on l'avait réellement fait… Toute la journée j'ai attendu que la police vienne frapper chez nous.

— Mais elle n'est pas venue ?

— Non. Et quelques jours plus tard, on a appris que les Lissander avaient déménagé.

— Et vous trois ? Vous en avez parlé ?

— Non, jamais. On ne l'avait pas décidé entre nous, on n'en parlait pas, c'est tout. Il n'y a eu qu'une seule fois, une soirée de la Saint-Jean, quand Magnus avait un peu forcé sur l'aquavit, qu'il a abordé le sujet pour la première fois.

— Pour la première fois ? demanda Erica, sceptique.

— Oui, pour la première fois. Je savais qu'il en souffrait. C'était lui qui avait le plus de mal à vivre avec. Moi, j'ai réussi je ne sais pas comment à le refouler.

Je me suis focalisé sur Lisbet et notre vie. J'ai choisi d'oublier. Et Erik, il n'avait probablement même pas besoin d'oublier. Je crois qu'il s'en foutait complètement.

— Pourtant vous êtes restés soudés pendant toutes ces années.

— Oui, c'est incompréhensible, pour moi aussi. Mais on… j'ai bien mérité ce qui m'est arrivé, dit-il en bougeant ses bras emmaillotés. Je mérite plus que ça même. Mais Lisbet n'avait rien à voir là-dedans. Elle était innocente. Le pire, c'est qu'elle a sûrement tout appris, c'est probablement la dernière chose qu'elle a entendue avant de mourir. Je n'étais pas celui qu'elle croyait, notre vie était un mensonge, dit-il en ravalant ses larmes.

— Ce que vous avez fait, c'est épouvantable, dit Erica. C'est tout ce que je peux dire. Mais votre vie, à Lisbet et toi, ce n'était pas un mensonge et je pense qu'elle le savait. Quoi qu'elle ait pu entendre.

— Je vais essayer de le lui expliquer. Je sais que ce sera bientôt mon tour, elle va venir à moi aussi, et j'aurai l'occasion de m'expliquer. Je suis obligé d'y croire, sinon tout sera…, dit-il en détournant la tête.

— Qu'est-ce que tu veux dire ? Qui va venir à toi ?

— Alice, évidemment. C'est elle qui m'a fait ça.

Erica ne répondit tout d'abord rien, se contentant de le regarder avec commisération.

— Ce n'est pas Alice, dit-elle simplement. Ce n'est pas Alice.

Il referma le livre. Il ne comprenait pas tout, le texte était un peu trop subtil à son goût et la langue un peu tortueuse par moments, mais il parvenait à suivre la trame. Et il comprit qu'il aurait dû le lire dès le début. Car certaines choses s'éclairaient à présent.

Un souvenir avait surgi. L'image de la chambre de Cia et Magnus. Quelque chose qu'il avait vu, sans y attacher d'importance sur le moment. Comment aurait-il pu? C'était impossible, il le savait. Mais il s'en voulait quand même.

Il composa un numéro sur son portable.

— Salut Ludvig? Ta maman est là?

Il patienta pendant qu'il entendait des pas et un vague murmure. Puis Cia vint au téléphone.

— Bonjour, c'est Patrik Hedström. Je suis désolé de te déranger, mais il y a une chose que j'aimerais savoir. Que faisait Magnus le soir avant sa disparition? Non, je ne veux pas dire toute la soirée, juste après s'être couché. Ah oui? Toute la nuit? D'accord, je te remercie.

Ça collait, tout collait. Mais il savait qu'il n'irait pas loin avec des théories non étayées. Il avait besoin de preuves concrètes. Et avant de les avoir, il ne voulait pas en parler à ses collègues. Le risque était grand qu'ils ne le croient pas. Mais il y avait une personne avec qui il pouvait parler, une personne qui pourrait l'aider. Il prit le téléphone de nouveau.

"Ma chérie, je sais que tu n'oses pas répondre parce que tu penses que je suis fâché ou que je veux te convaincre d'arrêter ce que tu fais. Mais je viens de lire *La Sirène* et je crois que nous suivons la même piste. J'ai besoin de ton aide. Appelle-moi dès que tu as mon message. Je t'embrasse. Je t'aime."

— Le dossier de Göteborg vient d'arriver.

La voix d'Annika le fit sursauter.

— Désolée, je t'ai fait peur? J'ai frappé, mais tu n'as pas entendu.

— Non, j'avais l'esprit ailleurs, dit-il en s'ébrouant.

— A mon avis, tu devrais aller te faire faire des analyses au centre médical. Tu as vraiment mauvaise mine.

— Un peu de fatigue, c'est tout, marmonna-t-il. C'est super, pour le dossier. Il faut que je passe à la maison, je l'emporte avec moi.

— J'ai tout à l'accueil, dit Annika, toujours l'air inquiet.

Dix minutes plus tard, il sortit dans le couloir avec les documents à la main.

— Patrik! lança Gösta derrière lui.

— Oui, quoi?

Ce n'était pas son intention de paraître aussi énervé. Mais il avait envie de partir maintenant.

— Je viens de parler avec la femme d'Erik Lind. Louise.

— Oui? dit Patrik encore une fois, toujours sans grand enthousiasme.

— D'après elle, Erik est sur le point de quitter le pays. Il a vidé tous leurs comptes en banque, privés et professionnels, il doit prendre un avion à Landvetter à cinq heures.

— Sans blague?

Maintenant, l'intérêt de Patrik était définitivement éveillé.

— Oui, j'ai vérifié. Qu'est-ce qu'on fait?

— Prends Martin avec toi et file à Landvetter tout de suite. Je vais appeler pour faire établir les autorisations nécessaires et demander aux collègues de Göteborg de vous accueillir.

— Je me fais une vraie joie de le coincer, celui-là!

Patrik ne put s'empêcher de sourire un peu en montant dans sa voiture. Gösta avait raison. C'était un véritable plaisir de mettre des bâtons dans les roues d'Erik Lind. Puis il pensa au livre et son sourire s'éteignit. Il espérait qu'Erica serait à la maison. Il avait besoin de son aide pour mettre un terme à cette affaire sordide.

Patrik avait tiré la même conclusion qu'elle. Elle le comprit dès qu'elle entendit son message sur le répondeur. Mais il ne savait pas tout. Il n'avait pas entendu le récit de Kenneth.

Elle avait dû faire un saut à Hamburgsund. Dès qu'elle fut sur la route du retour, elle appuya sur le champignon. En fait, rien ne pressait, mais ça lui parut mieux ainsi. Il était temps de lever le voile sur les secrets.

En arrivant à la maison, elle vit la voiture de Patrik. Elle l'avait appelé pour dire qu'elle était sur le chemin et pour savoir si elle devait aller au commissariat. Mais il était déjà à la maison et il l'attendait. Il attendait son morceau du puzzle.

— Salut, dit-elle en arrivant dans la cuisine.

— J'ai lu le livre, dit-il.

— J'aurais dû comprendre plus tôt. Mais j'ai travaillé sur un manuscrit qui n'était pas encore fini. Et par tranches. Ça me rend folle d'avoir loupé ça.

— Et moi, j'aurais dû le lire plus tôt. Magnus l'a lu la nuit avant de disparaître. C'est-à-dire sans doute la nuit avant sa mort. Christian lui avait donné le manuscrit. Je viens de parler avec Cia, elle m'a dit qu'il avait commencé à le lire le soir et ne l'avait pas lâché de toute la nuit, ce qui l'avait sidérée. Elle avait essayé de lui en parler le matin, de lui demander son avis, mais il avait répondu qu'il ne pouvait rien en dire avant d'avoir parlé avec Christian. Le pire, c'est que si on vérifie nos notes, on verra sûrement que Cia l'a mentionné. Simplement, sur le moment, on n'a pas réalisé l'importance que ça avait.

— Il a dû tout comprendre en lisant le manuscrit, dit Erica lentement. Il a compris qui était Christian.

— C'était sûrement son intention, d'ailleurs. Autrement, il ne l'aurait jamais donné à Magnus.

— Mais pourquoi Magnus ? Pourquoi pas Kenneth ou Erik ?

— Je pense qu'il était attiré par Fjällbacka et par chacun d'eux, répondit Erica en pensant à ce que lui avait expliqué Thorvald. Ça peut sembler bizarre et il ne pouvait probablement pas se l'expliquer lui-même. Il les haïssait, c'est sûr, au moins au début. Ensuite, je pense qu'il a commencé à bien aimer Magnus. Tout ce que j'ai entendu sur lui indique que c'était un homme sympathique. Il était aussi le seul à avoir participé contre son gré.

Patrik tressaillit.

— Comment tu sais ça ? Dans le roman, il est seulement dit que trois garçons y sont mêlés. Il n'y a pas de détails.

— J'ai parlé avec Kenneth, dit Erica calmement. Il m'a raconté tout ce qui s'est passé ce soir-là.

Elle restitua le récit de Kenneth et Patrik devint de plus en plus pâle.

— C'est abject. Et ils s'en sont tirés ! Pourquoi les Lissander n'ont-ils jamais porté plainte pour viol ? Pourquoi ont-ils simplement déménagé et mis Alice en institution ?

— Je ne sais pas. Il faut leur poser la question.

— Erik, Kenneth et Magnus ont donc violé Alice pendant que Christian les regardait. Comment expliquer qu'il ne soit pas intervenu? Pourquoi ne l'a-t-il pas aidée? C'est pour ça qu'il a reçu des lettres de menace, bien qu'il n'ait pas participé au viol?

Patrik avait retrouvé ses couleurs et il prit une longue inspiration avant de continuer :

— Alice est la seule qui aurait une raison de se venger, mais ça ne peut pas être elle. Et nous ne savons pas non plus qui est le coupable dans cette affaire, dit-il en poussant vers Erica une liasse de documents. Tu y trouveras tout ce qui concerne les meurtres de Maria et Emil. Ils ont été noyés dans leur propre baignoire. Quelqu'un a maintenu un enfant d'un an sous l'eau jusqu'à ce qu'il ne respire plus, puis a fait la même chose à sa mère. La seule piste de la police, c'est une voisine qui a vu une femme avec de longs cheveux châtains sortir de l'appartement. Ce n'est pas Alice, et je ne miserais pas non plus sur Irène, même si elle aussi avait un motif. Qui est-ce alors, nom de Dieu?

De frustration, il abattit son poing sur la table. Erica le laissa se calmer. Puis elle dit tranquillement :

— Je crois savoir. Et je crois pouvoir te le montrer.

Il se brossa soigneusement les dents, mit son costume et noua impeccablement sa cravate. Se coiffa et termina en s'ébouriffant les cheveux du bout des doigts pour obtenir l'effet voulu. Satisfait, il se regarda dans la glace. Un homme élégant et couronné de succès qui avait le contrôle de sa vie.

Erik prit sa valise dans une main et le sac cabine dans l'autre. Il avait récupéré le billet d'avion à la réception, il se trouvait maintenant bien à l'abri dans sa poche intérieure, avec son passeport. Un dernier regard dans le miroir, puis il quitta la chambre d'hôtel. Il aurait le temps de prendre une bière à l'aéroport avant le départ. De regarder tranquillement tous ses compatriotes stressés dont il serait bientôt débarrassé, qui couraient en tous sens. Le tempérament suédois ne l'avait jamais vraiment enthousiasmé. Trop de pensée de groupe, trop de rabâchage sur l'équité et la justice. La vie n'était pas juste. Certains naissaient avec de meilleures prédispositions. Et dans un autre pays, les occasions ne manquaient pas de tirer profit de tels avantages.

Bientôt il serait en route. Il repoussa loin dans son inconscient sa peur d'elle. Bientôt tout cela n'aurait plus d'importance. Elle ne pourrait plus l'atteindre.

— On entre comment ? dit Patrik quand ils se retrouvèrent devant la porte de la cabane de pêcheur.

Erica n'avait pas voulu dire ce qu'elle savait ou soupçonnait. Elle avait seulement insisté pour qu'il l'accompagne.

— Je suis allée chercher la clé chez Sanna à Hamburgsund, dit Erica, et elle sortit un gros trousseau de clés de son sac à main.

Patrik sourit. On pouvait dire ce qu'on voulait, mais elle avait de l'initiative.

— Qu'est-ce qu'on cherche ?

Elle ne répondit pas directement à sa question, elle dit seulement :

— Je me suis dit que c'était le seul endroit qui n'appartenait qu'à Christian.

— Mais c'est la cabane de Sanna, non ? demanda Patrik en essayant d'habituer ses yeux au faible éclairage.

— Formellement, oui. Mais c'est ici que Christian se retirait pour avoir la paix quand il voulait écrire. Je dirais qu'il le considérait comme son refuge.

— Et?

Patrik s'assit sur la banquette-lit en bois. Il était tellement fatigué qu'il ne tenait presque plus sur ses jambes.

— Je ne sais pas, dit Erica en hésitant. Elle regarda autour d'elle : Je pense seulement… j'ai pensé que…

— Qu'est-ce que tu as pensé?

On ne pouvait pas cacher grand-chose dans cette cabane. Elle ne comportait que deux pièces minuscules, et le plafond était si bas que Patrik dut pencher la tête pour se tenir debout. Elle était remplie de vieux accessoires de pêche, et devant la fenêtre était placée une table à rabat vétuste. Quand on y était assis, on avait une vue grandiose sur l'archipel de Fjällbacka. Et sur Badholmen.

— J'espère qu'on sera bientôt fixés, dit Patrik, les yeux rivés sur le plongeoir qui se détachait sinistrement sur le ciel.

— Fixés sur quoi?

— Si c'est un meurtre ou un suicide.

— Christian? dit Erica sans attendre de réponse. Si seulement je pouvais trouver… flûte alors, je pensais que… Alors, on…

Ce qu'elle disait n'avait ni queue ni tête, et Patrik ne put s'empêcher de rire.

— C'est un peu flou, ton histoire. Si tu me disais ce qu'on cherche, je pourrais peut-être t'aider.

— Je pense que Magnus a été tué ici. Et j'avais espéré trouver quelque chose…

Elle examina de près les murs en planches brutes peintes en bleu.

— Ici?

Patrik se leva et commença, lui aussi, à observer les murs. Son regard balaya le plancher, puis il dit lentement :

— Le tapis.

— Quoi, le tapis ? Il n'a rien, il est tout propre.

— Justement. Il est trop propre, il a l'air tout neuf.
Là, aide-moi à le soulever.

Il attrapa un bout de l'épais tapis en lirette et Erica
en attrapa péniblement un autre.

— Je suis désolé, chérie. C'est peut-être trop lourd
pour toi. Fais attention, dit Patrik en entendant sa
femme enceinte jusqu'aux yeux ahaner sous l'effort.

— Ne t'en fais pas. Vas-y, soulève-le.

Ils enlevèrent le tapis et examinèrent le plancher en
dessous. Lui aussi paraissait très propre.

— Peut-être dans l'autre pièce ? dit Erica, mais ils
y virent un plancher tout aussi impeccable, sans tapis.

— Je me demande…

— Quoi ? dit Erica, mais Patrik ne répondit pas.

Il se mit à genoux et commença à examiner les
interstices entre les lattes, puis il se releva.

— Il faudra faire venir les techniciens ici. Je crois
que tu as raison. C'est soigneusement nettoyé, mais
on dirait qu'il y a du sang qui a coulé entre les lattes.

— Mais les planches auraient dû être imbibées de
sang dans ce cas, non ?

— Oui, mais c'est difficile à voir à l'œil nu si le
plancher a été récuré, dit Patrik en regardant le bois
usé qui portait des traces de toutes sortes de taches.

— Il serait donc mort ici ? dit Erica et, bien qu'elle ait
peu douté auparavant, elle sentit son cœur faire un bond.

— Oui, je crois. En plus, c'est près de l'eau, pour
se débarrasser du corps. Peux-tu me dire maintenant
ce qu'on est en train de faire ?

— On va juste fouiller encore un peu, dit-elle sans
tenir compte de l'expression frustrée de Patrik. Tu
vérifies là-haut.

Elle montra la mezzanine à laquelle on accédait par une échelle de corde.

— C'est une plaisanterie ?

— C'est toi ou moi, qu'est-ce que tu préfères ? dit Erica en posant ostensiblement ses mains sur son ventre.

— D'accord, soupira Patrik. C'est bon, je monte. Je suppose que tu ne veux toujours pas me dire ce que je cherche.

— Je ne le sais pas, répondit Erica avec franchise. C'est seulement un sentiment que j'ai…

— Un sentiment ? Tu veux que je grimpe sur une échelle de corde pour un sentiment ?

— On se tait et on monte ! Allez hop !

Patrik s'exécuta et grimpa sur la mezzanine.

— Tu vois quelque chose ?

— Bien sûr que je vois quelque chose. Des coussins, des couvertures et quelques BD. Ça doit être le coin des gosses.

— C'est tout ? dit Erica, déçue.

— Oui, j'ai l'impression.

Patrik commença à redescendre puis il s'arrêta à mi-chemin sur l'échelle de corde.

— Qu'est-ce qu'il y a là-dedans ?

— Où ça ?

— Là, dit-il en montrant un panneau en face de la mezzanine.

— C'est la niche où les gens gardent leur fatras, il y a ça dans toutes les cabanes de pêcheurs. Mais vas-y, ouvre !

Il essaya de garder son équilibre tout en défaisant le loquet d'une main. Le panneau était entièrement amovible et il l'empoigna par le petit côté et le tendit à Erica. Puis il se retourna et regarda par la trappe.

— Bordel, mais c'est quoi, tout ça ? s'exclama-t-il.

Alors le crochet au plafond où était suspendue l'échelle de corde céda et Patrik dégringola sur le plancher.

Louise remplit un verre à vin d'eau minérale. Le leva pour porter un toast. Ce serait bientôt fini pour lui. Le policier qu'elle avait eu au bout du fil avait tout de suite compris ce qui se tramait. Ils allaient prendre les mesures qui s'imposaient, avait-il dit. Puis il l'avait remerciée de son appel. Il n'y a pas de quoi, avait-elle répondu. Vraiment pas.

Elle se demanda ce qu'ils allaient lui faire. Elle n'y avait pas réfléchi avant. Elle n'avait pensé qu'à une chose : il fallait l'arrêter, l'empêcher de s'enfuir comme un dégonflé, la queue entre les jambes. Mais que se passerait-il s'il allait en prison ? Allait-on lui rendre l'argent, à elle ? L'angoisse la frappa, mais Louise se calma rapidement. Bien entendu qu'on lui rendrait l'argent et elle allait le faire valser jusqu'au dernier *öre*. Il serait là, derrière les barreaux, sachant qu'elle était en train de dépenser tout son fric, tout leur fric. Et il n'y pourrait rien, que dalle.

Subitement, elle prit sa décision. Elle voulait voir sa mine. Elle voulait voir sa tête quand il comprendrait que tout était perdu.

— Ça alors, je n'en reviens pas, dit Torbjörn.

Il se tenait sur l'échelle qu'ils avaient empruntée dans la cabane d'à côté.

— Oui, cette affaire bat vraiment tous les records.

Patrik se frotta le bas du dos qui avait pris un sale coup. Il avait aussi mal à la poitrine.

— En tout cas, c'est du sang, il n'y a aucun doute. Et en grande quantité, dit Torbjörn.

Il montra le sol illuminé d'une lueur étrange due au luminol, qui révélait tous les résidus quel que soit le soin qu'on avait mis à récurer la surface.

— On a fait des prélèvements, le labo central va pouvoir les comparer avec le sang de la victime, ajouta-t-il.

— Très bien, merci.

— Et tout ça, ce sont donc les affaires de Christian Thydell ? demanda Torbjörn. Le gars qu'on a descendu du plongeoir ?

Il entra péniblement à quatre pattes dans la petite niche et Patrik grimpa tant bien que mal sur l'échelle pour s'y glisser aussi.

— On dirait.

— Pourquoi… ? commença Torbjörn avant de fermer la bouche.

Mais ce n'était pas son problème. Sa mission était de fournir les preuves techniques. Il finirait bien par avoir toutes les réponses.

— C'est ça, la lettre dont tu parlais ?

— Oui. Au moins, maintenant, on est sûrs que c'est un suicide.

— C'est déjà ça, dit Torbjörn.

Il semblait toujours avoir du mal à en croire ses yeux. Tout le réduit était rempli d'accessoires féminins. Des vêtements, du maquillage, des bijoux, des chaussures. Une perruque à cheveux longs châtains.

— On va tout centraliser. Ça va prendre un moment, je crois. Ça alors, répéta-t-il dans un murmure, et il sortit à reculons, toujours à quatre pattes, jusqu'à ce que ses pieds rencontrent l'échelle.

— Je retourne au poste. J'ai pas mal de trucs à vérifier avant de pouvoir informer les autres, dit Patrik. Tiens-moi au courant quand vous aurez terminé ici.

Il se retourna vers Paula qui les avait rejoints et qui suivait attentivement le travail des techniciens.

— Tu restes ici?

— Absolument, dit-elle.

Patrik sortit du cabanon et inspira l'air frais de l'hiver dans ses poumons. Ce qu'Erica avait raconté après qu'ils eurent trouvé la cachette de Christian, plus la lettre, lui permettait peu à peu de comprendre. C'était inconcevable, mais il savait que c'était la vérité. Tout était clair maintenant. Et quand Gösta et Martin seraient de retour de Göteborg, il allait pouvoir raconter toute la triste histoire à ses collègues.

— Deux heures encore avant qu'il décolle. On n'avait pas besoin de venir si tôt, dit Martin en regardant l'heure alors qu'ils s'approchaient de l'aéroport.

— Mais on n'est pas obligés de rester assis sur nos fesses à attendre, lui répondit Gösta en s'engageant dans le parking devant le terminal des vols internationaux. On n'a qu'à entrer faire un tour, et si on trouve l'artiste, on le coffre.

— On devait attendre les renforts de Göteborg, objecta Martin.

Ça le tracassait toujours de ne pas suivre le règlement à la lettre.

— T'inquiète, on va le cueillir comme une fleur, toi et moi, dit Gösta.

— Si tu le dis.

Ils descendirent de la voiture et pénétrèrent dans le hall de l'aéroport.

— Bon, qu'est-ce qu'on fait maintenant ? demanda Martin.

— Allons prendre un café. On guettera en même temps.

— On ferait mieux de circuler pour essayer de le repérer, non ?

— Qu'est-ce que je viens de dire ? Qu'on peut guetter en même temps. Si on s'installe là-bas, on a une vue dégagée dans les deux sens, dit Gösta et il indiqua un café au milieu du hall des départs. Il est obligé de passer devant nous.

— Oui, tu as raison.

Martin savait s'avouer vaincu. Inutile de se braquer quand Gösta avait les yeux sur un troquet. Ils s'installèrent à une table, après avoir acheté leur café et leur tartelette amandine. Gösta exulta en mordant dans son gâteau.

— Ça, c'est de la nourriture pour l'esprit.

Martin ne se donna pas la peine de relever que des tartelettes ne pouvaient guère être qualifiées de nourriture. Il ne pouvait nier non plus qu'elles étaient plutôt bonnes. Il venait d'enfourner la dernière bouchée quand il aperçut Erik du coin de l'œil.

— Regarde, c'est lui, non ?

— Oui, bien vu ! Allez, on va le coincer !

Gösta se leva avec une rapidité inhabituelle et Martin ne fut pas en reste. Erik était en train de s'éloigner, un sac cabine dans une main et une grande valise dans l'autre, impeccablement vêtu, costume, cravate et chemise blanche.

Ils furent presque obligés de courir pour le rattraper. Gösta arriva le premier, et il laissa sa main tomber lourdement sur l'épaule d'Erik.

— Erik Lind ? Nous devons vous demander de venir avec nous.

Erik se retourna, le visage marqué par la stupeur. Une seconde, il parut envisager de partir en courant, mais se contenta d'un petit mouvement sec pour se débarrasser de la main de Gösta.

— Ça doit être une erreur. Je pars en voyage d'affaires, dit-il. J'ignore ce que vous cherchez, mais j'ai un avion à prendre, une réunion importante m'attend.

La sueur perla sur son front.

— Bien sûr, vous aurez l'occasion de tout expliquer dans un moment, dit Gösta tout en poussant Erik en direction de la sortie.

Autour d'eux, les gens s'étaient arrêtés et les regardaient avec curiosité.

— Je vous assure ! Il faut que je prenne cet avion !

— Je comprends, dit Gösta calmement, puis il se tourna vers Martin : Tu t'occupes de ses bagages, s'il te plaît ?

Martin acquiesça tout en jurant intérieurement. Les tâches ingrates, c'était toujours pour lui.

— C'était donc Christian ?

Anna était bouche bée.

— Oui, et pourtant non, dit Erica. J'en ai parlé avec Thorvald et nous ne serons jamais tout à fait sûrs. Mais tout indique que c'est bien ça.

— Christian aurait eu deux personnalités ? Qui s'ignoraient ?

Anna parut sceptique. Elle était venue tout de suite quand Erica l'avait appelée après la visite dans la cabane de pêcheur. Patrik devait retourner au commissariat et

Erica ne tenait pas à rester seule. Et sa sœur était la seule personne à qui elle ait envie d'en parler.

— Ben oui et non. Thorvald pense que Christian était schizophrène, avec en outre ce qu'il appelle des troubles dissociatifs. C'est ce qui a causé ce clivage de personnalité. Ça peut surgir à la suite d'un grand stress, comme une manière de gérer la réalité. Christian avait des traumas sérieux dans ses bagages. D'abord la mort de sa mère et la semaine passée à ses côtés. Puis ce qu'on peut qualifier, à mon avis, de maltraitance sur mineur, fût-elle psychique, de la part d'Irène Lissander. Le fait qu'elle se mette à l'ignorer après la naissance d'Alice, il a dû vivre ça comme une nouvelle séparation. Et il a tenu le bébé, Alice, pour responsable.

— Et il a essayé de la noyer ? dit Anna en passant une main protectrice sur son ventre.

— Oui. Son père l'a sauvée, mais le manque d'oxygène a causé de graves lésions cérébrales. Le père a protégé Christian et n'a rien dit de ce qui s'était passé. Il a dû penser agir pour son bien, mais je doute que ça ait été le cas. Tu imagines, grandir avec ça en soi, en portant une telle culpabilité ! En mûrissant, il a pris conscience de son acte. Et le fait qu'Alice l'adorait n'est pas venu apaiser ses remords.

— Elle l'aimait malgré ce qu'il lui avait fait.

— Elle n'en savait rien. Personne ne le savait, à part Ragnar et Christian.

— Et ensuite le viol.

— Oui, ensuite le viol, dit Erica, et sa gorge se noua.

Elle était en train d'énumérer tous les événements tragiques de la vie de Christian comme si c'était une équation résolue. Alors que c'était une tragédie.

Le téléphone sonna et elle répondit.

— Erica Falck. Oui ? Non. Non, je n'ai aucun commentaire à faire. Ce n'est pas la peine de me rappeler.

Furieuse, elle balança le téléphone sur la table.

— C'était quoi ?

— Un journal à sensation. Ils voulaient que je commente la mort de Christian. La meute est lancée. Et pourtant ils n'en savent pas encore la moitié, soupira-t-elle. Pauvre Sanna, je la plains.

— Mais à quel moment Christian est-il devenu schizophrène ?

Anna restait perplexe et Erica pouvait la comprendre. Elle-même avait posé mille questions à Thorvald auxquelles il avait patiemment tenté de répondre.

— Sa mère était schizophrène, et c'est héréditaire. Ça se déclare souvent à l'adolescence et Christian a dû en sentir les premiers signes sans savoir de quoi il s'agissait. De l'anxiété, des rêves, des voix, des visions, les symptômes peuvent être multiples. Les Lissander ne se sont sans doute rendu compte de rien puisqu'il est parti à peu près à ce moment-là. Enfin… puisqu'ils l'ont chassé, plutôt.

— Chassé ?

— Oui, c'est écrit dans la lettre que Christian a laissée dans la cabane. Les Lissander ont supposé, sans même poser de questions, que c'était lui qui avait violé Alice. Il n'a pas protesté. Il devait se sentir tellement coupable de ne pas être intervenu pour la protéger que cela revenait au même à ses yeux. Mais ce ne sont là que des spéculations, dit Erica.

— Ils l'ont mis à la porte ?!

— Oui. Je ne peux pas encore te dire quel effet ça a eu sur sa maladie, mais Patrik s'est mis à la recherche de dossiers médicaux éventuels. Si Christian a reçu des soins sous une forme ou une autre en arrivant à

Göteborg, c'est sûrement consigné quelque part. Le tout, c'est de trouver où.

Erica fit une pause. C'était inconcevable, tout ce que Christian avait vécu. Et tout ce qu'il avait commis.

— Patrik pense qu'ils vont sans doute rouvrir l'enquête sur les meurtres de la compagne de Christian et de son petit garçon, poursuivit-elle. Après toutes les révélations de ces derniers jours.

— Ils pensent que c'est Christian aussi qui les a commis?

— Il est fort probable que nous ne le sachions jamais, malheureusement, dit Erica. Ni pourquoi il l'aurait fait, dans ce cas. Si l'autre partie de la personnalité de Christian, la Sirène ou Alice, quel que soit le nom qu'on lui donne, était fâchée contre la partie Christian, elle ne supportait peut-être pas de le voir heureux. C'est l'hypothèse de Thorvald, et il se peut qu'il ait raison. C'est peut-être le bonheur de Christian qui a déclenché le drame. Mais je crois qu'on n'aura jamais de réponse là-dessus.

Dans l'ensemble, elle n'avait rien ni contre l'enfant ni contre la femme. Elle ne leur voulait pas de mal. Pourtant, ils ne pouvaient pas continuer à exister. Ils faisaient quelque chose que personne n'avait fait auparavant. Ils rendaient Christian heureux.

Il riait souvent désormais. Un rire cordial et joyeux qui montait de son ventre comme des bulles. Elle haïssait ce rire. Elle-même ne pouvait plus rire, elle était vide et froide, morte. Lui aussi avait été mort, mais grâce à la femme et à l'enfant, il revivait.

Parfois, il les observait en catimini. La femme qui dansait avec l'enfant sur le bras. Et il souriait en entendant le rire de l'enfant. Il était heureux, mais ne le méritait pas. Il lui avait tout pris, l'avait maintenue sous l'eau jusqu'à ce que ses poumons menacent d'éclater, jusqu'à ce que son cerveau soit privé d'oxygène et qu'elle s'éteigne lentement tandis que l'eau se refermait sur son visage.

Malgré cela, elle l'avait aimé, il était tout pour elle. Les autres ne comptaient pas, elle se fichait de ce qu'ils pensaient de lui. Pour elle, il avait été le plus beau et le plus gentil du monde. Son héros.

Mais il l'avait abandonnée. Il leur avait permis de la toucher et de l'outrager, de la frapper et de briser les os de son visage. Il l'avait abandonnée sur place, jambes écartées, les yeux tournés vers le ciel étoilé. Il s'était enfui.

Maintenant, elle ne l'aimait plus, et elle ne permettrait à personne de l'aimer. Il n'aurait pas le droit d'aimer quelqu'un non plus. Pas comme il aimait la femme dans la robe bleue et l'enfant, qui n'était pas le sien.

Hier ils avaient parlé de faire un autre enfant. Un enfant qui serait le leur. Christian et la femme avaient fait des projets, ils avaient ri et fait l'amour. Elle avait tout entendu. Serré les poings et écouté pendant qu'ils planifiaient leur avenir commun, une vie qu'elle n'aurait jamais.

A cet instant-là, il n'était pas à la maison. Comme toujours, la porte n'était pas verrouillée. La femme ne faisait pas attention. Il la réprimandait gentiment, en disant qu'il fallait fermer à clé, qu'on ne savait jamais qui aurait l'idée d'entrer.

Doucement elle abaissa la poignée de la porte et ouvrit. Elle entendit la femme fredonner dans la cuisine. Dans la salle de bains, des bruits d'eau. L'enfant était dans la baignoire, et la femme n'allait sûrement pas tarder à y aller. Elle faisait attention à ces choses-là. Ne jamais laisser l'enfant seul dans le bain trop longtemps.

Il entra dans la salle de bains. Le garçon rayonna comme un soleil en l'apercevant.

— Chuut, dit-elle, et elle ouvrit grands les yeux comme si c'était un jeu.

L'enfant rit. Tout en guettant les pas de la femme, elle avança vers la baignoire et regarda l'enfant nu. Ce n'était pas la faute du garçon, mais il rendait Christian heureux. Et elle ne pouvait pas le permettre.

Elle prit l'enfant et le souleva un peu pour l'allonger sur le dos dans la baignoire. Le garçon rit *toujours. Sans crainte, certain que rien de mal ne pouvait arriver dans ce monde. Quand l'eau se referma au-dessus de son visage, il cessa de rire et commença à agiter les bras et les jambes. Ce n'était pas difficile de le maintenir sous l'eau. Elle posa simplement sa main sur la cage thoracique et appuya légèrement. L'enfant remua de plus belle, puis ses mouvements ralentirent et il finit par être parfaitement immobile.*

Puis elle entendit les pas de la femme. Elle regarda l'enfant dans l'eau. Il avait l'air si calme et paisible. Elle se mit dos au mur, juste à droite de la porte. La femme entra dans la salle de bains. En voyant l'enfant, elle s'arrêta net. Puis elle cria et se précipita vers lui.

Ce fut presque aussi simple qu'avec l'enfant. Elle se faufila en silence, saisit la nuque de la femme penchée au-dessus de la baignoire. Se servit de son poids pour maintenir sa tête sous l'eau. Ce fut plus rapide qu'elle ne l'aurait cru.

Elle partit sans un regard en arrière. Sentit seulement la satisfaction envahir son corps. Christian ne serait plus heureux.

Patrik contempla les dessins. Tout à coup, il les comprit. Le grand personnage et le petit, Christian et Alice. Et les personnages noirs, qui étaient tellement plus sombres.

Christian avait endossé la faute. Patrik venait de parler avec Ragnar qui le lui avait confirmé. Quand Alice était rentrée cette nuit-là, ils avaient présumé que c'était Christian qui l'avait violée. Ils s'étaient réveillés en entendant un cri et avaient trouvé Alice gisant dans le vestibule. Elle ne portait que sa jupe et son visage était meurtri et ensanglanté. Elle n'avait dit qu'un seul mot, en chuchotant :

— Christian.

Irène s'était précipitée dans la chambre de Christian, l'avait sorti du lit. Elle avait senti l'odeur d'alcool et en avait tiré ses conclusions. Et pour être tout à fait honnête, Ragnar avait cru la même chose. Mais le doute avait toujours été là. C'était peut-être pour ça qu'il avait continué à lui envoyer les dessins d'Alice. Parce qu'il n'avait jamais été sûr.

Patrik venait d'apprendre que Gösta et Martin avaient mis la main sur Erik à temps. C'était déjà ça. Il aurait pas mal d'explications à fournir sur ses agissements financiers. Ensuite ils verraient ce qu'il serait possible de faire par rapport au viol si longtemps après les faits. Il allait sûrement se trouver derrière les barreaux pendant quelque temps, mais pour l'instant c'était une piètre consolation. Quant à Kenneth, Erica avait garanti qu'il ne se tairait plus.

— Ça y est, les journaux commencent à appeler ! dit Mellberg, le visage radieux. Ça va faire un foin du feu de Dieu. Très bonne publicité pour notre commissariat.

— Oui, c'est ça, dit Patrik en contemplant les dessins.

— Faut dire qu'on a bien bossé, Hedström ! Bon, ça a pris son temps, mais une fois que vous avez appliqué les bonnes vieilles méthodes policières, vous y êtes arrivés.

— Oui, oui, dit Patrik.

Il n'avait même pas le courage de s'irriter contre Mellberg aujourd'hui. Il se frotta la poitrine. Il avait toujours mal. Il avait dû prendre un sacré coup en tombant dans la cabane.

— Je crois qu'il vaut mieux que je retourne dans mon bureau, dit Mellberg. *Aftonbladet* vient d'appeler, et ce n'est qu'une question de temps avant qu'*Expressen* pointe le bout de son nez.

— Mmm…, dit Patrik en continuant à se frotter la cage thoracique.

Putain ce que ça faisait mal. Ça irait peut-être mieux s'il bougeait un peu. Il se leva et alla dans la cuisine. Evidemment. Comme d'habitude, il n'y avait plus de café, juste quand il voulait en boire un. Paula vint le rejoindre.

— On a fini là-bas. C'est ahurissant. Jamais je n'aurais imaginé tout ça.

— Eh non.

Patrik réalisait parfaitement que le ton de sa voix était désagréable, mais il était tellement fatigué. Il ne pouvait pas parler de l'affaire, ne pouvait pas penser à Alice et à Christian, à ce petit garçon veillant le corps de sa mère morte qui se décomposait lentement dans la chaleur de l'été.

Il versa quelques mesures de café dans le filtre. Combien ça faisait? Deux ou trois? Il ne savait pas. Il essaya de se concentrer, mais la cuillérée suivante atterrit à l'extérieur du filtre. Il en puisa une autre dans le paquet. Une douleur fulgurante fusa dans sa poitrine et il retint sa respiration.

— Patrik, qu'est-ce qui se passe? Patrik?!

Il entendit la voix de Paula, mais elle venait de très loin. Il l'ignora et s'apprêta à remettre du café, mais sa main ne voulut pas obéir. Il y eut des étincelles devant ses yeux et la douleur dans sa poitrine redoubla subitement d'intensité. Il eut le temps de se dire que quelque chose n'allait pas, que quelque chose était en train de se passer.

Puis tout devint noir.

— Alors il s'est envoyé des menaces à lui-même? dit Anna.

Elle se tortilla un peu. Le bébé appuyait sur sa vessie et elle avait besoin d'aller faire pipi, mais elle avait du mal à s'arracher à sa conversation avec Erica.

— Oui, et aux autres. On ne sait pas si Magnus en a reçu. Probablement pas.

— Pourquoi ça a commencé au moment où il a démarré l'écriture de son livre?

— Encore une fois, on doit se contenter d'hypothèses. Mais d'après Thorvald, ça a pu être problématique de prendre des médicaments qui soignent la schizophrénie en même temps qu'il écrivait son livre.

Ils ont parfois des effets secondaires assez sérieux, fatigue et lenteur, et il a peut-être eu du mal à se concentrer sur son travail. Je pense qu'il a arrêté son traitement et que ça a donné un second souffle à la maladie qui avait été tenue en échec pendant tant d'années. Le trouble de la personnalité a été lui aussi ravivé. Le premier objet de haine de Christian était lui-même, et manifestement il n'a pas su gérer la culpabilité qui prenait de plus en plus d'ampleur. Si bien qu'il s'est scindé en deux : Christian qui essayait d'oublier et de vivre une vie normale, et la Sirène, ou Alice, qui haïssait Christian et le poussait à se sentir coupable.

Patiemment, Erica expliqua tout à nouveau. Ce n'était pas facile à comprendre, quasi impossible même. Thorvald avait pris soin de souligner que cette maladie se manifestait très rarement de façon aussi extrême. Ce cas n'était nullement banal. Mais Christian n'avait pas non plus eu une vie banale. Il avait dû supporter des choses qui auraient brisé n'importe qui.

— C'est bien pour ça qu'il s'est suicidé, dit Erica. Dans la lettre qu'il a laissée, il dit qu'il s'est senti obligé de les sauver d'elle. La seule issue, c'était de lui donner ce qu'elle voulait. Lui.

— Mais c'est lui qui a peinturluré le mur des enfants, c'était lui la menace.

— Oui, justement. Quand il a compris qu'il aimait ses fils, il a aussi compris que la seule façon de les protéger était de supprimer la raison pour laquelle elle leur voulait du mal. C'est-à-dire lui-même. Dans son monde, la Sirène était réelle, elle n'était pas un produit de son imagination. Elle existait et elle voulait tuer sa famille. Comme elle avait tué Maria et Emil. Alors il les a sauvés en se donnant la mort.

— C'est absolument terrifiant, dit Anna en essuyant une larme.

Le téléphone se mit à sonner et Erica l'attrapa, prête à se bagarrer.

— Si c'est encore un autre foutu reporter, je vais… Allô, Erica Falck, aboya-t-elle, puis son visage s'éclaircit : Oh, salut Annika !

Son expression changea à nouveau du tout au tout et elle eut du mal à respirer.

— Quoi ! En ambulance ? Ils l'emmènent où ? A Uddevalla ?

La main qui tenait le téléphone tremblait et Anna regarda sa grande sœur avec inquiétude.

— Qu'est-ce qui se passe ?

Erica avala sa salive. Les larmes lui vinrent aux yeux.

— Patrik s'est effondré, chuchota-t-elle. Ils pensent que c'est un infarctus. Il est en route pour l'hôpital d'Uddevalla.

Anna fut tout d'abord incapable de bouger. Puis son efficacité prit le dessus, elle se leva et se dirigea vers la porte, attrapant au vol les clés de la voiture posées sur le meuble de l'entrée.

— On part à Uddevalla. Tout de suite. Je prends le volant.

Erica la suivit, muette. Elle avait l'impression que son monde s'écroulait.

Elle sortit de l'allée d'accès sur les chapeaux de roues. Il ne fallait pas traîner. L'avion d'Erik décollait dans deux heures et elle voulait y être au moment où ils l'arrêteraient.

Elle conduisait vite, pour ne pas louper l'arrestation. Arrivée à hauteur de la station-service, elle se rendit compte qu'elle avait laissé son portefeuille à la maison et qu'elle n'aurait pas assez d'essence pour aller jusqu'à Göteborg. En poussant un juron elle fit demi-tour au carrefour. Elle allait perdre un temps précieux en retournant le chercher, mais elle n'avait pas le choix.

C'était quand même génial de reprendre le contrôle, pensa-t-elle alors que la voiture filait à travers Fjäll-backa. Elle se sentit une femme nouvelle. Tout son corps était agréablement détendu, la sensation de maî-trise la rendait belle et forte. La vie valait de nouveau le coup d'être vécue et, pour la première fois depuis des années, le monde était à elle.

Elle lui en boucherait un coin. Jamais il n'avait ima-giné qu'elle découvrirait son manège, encore moins qu'elle appellerait la police. Elle rit quand la voiture vola au-dessus de la bosse de Galärbacken. Elle était libre maintenant. Débarrassée de leur pas de deux humiliant. Débarrassée de tous les mensonges et com-mentaires blessants, débarrassée de lui. Louise appuya à fond sur l'accélérateur. La Mercedes partit comme une fusée vers sa nouvelle existence. Elle possédait la vitesse, elle possédait tout. Elle possédait sa vie.

Elle n'aperçut la voiture que lorsqu'il fut trop tard. Une brève seconde, elle avait détourné les yeux pour regarder la mer et s'émerveiller de la glace qui la recouvrait. Une seule seconde, elle avait regardé ail-leurs, mais cela suffit. Elle réalisa qu'elle roulait du mauvais côté de la route et eut juste le temps de voir deux femmes dans la voiture en face, deux femmes qui ouvrirent la bouche pour hurler.

Ensuite il n'y eut qu'un bruit de tôle contre tôle, qui résonna sur la paroi massive du rocher. Puis le silence.

REMERCIEMENTS

Avant tout je voudrais remercier mon Martin. Parce que tu m'aimes et que tu trouves toujours de nouvelles façons de me le montrer.

Il y a une personne indispensable pour que mes livres voient le jour : ma merveilleuse éditrice Karin Linge Nordh. Rude et douce à la fois, combinaison idéale. Grâce à elle, mes livres se trouvent améliorés ! Cette fois-ci, nous avons été aidées dans la rédaction par Matilda Lund, dont la contribution a été très précieuse. Je te remercie du fond du cœur. Et vous autres aux éditions Forum – vous vous reconnaîtrez –, vous faites un sacré bon boulot ! Il convient également de mentionner l'agence de publicité Ester, qui a signé des campagnes fantastiques, fussent-elles un peu morbides parfois. Ce qui me réchauffe le plus le cœur, c'est l'engagement de Forum dans la publication de mon livre *Snöstorm och mandeldoft**, au bénéfice de la fondation MinStora-Dag, MonGrandJour.

Comme toujours, Bengt Nordin est très important pour moi, personnellement et professionnellement. Merci aussi aux nouveaux talents de la nouvelle Nordin Agency : Joakim, Hanserik, Sofia et Anna. Pour votre enthousiasme et le travail accompli depuis que vous avez pris le relais de Bengt, qui peut jouir à présent d'un repos bien mérité.

* Publié en France chez Actes Sud sous le titre *Cyanure. (N.d.E.)*

J'espère que tu comprends, Bengt, combien tu comptes pour moi. Sur tous les plans.

Merci à maman, entre autres pour le baby-sitting, et merci à Anders Torevi pour sa rapide lecture du manuscrit et pour sa connaissance précise de Fjällbacka. Je voudrais aussi remercier tous les habitants de Fjällbacka d'avoir adopté mes livres, d'être si loyaux envers moi et de toujours me soutenir. Malgré tant d'années à Stockholm, vous me faites sentir que je suis encore une fille du pays.

Merci aussi aux policiers du commissariat de Tanums-hede – je ne cite personne pour n'oublier personne. Vous faites un boulot fantastique et vous avez une patience incroyable quand je viens envahir votre poste avec des équipes de télévision. Et Jonas Lindgren à la médicolégale de Göteborg : merci de toujours répondre présent et de cor-riger mes erreurs.

Il faut aussi que je cite mes amis extraordinaires, qui m'attendent patiemment quand je m'absente pendant de longues périodes sans donner de nouvelles. Merci à Mona, mon ex-belle-mère, à qui j'ai graissé la patte pour qu'elle continue à me livrer les meilleures boulettes de viande du monde – en contrepartie, elle peut continuer à lire mes manuscrits dès qu'ils sont prêts. Un grand merci aussi à Micke, le père de mes enfants, toujours aussi compréhensif et sympa. Et à Hasse Eriksson, le grand-père des enfants. Je ne sais comment expliquer à quel point tu es important. Tu nous as été arraché beaucoup trop tôt et trop brutalement cette année, mais le meilleur grand-père du monde ne peut pas disparaître. Tu continues à vivre dans tes enfants et tes petits-enfants, et dans le souvenir. Et, oui, je sais cuisiner…

Merci à Sandra, la baby-sitter qui a répondu à toutes les urgences sans faillir pendant deux ans. Elle est capable de nous supplier de passer pour jouer un moment avec les enfants, si pendant quelque temps nous n'avons pas fait appel à ses services. Elle prend sa tâche à cœur, et je lui en suis éternellement reconnaissante.

Merci à tous les fidèles lecteurs de mon blog. Et les amies écrivains, surtout Denise Rudberg, qui sait toujours écouter et qui est la personne la plus futée et loyale que je connaisse.

Et pour finir : Caroline et Johan Engvall, qui m'ont secourue en Thaïlande quand mon ordinateur a rendu l'âme pendant la rédaction des derniers chapitres de *La Sirène*. Je vous adore. Et Maj-Britt et Ulf – on peut toujours compter sur vous, vous êtes incroyables.

CAMILLA LÄCKBERG
Copenhague, le 4 mars 2008

Retrouvez les enquêtes d'Erica Falck
dans les collections Babel noir et Actes noirs.

LA PRINCESSE DES GLACES
traduit du suédois par Lena Grumbach et Marc de Gouvenain

*Dans une petite ville tranquille de la côte suédoise,
deux suicides – une jeune femme, puis un clochard
peintre – s'avèrent être des assassinats dont la police
a bien du mal à cerner les causes.*

LE PRÉDICATEUR

traduit du suédois par Lena Grumbach et Catherine Marcus

Le descendant d'un prédicateur manipulateur des foules, catastrophé d'avoir perdu le don de soigner, entreprend de tuer pour bénéficier à nouveau de l'aide divine et retrouver son pouvoir.

LE TAILLEUR DE PIERRE

traduit du suédois par Lena Grumbach et Catherine Marcus

Un pêcheur trouve une petite fille noyée. Le problème est que Sara, sept ans, a dans les poumons de l'eau douce savonneuse. Quelqu'un l'a donc tuée et déshabillée avant de la balancer à la mer. Un polar palpitant.

L'OISEAU DE MAUVAIS AUGURE
traduit du suédois par Lena Grumbach et Catherine Marcus

Déjà pris de court entre l'installation d'une équipe de téléréalité qui chamboule la tranquillité de la ville et la préparation de son mariage imminent avec Erica Falck, le commissaire Patrik Hedström doit faire face à la multiplication d'étranges accidents de voiture.

L'ENFANT ALLEMAND

traduit du suédois par Lena Grumbach

*Erica contacte un vieux professeur retraité à Fjäll-
backa pour essayer de comprendre pourquoi sa mère
avait conservé une médaille nazie. Quelques jours
plus tard, l'homme est assassiné. La visite d'Erica
a-t-elle déclenché un processus qui gêne ou qui, en
tout cas, remue une vieille histoire familiale ? Patrik
Hedström, en congé parental, ne va pas rester inactif.*

LE GARDIEN DE PHARE
traduit du suédois par Lena Grumbach

Non contente de s'occuper de ses bébés jumeaux, Erica enquête sur l'île de Gräskar dans l'archipel de Fjäll-backa. L'homme engagé pour gérer la réhabilitation de l'hôtel-restaurant de Tanumshede y a fait une visite juste avant d'être assassiné. Or, depuis toujours, l'île surnommée "l'île aux Esprits" fait l'objet de rumeurs sombres…

LA FAISEUSE D'ANGES
traduit du suédois par Lena Grumbach

*Pâques 1974. Sur l'île de Valö, aux abords de Fjäll-
backa, une famille a disparu sans laisser de trace à
l'exception d'une fillette d'un an et demi, Ebba. Des
années plus tard, Ebba revient sur l'île et s'installe
dans la maison familiale avec son mari. Les vieux
secrets de la propriété ne vont pas tarder à ressurgir.*

BABEL NOIR

Extrait du catalogue

OUVRAGE RÉALISÉ
PAR L'ATELIER GRAPHIQUE ACTES SUD
REPRODUIT ET ACHEVÉ D'IMPRIMER
EN JUIN 2015
PAR NORMANDIE ROTO IMPRESSION S.A.S.
À LONRAI
POUR LE COMPTE DES ÉDITIONS
ACTES SUD
LE MÉJAN
PLACE NINA-BERBEROVA
13200 ARLES

DÉPÔT LÉGAL
1re ÉDITION : MAI 2015
No impr. : 1502823
(Imprimé en France)